Die Sherbrooke-Braut

Catherine Coulter

Die Sherbrooke-Braut

Deutsch
von
Angela Meermann

Weltbild

Originaltitel: The Sherbrooke Bride

Weltbild Buchverlag –Originalausgaben–
Lizenzausgabe 2005 für Verlagsgruppe Weltbild GmbH,
Steinerne Furt 67, 86167 Augsburg
Übersetzung: Angela Meermann

Umschlaggestaltung: Hauptmann & Kompanie
Werbeagentur GmbH, München
Umschlagabbildung: © Spiak, Sharon via Agentur Schlück GmbH
Projektleitung: Dr. Ulrike Strerath-Bolz
Satz: Uhl + Massopust, Aalen
Druck und Bindung: Oldenbourg Taschenbuch GmbH,
Hürderstraße 4, 85551 Kirchheim

Gedruckt auf chlorfrei gebleichtem Papier

ISBN 3-89897-155-4

Kapitel 1

»Ich habe sie gestern nacht gesehen – die jungfräuliche Braut!«

»Ach was, tatsächlich? Stimmt das, Sinjun? Du schwörst, du hast den Geist gesehen?«

Dann kamen zwei bibbernde ›Huchs‹ und zwei kieksende Schreie, in die sich Angst und Erregung vermengten.

»Aber ja, es muß die jungfräuliche Braut gewesen sein.«

»Und hat sie dir gesagt, sie ist Jungfrau? Hat sie dir überhaupt etwas gesagt? Hast du nicht Todesängste gelitten? War sie ganz in Weiß? Hat sie gestöhnt? Sah sie mehr tot als lebendig aus?«

Die Stimmen verhallten, doch er hörte es immer noch quietschen und kichern, während sie sich langsam von der Tür des Schloßherrenzimmers entfernten. Douglas Sherbrooke, Earl of Northcliffe, schloß energisch die Tür und schritt an seinen Schreibtisch. Verdammte Geisterfrau! Waren denn die Sherbrookes für alle Zeiten dazu verurteilt, diese Schwindelgeschichten von der bejammernswerten jungen Dame zu hören? Er warf einen Blick auf den ordentlichen Stapel Papier, seufzte, setzte sich hin und starrte geradeaus ins Nichts.

Die Miene des Grafen verfinsterte sich. Sie verfinsterte sich öfter in letzter Zeit, denn man ließ ihm keine Ruhe, keinen einzigen Tag, kein einziges Stündchen. Tagaus, tagein lag man ihm sanft, aber beharrlich und in nur unerheblichen Abweichungen mit dem ewig gleichen Thema im Ohr. Er sollte heiraten, dringend, und einen Erben für die Grafschaft zeugen.

Allmählich wurde er älter, mit jeder Minute schwand wieder ein Stück seiner Zeugungskraft, und diese Zeugungskraft wurde, laut ihrer Meinung, vergeudet, denn seinem Samen entsprangen zukünftige Sherbrookes, und dieser sein kostbarer Samen sollte rechtmäßig gebraucht und nicht willkürlich verstreut werden. So stand es schon in der Bibel geschrieben.

An Michaelis würde er dreißig werden, pflegten sie zu sagen – all die Onkel und Tanten, Cousins und Cousinen und die alten Diener, die ihn seit dem Tag kannten, als er mit Geplärr aus dem Schoß seiner Mutter auf die Welt gekommen war; all seine hämisch lachenden, lästigen Freunde, die, waren sie einmal bei jenem Thema, mit Begeisterung ihren unverschämten Vers dazu beitrugen. Er würde sie streng ansehen, mit der gleichen mißbilligenden Miene wie jetzt, und ihnen erwidern, daß er nicht an diesem Michaelis dreißig wurde, sondern neunundzwanzig. Daher war er an diesem Tag, in dieser Minute, achtundzwanzig, und Gottverdammich, jetzt war es erst Mai und nicht September. Gerade hatte er sich daran gewöhnt, zu sagen, daß er achtundzwanzig und nicht mehr siebenundzwanzig war. Das war doch wohl kein Alter!

Der Graf blickte auf die Uhr aus vergoldeter Bronze auf dem Kaminsims. Wo steckte bloß Ryder? Zum Teufel mit seinem Bruder.

Er wußte doch genau, ihr Treffen fand jeden ersten Dienstag im Quartal hier im Schloßherrenzimmer der Northcliffe Hall pünktlich um fünfzehn Uhr statt. Die Tatsache, daß der Graf diese vierteljährlichen Treffen erst vor etwa neun Monaten ins Leben gerufen hatte – nach dem Verkauf seines Offizierspatents und kurz nachdem der Friede von Amiens unterzeichnet worden war –, entschuldigte keineswegs Ryders Zuspätkommen an ihrem dritten Treffen. Nein, seinem Bruder mußte ein Rüffel erteilt werden, auch wenn Douglas' Butler, Leslie Danvers, ein junger Mann von tüchtigem Wesen und einem aufreizend guten Gedächtnis, den Earl erst vor einer Stunde an das Treffen mit seinem Bruder erinnert hatte.

Der plötzliche Anblick Ryders, der in das Schloßherrenzimmer hereinplatzte, windzerzaust, den Geruch von Leder, Pferd und Meer verströmend, ungestüm, viel weiße Zähne zeigend und gerade eben mal pünktlich – es waren erst fünf Minuten nach –, ließ den Grafen seinen Zorn vergessen. Schließlich näherte sich auch Ryder einem gefährlichen Alter. Er war beinahe sechsundzwanzig.

Die beiden sollten zusammenhalten.

»Mein Gott, ein wirklich herrlicher Tag, Douglas! Ich bin mit Dorothy die Steilküste entlanggeritten, es gibt nichts Schöneres, nichts!« Ryder nahm Platz, schlug die in Wildleder gehüllten Beine übereinander und warf seinem Bruder noch eines seiner weißblitzenden Lächeln zu.

Douglas wippte nachdenklich mit einem Bein. »Und du hast es geschafft, auf dem Pferd oben zu bleiben?«

Ryders Grinsen wurde noch breiter. Bei näherem Hinsehen lag etwas Unstetes in seinen Augen. Er hatte den Gesichtsausdruck eines übersättigten Mannes, ein Ausdruck, den der Graf schon ziemlich gut kannte. Er stieß einen Stoßseufzer aus.

»Tja«, sagte Ryder nach kurzem Schweigen, »wenn du schon auf diesen vierteljährlichen Treffen bestehst, Douglas, so muß ich etwas unternehmen, um da etwas Schwung hineinzubringen.«

»Aber warum ausgerechnet Dorothy Blalock?«

»Die Witwe Blalock ist unglaublich sanft und duftet süß, Bruder, und sie versteht es, einem Mann zu gefallen. Ah, sie versteht wirklich etwas davon. Außerdem passiert ihr nie ein Malheur. Dafür ist sie viel zu klug, meine Dorothy.«

»Sie kann gut zu Pferde sitzen«, erwiderte Douglas. »Das gebe ich zu.«

»Ja, ja, und nicht nur zu Pferd sitzt sie gut auf.«

Nur mit äußerster Willensanstrengung verkniff sich Douglas ein Grinsen. Schließlich war er der Graf; er war das Oberhaupt der weitverzweigten Sherbrooke-Familie. Möglicherweise war sogar in diesem Augenblick ein Sherbrooke-Zuwachs im Werden, trotz Dorothys Klugheit.

»Fangen wir endlich an«, erklärte Douglas, doch Ryder konnte man nichts vormachen. Er hatte das Zucken um die Mundwinkel seines Bruders bemerkt und lachte los.

»Ja, tun wir das«, stimmte er lachend zu und goß sich einen Brandy ein. Er schwenkte die Karaffe in Richtung Douglas.

»Nein, danke schön. Also«, fuhr Douglas fort und las das oberste Blatt des Papierstapels vor sich, »bis zu diesem Quartal hast du vier stramme Söhne und vier gesunde Töchter bekommen. Der arme kleine Daniel ist diesen Winter gestorben. Amys Sturz scheint keinen bleibenden Schaden hinterlassen zu haben. Ist dies der neueste Stand?«

»Ich werde ein weiteres Baby haben, es kommt im August. Die Mutter scheint gesund und munter zu sein.«

Douglas stöhnte auf. »Na denn. Ihr Name?« Ryder sagte es ihm, und Douglas schrieb ihn nieder. Er hob den Kopf. »Stimmt jetzt alles?«

Ryders Lächeln erlosch. Mit einem Zug leerte er den letzten Rest Brandy. »Nein. Benny ist letzte Woche an Fieber gestorben.

»Davon hast du mir nichts erzählt.«

Ryder zuckte mit den Achseln. »Er war nicht einmal ein Jahr alt, aber so ein helles Köpfchen, Douglas. Ich wußte, du warst mit der Fahrt nach London und deinem Besuch im Kriegsministerium beschäftigt. Es war ein Begräbnis in ganz kleinem Rahmen. Seine Mutter wollte es so.«

»Tut mir leid«, erklärte Douglas. Dann verfinsterte sich seine Miene wieder, eine Angewohnheit, die Ryder schon aufgefallen war und die ihm kein bißchen behagte. »Wenn das Baby im August fällig ist, warum hast du mir nichts davon bei unserem letzten Vierteljahrestreffen verraten?«

Darauf antwortete Ryder schlicht: »Die Mutter hatte es mir nicht gesagt. Sie befürchtete, ich würde nicht mehr mit ihr ins Bett gehen.« Er hielt inne und blickte durchs Erkerfenster auf den östlich gelegenen Rasen. »Dummes Ding. Ich wäre nie draufgekommen, daß sie ein Kind erwartet, obwohl, eigentlich hätte ich es ja erraten müssen. Das Kind in ihrem Bauch ist schon recht groß. Gut möglich, daß sie mir Zwillinge schenkt.«

Ryder wandte sich vom Fenster ab und nippte an seinem Brandy. »Etwas habe ich noch vergessen. Da gibt es eine gewisse Nancy.«

Douglas ließ das Blatt sinken. »Nancy wer?«

»Nancy Arbuckle, die Tochter des Tuchhändlers auf der High Street in Rye. Sie erwartet ein Kind, mein Kind. Sie hat Zeter und Mordio geschrien, bis ich ihr erklärte, sie bräuchte sich keine Sorgen zu machen. Die Sherbrookes würden sich immer um ihre Nachkommen kümmern. Vielleicht heiratet sie sogar einen Kapitän zur See. Dem macht es anscheinend nichts aus, daß sie ein Kind von einem anderen erwartet.«

»Tja, nicht schlecht.« Douglas machte einen neuen Zählstrich und hob die Augen. »Zur Zeit unterstützt du sieben Kinder und deren Mütter. Außerdem hast du zwei weitere Frauen geschwängert, deren Kinder in diesem Herbst erwartet werden.«

»Ich denke, das stimmt. Vergiß nicht, eventuell kommen Zwillinge zur Welt, oder Nancy heiratet ihren Kapitän zur See.«

»Kannst du denn deine verdammte Rute nicht in der Hose lassen?«

»Nicht besser als du, Douglas.«

»Schon gut, aber warum ziehst du dich nicht zurück, ehe du deinen Samen in eine Frau ergießt?«

Ryder schoß das Blut ins Gesicht, ein ziemlich bemerkenswerter Vorgang, und er antwortete kleinlaut: »Irgendwie setzt mein Verstand aus. Ich weiß, das ist keine Entschuldigung, aber ich kann mich nicht zurückziehen, wenn ich einmal dort bin, um es mal so zu formulieren.« Er sah seinen Bruder durchdringend an. »Ich bin nicht so ein kalter Fisch wie du, Douglas. Du könntest dich selbst aus einem Engel lösen. Verliert dein Verstand nie den Überblick, geht er nie in Luft auf? Verspürst du nie den Wunsch, weiterzustoßen und zu stoßen, ohne einen Gedanken an die Folgen zu verschwenden?«

»Nein.«

Ryder schnaubte. »Na ja, ich bin eben nicht so diszipliniert wie du. Hast du immer noch nur zwei Kinder?«

»Nein, der Kleine ist gestorben, während ich in London war. Jetzt ist nur noch Cynthia übrig, ein liebes Kind, vier Jahre alt.«

»Tut mir leid.«

»Es war zu erwarten und nur eine Frage der Zeit. Das haben die Ärzte der Mutter wiederholt erklärt. Ich bin nicht nur nach London gefahren, um Lord Avery im Kriegsministerium einen Besuch abzustatten, sondern auch, um Elizabeth zu sehen. Sie hatte mir vom Zustand des Kleinen geschrieben. Seine Lunge war nie richtig entwickelt.« Douglas zog ein sauberes Blatt

Papier hervor und fügte die Zahlen des letzten Vierteljahres ein.

»Deine Lüsternheit wird immer kostspieliger«, bemerkte er nach einem Augenblick. »Verdammt kostspielig.«

»Schau nicht so böse drein, Douglas. Du bist übermäßig reich, so wie ich. Großonkel Brandon wäre höchst zufrieden, daß sein Erbe an mich auf so hervorragende Weise genutzt wird. Er war ein lüsterner alter Knabe bis in die hohen Achtzig. Das hat er mir zumindest erzählt. Er hat allerdings immer angegeben wie ein Sack voller Flöhe.«

»Du sagst doch immer, wir tragen die Verantwortung für unsere Bastarde, und ich bin da ganz deiner Meinung. Ich bin auch mit diesem Plan hier von dir einverstanden. Er garantiert, daß wir keinen übergehen. Was wärst du doch für ein General geworden! Schade, daß du dein Offizierspatent schon als Major verkaufen mußtest.«

Ryder lachte gerade, als sich die Tür des Schloßherrenzimmers öffnete. »Ah, wenn das nicht Tysen ist! Tritt ein, Bruder, unser Treffen ist fast schon vorüber. Douglas hat mir soeben erklärt, daß meine Lüsternheit bald tiefe Löcher in meine Brieftasche reißen wird. Er stellt gerade seine Buchhaltung fertig. Heraus kommt eine wirklich magere Zahl, besonders wenn man bedenkt, was noch alles machbar wäre, stünden einem mehr Felder zur Verfügung, die man beackern und besäen könnte.«

»Was für ein Treffen?« erkundigte sich Tysen, als er ins Schloßherrenzimmer eintrat. »Was für eine Zahl? Was für Felder?«

Ryder warf einen schnellen Blick zu Douglas. Der zuckte nur mit den Achseln und lehnte sich in seinen Stuhl mit gekreuzten Armen vor der Brust zurück. Er machte ein mokantes Gesicht. Hätte Ryder ihn nicht so gut gekannt, käme er ihm eher verärgert denn verhalten amüsiert vor.

Ryder wandte sich an Douglas: »Hör zu, Bruder, Tysen will Pfarrer werden. Daher ist es notwendig, daß er die männliche Schwäche kennenlernt, bei der es sich, mal ganz deutlich ausgedrückt, um elementare Begierde handelt. Paß auf, Tysen, das ist unser Vierteljahrestreffen, um die gegenwärtige Zahl der Sherbrooke-Bastarde festzulegen.«

Tysen starrte die beiden entsetzt an, dann warf er einen gequälten Blick zu Douglas. »Euer *was*?«

»Du hast mich schon richtig verstanden«, erwiderte Ryder. »Du bist jetzt fast einundzwanzig Jahre alt. Es ist an der Zeit, daß du unserem Treffen beiwohnst. Der Zeitpunkt ist doch gekommen, ihn einzubeziehen, nicht wahr, Douglas? Schließlich wollen wir doch nicht, daß er uns einen völlig unbekannten Bastard unterjubelt, oder? Denk an unseren Ruf. Also gut, mein Junge, hast du irgendeines der Dorfmädchen geschwängert?«

Tysen stand da wie vom Schlag gerührt. »Natürlich nicht! Nie würde ich etwas so Abscheuliches tun! Ich werde ein Mann Gottes werden, ein Pfarrer, ein Hirte, der seine rechtschaffene und fromme Herde führt und ...«

Ryder verdrehte die Augen. »Bitte, hör auf! Kaum auszuhalten, daß ein Sherbrooke so etwas sagen kann und obendrein noch daran glaubt. Es könnte einem dabei regelrecht übel werden. Wirklich schade, daß du genauso bist, wie du aussiehst, Tysen, aber man verliert ja nie die Hoffnung. Besonders wenn man ein optimistisches Naturell hat.«

»Geht der Optimismus Hand in Rute mit der Lüsternheit?« fragte Douglas wie unbeteiligt in den Raum.

Ryder prustete los, Tysen blickte nur verdutzt. Natürlich, seine Brüder waren Männer mit Lebenserfahrung, sie wußten über Dinge Bescheid, an die er kaum einen Gedanken verschwendete, aber was hatte dieser Witz zu bedeuten? Ein Treffen, um ihre Bastarde zu zählen? Schweiß trat ihm auf die Stirn. Langsam bewegte er sich auf die Tür zu.

»Wenigstens lächeln könntest du, Tysen«, bemerkte Douglas. »Auch ein Pfarrer darf Humor haben, weißt du.«

»O nein«, erwiderte Tysen. »Es ist nur – natürlich kann ich lächeln, es ist nur ...«

»Du führst keinen deiner Sätze zu Ende, Tysen«, stellte Ryder abschätzig fest. »Du wiederholst dich.«

»Nun, ein Mann Gottes darf seine grenzenlose Menschenliebe mit einer speziellen Art von Liebe verbinden. Versteht ihr, ich kann durchaus eine junge Dame lieben, und, na ja, das tu ich auch!«

»O Jesus«, entfuhr es Ryder und wandte sich mit gespielter Abscheu ab. »Magst du jetzt einen Schluck Brandy, Douglas?«

»Da dreht es einem ja den Magen um«, empörte sich Douglas, »wahrscheinlich könnte ich den Brandy nicht mal behalten vor lauter Schreck. Nein danke, Ryder.« Dann erbarmte er sich Tysen, dessen magere Wangen erschreckend rot angelaufen waren. »Wer ist die Kleine, Tysen? Sicherlich handelt es sich bei dir als zukünftigem Pfarrer nicht um eine Schauspielerin oder ein Ladenmädchen?«

»Nein«, antwortete Tysen mit gefestigter Stimme und schon sehr in Richtung unpriesterlicher Schwärmerei. »Ihr Name ist Melinda Beatrice, und sie ist die Tochter von Sir Thomas Hardesty.«

Ryder stieß einen Fluch aus. »Ich kenne die Zimperliese. Albern, Douglas, und zickig, mein Gott! Sie tut so, als sei sie besser als alle anderen. Zudem hat sie keine nennenswerten Brüste. Ihre Augen sind wässrig, sie hat spitze Ellbogen, und sie verfügt über zwei Vornamen, die die Eltern auch tatsächlich alle beide benützen. Das ist schlicht zu viel. Zwei Vornamen!«

»Sie wird eine wunderbare Ehefrau für einen Pfarrer!« Tysen hätte seine Göttin noch weiter verteidigt, aber er hielt abrupt inne, denn Douglas erhob sich vom Stuhl und durchbohrte ihn mit seinem Blick. Ryders Beleidigungen waren durch Douglas' Miene, einem Ausdruck, der bedenklich dem ihres nun verstorbenen Vaters erinnerte, auf der Stelle vergessen. Tysen wich immer weiter zurück, langsam, sehr langsam, bis er gegen die geschlossene Tür gedrückt stand. Douglas sprach mit samtweicher Stimme. »Willst du mir damit sagen, daß du im Alter von zwanzig Jahren dir darin gefällst, dich in ein Mädchen zu verlieben, das dir in Abkunft und Vermögen ebenbürtig ist? Ist etwa die Rede von den Hardesty von Blaston Manor?«

»Ja«, antwortete Tysen. »Außerdem bin ich fast einundzwanzig.«

»Kindskopf«, bemerkte Ryder ungerührt und schnippte ein Staubkörnchen von seinem Ärmel. »In ein paar Monaten ist er darüber hinweg, Douglas. Weißt du noch, wie du dir die Tochter des Herzogs eingebildet hast? Wann war das noch gleich – ach ja, vor etwa drei Jahren glaubtest du Hals über Kopf verliebt zu sein. Du hattest Heimaturlaub wegen deiner Schulterverletzung. Also, wie war doch gleich ihr Name? Melissande – ja, das war er.«

Douglas machte eine schneidende Handbewegung durch die Luft, um Ryder zum Schweigen zu bringen. »Du hast doch nicht etwa mit Sir Thomas gesprochen, oder?«

»Woher denn«, gab Tysen zurück. »Du bist das Familienoberhaupt, Douglas.«

»Vergiß das ja nicht. Ich kann mir das nämlich nicht leisten. Versprich mir, keinen Heiratsantrag zu machen, wenn dich die Kleine anlächelt und dir einen flüchtigen Blick auf ihre Fesseln erlaubt. Ich bin zu dem Schluß gekommen, daß Mädchen, wenn sie auf die Welt kommen, schon alle raffinierten Tricks kennen, um das einfältige männliche Wesen zu verführen. Also sei auf der Hut, verstanden?«

Tysen nickte und fügte eilig hinzu: »Aber nicht Melinda Beatrice, Douglas. Sie ist liebenswürdig und aufrichtig. Sie hat eine so liebe Art. Sie ist die Güte in Person. Dies alles wird sie zu einer wunderbaren Hirtin meiner Herde machen, eine unschätzbare Gehilfin. Niemals würde sie …« Er bemerkte, wie seine beiden Brüder kurz davor waren, in ungläubiges Gelächter auszubrechen. Er biß die Zähne zusammen, seine Stirn umwölkte sich, seine Haltung wurde steif. »Deshalb bin ich nicht gekommen, Douglas. Tante Mildred und Onkel Albert sind hier und wollen mit dir sprechen.«

»Ha! Mir eine Predigt halten, käme eher hin. Ich nehme an, du hast die Hausangestellten angewiesen, das Gepäck auf die Zimmer zu bringen und dich angeboten, mich zu finden, um ihren Argusaugen zu entkommen?«

»Na ja, stimmt schon.« Tysen verstummte, als Douglas laut aufseufzte, dann fuhr er in entschuldigendem Ton fort: »Ja, du hast recht, was ihren Besuch betrifft. Ich habe sie über die Marquess of Dacres' älteste Tochter reden hören, Juliette, ein hochkarätiger Diamant, wie Tante Mildred sich ausgedrückt hat, und genau die Richtige für dich.«

Douglas machte ein süffisantes Gesicht und blieb stumm wie ein Stein.

»Gott schenke dir ein langes Leben, Douglas«, sagte Ryder inbrünstig. »Ich achte dich und bin dir bis zu meinen Zehenspitzen dankbar dafür, daß du der älteste Sohn und somit der vierte Earl of Northcliffe, der sechste Viscount Hammersmith, der neunte Baron Sanderleigh und daher das Angriffsziel ihrer gesamten Kanonenkugeln bist.«

»Auch ich achte dich, Douglas«, erklärte Tysen. »Du stellst einen prächtigen Grafen, Vicomte und Baron dar. Ich bin sicher, daß Onkel Albert und Tante Mildred der gleichen Meinung sind. Die ganze Familie stimmt darin überein, wenn du nur heiraten würdest und...«

»O Gott, nicht jetzt auch noch du, Tysen! Wie immer, dazu besteht keinerlei Hoffnung«, fügte er hinzu, während er sich von seinem Stuhl erhob. »Tysen, deine Dankbarkeit wird mir zweifellos helfen, alles durchzustehen. Bete für mich, mein kleiner Bruder. Unser Treffen in diesem Quartal ist vertagt, Ryder. Ich denke, ich werde mit deinem Kammerdiener Tinker ein Wort reden und zusehen, ob er dir nicht deine umtriebige Rute an den Reithosen festnähen könnte.«

»Der armte Tinker, er wäre entsetzt, mit einer solchen Aufgabe betraut zu werden.«

»Nun, ich kann schlecht eines der Dienstmädchen damit beauftragen. Das würde sicherlich den Zweck unseres Paktes verfehlen.«

»Armer Douglas«, bemerkte Ryder, nachdem sein Bruder den Raum verlassen hatte.

»Was hat denn Douglas mit eurem Pakt gemeint?« erkundigte sich Tysen.

»Ach, wir haben beide das Versprechen abgegeben, daß kein bei uns angestelltes weibliches Wesen berührt werden darf. Wenn deine Verliebtheit endgültig verflogen ist und du deine fünf Sinne wieder beisammen hast, werden wir uns auch deine Zusicherung holen.«

Tysen beschloß, sich mit seinem Bruder in keine Diskussion einzulassen. Er stand über solchen Dingen. Er würde Pfarrer werden, seine Gedanken und Taten würden stets keusch sein. Außerdem, soweit seine Erinnerung reichte, war er in Auseinandersetzungen bei keinem seiner zwei Brüder je als Sieger hervorgegangen, und so sagte er nur: »Das Mädchen, mit dem sie ihm in den Ohren liegen, soll wirklich wunderschön sein.«

»Sie sind alle wunderschön mit einem Kopfkissen überm Gesicht«, erklärte Ryder und verließ das Schloßherrenzimmer.

An einem dunklen spanischen Tisch aus Mahagoni lehnte Sinjun mit gekreuzten Armen und der sorglosen, unbeschwerten Miene eines Fohlen. Sie summte ein Lied und hörte sofort auf, als Ryder sie erspähte. »Na, wie lief das Treffen?«

»Halte deine Zunge im Zaum, du Range.«

»Schon gut, Ryder, ich bin zwar jung, aber nicht blöd.«

»Laß es gut sein, Sinjun.«

»Wie geht es denn all deinen Lieben?«

»Es geht allen ausgezeichnet, vielen Dank.«

»Ich bin stumm wie eine Seifenschüssel«, erklärte sie feixend, warf ihm einen Kuß zu und verschwand wie ein Lausbub pfeifend in Richtung Küche.

Kapitel 2

Der Graf war angespannt. Er fühlte in seinem Inneren, daß sich irgend etwas zusammenbraute, etwas Unangenehmes. Er haßte diese Art von Gefühlen. Sie machten ihn hilflos und gereizt. Andererseits wußte er genau, es wäre dumm, sie zu ignorieren. Da sich die Regierung in einem Zustand der höchsten Verwirrung befand und dieser armselige Narr Addington herumflatterte wie ein kopfloses Huhn, vermutete er, daß diese Anspannung in seinem Inneren wohl aus seiner Besorgnis vor Napoleon herrührte.

Wie alle Engländer, die an der südlichen Küste Englands lebten, befürchtete er eine Invasion. Zwar schien es nicht wahrscheinlich, zumal die Engländer den Kanal fest in der Hand hatten. Aber andererseits unterschätzte nur ein Dummkopf einen Mann von Napoleons militärischem Genie und unerbittlichem Bestreben, Englands Vernichtung voranzutreiben.

Douglas stieg von Garth, seinem Reitpferd, herab und ging bis an die Steilküste. Donnernd schlug die Brandung gegen die Klippen und spie flockenartige, schaumweiße Wassertropfen hoch in die Luft. Tief sog er die salzige Luft in seine Lungen, spürte die Meeresluft beißend und naß in seinem Gesicht. Es blies ein scharfer, heftiger Wind, der seine Haare um sein Gesicht peitsche und ihm das Wasser in die Augen trieb. Es war ein bewölkter, trüber Tag. Heute konnte er Frankreich nicht sehen, aber bei klarem Himmel erblickte er von diesem günstigen Punkt aus Boulogne und die nordöstlich gelegene rauhe Küste bis nach Calais. Er hielt die Hand vor die Augen und starrte in diese graue Welt. Die Wolken wälzten und überholten sich, teilten sich aber nicht, sondern nahmen eher an Volumen zu, ihre Massen schienen sich fester aneinanderzudrücken. Als er hinter sich ein Pferd herangaloppieren hörte, das schließlich zum Stehen kam, drehte er sich nicht einmal um.

»Dachte ich mir doch, daß du hier bist, Douglas. Das ist dein Lieblingsplatz zum Nachdenken.«

Er wandte sich mit einem Begrüßungslächeln seiner jungen Schwester zu, die rittlings auf ihrer Stute Fanny saß. »Ich sollte lieber nicht so abschätzbar sein. Weder beim Frühstück noch beim Mittagessen habe ich dich gesehen, Sinjun. Hat Mutter dich wegen Ungehorsamkeit bestraft?«

»I wo, ich hatte die Zeit vollkommen vergessen. Ich studierte gerade mein...« Sie brach ab, rutschte behende vom Sattel und ging mit großen Schritten auf ihren Bruder zu. Ein hochaufgeschossenes, überschlankes Mädchen, mit langen Beinen und wildem hellem Haar, das in dichten Locken ihr Gesicht umrahmte und wohl einstmals von einem nun gewiß schon lange verlorengegangenen Haarband im Nacken zusammengehalten worden war. Ihre Augen, von lebhaftem, klarem Himmelblau, blickten heiter und klug. Alle seine Geschwister hatten diese blauen Augen und das dichte helle Haar der Sherbrookes, doch Sinjuns Haare waren noch um einiges heller und schimmerten wie das Sonnenlicht. Alle, außer ihm.

Douglas hatte Augen so schwarz wie die Sünde, wie ihm sein Kindermädchen vor vielen Jahren lachend erzählt hatte. In der Tat glich er einem heidnischen Kelten. Mit der dunkelgetönten Haut und seinen pechschwarzen Haaren erinnerte er an den Ritter mit dem Pferdefuß persönlich.

Noch sehr jung hatte er ein Gespräch belauscht, in dem sein Vater seine Mutter bezichtigte, sie hätte ihm Hörner aufgesetzt, denn sein Sohn ähnelte keinem der Sherbrookes, weder laut ihrer in Schrift noch in ihren Porträts niedergelegten Geschichte. Douglas hatte es noch im Ohr, wie sich seine Mutter immer wieder für etwas entschuldigt hatte, was sie für einen persönlichen Fehler hielt, nämlich die Erzeugung dieses so aus der Reihe fallenden Sherbrooke-Erben. Ry wurde nicht müde, Douglas immer wieder zu erklären, daß gerade aufgrund seines unsherbrookehaften strengen und furchteinflößenden Aussehens ihm jeder sofort aufs Wort gehorchte.

Doch jetzt, als Douglas seine Schwester ansah, war sein Ausdruck alles andere als streng. Sie trug Reithosen wie er, ein loses weißes Hemd und eine hellbraune Lederweste. Ihre Mutter, das war ihm klar, würde wie ein Klageweib aufheulen, erblickte sie ihre Tochter in dieser Kleidung. Aber eigentlich regte sich ihre Mutter immer über irgend etwas auf.

»Was hast du denn gerade studiert?«

»Nicht wichtig. Du machst dir wieder Sorgen, nicht wahr?«

»Einer muß es ja, zumal sich unsere Regierung offensichtlich keine Gedanken über unseren Schutz machen will. Napoleon hat die bestausgebildeten und erfahrensten Soldaten ganz Europas unter sich, und sie sind fest entschlossen, uns zu besiegen.«

»Stimmt es, daß Fox zurückkehren und Addington abgesetzt werden soll?«

»Er soll krank sein, und die Zeit ist noch nicht reif, Addington seines Amtes zu entheben. Fox ist ebenso irregeführt und liberal eingestellt wie Addington, aber wenigstens besitzt er Führungsqualität und ist nicht wankelmütig. Ich denke, du weißt ebenso wie ich darüber Bescheid.« Er kannte die geistige Frühreife seiner Schwester sehr wohl – besser, ihre Belesenheit, ihr Interesse an Fragen und Themen, die eigentlich weit über ihre Jahre hinausgingen, Dinge, bei denen die meisten Damen und Herren aus Gleichgültigkeit vollkommen verständnislos dreingeschaut hätten. Sie schien ihn besser zu verstehen als seine beiden Brüder, seine Mutter und die ganzen unzähligen Sherbrooke-Verwandten. Er hatte sie sehr ins Herz geschlossen.

»Nein, du irrst«, antwortete sie. »Aber als du letzte Woche nach London gefahren bist, um mit all diesen Herren zu reden, hast du bestimmt viel erfahren. Du hast mir noch gar nichts über die Stimmung im Kriegsministerium erzählt. Und was ich noch sagen wollte, Douglas, du hast schließlich alle Männer auf unseren Farmen und auch in einigen der Dörfer bewaffnet. Du hast immer wieder mit ihnen exerziert.« Unmittelbar nach diesen sehr erwachsen klingenden anerkennenden Worten kicherte sie wie ein junges Mädchen. »Es war urkomisch zu sehen, wie Mr. Dalton so tat, als würde er die Franzosen mit seinem knotigen Stock verjagen!«

»Am besten war er beim Rückzug und Verstecken. Lieber hätte ich seine Frau ausgebildet. Sie gäbe genau den Typ des mitleidlosen Soldaten ab, vor dem die Franzosen das Fürchten lernen könnten.«

Plötzlich sagte Sinjun, während ihre Augen einen grauen Schimmer bekamen: »Gestern nacht habe ich die jungfräuliche Braut gesehen.«

»Ich habe gehört, wie du es deinen Freundinnen erzählt hast.

Deine Zuhörerschaft schien sehr empfänglich, wenn auch so leichtgläubig, daß es direkt peinlich war. Aber, mein liebes Mädchen, das Ganze ist natürlich Humbug, und das weißt du auch. Du mußt wohl Rüben zum Abendbrot gegessen haben, die deine Träume in Geistererscheinungen verwandelt haben.«

»Ich habe sie tatsächlich in der Bibliothek gesehen.«

»Ach? Ich flehe dich an, sag deiner Mutter kein Wort davon, solltest du meine griechischen Dramen durchblättern. Ihre Reaktion darauf wäre nicht auszudenken.«

Sie lächelte zerstreut. »Ich habe sie schon alle vor zwei Jahren gelesen, Douglas.«

Er klatschte sich mit der Hand gegen die Stirn. »Ich hätte es wissen müssen.«

»Ich glaube, das interessanteste hieß Lysistrata. Aber ich habe nicht verstanden, warum die Frauen davon ausgehen konnten, ihre Männer würden mit dem Kämpfen aufhören, wenn sie drohten zu ...«

»Ja, ja, ich weiß, was die Frauen getan haben«, unterbrach er hastig, entsetzt und amüsiert zugleich. Er sah sie an und überlegte, ob er ihr vielleicht irgend etwas wie eine brüderliche Moralpredigt halten oder wenigstens gegen ihre Lektüre Einspruch erheben sollte. Ehe ihm noch etwas Angemessenes einfiel, fuhr Sinjun nachdenklich fort: »Als ich gegen Mitternacht die Treppen hinaufstieg, sah ich durch den Türschlitz Licht im Zimmer der Gräfin, das gleich neben deinem liegt. So leise ich konnte, öffnete ich die Tür, und da stand sie neben dem Bett, ganz in Weiß, und wimmerte vor sich hin. Sie sah genauso aus wie man sie in allen Geschichten beschrieben hat. Wunderschön, mit langen glatten Haaren bis zur Taille und so blond, daß es beinahe weiß wirkte. Sie wandte sich um und blickte mich an, und dann verschwand sie einfach. Doch ehe sie es tat, das schwöre ich dir, hat sie mir etwas sagen wollen.«

»Das waren die Rüben«, meinte Douglas. »Vergiß nicht, du hast welche gegessen. Ich glaube ganz einfach nicht an den Geist. Kein Mensch bei gesundem Verstand könnte an eine Geistererscheinung glauben.«

»Das kommt daher, weil du sie nicht gesehen hast und keinem weiblichen Wesen ein vernünftiges Verhältnis zur Wahrheit zutraust. Da ziehst du Gemüse als Erklärung vor.«

»Rüben, Sinjun, Rüben.«

»Na gut, trotzdem habe ich sie gesehen, Douglas.«

»Wie kommt es nur, daß nur Frauen sie gesehen haben?«

Sinjun zuckte mit den Achseln. »Ich weiß nicht, ob sie nur Frauen erscheint. Alle früheren Grafen, die über sie geschrieben haben, behaupten, es waren nur Frauen, aber wer weiß? Meiner Erfahrung nach sind Männer nicht bereit, ein Ereignis, das die Ebene des Alltäglichen überschreitet, anzuerkennen. Sie wollen wohl nicht riskieren, einen Narren aus sich zu machen.«

Douglas fragte so süffisant wie möglich: »Deiner Erfahrung nach? Du meinst also, unsere jungfräuliche Braut stand am Bett und beklagte ihre Unberührtheit, da sie wußte, ihr Bräutigam käme nimmer mehr? Und sie wäre nun dazu verdammt, niemals Ehefrau und Mutter zu werden?«

»Vielleicht.«

»Wahrscheinlich hat das junge Ding sich innerhalb eines Jahres wiederverheiratet, sechzehn Kinder auf die Welt gebracht wie jede anständige Frau im sechzehnten Jahrhundert und ist an Altersschwäche mit schlampigen grauen Haaren und keinem einzigen Zahn im Mund gestorben.«

»Du bist kein bißchen romantisch, Douglas.« Sinjun blickte nach oben, um einen Falken zu beobachten, der knapp über ihnen hinwegflog, die glatt gefiederten Flügel weit ausgebreitet, ein prachtvoller Anblick. Dann warf sie Douglas ein strahlend-freudiges Lächeln zu. Es versetzte ihm einen Schock. Sie war ein kleines Mädchen, nur fünfzehn Jahre alt, aber dieses wundersame Lächeln verhieß schon die zukünftige Frau in ihr.

»Ich habe sie aber gesehen, Douglas, und die anderen auch. Du weißt doch, es gab eine junge Frau, deren Mann nach drei Stunden Ehe ermordet wurde, und die sich, nachdem sie die Nachricht erfuhr, das Leben nahm. Sie war erst achtzehn Jahre alt. Sie hatte ihn so sehr geliebt, daß sie das Leben ohne ihn nicht ertragen konnte. Es war sehr tragisch. Audley Sherbrooke, der erste Earl of Northcliffe, hat alles genau aufgezeichnet. Sogar Vater hat einmal etwas über sie geschrieben.«

»Ich weiß, aber sei versichert, ich werde kein einziges Wort über dieses Hirngespinst niederschreiben. Alles Unsinn und dummes Zeug, von überdrehten Frauen weitergegeben. Sei versichert, bei mir wird die jungfräuliche Braut ihr ewiges Umherirren aufgeben. Zweifellos haben unsere Vorfahren diese Berichte an langen Winterabenden zum besten gegeben, als es ihnen langweilig war und sie sich und ihre Familien zu unterhalten suchten.«

Sinjun schüttelte bloß den Kopf und berührte seinen Ärmel mit spitzen Fingern. »Es hat keinen Zweck, sich mit dir vernünftig zu unterhalten. Habe ich dir eigentlich schon erzählt, meine Freundinnen – Eleanor und Lucy Wiggins – sind beide verliebt in dich. Sie flüstern und kichern und behaupten auf eine Art, daß es einem ganz schlecht wird, sie würden sofort in Ohnmacht fallen, wenn du sie auch nur anlächelst.« Nachdem sie ihm dieses Jungmädchengeheimnis anvertraut hatte, fügte sie hinzu: »Du bist ein geborener Anführer, und das hat in der Armee seine Wirkung gehabt, genauso wie es jetzt hier seine Wirkung hat. Und die jungfräuliche Braut habe ich doch gesehen.«

»Hoffentlich hast du recht. Und was dich betrifft, zu viele Rüben und gewagte griechische Dramen. Ach, und gib Eleanor und Lucy ein paar Jahre Zeit. Es wird dann Ryder sein, der ihnen Seufzer entlockt und sie zu Ohnmachtsanfällen bringen wird.«

»Du liebe Güte«, erwiderte darauf Sinjun und zog ihre Stirn in Falten. »Du mußt Ryder das Versprechen abnehmen, sie nicht zu verführen, es wäre ein zu leichtes Spiel für ihn. Sie sind nämlich furchtbar albern.« Sinjun schwieg. Offensichtlich war Douglas wieder ganz woanders.

Er dachte gerade darüber nach, wie auch er seinen Besitz hüten und schützen könnte – wie einst sein Vorfahre in ferner Vergangenheit, Baron Sanderleigh, der Northcliffe vor der Armee der Rundköpfe errettete. Es war ihm durch ausgeklügelte

List gelungen, Cromwell die Unterstützung seiner Familie glaubhaft zuzusichern, genau wie später Charles II. Die ganzen folgenden Generationen hindurch hatten die Sherbrookes die Kunst des Ränkespiels immer weiter verfeinert, um sich und ihre Ländereien zu erhalten. Sie hatten Königen und Ministern Mätressen von beachtlichen geistigen Talenten und körperlichen Vorzügen zukommen lassen, sie hatten in der Diplomatie geglänzt und beim Militär gedient. Man munkelte sogar, Queen Anne hätte sich in einen Sherbrooke-General verliebt. Alles in allem hatten sie ihr Vermögen vermehren und Northcliffe bewahren können.

Er schüttelte den Kopf und trat von der Klippe zurück. Kürzlich hatte es einen Sturm gegeben, und der Boden unter seinen Füßen war nicht allzu fest. Er warnte Sinjun davor, setzte sich auf einen Felsbrocken und verfiel wieder ins Grübeln.

»Sie werden dich nicht in Ruhe lassen, Douglas.«

»Ich weiß«, erwiderte er und machte keinerlei Anstalten, den Unwissenden zu mimen. »Verflixt, sie haben ja recht. Ich bin ein sturer Scheiß-, äh, ich meine Idiot gewesen. Ich muß mich verheiraten und meiner Frau ein Kind machen. Eins habe ich beim Militär gelernt, das Leben ist fragiler noch als die Flügel eines Schmetterlings.«

»Ja, und dein Kind wird der zukünftige Earl of Northcliffe. Ich liebe Ryder ebensosehr wie du, aber er würde den Titel nicht annehmen. Er will sich durchs Leben lachen und lieben und es nicht damit verbringen, daß er sich mit einem Verwalter auseinandersetzt, die Haushaltsbücher überprüft oder mit Farmern abgibt, die sich darüber beklagen, daß es ihnen durchs Dach regnen würde. Er schert sich den Teufel um all den Pomp, die hohen Stellungen, die Kniefälle. Er ist kein ernsthafter Mensch.« Sie lächelte kopfschüttelnd, wobei sie mit der Stiefelspitze gegen einen Stein stieß. »Das heißt, in allen Angelegenheiten eines Grafen ist er kein ernsthafter Mensch. Bei anderen Sachen verhält es sich natürlich anders.«

»Was zum Teufel soll das nun wieder heißen?«

Darauf lächelte Sinjun nur und hob die Schultern.

In diesem Augenblick wurde es Douglas klar, daß er einen Entschluß gefaßt hatte; mehr noch, er wußte auch schon, wen er heiraten würde. Ryder selbst hatte sie während einem ihrer Treffen mitgebracht. Das junge Mädchen, das es ihm vor drei Jahren angetan hatte, die schöne, hinreißende Lady Melissande, Tochter des Duke of Beresford, die ihn hatte haben wollen und geweint hatte, als er fortging. Für das, was sie als Verrat empfunden hatte, hatte sie ihm Schimpfnamen an den Kopf geschleudert. Doch vor drei Jahren hatte er sich ausschließlich dem Militär, der Vernichtung Napoleons und der Errettung Englands gewidmet.

Heutzutage widmete er sich ausschließlich der Erhaltung Northcliffes und der Sherbrooke-Linie.

Laut sagte er: »Ihr Name ist Melissande, sie ist einundzwanzig Jahre alt und die Tochter von Edouard Chambers, dem Duke of Beresford. Ich habe sie kennengelernt, da war sie achtzehn Jahre alt – und sie wieder verlassen, denn damals hatte ich keinerlei Bedürfnis, mich zu vermählen. Wie's der Teufel will, ich war nur aufgrund der Kugel in meiner Schulter zu Hause gewesen. Gut möglich, daß sie schon lange verheiratet und Mutter ist. Ach, Sinjun, sie war ja so schön, so lebhaft, sorglos und heiter, und im Hintergrund hat sie den altehrwürdigen Namen Chambers, der erst zu Zeiten ihres Großvaters etwas an Glanz verloren hat. Vor drei Jahren war keine erwähnenswerte Mitgift für sie vorhanden. Aber es wäre mir gleichgültig, wenn sie mit nichts als bloß einem Hemd bekleidet zu mir käme. Tja, ihr Bruder ist auch so ein Tunichtgut. Er sorgt in London durch seine Zügellosigkeit für einen schlechten Ruf. Er ist lasterhaft und ein Verschwender, der jeden Guinea, den er kriegen kann, sofort verspielt. Gut möglich, daß durch ihn die Chambers-Linie ausstirbt.«

»Ich finde es sehr nobel von dir, daß dich die Mitgift nicht kümmert, Douglas. Mutter sagt ja immer wieder, sie sei die einzige Grundlage einer Ehe. Vielleicht hat deine Melissande auf dich gewartet. Ich jedenfalls hätte es getan. Vielleicht hat sie niemand zur Frau genommen, weil kein Geld da war, obwohl sie die Tochter des Herzogs und wunderschön ist. Oder was wäre, wenn sie doch einen anderen geheiratet hat und jetzt Witwe ist? Es ist gut möglich, daß ihr Mann soviel Anstand besessen hat, zu sterben. Das würde alle deine Probleme lösen.«

Daraufhin mußte Douglas lächeln und nickte zustimmend. Es tat ihm gut, seine Gedanken und Pläne bei Sinjun laut aussprechen zu können. In der Tat, Melissande hatte ihm sehr gefallen, ihre unbekümmerte Art hatte ihn bezaubert, ihre raffinierten Kabalen fasziniert. Auch hatte er das dringende Verlangen verspürt, sie zu besitzen, er wollte sie zerzaust und Liebkosungen flüsternd erleben, die Augen voll grenzenloser Liebe zu ihm.

Sinjun meinte ruhig: »Wenn Melissande noch zu haben ist, dann brauchst du dir keine Sorgen darüber zu machen und die Zeit in London nicht auf der Suche nach einem passenden Mädchen zu verschwenden.«

»Du hast recht«, antwortete er, erhob sich und klopfte seine Reithosen ab. »Ich werde dem Duke of Beresford auf der Stelle schreiben. Sollte Melissande noch zu haben sein – Gott, das klingt gerade so, als wäre sie eine preisgekrönte Stute! –, dann könnte ich ja sofort nach Harrogate fahren und sie vom Fleck weg heiraten. Ich glaube, du wirst sie mögen, Sinjun!«

»Wenn du sie magst, mag ich sie auch, Douglas. Mutter wird es jedenfalls nicht tun, aber das macht nichts.«

Douglas konnte nur den Kopf schütteln. »Das stimmt. Weißt du, daß sie die einzige ist, die nie an mir herumnörgelt, ich sollte heiraten und einen Sherbrooke-Erben zeugen?«

»Weil sie nicht ihre Macht als Schloßherrin von Northcliffe verlieren will. Das Wittum-Haus ist zwar hübsch, aber sie hält es für unter ihrer Würde.«

»Manchmal erschreckst du mich, Kleines, das muß ich wirklich sagen.« Er strich durch ihr vom Wind wild durcheinanderfliegendes Haar und faßte sie mit einer Hand sanft unters Kinn. »Du bist von der guten Sorte.«

Sie nahm diesen Beweis seiner Zuneigung gelassen entgegen

und meinte: »Weißt du, Douglas, ich habe mich gefragt, warum die jungfräuliche Braut ausgerechnet zum jetzigen Zeitpunkt erscheint, aber nun ist es sonnenklar. Ich meine, sie ist erschienen, weil sie wußte, daß du heiraten willst. Vielleicht bedeutet ihr Erscheinen ein Omen; vielleicht will sie dich oder deine Melissande warnen, daß euch etwas zustoßen wird, wenn ihr nicht vorsichtig seid.«

»Dummes Zeug«, erwiderte der Earl of Northcliffe. »Trotzdem bist du von der guten Sorte, auch wenn du gelegentlich von überschäumender Fantasie bist.«

»›Es gibt mehr Ding' im Himmel und auf Erden, Horatio, als Eure Schulweisheit sich träumen läßt!‹«

»Ah, Sinjun, ich sage dir, ›Ruh, ruh, verstörter Geist‹.«

»Manchmal bist du wirklich kompliziert, Douglas.«

»Schmollst du, weil ich dich mit Shakespeare geschlagen habe?«

Ausgelassen knuffte sie seinen Arm. »Du bist zu prosaisch, Douglas, aber vielleicht legt sich das, wenn du einmal verheiratet bist.«

Douglas dachte an das heftige, leidenschaftliche Vergnügen, das er gedachte, mit Melissande zu genießen, wenn er einmal mit ihr das Bett teilen würde. »Manchmal, Kleines«, erklärte er mit einem schiefen Lächeln, »bist du erfreulich scharfsinnig.«

Der Graf wirkte zuversichtlich, als er nach Northcliffe Hall zurückkehrte. Alles würde gut werden. Schließlich besaß er, wie alle erstgeborenen Söhne seit unzähligen Generationen, das eigentümliche Glück der Sherbrookes, das ihn bis jetzt noch nie verlassen hatte. Er mußte sich also keine Sorgen machen.

Im Empfangssaal stand er neben seiner Schwester und lauschte eben dem Butler, Hollis, als sich ihre Mutter, Lady Lydia, auf sie zustürzte und *auf der Stelle* verlangte, daß Joan hinaufkommen, ihre höchst degoutante Kleidung wechseln und *versuchen,* wenigstens versuchen sollte, den *Eindruck* einer jungen Dame zu erwecken, trotz aller Hürden und Hindernisse, die Douglas und seine Brüder – die das dumme Ding regelrecht aufstachelten – ihr in den Weg legten.

»Erwarten wir Gäste, Mutter?« erkundigte sich Douglas und blinzelte Sinjun komplizenhaft zu.

»Jawohl, und wenn die Algernons – Almira ist ja so schrecklich pingelig, du weißt! –, wenn sie das Kind in diesen Reithosen und mit den Haaren wie eine...« Sie stockte, und Sinjun fügte schnell hinzu: »Wie eine Medusa, Mutter?«

»Eher wie eine abscheuliche Hexe aus einem deiner verstaubten Wälzer möchte ich meinen! Komm schon, Joan. Ach, Douglas, und bitte unterlasse es, deiner Schwester vor den Algernons diesen lächerlichen Namen zu geben!«

»Wußtest du, daß Algernon ›die Schnurrbärtigen‹ bedeutet? Es war der Spitzname von William de Percy, der einen Bart trug, zu einer Zeit, als jeder andere Gentleman glattrasiert war, und er...«

»Schluß jetzt!« rief die verwitwete Countess of Northcliffe deutlich pikiert. »Genug von deinen klugen Bemerkungen, junge Dame. Ich habe dir schon wiederholt erklärt, Männer schätzen keine Klugheit bei weiblichen Wesen. Es irritiert sie und stellt ihre eigenen geistigen Fähigkeiten in den Schatten, es bringt sie an die Brandy-Flasche. Außerdem treibt es sie in Spielhöllen. Im übrigen will ich nichts mehr von diesem Sinjun-Unsinn hören. Dein Name lautet Joan Elaine Winthrop Sherbrooke.«

»Sinjun gefällt mir aber, Mutter«, erwiderte sie, obwohl sie die Finger ihrer Mutter schmerzhaft durch ihren Hemdsärmel spürte. »Ryder hat mir den Namen gegeben, als ich zehn Jahre alt war.«

»Scht«, zischte die Countess of Northcliffe, noch ahnungslos, daß sie bald ihrer Machtstellung verlustig gehen würde. »Du bist weder Saint John noch Saint Joan – Sinjun ist ein männlicher Spitzname. Du meine Güte, du trägst diesen albernen Namen, bloß weil Tysen sich in den Kopf gesetzt hatte, du seist die Heilige Johanna...«

»Und darauf«, fuhr Douglas fort, »beschloß er sie zu martern, und so wurde aus ihr Saint Joan oder Sinjun.«

»Wie dem auch sei, ich will es nicht!«

Douglas erwiderte darauf nichts. Da er sich selbst kaum an den richtigen Namen seiner Schwester, Joan, erinnern konnte, zweifelte er nicht daran, daß seine Mutter in den kommenden Jahren noch sehr oft Sinjun würde hören müssen.

Douglas machte sich auf in die Bibliothek, um den Brief an den Duke of Beresford zu schreiben und abzuschicken. Er würde niemandem seine Pläne anvertrauen, ehe nicht der Herzog seinem Vorhaben zustimmte. Und natürlich auch Melissande. Bei Sinjun konnte er damit rechnen, daß sie darüber schwieg. Er bemerkte, daß er seiner kleinen Schwester mehr vertraute als seinen Brüdern. Schließlich war sie auch niemals betrunken. Außerdem gefiel ihm der Name Sinjun, doch zögerte er, sich den Wünschen seiner Mutter zu widersetzen. Sie war an so viele althergebrachte Vorstellungen gebunden, die ihn entsetzten; sie konnte manchmal boshaft und gemein mit dem Hauspersonal sowie mit ihren Kindern und den Nachbarn sein. Sie war mit einem Witz gesegnet, der so fade wie die Schildkrötensuppe der Köchin war; sie war plump, hatte rosige Wangen, feste Korkenzieherlöckchen rund um ihr Gesicht und mindestens drei Fettwülste unter dem Kinn. Sie jammerte beständig über ihre Pflichten, über die Mühen und Plagen, vier Kinder aufzuziehen. Er wußte nicht genau, ob er sie liebte, denn sie konnte manchmal unglaublich auf die Nerven gehen. Er wußte, sein Vater hatte sie gemocht, das hatte er Douglas vor seinem Tod anvertraut.

Hatte Sinjun recht? Hatte seine Mutter während der ganzen Eheattacken auf ihn geschwiegen, um zu vermeiden, daß ihr die Zügel über den Haushalt von einer zukünftigen Ehefrau aus der Hand gerissen wurden? Er versuchte sich Melissande vorzustellen, wie sie sich anschickte, den Haushalt in Northcliffe zu übernehmen und die Schloßschlüssel von seiner Mutter verlangte. Doch die Vorstellung wollte sich bei ihm nicht so recht einstellen. Er zuckte die Achseln; was machte es schon?

Und was war an einem einfachen Spitznamen wie Sinjun so schrecklich?

Kapitel 3

Claybourn Hall, Wetherby
Near Harrogate, England

»Es ist schwer zu glauben, Papa«, sagte Alexandra schließlich mit gepreßter, dünner Stimme. Sie konnte die Augen nicht von dem Blatt Papier wenden, das ihr Vater eben wieder ruhig auf den Schreibtisch legte. »Bist du sicher, daß der Earl of Northcliffe Melissande heiraten will? Douglas Sheerbrooke?«

»Ja, darüber besteht kein Zweifel«, erklärte Lord Edouard, Duke of Beresford. »Der arme Esel.« Er strich mit seinen langen Fingern glättend über den Briefbogen, dann las er ihn seiner jüngsten Tochter noch einmal laut vor. Als er geendet hatte und zu ihr hinübersah, schien sie einen Moment lang einen verstörten Eindruck zu machen. Sie war sehr blaß, was aber wohl nur an dem grellen Sonnenlicht lag, das durch die breiten Bibliotheksfenster schien. »Deine Schwester wird sicherlich begeistert sein, besonders nachdem vor vier Monaten Oglethorpe ja nicht ihren Erwartungen entsprochen hat. Das wirkt bestimmt wie Balsam auf ihre Wunde. Ich für meinen Teil würde am liebsten Northcliffe um den Hals fallen und an seiner Schulter schluchzen. Himmeldonnerwetter, sein Geldangebot würde mich vor dem Schlimmsten bewahren, ohne die hübsche Zuwendung zu erwähnen, die er mir zugesichert hat.«

Alexandra senkte den Blick auf ihren eingerissenen Daumennagel. »Melissande hat mir erzählt, sie hätte Douglas Sherbrooke vor drei Jahren den Laufpaß gegeben. Er hätte sie flehentlich gebeten, ihn zu erhören, doch sie hätte das Gefühl gehabt, seine Zukunft wäre ungewiß, auch wenn er der Nachfolger wäre. Aber das genügte ja nicht, denn sein Vater wäre schließlich noch am Leben; außerdem hätte er darauf bestanden, beim Militär zu bleiben und zu kämpfen; also hätte er getötet werden können, dann hätte sie gar nichts, denn sein Bruder würde nach dem Tod des Vaters der Graf werden. Sie meinte, eine arme Ehefrau oder eine schöne, aber arme Tochter zu sein, mache einen großen Unterschied.«

Der Herzog brummte vor sich hin, eine dunkle Augenbraue gehoben. »Das hat sie dir alles gesagt, Alex?«

Alexandra nickte und wandte sich von ihrem Vater ab. Sie schritt auf die großen, runden Erkerfenster zu, deren Vorhänge zu jeder Jahreszeit zurückgezogen waren, ganz gleich bei welcher Witterung, denn der Herzog weigerte sich, sie jemals vor die herrliche Aussicht zu ziehen. Seine Frau führte endlose Klagen darüber. Sie behauptete, daß die starke Sonne den Aubusson-Teppich ausbleichen würde. Schließlich war ja kein Geld da, ihn zu ersetzen, nicht wahr? Das erklärte er ihr doch immer wieder. Aber der Herzog ging nicht auf sie ein. »Nun ist Douglas Sherbrooke doch Earl of Northcliffe geworden, und er hat den Wunsch geäußert, herzukommen und sie zu heiraten.

Ja, ich werde ihm die Erlaubnis dazu erteilen, und wir werden uns in Kürze über die Zuwendung einigen. Gott sei Dank ist er ein reicher Mann. Die Sherbrookes haben ihr Geld immer klug genutzt, haben niemals das Vermögen durch Verschwendung erschöpft, sind niemals Verbindungen eingegangen, die nicht ihre Truhen bereichert und ihre Bedeutung gefördert hätten. Natürlich wird ihm die Heirat mit Melissande keinen Silberling einbringen, im Gegenteil, er wird mir für sie gut zahlen müssen, sehr gut sogar. Es muß ihm wirklich etwas an ihr liegen, denn die Chancen standen an sich ausgezeichnet, daß sie einen anderen Mann nehmen würde. Ich muß aber doch zur Verteidigung deiner Schwester sagen, ihr Ehrgeiz entspricht dem Ausmaß ihres Stolzes.«

»So wird es wohl sein. Wenn ich mich recht erinnere, war er ein sehr netter Mann. Er war gut und, na ja, eben nett.«

»Ein hitzköpfiger junger Narr, weiter nichts«, erwiderte der Herzog. »Er, der Erbe von Northcliffe, weigerte sich, sein Offizierspatent zu verkaufen. Doch das tut ja jetzt nichts mehr zur Sache. Er ist am Leben geblieben und Graf geworden, da sehen die Dinge wieder ganz anders aus. Alle Sherbrookes waren Tories bis zurück zur Sintflut, könnte man sagen, und bei diesem Grafen verhält es sich wahrscheinlich nicht viel anders. Konservativ und gediegen in seiner Art, vermute ich mal, genau wie sein Vater Justin Sherbrooke. Nun, was soll's. Ich werde wohl mit deiner Schwester sprechen müssen.« Er hielt einen Augenblick inne und betrachtete das Profil seiner Tochter. Klare, unschuldige Züge, stellte er fest, aber die Kopfhaltung und der helle Glanz ihrer grauen Augen verrieten auch noch Willensstärke. Ihre gerade schmale Nase, die hohen Backenknochen, das sanft gerundete Kinn erweckten den Eindruck von Gehorsam und Anschmiegsamkeit. Doch das traf nicht zu. Zumindest nicht seiner Erfahrung nach mit seiner Tochter. Doch seltsamerweise schien es ihr nicht bewußt zu sein, daß sie über stählerne Kraft verfügte, auch dann nicht, wenn sie sich heftig mit ihm auseinandersetzte. Ihr üppiges tizianrotes Haar war glatt aus dem Gesicht gekämmt und ließ ihre kleinen Ohren frei. Er fand beides, sie und ihre Ohren, einfach entzückend. Sie war kein so vollkommenes Geschöpf wie ihre ältere Schwester Melissande, aber sie war ganz nach seinem Geschmack, zumal sie weder Eitelkeit noch Engherzigkeit kannte und über eine gute Portion an Güte und Witz verfügte. Ja, sie war diejenige, die Verantwortung besaß, das Kind, das seinem Papa nicht widersprechen, das seine Pflicht der Familie gegenüber erfüllen würde. Wieder hatte er das untrügliche Gefühl, daß sie verstört war, und das stimmte ihn nachdenklich. Er sagte mit Bedacht: »Ich habe es dir zuerst erzählt, Alex, weil ich deine Meinung hören wollte. Auch wenn deine Mutter meint, du gleichst einer Tapete stumm und stets im Schatten von Melissande –, weiß ich es besser. Deshalb möchte ich gerne hören, was du von dieser Partie hältst.«

Er meinte, ein leichtes Zittern durchbebe sie bei seinen Worten. Mit grimmig verzogenem Gesicht überlegte er, ob wohl ihre Mutter wieder versucht hatte, ihren Frohsinn durch ständige Vergleiche mit ihrer Schwester zu dämpfen Er blickte sie prüfend an: »Fehlt dir irgend etwas, mein Schatz?«

»Ach nein, Papa. Es ist nur…«

»Nur was?«

Darauf zuckte sie mit den Achseln. »Ich frage mich nur, ob Melissande ihn jetzt noch nehmen wird. Sie will noch eine weitere Saison mitmachen, weißt du, und wir wollten nächste Woche aufbrechen. Vielleicht möchte sie abwarten, ob noch andere junge Männer für sie zu haben sind. Sie liebt die Männerjagd, hat sie mir gesagt. Oglethorpe sei eine schlabbrige Kröte gewesen, und sie sei heilfroh, daß seine Mama ihn gezwungen hat, sein Versprechen zurückzuziehen, ehe er sie noch weiter anquakte.«

Der Herzog stieß einen Seufzer aus. »Gewiß, deine Schwester hat über ihn recht gehabt, aber das ist jetzt nicht der Punkt. Du weißt, Alex, Geld muß immer eine gewichtige Rolle bei jeder Entscheidung spielen. Unsere Familie ist jetzt schon viele Jahre nicht gerade mit Glücksgütern gesegnet. Die Ausgaben in London während der Saison, die Kosten, um das Haus in Canyon Street auszustatten, der Preis ihrer Kleider und der ihrer Mutter, alles zusammen beläuft sich auf eine exorbitante Summe. Ich wäre bereit gewesen, diese als eine Art Investition nochmals auszugeben, zumal ich keine Alternative sah. Aber jetzt, da der Earl of Northcliffe ihr einen Antrag gemacht hat, werde ich statt Kosten eine Zuwendung bekommen.« Natürlich wußte der Herzog, daß er durch die Absage einer weiteren Saison Alexandra zugleich daran hinderte, an ihrer ersten Saison teilzunehmen. Aber die Kosten! Er fuhr sich mit der Hand durch das kastanienrote Haar. Was tun? Er fuhr fort, mehr zu sich zu reden, als zu seiner Tochter: »Und da ist noch Reginald, mein fünfundzwanzigjähriger Nachfolger, der in jeder Spielhölle, die London zu bieten hat, sein Geld verschleudert, riesige Schulden bei seinem Schneider Weston und seinem Buchmacher Holis und sogar noch bei Rundle und Bridge für ›Klunker‹ macht, wie er diesen angeblich wertlosen Tand für seine Geliebten bezeichnet. Mein Gott, du hättest das Rubinarmband sehen sollen, das er einer der Opernballeteusen geschenkt hat!« Wieder schüttelte er den Kopf. »Ach, Alex, seit langer Zeit schon fühlte ich mich wie die Maus in der Falle. Aber nun lastet mir das Leben nicht mehr weiter wie ein Gewicht auf den Schultern. Du weißt ja, wie ich versucht habe, Sparpläne einzuführen. Aber deiner Mutter diese Notwendigkeit zu erklären, nun, das ist ein Ding der Unmöglichkeit. Sie macht sich überhaupt keine Vorstellungen und antwortet mir nur bestürzt, man müsse mindestens drei Gänge zu jeder Mahlzeit haben. Melissande macht sich übrigens auch keine Vorstellungen. Natürlich begreifst du etwas von unserer gegenwärtigen Lage. Und Reginald – ein Liederjan, Alex, und offen gestanden, hege ich wenig Hoffnung, daß sich sein Charakter bessert.«

Er schwieg erneut, doch diesmal umspielte ein kleines Lächeln seinen Mund. Er war gerettet. Er sah wieder einen Hoffnungsschimmer am Horizont. Unter gar keinen Umständen würde er es Melissande durchgehen lassen, daß sie ihren schönen Kopf schüttelte und ihm erklärte, sie hätte kein Interesse. Brot und Wasser hinter verschlossenen Türen, das war es, was sie verdiente, sollte sie sich ihm widersetzen.

»Was hältst du davon, Alex? Macht es dir wegen der Saison etwas aus? Du bist ja so ein vernünftiges Mädchen, und du weißt ja, es ist kein Geld da und …«

Alex lächelte. »Ist schon gut, Papa. Melissande ist so schön, so geistsprühend und fröhlich und dabei so ungekünstelt. In London hätte mir ohnehin niemand besondere Aufmerksamkeit geschenkt, es ist mir daher egal, wenn ich nicht nach London fahre. Das ist nicht gelogen. Der Gedanke, all diesen grausamen Damen zu begegnen, versetzt mich in Angst und Schrecken – wenn sie nur leicht mit den Brauen zucken, bist du für immer gesellschaftlich unten durch – sagt Mama wenigstens. Du brauchst dir also keine Sorgen zu machen, es geht mir gut hier. Es gibt noch andere Dinge als Partys, Empfänge, venezianisches Frühstück und zertanzte Schuhe.« Gewiß, es gab andere Dinge, aber diese Liste war jämmerlich kurz.

»Wenn Melissande den Grafen einmal geheiratet hat, wird sie ihre Pflicht dir gegenüber erfüllen. Als Countess of Northcliffe wird sie dich überall mitnehmen, damit du einen passenden jungen Mann kennenlernst. So gehört es sich, und sie wird es auch tun. Und du wirst dem nachkommen, denn das ist der übliche Weg, an einen Ehemann zu kommen, der deiner würdig ist.«

»Die jungen Gentlemen fühlen sich anscheinend nicht sonderlich zu mir hingezogen, Papa.«

»Unsinn. Hier in der Gegend gibt es nur sehr wenige junge Gentlemen, die dich besuchen könnten. Die wenigen, die es tun, haben nur Augen für deine Schwester und verlieren das bißchen Verstand, über das sie verfügen. Du bist ein gutes Mädchen, und du bist klug, du hast mehr im Kopf als Schleifchen und junge Stutzer und...«

»Ist man selbst kein hochkarätiger Diamant, Papa, muß man fremde Gärten kultivieren.«

»Soll dies etwa dein Versuch sein, Monsieur Voltaire in neue Worte zu fassen?«

Alexandra lächelte. »Das wird es wohl sein, aber es entspricht auch der Wahrheit. Kein Grund, Haarspaltereien zu betreiben.«

»Du bist auch sehr hübsch, Alex. Sicherlich willst du nicht an deinem wunderbaren Haar herummäkeln – schließlich hat es die gleiche Farbe wie meines!«

Sie mußte lächeln. Und der Herzog dachte, jetzt würde alles gut werden. Soeben hatte der Earl of Northcliffe angeboten, ihn vor dem sicheren finanziellen Ruin zu bewahren und ihn gleichzeitig von seiner ältesten Tochter zu befreien. Umstände, die das Herz und die Geldbörse eines jeden Vaters erfreut hätten.

»Ich hoffe, Melissande entschließt sich diesmal dazu, Douglas Sherbrooke zu nehmen«, sagte Alexandra. »Wie gesagt, er ist ein sehr netter Mann, und er verdient es, das zu bekommen, was er sich wünscht.« Sie fingerte an den Falten ihres hellgelben Musselinkleides, und ihre Augen blieben gesenkt, als sie leise hinzufügte: »Er verdient es, glücklich zu sein. Vielleicht empfindet Melissande etwas für ihn und macht ihn glücklich.«

Da lag der wunde Punkt, dachte der Herzog und verzog dabei das Gesicht. Er konnte sich durchaus vorstellen, wie Melissande das Leben eines Gentlemans in eine Reihe köstlicher Erlebnisse verwandelte, bis dieser es wagte, ihr zu widersprechen oder ihr etwas zu verweigern. Dann... es schauderte ihm bei dem Gedanken. Nicht den Kopf darüber zerbrechen. Es war auch nicht sein Problem. Trotzdem würde er für den Earl of Northcliffe beten, wenn die Ehebande einmal geknüpft waren.

»Ich hole Melissande zu dir, Papa.«

Der Herzog blickte seiner Tochter nach, als sie die Bibliothek verließ. Etwas Seltsames ging hier vor. Er kannte sie gut, sie war sein Liebling, ein Kind, das seinem Herzen und seinem Verstand entsprach. Ihre plötzliche starre Haltung, das Zittern ihrer Hände kamen ihm in den Sinn. Dann schoß ihm ein verrückter Gedanke durch den Kopf, der ihn verwirrt vor die Überlegung stellte – will sie etwa selber den Earl of Northcliffe? Er wiegte den Kopf hin und her und versetzte sich drei Jahre zurück, wobei er sich an die damals fünfzehnjährige Alexandra zu erinnern versuchte, einem schrecklich schüchternen Wesen, das kastanienrote Haar in festen Zöpfen um den Kopf gelegt und noch mit Babyspeck. Nein, nein, damals war sie viel zu jung gewesen. Sollte sie irgend etwas für Douglas Sherbrooke empfunden haben, dann war es eine Jungmädchenschwärmerei gewesen, weiter nichts.

Er fragte sich, ob er auch wirklich klug handelte, doch wußte er auch, er hatte keine andere Wahl. Die Götter hatten ihm einen kostbaren Gaul geschenkt, und unter gar keinen Umständen würde er ihn in einen anderen Stall davonpreschen lassen, der ihn gewiß weniger verdiente und ihn nicht so dringend nötig hatte wie er. Wenn Alexandra Gefühle für den Grafen hegte, so tat es ihm leid. Aber er konnte und wollte seinen Plan nicht ändern. Wenn der Graf Melissande haben wollte, dann würde er sie auch bekommen. Der Herzog setzte sich und wartete auf die Ankunft seiner ältesten Tochter.

Das Gespräch zwischen dem Duke of Beresford und seiner ältesten Tochter verlief wie erwartet.

Melissande war zwei Minuten nach der Eröffnung ihres Vaters höchst empört. In ihrem flammenden Zorn war sie überaus schön, wie überhaupt bei den meisten ihrer Gemütsregungen. Ihre Wangen glühten, und die Augen, so blau wie der See bei Patley Bridge im Spätsommer, sprühten und funkelten. Ihr dichtes schwarzes Haar, dunkler als ein sternenloser Nachthimmel, schimmerte sogar noch im trüben Licht der Bibliothek, und die natürlich fallenden Locken wirbelten bei ihrem aufbrausenden Zorn wild um ihr Gesicht. Sie holte tief Luft, schüttelte die Locken ein weiteres Mal und schrie beinahe: »Lächerlich! Er denkt wohl, er braucht nach drei Jahren nur einen Finger zu krümmen – nach drei Jahren –, und ich würde ihn nicht abblitzen lassen, sondern auf ihn zulaufen und ihm erlauben, mit mir umzuspringen, wie er will!«

Der Herzog hatte Verständnis für ihre Wut. Ihr Stolz war verletzt, und der Stolz der Chambers war berüchtigt für seine Unbeugsamkeit. Er wußte aber auch, wie er mit seiner Tochter umzugehen hatte, also sprach er langsam, und seine Stimme war einschmeichelnd und verständnisvoll: »Es tut mir leid, daß er dir vor drei Jahren weh getan hat, Melissande. Doch versuche nicht die Vergangenheit umzudeuten, mein Liebes, denn ich kenne die Wahrheit. Es ist nicht das Rezept, das du deiner Schwester präsentiert hast. Wie dem auch sei, du solltest dir nur vor Augen halten, was damals tatsächlich passiert ist. Ehe der Graf fortging, hat er ein Gespräch mit mir geführt und, meiner Meinung nach, sehr tapfer seinen Standpunkt dargelegt. Aber du siehst, du hast hier das letzte Wort, und du und keine andere hat seine Zuneigung gewonnen und behalten. Nun gesteht er, daß *seine* Zuneigung und *seine* Hand von niemand anderen als von dir akzeptiert werden wollen.«

Zweifellos war Melissande das liebreizendste Geschöpf, das der Herzog je gesehen hatte. Noch immer wunderte er sich, daß sie seinen Lenden entsprungen war. Sie war kostbar, und seit ihrer Geburt hatte man sie verhätschelt und verwöhnt. Warum sollte man sie auch nicht verhätscheln und ihr jeden Wunsch von den Augen ablesen, fragte ihn stets seine Frau. Sie war ja so schön, so vollkommen. Sie hatte es verdient. Judith würde auch gewiß sagen, daß Melissande zumindest einen Herzog verdient hätte und keinen lumpigen Grafen. Auch wenn er einer der reichsten im Lande war. Nun betrachtete der Vater seine Tochter, wie sie seine Worte abwog und ihnen den Sinn zu geben versuchte, der ihrer Eitelkeit schmeicheln und ihre verwundeten Gefühle beschwichtigen könnte.

»Trotzdem«, erklärte sie nach einem kurzen Schweigen, »trotzdem erwartet er zu viel. Ich will ihn nicht, Vater! Du mußt zurückschreiben und Seiner arroganten Lordschaft erklären, daß ich ihn für abstoßend halte. Ja, genau das, für ausgesprochen abstoßend, genau wie Oglethorpe, diese Kröte, abstoßend war. Ich will ihn nicht; ich werde einen anderen zum Mann nehmen.« Sie hielt inne, wandte ihm den Rücken zu, die weißen Hände gegen die Wangen gepreßt.

»Große Güte, was ist, wenn er glaubt, er hätte mir vor drei Jahren das Herz gebrochen, und daß ich deshalb nicht geheiratet habe! Was ist, wenn er glaubt, ich hätte nach ihm geschmachtet? Das ertrage ich nicht, Vater, ich ertrag's nicht! Was soll ich nur tun?«

Der Herzog machte beruhigende Geräusche. Stolz, dachte er, dieser verfluchte Stolz. Nun, er hatte ihr ja selbst all den Stolz seines Geschlechts eingeflößt. In einer plötzlichen Eingebung lächelte er in sich hinein. »Der arme Kerl«, sagte er mit tieftrauriger Stimme und schüttelte den Kopf.

Melissande drehte sich ruckartig um und sah ihren Vater an. »Was für ein armer Kerl?«

»Der Earl of Northcliffe, natürlich. Der Mann, der dich seit drei Jahren begehrt, hat zweifellos mehr gelitten, als du und ich es sich je vorstellen können, Melissande. Doch er fühlte sich England verpflichtet, und in seinen Augen war es eine Frage der Ehre, seine heilige Pflicht zu erfüllen. Er hat sein Ehrgefühl, trotz seiner Leidenschaft für dich, nicht vergessen. Das kannst du ihm wohl kaum anlasten. Nun will er es wieder gutmachen. Er verzehrt sich nach dir. Er geht jetzt vor dir auf die Knie, mein Liebes, und fleht dich an, seine beklagenswerte Charakterfestigkeit zu verzeihen und es dir bitte durch den Kopf gehen zu lassen, ob du ihn jetzt haben willst.« Der Herzog vermied es, seiner Tochter zu erzählen, daß der Graf sein Offizierspatent schon vor etwa neun oder zehn Monaten verkauft hatte. Sogar Melissande hätte da an seinem großen leidenschaftlichen Gefühl gezweifelt, wenn sie erführe, daß er beinahe ein Jahr lang keineswegs gedrängt hatte, sie zu bekommen.

»Er ist sehr verzweifelt«, antwortete Melissande langsam. »Auch als ich ihn ins Gebet nahm, wegen seines absurden Pflichtbewußtseins, schien er wirklich verzweifelt zu sein.«

»Er ist der Earl of Northcliffe, und sein Zuhause gehört zu den reichsten Besitztümern Englands.«

»Ja, das stimmt.«

»Er hat Reichtum und eine gesellschaftliche Stellung. Er ist ein Mann, mit dem die Regierung noch einmal zählen wird. Mir ist zu Ohren gekommen, er verhandle mit dem Kriegsministerium, ja sogar mit Addington.« Der Herzog hielt inne, dann fügte er gewandt hinzu: »Ein Mann in solch einer Position braucht dringend eine Frau von Anmut und Ehrgeiz, die sich um seine gesellschaftlichen Verpflichtungen kümmert. Außerdem ist er ein gutaussehender Mann, wenn ich mich recht erinnere. Ich höre, daß er in den Salons Londons sehr gefragt ist.«

»Er ist sehr dunkel, zu dunkel. Wahrscheinlich ist er auch haarig. Mir gefallen so dunkle Männer nicht, aber er ist ein Graf.«

»Vor drei Jahren hat er dir noch recht gut gefallen.«

»Vielleicht, aber da war ich noch sehr jung. Er machte damals oft ein strenges Gesicht; jetzt wahrscheinlich noch mehr. Er lachte nicht viel; dazu war er viel zu ernst. Ja wirklich, sein Lächeln war rar.«

»Er litt an einer ziemlich ernsten Verletzung.«

»Trotzdem, er zeigte kaum einen Anflug von Heiterkeit, wenn ich witzig und amüsant war. Dieser Fehler ist mir an ihm aufgefallen. Aber damals achtete ich nicht darauf.«

»Aber mein Liebes, wie konnte er bei seiner Bewunderung für dich ein strenges Gesicht machen? Seine Bewunderung war wirklich sehr groß, wenn mich mein Gedächtnis nicht täuscht.« Das entsprach der Wahrheit. Doch wußte er auch, hätte der Graf seine Tochter besser gekannt, wäre es ihm wie Schuppen von den Augen gefallen. Er war fest entschlossen, sie sobald wie möglich unter die Haube zu bringen.

»Aber nicht so groß wie seine Hingabe fürs Vaterland!«

»Nun wird er seine Hingabe dir widmen, seiner Frau, und nicht länger seinem Vaterland. Du bist ein kluges Mädchen, Melissande. Gewiß könntest du bei einem so bereitwilligen Ehemann die Dinge nach deinem Geschmack einrichten. Ach, wie glänzend würdest du dich als Countess of Northcliffe in der Londoner Gesellschaft machen, der Platz, der dir eigentlich zusteht.«

Der Herzog sagte nichts mehr, die Samenkörner waren jetzt alle eingepflanzt, gewässert und gedüngt. Vielleicht sogar ein wenig zu stark gedüngt. Jetzt hieß es abwarten, ob ihre geistigen Fähigkeiten ausreichten, damit die Samenkörner Früchte trugen. Er hielt sich noch mit Drohungen zurück, aber, sollte sie sich seinen Wünschen verweigern, würde er sie aussprechen.

Sie blickte nachdenklich vor sich hin, ein Ausdruck, der bei ihm gewöhnlich Mißtrauen auslöste. Ihre makellose Stirn war gerunzelt, ein Zustand, den sie, wüßte sie es, niemals herbeigeführt hätte, denn er minderte ihre Schönheit. Er ließ sie erstaunlich menschlich aussehen. Bald, Gott sei's gelobt, müßte sich ein anderer Mann mit ihren Launen, ihren Wutanfällen und ihrem Schmollen herumärgern, diesen unvermeidlichen Szenen, die ihm Magengrimmen bereiteten. Doch andererseits würde ihr zukünftiger Ehemann eine der schönsten Frauen Englands sein Eigen nennen.

Der Herzog fragte sich, ob das wohl genügte. Er mochte den Earl of Northcliffe, er hielt ihn für einen edlen jungen Mann. Da er nun wieder bei Gesundheit war, würde er sicherlich von Zeit zu Zeit lächeln und fröhlich sein. Der Herzog konnte sich nicht entsinnen, daß er ungewöhnlich streng und ernst gewesen wäre. Und nun würde er ihm ein Geschenk machen, das die Seele eines jeden Mannes berauschen mußte.

Sich selbst würde er die bitter benötigten finanziellen Mittel gönnen, um das herzogliche Schiff flott zu halten.

Kapitel 4

»Was meinst du, Alex? Soll ich Douglas Sherbrooke mein Ja-Wort geben?«

Warum, so fragte sich Alexandra, während sie ihre Schwester ansah, gaben Leute vor, daß sie die Meinung anderer einholen müßten? Alexandras ruhige Art schien ihre Mitmenschen zu ermutigen, ihr die intimsten Gedanken zu erzählen und sie um ihre Meinung zu fragen. Natürlich hatte sie nicht zu erwarten, daß irgend jemand ihrer Meinung Beachtung schenken würde.

Langsam reckte sie ihr Kinn und sagte laut: »Ich finde, Douglas Sherbrooke verdient es, die schönste Frau der Welt zu heiraten.«

Melissande tigerte gedankenverloren auf und ab. Sie hielt inne: »Was sagtest du?«

»Ich finde, Douglas Sherbrooke...«

»Ach ja, schon gut, ich habe dich verstanden! Wenn ich mich entscheide, ihn zu heiraten, bekommst du deinen Willen, oder?«

Melissande war schon fast überzeugt, daß es für sie das Richtige war, die Countess of Northcliffe zu werden, als ihre Mutter, Ihre Gnaden, Lady Judith, wie eine Gewittersäule in ihr Schlafzimmer rauschte. Ihre schmalen Wangen waren übersät mit roten hektischen Flecken, ihre Hände flatterten vor Empörung. »Dein Vater sagt, daß du den Grafen bald heiraten wirst – nächste Woche, wenn es arrangiert werden kann! Er sagt, wir werden nicht nach London gehen, es wird nicht mehr nötig sein, nach London zu gehen. Oh, dieser Mann ist unmöglich! Was sollen wir machen?«

Alexandra besänftigte sie: »Du weißt Mama, wir haben nicht viel Geld. London wird Papa ein Vermögen kosten. Das kann er sich nicht leisten.«

»Alles Unsinn! Das ist immer sein Klagen. Ich will nach London. Und was dich angeht, meine Tochter, du mußt dringend einen Ehemann finden. Und du triffst ihn nicht beim Unkrautjäten deiner gräßlichen Pflanzen. Nachdem deine Schwester den Mann ihrer Wahl getroffen hat, werden die anderen merken, daß du die nächste bist. Sie werden ihre Gefühle für deine Schwester zurückstehen und sich dir zuwenden. Wie ich schon sagte, dein Vater hat stets geklagt, es sei kein Geld da, aber am Ende war doch immer welches da. Nur dein armer Bruder versucht vergeblich, Kapital aus deinem Vater zu schlagen, um in London das angemessene Leben eines jungen Gentleman zu führen. Es ist entwürdigend, und das habe ich Ihren Gnaden deutlich erklärt.«

Lady Judith unterbrach ihren Redeschwall, um Luft zu holen. »Was hat Papa darauf gesagt?« Alexandra nutzte die kleine Atempause für eine kurze Zwischenfrage.

»Er meinte, ich solle mich um meine eigenen Angelegenheiten kümmern, wenn es dich etwas angeht, mein Kind.«

Alexandra wunderte sich, warum ihr Vater seiner Frau von den Heiratsplänen erzählt hatte. Er war sicher in die Enge getrieben worden. Sie lehnte sich zurück und beobachtete unbeteiligt, wie ihre Mutter und Melissande sich gegenseitig erregten. Das war üblich, wenn eine der beiden nicht ihren Willen bekam.

Zu guter letzt stand Alexandra auf und verließ unbemerkt das aprikosen- und cremefarbene Schlafzimmer ihrer Schwester.

Alexandra wußte, Melissande würde der Heirat mit dem Grafen zustimmen. An diesem Tag wäre sie am liebsten auf einem anderen Kontinent, so daß sie das alles nicht sehen, diesen Tag nicht erleben müßte. Sie wollte das nicht durchstehen, doch sie mußte. Es gab keine Hoffnung mehr; sie würde hier sein, Zurückhaltung und Schweigen würden ihre einzige Möglichkeit sein, sich zu schützen. Sie würde gezwungen sein, zu lächeln und den Grafen als zukünftigen Schwager zu begrüßen. Und zusehen, wie er Melissande ansah, wenn er die Worte sprach, die sie zu seiner Frau machten.

In den achtzehn Jahren ihres Lebens hatte Alexandra erkennen müssen, daß das Leben recht großzügig seine ungenießbaren Speisen auf einem Silbertablett serviert.

Douglas konnte es nicht glauben, konnte es nicht fassen. Beide Briefe hatten ihn gleichzeitig erreicht. Er starrte erst auf den Brief des Duke of Beresford und dann auf die kurze, in Eile verfaßte Notiz des Lord Averey, der diese durch einen Boten am Morgen hatte bringen lassen. Der Bote saß nun bei einem Bier in der Küche und wartete auf eine Rückantwort.

Er griff noch einmal nach dem Brief des Herzogs. Dieser schwelgte in Fröhlichkeit, Erleichterung und Glückwünschen. Douglas sollte die kommende Woche Melissande in Claybourn Hall, in der alten normannischen Kirche des Dorfes Wetherby heiraten. Der Herzog würde in sieben Tagen sein stolzer Schwiegervater werden. Der frischgebackene Schwiegervater würde dann auch einige Guineen in den geschrumpften herzoglichen Geldbeutel werfen, sobald die Hochzeit stattgefunden hatte.

Er nahm Lord Averys Nachricht in die Hand. Dieser schrieb ihm, er solle schnellstmöglich nach Etaples in Frankreich reisen, und zwar in der Verkleidung eines gottverdammten französischen Soldaten. Er solle auf Instruktionen von Georges Cadoudal warten und diese dann befolgen. Er solle ein französisches Mädchen retten, das gegen ihren Willen von einem der Generäle Napoleons gefangengehalten wurde. Sonst stand nichts in dem Brief, keine weiteren Details, keine Namen. Wenn Douglas diesen Auftrag nicht ausführte, würde England seine beste Chance verpassen, Napoleon zu eliminieren, denn Georges Cadoudal war der Kopf hinter dieser Operation. Lord Avery zählte auf Douglas. England zählte auf Douglas. Als Höhepunkt beendete Lord Avery den Brief folgendermaßen: »Wenn Ihr dieses bedauernswerte Mädchen nicht rettet, läßt Cadoudal ausrichten, wird er nicht an dem Plan weiterarbeiten. Er besteht auf Eurer Person, Douglas. Er weigert sich jedoch zu sagen, warum. Vielleicht kennt Ihr die Antwort. Ich weiß, Ihr seid ihm früher schon einmal begegnet. Ihr müßt es tun, und Ihr müßt es schaffen. Northcliffe, Ihr müßt. Englands Schicksal liegt in Eurer Hand.«

Douglas lehnte sich in seinem Stuhl zurück und lachte. »Ich muß heiraten, und ich muß nach Frankreich.« Er lachte lauter.

Sollte er nach Frankreich reisen und Cadoudals Geliebte, die das Mädchen mit Sicherheit war, retten oder nach Claybourne reisen als Bräutigam?

Douglas' Lachen erstarb. Er runzelte die Stirn. Warum konnte das Leben nicht einfacher sein, wenigstens dieses eine Mal? Er war verantwortlich für Englands Schicksal. Gottverdammmich!

Er dachte an Georges Cadoudal, den radikalen Führer der royalistischen Chouans. Sein letzter Versuch, Napoleon aus der Welt zu schaffen, war im Dezember 1800 gewesen. Seine Gefolgsleute in Paris hatten Sprengkörper eingesetzt und dabei zweiundzwanzig Leute getötet und über fünfzig verwundet, jedoch keinen von Napoleons Begleitern. Georges Cadoudal war ein gefährlicher und leidenschaftlicher Mann, der Napoleon bis in den Grund seiner Seele verabscheute. Ein Mann, der die Rückkehr der Bourbonen auf den französischen Thron herbeiwünschte. Er scheute keine Verluste und Kosten, weder an Leben noch an Geld. Aber offensichtlich wertete er das Leben dieses Mädchens so hoch, daß er bereit war, seinen Plan mit England über Bord zu werfen, sollte sie nicht gerettet werden.

Cadoudal kannte Douglas, das stimmte. Er hatte ihn vor Jahren in der Rolle eines Franzosen eine Mission erfolgreich ausführen sehen. Doch warum er darauf bestand, daß Douglas und kein anderer seine Geliebte retten sollte, blieb ein Geheimnis; es sei denn, Douglas ginge nach Etaples, Frankreich. Auch jetzt unterstützte England Cadoudal in einer Verschwörung, die nun gefährdet war, da Georges Geliebte gefangengehalten wurde.

Hollis, seit dreißig Jahren Butler der Sherbrookes, hatte das adlige Auftreten eines Mitglieds des Oberhauses. Lautlos betrat er die Bibliothek. Douglas schenkte ihm keine Beachtung. Damals, vor vielen Jahren, als Douglas noch jung und stolz wie ein Gockel gewesen war und ebenso bedacht auf seinen Stand, hatte ein Freund die Bemerkung fallen lassen, daß er dem Butler ähnlicher sei, als seinem eigenen Vater. Darauf hatte Douglas ihm eine verpaßt.

Hollis räusperte sich.

Douglas blickte auf, eine schwarze Braue fragend erhoben.

»Ihr Cousin Lord Rathmore ist soeben angekommen, Mylord. Er bat mich, Sie nicht zu stören, aber man kann schlichtweg die Anwesenheit Seiner Lordschaft nicht ignorieren.«

»Ganz recht. Tony zu bitten, in einer stillen Ecke auf jemanden zu warten, ist schlechterdings nicht möglich. Ich komme sofort. Ich frage mich nur, was Seine Lordschaft wünscht? Sicher nicht, mich zu einer Heirat zu drängen.«

»Sehr wahrscheinlich nicht, Mylord. Wenn ich offen sein darf, sieht Seine Lordschaft etwas niedergeschlagen aus, etwas bitter um den Mund. Vielleicht krank, nicht so sehr körperlich, wenn Sie wissen, was ich meine, eher seelisch. Wenn ich eine Vermutung äußern darf, und die Vorlieben Seiner Lordschaft kennend, würde ich einmal sagen, daß es das schöne Geschlecht betrifft.« Mit einem Blick in die Ferne fügte er hinzu: »Zumindest ist dies gewöhnlich der Fall.«

»Verdammt«, bemerkte Douglas und stand von seinem Tisch auf. »Ich sehe nach ihm.« Er starrte noch einmal auf die beiden Briefe. Mußte der Bote halt noch etwas warten. Er mußte gründlich nachdenken, mußte die ihm gegebenen Alternativen abwägen. Er brauchte noch etwas Zeit. Außerdem war Anthony Cohn St. John Parrish, Viscount Rathmore, der Sohn des ersten Cousins seiner Mutter und sein Lieblingsvetter. Vor sechs Monaten hatten sie sich das letzte Mal gesehen.

Sein Cousin sah wirklich niedergeschlagen aus, ganz wie Hollis sagte. Douglas trat in das kleine Schloßherrenzimmer und schloß die Tür hinter sich. »Nun Tony«, begann er ohne Einleitung, »raus damit, was ist geschehen?«

»Hollis, vermute ich?«

»Ja. Erzähl.«

»Dieser Mann hätte Priester werden sollen.«

»O nein, er ist nur nicht blind. Außerdem ist er sehr angetan von dir. Nun erzähl mir, Tony.«

»Also gut, verdammt noch mal, wenn du es unbedingt wissen mußt. Ich bin nicht mehr verlobt. Ich bin ohne Verlobte. Ich wurde betrogen. Ich bin einsam und verlassen. Ich bin hier.«

Hatte Hollis je unrecht? Aber Douglas blieb skeptisch. »Willst du damit sagen, daß Teresa Carleton dich verlassen hat?«

»Natürlich nicht. Sei kein Einfaltspinsel. Nein, ich habe sie verlassen. Ich fand heraus, daß sie mit einem meiner Freunde schlief. Freund, ha! Dieses Miststück! Kannst du dir das vorstellen, Douglas? Diese Frau wollte mich heiraten – mich! Sie sollte meine Frau werden, verdammt noch mal. Mit großer Sorgfalt hatte ich sie für mich ausgewählt. Gehegt hatte ich sie wie eine kostbare Blüte, sie mit Nachsicht und Respekt behandelt. Mehr als Küssen war nicht drin, und das nicht einmal mit offenem Mund, glaub mir. Und in all dieser Zeit war sie die Geliebte meines Freundes. Es ist nicht zu fassen, Douglas, der Gedanke ist unerträglich.«

»Tony, sie war seit langem keine Jungfrau mehr«, wandte Douglas ein, »sie ist immerhin Witwe. Ich wage ja nicht zu erwähnen, daß auch du weiterhin mit deinen Mätressen geschlafen hast, und ich vermute, daß darunter auch Freundinnen von Teresa waren.«

»Das tut nichts zur Sache, das weißt du!«

»Vielleicht nicht, aber ...« Douglas unterbrach sich. »Es ist also vorbei? Du bist wieder ein freier Mann? Hast du die Verlobung tatsächlich gelöst, oder bist du nur hier, um deine Wunden zu lecken und deine wiedergewonnene Freiheit zu überdenken?«

»Ja, ich habe die Beziehung abgebrochen und möchte diese Frau am liebsten umbringen. Mir Hörner aufzusetzen! Mir, Douglas!«

»Du warst noch nicht mit ihr verheiratet, Tony.«

»Aber fast. Ich kann es nicht akzeptieren, Douglas, ich kann es kaum wahrhaben, daß es tatsächlich geschehen ist. Wie kann eine Frau mir so etwas antun?«

Mein Cousin hat eine hohe Meinung von sich, dachte Douglas. Um die Wahrheit zu sagen, das hatten viele Leute.

Soweit Douglas wußte, hatte bisher keine Frau ein falsches Spiel mit Tony getrieben. Es war eigentlich immer Tony, der lachend den Hut nahm und ging. Bis er Teresa Carleton traf, eine junge Witwe, die den Viscount Rathmore, aus welch obskurem Grund auch immer, verzaubert hatte. Innerhalb einer Woche dachte er an nichts anderes und sprach von nichts anderem als Heirat. Dann begann sie das Spiel nach Tonys Regeln zu spielen. Nach seiner Schätzung mußte der Schlag vernichtend sein. Kein Wunder, daß er noch taumelte.

»Ich kann nicht zurück nach London. Ich würde sie sehen, und meine innere Verfassung ist nicht sehr stabil, glaub mir, Douglas. Ich muß auf dem Lande leben, bis ich mein Gleichgewicht wiedergefunden habe, bis ich mich wieder unter Kontrolle habe. Bis mein Kopf wieder kühl und klar ist und ich außer Gefahr bin, diese Schlampe zu beleidigen oder sie zu schlagen. Hast du etwas dagegen, wenn ich einige Zeit bei dir bleibe?«

Blitzartig sah Douglas hier die Lösung seiner Probleme. Großartig! Er grinste. »Tony, du kannst bis zum Ende dieses Jahrhunderts hierbleiben. Du kannst meinen köstlichen französischen Cognac trinken, kannst in meinem gräflichen Bett schlafen. Du kannst machen, was du willst.« Douglas trat zu seinem Cousin, ergriff seine Hand und drückte sie, während er wie ein Narr grinste. »Tony, du bist dabei, mein Leben zu retten. Der Himmel wird dich lohnen für das, was du für mich tun kannst.«

Tony Parrish lächelte seinen Cousin an, ein Lächeln voll Neugierde und Humor. »Ich bin sicher, du wirst mir meine Heldentaten verraten«, erwiderte er.

»O ja, das werde ich. Laß uns ausreiten, und ich werde dir alles Weitere erzählen.«

Tonys Lächeln hielt immer noch an. Die nächsten fünf Minuten lauschte er mit großem Interesse Douglas' Schilderungen; blickte erstaunt, entgeistert, lächelte wieder, zuckte die Achseln und meinte: »Warum nicht?«

Warum nicht, dachte Tony Parrish fünf Tage später, als sein Blick auf die Person fiel, die zwei Meter vor ihm stand. Sie war die erlesenste Kreatur, die er jemals gesehen hatte. Ihre Gesichtszüge waren harmonisch und wahrlich perfekt. Keine seiner früheren oder jetzigen Mätressen, auch nicht seine frühere Verlobte, Teresa Carleton, waren von solcher Vollkommenheit. Er glaubte immer, blonde Frauen seien die schönsten, zartesten und verführerischsten Geschöpfe. Aber bei allen Heiligen, dem war nicht so. Dieses Haar war schwarz und füllig ohne einen Schimmer von Rot, die Augen von einem unglaublich dunklen Blau, mit einer leichten Schräge nach oben und mit sündig langen Wimpern. Die Haut war weiß, weich und glatt, die Nase schmal, der Mund voll und verlockend. Die Rundungen des Körpers waren so vollkommen, daß ihm der Schweiß ausbrach.

Er fühlte, wie sich sein Magen zusammenzog und er blaß wurde. Er starrte sie nur an und bemerkte ein leises Lächeln auf ihren Lippen. Sie sprach und begrüßte ihn mit zarter Stimme. »Viscount Rathmore? Ihr seid des Grafen Cousin, nehme ich an?«

Er nickte wie ein dummer Esel, trat auf sie zu, nahm ihre Hand, drehte sie langsam und küßte ihre zarte Innenfläche. Sie wußte, welche Wirkung sie auf ihn hatte, dachte er, ihre warme Hand noch in der seinen haltend. Sie spürte, wie überwältigt er war. Sicher würde sie versuchen, ihn zu manipulieren, doch er hatte nichts dagegen. Verrückt, aber es war so. Er fühlte den leichten Druck ihrer Finger in seinem Griff, als er ihr Lächeln erwiderte. War sie auch überwältigt? Bald würde er es erfahren. Er wußte, er mußte sein Selbstvertrauen, das von Teresa Carleton aufs äußerste angeschlagen worden war, zurückgewinnen. Er mußte seine Herrschaft wiedererlangen. Er konnte, wenn er wollte, dieses herrliche Geschöpf in die Knie zwingen. Und er konnte und wollte...

Er hing seinen Gedanken nach. Ihr Name war Melissande, und er sollte sie an seines Cousins Statt heiraten.

Etaples, Frankreich

Douglas befand sich mitten in der Hochburg des Marine-Stützpunktes von Napoleon, wobei auf der Strecke von Boulogne bis Dunkirk und Ostende alle dazwischenliegenden Orte als Teil seiner ›großen Mission‹ angesehen werden konnten. Für einen englischen Spion in Frankreich war dies der sicherste Platz. Die Leute kamen und gingen, schauten auf und sprachen miteinander, lauschten und zeichneten Skizzen von den voranschreitenden Arbeiten. Douglas wunderte sich über die abertausend Männer, die rund um die Uhr in den Hafenbecken, im Hafen und am Strand arbeiteten, um hunderte von Frachtschiffen jeder Art zu bauen. Seite an Seite mit den Arbeitern waren Soldaten, die, soweit Douglas erkennen konnte, wenig taten. Sonst herrschte überall geschäftiges Treiben.

Douglas trug eine Mannschaftsuniform, die vor drei Tagen noch neu und glänzend war, doch inzwischen verschmutzt und verknittert aussah. Während er darauf wartete, daß Cadoudal mit ihm in Kontakt trat, zog er Erkundigungen ein. In den umliegenden Schankstuben sammelte er Informationen von locker plaudernden Offizieren und angeworbenen Soldaten.

Es blieb ihm nichts anderes übrig, als zu warten. Sein Französisch war makellos, seine Manieren so, wie sie sein sollten – er hörte sich die Klagen und Beschwerden der eingezogenen Soldaten an und bedauerte sie – und aus sicherer Entfernung lauschte er den Offizieren, eine angebrachte Ehrerbietung zur Schau stellend. Die Gespräche drehten sich um eine bevorstehende Invasion. Napoleon hatte vor zwei Wochen die zahlreichen Lager an der Küste besucht und den Männern versichert, daß sie bald, sehr bald diesen elenden Graben überqueren würden. Man würde es diesen englischen Bankiers und Kaufleuten schon zeigen, daß es die Franzosen waren, die Land und See befehligten. Große Worte, dachte Douglas. Glaubte Napoleon wirklich, daß das englische Landvolk ihn als ihren Befreier begrüßen würde, wenn er es schaffen könnte, den Kanal zu überqueren, die englische Marine zu schlagen und in Dover zu landen?

Zwei Tage vergingen. Douglas langweilte sich und wurde unruhig. Doch dann erhielt er die Instruktionen von Georges Cadoudal durch einen einbeinigen Bettler. Dieser humpelte auf ihn zu, stinkend wie verrotteter Kohl, und steckte ihm ein dickes Paket in die Manteltasche. Der stinkende Kauz verschwand, bevor Douglas irgendwelche Fragen an ihn richten konnte. Zweimal las er den Brief durch und prägte sich die präzisen Instruktionen ein. Jedes beiliegende Papier und Dokument studierte er gründlich. Dann lehnte er sich zurück und dachte nach, was Cadoudal wohl jetzt von ihm erwartete. Er schüttelte den Kopf über die Kompliziertheit und die unbekümmerte Arroganz des Planes. Georges Cadoudal war zu allen Zeiten unüberlegt, manchmal empörend in seiner Art; er war entweder brillant oder unfähig. Niederlagen machten ihm zu schaffen, und Douglas wußte, daß er in letzter Zeit wenig Erfolge zu verzeichnen hatte.

Er mußte offensichtlich Stunden damit verbracht haben, diesen Plan zur Rettung jenes verdammten Mädchens, Janine Daudet, auszuarbeiten. Cadoudal war der Kopf hinter der geplanten Verschwörung, Napoleon zu entführen, einen Aufstand in Paris auszulösen und den Comte d'Artois, einen jüngeren Bruder von Louis XVI, umgehend auf den Thron zu setzen. Außerdem hatte er mehr als eine Million Francs von der englischen Regierung erhalten, so daß Lord Avery geneigt war, seinen Wünschen zu entsprechen. Offensichtlich konnte Georges es nicht riskieren, die Rettung selbst auszuführen. Auch wußte er, daß Douglas Experte war, was General Honoré Belesain anging. Deshalb bestand er auf seine Person, Douglas. Er glaubte wohl fest daran, daß Douglas es schaffen würde. Douglas überlegte, ob Georges von Belesains wüstem Ruf mit Frauen wußte. Verdammt.

Am nächsten Morgen schloß Douglas die Knopfleiste seiner unvertrauten Uniformhose und strich seinen schwarzen Mantel glatt. Sobald er Boulogne erreichte, würde er ein offizieller Beamter aus Paris sein, ein Gesandter von Bonaparte höchstpersönlich, der die Vorbereitungen zur Invasion Englands überprüfte. Er betete inständig, daß die Papiere, die Cadoudal ihm geschickt hatte, in Ordnung waren. Mit all dem englischen Geld, das er zur Verfügung hatte, konnte sich Georges sicher die besten Fälscher leisten. Douglas wollte schließlich um nichts in der Welt erkannt und als Spion erschossen werden.

Punkt zwölf Uhr – jeder Zoll ein diensteifriger Beamter, dessen Autorität aller Wahrscheinlichkeit nach seinen Verstand, sein Auftreten und seine Herkunft übertrafen – machte er sich auf seinen Weg nach Boulogne zur Residenz des Generals Honoré Belesain. Das Haus war nicht schwer zu finden, denn es gehörte dem Bürgermeister und war das größte Haus der Stadt. Der General war ein Gast des Bürgermeisters. Der selbst war, weiteren Recherchen zufolge, schon seit mehr als drei Monaten nicht mehr gesehen worden.

Douglas kannte fast alles über General Belesain. Nichts, was der General tat, konnte Douglas noch überraschen. Er war ein brillanter Taktiker und ein fähiger Verwaltungsbeamter, obwohl ein Großteil der Arbeiten von Beratern erledigt wurde. Er war gemein zu beiden, seinen Gefangenen und seinen eigenen Leuten, und war nicht nur gelegentlich von jungen Mädchen angetan. Er sah sich als beides, als den Inbegriff eines fähigen Militärgenerals und als den eines unübertroffenen Liebhabers. Douglas wußte, daß sich seine Frau nach langer Leidenszeit mit ihren vier Kindern im fernen Lyon niedergelassen hatte. Der wohlbeleibte General verstand sich als Lieber Gott unter den Menschen. Er verlor leicht die Kontrolle, und sein hitziges Temperament konnte tödliche Folgen haben. Ein Nachteil, den seine Männer und die jungen Mädchen seiner Wahl zu spüren bekamen. In sexueller Hinsicht war er nicht für Galanterie bekannt, selbst in seinen besten Zeiten. Nach einem sexuellen Akt betrank er sich oft bis zur Besinnungslosigkeit.

Das Haus des Bürgermeisters hatte drei Stockwerke, war aus gelbem Stein, dessen Farbe über die Jahre verwittert war. Es war groß, von rechteckiger Form und dicht mit Efeu bewachsen. Es lag von der Straße zurückgesetzt. An der Auffahrt entlang reihten sich mächtige Eichen im satten Grün des frühen

Sommers. Der Bürgermeister war offensichtlich ein Mann von Bedeutung. Wenigstens ein Dutzend Soldaten patrouillierten um das Anwesen oder standen vor mehreren Türen, die in das Haus führten, Wache.

Er schaute hinauf und überlegte, in welchem der Zimmer des dritten Stocks Janine Daudet wohl versteckt wurde. Ob der General sie schon vergewaltigt hatte? Mit Sicherheit. Denn was hätte ihn davon abhalten sollen? Er hoffte, daß er nicht seine perversen Spielchen mit ihr getrieben hatte. Ob sich der General wohl bewußt war, wen er da gefangenhielt? Das würde man nie erfahren; doch der General war arroganter und perverser als jeder Kommandant, von dem Douglas gehört hatte.

In der großen Empfangshalle begrüßte ihn ein junger Mann namens Grillon, den Douglas kannte. Wichtigtuerisch stolzierte er einher, seine scharlachrote Uniform mit Litzen behangen. Vorsichtig beäugte er den Fremden. Er wirkte unsicher, so von Angesicht zu Angesicht mit diesem unbekannten Mann; er war jedoch ein brutaler Bursche, wenn ihm etwas gegen den Strich ging. Douglas genoß die Unentschlossenheit des jungen Mannes. Er zählte noch vier weitere Soldaten in der Eingangshalle.

»Ich bin Monsieur Lapalisse. Sie wissen natürlich, wer ich bin. Ich wünsche den General zu sehen.« Douglas schaute sich um. Er war sich bewußt, daß der Leutnant ihn aufs schärfste beobachtete. Er versuchte, eine herablassende Haltung einzunehmen. Aber es fiel ihm schwer. Douglas war nie ein guter Schauspieler gewesen. In einer Ecke des Raumes entdeckte er ein Spinnennetz, das ihm half, verächtlich seine Lippen zu schürzen.

»Monsieur Lapalisse«, kam es endlich von Grillon, »wenn Sie hier bitte einen Moment warten wollen, ich lasse den General wissen, daß Sie hier sind, und wenn er Sie zu sehen wünscht...«

»Ich bin es nicht gewohnt, zu warten«, unterbrach Douglas, den jungen Mann von oben bis unten musternd. »Ich schlage vor, Sie melden mich sofort an. Noch besser, wir gehen gleich zusammen.«

Grillon wurde nervös. Er drehte sich auf dem Absatz um und ging. Der General litt an Kopfschmerzen. Er hatte die Nacht zuvor ausgiebig der diversen Leidenschaften gefrönt und mußte nun den Preis dafür zahlen, der Dummkopf. Der General wußte nicht genau, wann dieser verdammte Bürokrat auftauchen würde, aber er hätte ahnen müssen, daß er gerade dann auftauchen würde, wenn er ihn am wenigsten sehen wollte. Außerdem irritierte ihn dieser Besuch. Er war ihm von keiner höheren Stelle angekündigt worden.

General Belesain stand hinter seinem überfüllten Schreibtisch mit kalten Augen und starrem Körper, seine Stirn gerunzelt. Als Douglas an der Seite von Grillon eintrat, streckte er sich zu seiner vollen Größe, doch Douglas ließ sich nicht täuschen. Seine Haltung war wachsam und abwehrend. Wunderbar, dachte Douglas, als er in den großen Salon schritt als sei er zu Hause. Er nickte dem General leicht zu und bemerkte in seinem perfekten Französisch: »Ein wunderschöner Tag heute.«

»Ja, in der Tat«, erwiderte General Belesain etwas aus dem Gleichgewicht. »Eh, wie man mich informierte, sind Sie von Napoleons Kriegskomitee. Doch ich verstehe nicht ganz. Er war vor nicht allzulanger Zeit hier und hatte sein Wohlgefallen zum Ausdruck gebracht über den Fortschritt, den die Invasionspläne machten.«

»Komitees sind sehr amorphe Gebilde«, entgegnete Douglas mit einem herablassenden Lächeln und einem gälischen Achselzucken. »Ich bin nicht als Repräsentant eines Komitees hier, sondern als Napoleons persönlicher, äh, Untersuchungsbeamter.«

Der General streckte sich, sein Unterkiefer klappte runter und seine Gedanken liefen auf Hochtouren. »Untersuchungsbeamter?«

Hatte Napoleon etwa von den beiden Soldaten gehört, die er letzte Woche hatte totpeitschen lassen? Vielleicht hatte er von dem Verprügeln des Mädchens gehört, dessen Verwandte eine Macke hatten? Dummes Ding. Sie hatte protestiert, doch er wußte, daß sie ihn wollte, diese kleine Schlampe. Da hatte er sie genommen, vielleicht etwas roh. Aber das heißt nicht, daß sie sich nicht davon erholen und ihn nochmals erfreuen könnte. Sie war eben nicht seinem Witz und Charme erlegen wie die, die er oben in dem schmalen Raum neben seinem Schlafzimmer gefangenhielt. Belesain war überzeugt, daß Napoleon auf dem Schlachtfeld unbesiegbar war, aber wegen seiner scheinheiligen, spießbürgerlichen Einstellung lehnte er ihn ab. Er mußte auf der Hut sein. Dieser Mann, der da vor ihm stand, war nichts anderes als ein Bürokrat, ein Nichts, ein Speichellecker ohne Hirn. Aber er hatte Macht, und er, Belesain, würde mit ihm fertig werden. Wenn er nicht mit ihm fertig wurde, würde er ihn umbringen lassen. Schließlich trieben sich genügend Räuber und sonstige Halunken auf den Straßen herum.

»Tja«, sagte Douglas, »wie Sie sicher wissen, sieht Napoleon es als unumgänglich an, die Pläne und ihre Ausführung zu überwachen. Ein mühseliges Unterfangen, nicht wahr?«

»Sie haben selbstverständlich die nötigen Papiere.«

»Selbstverständlich.«

Um drei Uhr nachmittags ging Douglas an der Seite von General Belesain durch das Lager am Strand von Boulogne. Der General haßte diese forcierte Freundlichkeit einem verdammten Bürokraten gegenüber. Diese Atmosphäre von Kooperation mit einem Mann, den er gleichermaßen fürchtete und verachtete. Er versuchte Douglas einzuschüchtern, zu ignorieren, ihm vorzumachen, daß er alles wüßte und beherrschte. Douglas lächelte nur. Das Dinner am Abend fand in der Gesellschaft von Belesains höchsten Offizieren im großen Speisesaal statt. Das Mahl zog sich hin, und als es beendet war, war ein Großteil der Offiziere betrunken. Um Mitternacht wurden drei von ihnen von ihren Kameraden zu den Quartieren zurückgetragen. Douglas war wachsam wie nie zuvor in seinem Leben und wartete auf seine Chance.

Er betete, daß keiner ihn als englischen Spion entdecken würde. Ihm war nicht nach Sterben zumute.

Immerhin erwartete ihn bei seiner Rückkehr nach England

seine frisch angetraute Ehefrau Melissande. Wie ihr Name auf der Zunge zerging! Sie würde ihn in seinem Bett erwarten, und er hatte vor, sie dort festzuhalten, bis sie den Sherbrooke-Erben empfangen hatte.

Als der General ihn zu einem Kartenspiel aufforderte, lächelte Douglas höflich, während sein Herz schneller schlug. »Wie ist Ihr Einsatz?« fragte er, einen Staubfleck von seinem schwarzen Mantel entfernend.

Der General schlug Francs vor.

Douglas zeigte eine leichte Irritation ob einer solchen Banalität. Sicher konnte ein solch brillanter und erfahrener Mann wie der General mit etwas Besserem aufwarten... einem verlockenderen Einsatz.

Der General dachte nach und brachte dann ein etwas verrutschtes Lächeln zustande. Er war schon ziemlich betrunken. Er rieb sich die Hände, und seine Augen leuchteten, als er vorschlug: »O ja, gewiß doch, mein Herr. Der Gewinner unseres kleinen Spiels wird in den Genuß eines zarten, fleischigen Leckerbissens kommen, der derzeit hier mit mir lebt. Ihr Name ist Janine, und sie besitzt die Gabe, einen Mann zu beglücken.«

Douglas stimmte dem Vorschlag mit bemerkenswerter Indifferenz zu.

Kapitel 5

Claybourn Hall

Alexandra konnte es nicht glauben. Sie lehnte wie versteinert an Melissandes italienischem Schreibtisch, auf dessen Oberfläche zum erstenmal etwas anderes als eine Unzahl von Parfumflaschen standen. Sie trug immer noch ihren Morgenmantel, und ihr Haar hing in dicken Zöpfen über ihre Schultern. Sie starrte hinunter auf das Papier und schloß für einen Moment die Augen, schloß sie vor dem Wissen...

Du hattest gehofft, daß so etwas geschehen würde. Vielleicht, vielleicht auch nicht. Sie hatte geschwiegen. Sie hatte gewartet. Und es war eingetreten. Melissande und Anthony Parrish, Viscount Rathmore, waren die Nacht zuvor nach Gretna Green durchgebrannt.

Langsam nahm Alexandra das Papier, auf dem Melissande ihre wenigen Sätze hingekritzelt hatte, Sätze, die ihrer aller Leben veränderten. Worte, völlig falsch geschrieben, da Melissande jegliche Art von Bildung verschmäht hatte. Alexandra war ruhig, sie fühlte sich merkwürdig schwebend, irgend etwas würde noch geschehen. Sie mußte diesen Brief zu ihrem Vater bringen. Sie würde zugeben müssen, daß sie ahnte, was zwischen den beiden geschehen war.

Sie haßte sich selbst in diesem Augenblick. Wußte, daß sie eifersüchtig, kleinlich und gemein war und von niemandem Nachsicht verdiente.

Nachdem der Herzog den Brief gelesen hatte, legte er ihn auf seinen Schreibtisch, ging zum großen Fenster und starrte hinaus in den Garten. In der Ferne sah er vier Pfauen einherstolzieren. Drei Gänse schnatterten. Eine Ziege war an einem Eibenbusch festgebunden.

Nach einer Ewigkeit, so wenigstens erschien es Alexandra, wandte er sich gedankenverloren an seine jüngere Tochter. Er lächelte ihr tatsächlich zu. Zu ihrer Überraschung nahm er es leicht. »Es ist einfach geschehen, würdest du es nicht auch so sehen, Liebes? Keine große Überraschung, keine aufsehenerregende Enthüllung. Nein, es hat mich nicht erschüttert, Alex, denn Tony hatte mir einen recht ausführlichen und entschuldigenden Brief hinterlassen, der sehr viel mehr aussagte, als dieser hier von Melissande. Er weiß, daß er nicht ehrenhaft gehandelt hat. Wir werden sehen.«

»O, Papa, ich wußte es, ich wußte es, aber ich wollte...« Ihr Vater lachte in sich hinein und winkte ab. »Du ahntest auch, was Lord Rathmore tun würde, meine Liebe?«

»Nicht, daß sie nach Gretna Green gehen, aber vielleicht, daß sie sich weigern würden, mit den Hochzeitsvorbereitungen weiterzumachen ... ich kann dich nicht anlügen, Papa. Aber ich ahnte nicht, daß du ...«

Alexandra stand da, rang ihre Hände. Ihre offensichtliche Qual ließ jedes elterliche Herz schmelzen. Ihr Schuldgefühl wuchs, statt sich zu verringern. Der Herzog beobachtete sie eine Weile und beruhigte sie dann. »Ja, ich wußte, daß Tony Melissande wollte und daß sie ihn wollte. Ich habe noch nie zwei Menschen gesehen, die so hingerissen voneinander waren – und das so schnell. Tony ist ein netter junger Mann – intelligent, witzig und gutaussehend. Alles sehr wichtige Eigenschaften für Frauen. Außerdem ist er fast ebenso reich wie der Earl of Northcliffe. Zweifellos wird er zu einer Regelung mit seinem Cousin kommen; das wenigstens versicherte er mir in seinem Brief. Ich nehme an, seine Schuldgefühle müssen groß sein – viel größer als deine, Alex! Denn hat er nicht seinen Vetter betrogen und ihm die Frau, die der Graf für sich wählte, weggenommen? O ja, er verachtet sich für das, was er getan hat, jetzt, nachdem er es getan hat und es kein Zurück gibt. Gewissensbisse, so habe ich festgestellt, sind stärker, nachdem die Tat begangen und nicht mehr rückgängig zu machen ist. Aber unabhängig von dieser Verfehlung, diesem recht unglückseligen Verhalten, scheint mir der Viscount ein ehrenhafter Mann zu sein. Er hat vor, Melissande recht bald zurückzubringen. Sie, die Range, wird uns sicher nicht sehen wollen, da sie ihre Mutter in Verlegenheit gebracht hat und sie eine große Auseinandersetzung fürchtet. Doch ihr Mann wird sie zwingen, hierherzukommen.« Der Herzog sah lächelnd in die Ferne. »Tony Parrish ist kein Mann, den eine Frau um den Finger wickelt. Selbst wenn die Frau so schön ist, daß ihr Anblick einem den Atem verschlägt. Er wird sie zurückbringen, egal ob sie fleht oder unter Tränen jammert und stöhnt.«

»Ich habe es geahnt, Papa, wirklich.« Nun war es heraus. Sie stand da, beschämt und unglücklich, auf eine elterliche Strafpredigt wartend.

Der Herzog nahm die Hand seiner Tochter und hob sie an seine Lippen. »Mir mißfällt nur die unnötige Aufregung, die diese unverantwortliche Tat ausgelöst hat. Es entspricht nicht dem Wunsch eines Vaters, eines seiner Kinder im fernen Schottland heiraten zu sehen. Insbesondere die Tochter eines Herzogs sollte nicht mit einem solchen Mangel an Anstand handeln.« Der Herzog hielt mit bewegter Stimme inne. Völlig unvermittelt fragte er Alexandra: »Du willst den Grafen so sehr?«

»Das hast du auch gewußt? Oh, es ist abscheulich. Ich bin also durchschaubar wie ein Fischteich.«

»Du bist meine Tochter. Ich kenne dich, und ich liebe dich.«

»Es ist wahr. Ich habe ihn geliebt, Papa, drei Jahre lang. Aber jetzt... jetzt will ich ihn nicht einmal mehr als Schwager.«

Sie sah zu ihrem Vater auf, Elend und Schmerz in ihren schönen Augen.

Der Herzog sagte übergangslos: »Ich habe soeben einen Brief von deinem Bruder erhalten. Ich will offen sein, Alex. Selbst die Schenkungen, die Tony zweifellos machen wird, werden diese Familie nicht retten. Dein Bruder hat England in Unehre verlassen und ist, wie er schreibt, auf dem Wege nach Amerika. Er hinterläßt immense Schulden, die mich in den Bankrott führen. Selbst Tonys Schenkungen können diese Schulden nicht begleichen. Ich überlegte schon, was zu tun ist. Ich dachte nach, sorgte mich, rang mit mir... doch nun glaube ich ein Licht am Horizont zu sehen.« Er drehte sich auf dem Absatz um und verließ die Bibliothek. Alexandra starrte ihm sprachlos nach.

In circa einer Stunde würden Tony Parrish und seine neue Vicomtesse Claybourn Hall erreichen. Er wußte, daß sie schmollte und es genoß, eine wahrlich göttliche Schnute zu ziehen. Er mußte lächeln. Er hatte ihr unmißverständlich zu verstehen gegeben, daß sie in das Haus ihres Vaters zurückkehren würden und daß er die Dinge wieder richtigstellen mußte. Gefleht und gebettelt hatte sie, denn sie haßte ihre Schuldgefühle und wollte nicht mit der Nase darauf gestoßen werden. Sie hatte sogar an seiner Schulter geweint. Wunderschöne Krokodilstränen, wie er laut seiner frisch angetrauten Ehefrau gegenüber sagte, die sich daraufhin in einen heftigen Gefühlsausbruch steigerte.

Er hatte nur gelacht. Außer sich warf Melissande ihre Haarbürste nach ihm, die er prompt zurückschleuderte. Sie war so überrascht von seinem Gegenschlag, daß es ihr die Sprache verschlug. Mit der Bemerkung, sie in zehn Minuten unten zu erwarten, verließ er den Raum. Eine weitere Bürste traf die geschlossene Tür. Nach elf Minuten war sie unten. Er hatte auf seine Uhr gesehen und die Stirn gerunzelt. Er sagte nichts. Sie hatte ihm gehorcht. Sie würde sich noch daran gewöhnen, ihm ohne Szenen, Wutanfälle und irgendwelchem Zaudern zu gehorchen.

Sie fuhren in einer privaten Kutsche, die Tony von einem Stall in Harrogate gemietet hatte, um nach Gretna Green zu kommen. Dies war nun der zweite Tag seiner Ehe, und in einer Stunde würde er seinem neuen Schwiegervater gegenübersitzen, der ihn sicherlich erwürgte. Aber er mußte zurückkehren. Es gab keine andere Möglichkeit. Außerdem hatte er dem Herzog geschrieben, er käme zurück, um den Ehevertrag mit ihm zu besprechen, und um, so gut er konnte, Schadenersatz zu leisten.

Er lächelte über den rundherum lieblichen Anblick seiner Ehefrau. Kein Zweifel, er begehrte sie sehr, jetzt in diesem Augenblick. Er brauchte nur ihre Hand zu berühren und begehrte sie schon. Er brauchte nur ihre Stimme in einem anderen Raum zu hören und begehrte sie. Er sah sie hochrot vor Wut und ihn anschreiend, und er begehrte sie. Sie so nah zu haben war schier unerträglich.

»Zieh deinen Mantel aus«, forderte er sie auf.

Melissande schmollte – schmerzlich zerrissen zwischen Schuldgefühlen, Verwirrung und Wut über ihren frischgebakkenen Ehemann, der sie so rücksichtslos behandelte. Er hatte tatsächlich die Bürste zurückgeworfen! »Was hast du gesagt?«

»Ich sagte, zieh deinen Mantel aus.«

»Mir ist nicht sonderlich warm.«

»Gut so.«

Mit einem mißbilligenden Blick öffnete sie die Knöpfe ihres Mantels. Er half ihr, ihn auszuziehen und schleuderte ihn auf den gegenüberliegenden Sitz. Seine Fingerspitzen berührten streichelnd ihr Kinn. Er hielt ihren Kopf und küßte sie zärtlich, ohne ihre Lippen mit den seinen zu öffnen.

»Tony!«

»Pst. Nimm dein Hütchen ab. Ich kann dich gar nicht richtig küssen mit diesem Quatsch auf dem Kopf. Außerdem drückt es dein wunderschönes Haar nieder. Schwarz wie die sündige Nacht ist dein Haar. Ich möchte fühlen, wie es durch meine Finger gleitet.« Da seine Aufforderung mit einem netten Kompliment verbunden war, ließ sich Melissande erweichen, nahm den Hut ab und warf ihn auf ihren Mantel.

»Jetzt«, flüsterte Tony. Seine langen Finger hantierten an der durchgehenden Knopfleiste, die ihr Kleid vorne schloß. Sie zog den Atem ein und schlug ihm auf die Finger. »Wir sind in einer Kutsche, Tony! Es ist hellichter Tag! Um Himmels willen, du mußt aufhören damit, du...«

Er küßte sie wieder und zog sie auf seinen Schoß. Seine rechte Hand bewegte sich unter ihrem Kleid ihr Bein entlang, höher, immer höher, bis er das nackte, zarte Fleisch ihrer inneren Oberschenkel berührte. Sie wand sich auf seinem Schoß, und er wußte, es war nur Verlegenheit und nicht Sprödigkeit. Er wollte sie, und er würde sie nehmen. Hier in der Kutsche, auf seinem Schoß, würde er tief in sie eindringen. Fast stöhnte er auf bei dem Gedanken. Sie kämpfte weiter, während er unter Küssen murmelte: »Du wirst jetzt stillhalten. Du bist meine Frau, Melissande. Du wirst sehr bald lernen, mir zu gehorchen. Ich will dich, und ich werde dich jetzt nehmen. Ich habe dich seit letzter Nacht nicht mehr berührt. Du warst Jungfrau und deshalb wund. Aber du hattest Zeit, dich zu erholen. Ich werde sanft zu dir sein. Ich möchte deine Brüste sehen, sie liebkosen, sie mit meiner Zunge schmecken. Du wirst nur deine Röcke heben. Ich werde in dich eindringen.«

Sie starrte ihn ungläubig an, preisgegeben den unvertrauten Dingen, wußte sie nicht, was sie sagen sollte. In der vergangenen Nacht hatte sie sich, ehrlich gesagt, schmachvoll gefühlt bei dem, was sie taten. Aber sie hatte dem verdammten Earl of Northcliffe gezeigt, daß sie sich weder von ihm noch von ihrem Vater herumkommandieren ließ. Tony war reizend, er war galant, er neckte sie erbarmungslos und ließ sie nach mehr verlangen. Er faszinierte sie. Er war wie Quecksilber. Sie hatte bald seine Stärke erkannt, seine männliche Hartnäckigkeit, seine Arroganz. Sie hatte nie bezweifelt, daß sie ihn in den Griff bekommen würde. Immerhin hatte sie es bis jetzt bei jedem jungen Gentleman, der sich in ihrer Umgebung aufhielt, geschafft.

Seine Einführung in die Liebe war rücksichtsvoll gewesen. Sie hatte vage erkannt, daß er sehr erfahren war, doch konnte sie seine Finessen nicht würdigen. Sie fand die ganze Angelegenheit eher fürchterlich peinlich. Selbst die Dunkelheit, um die sie bat, hatte ihn nicht zurückhaltender werden lassen. Er hatte ihr nicht übermäßig weh getan. Was aber den Genuß am Liebesakt anbelangte, so bezweifelte sie ernsthaft, daß so etwas existierte. Ihr gefielen Küsse und Komplimente, sein boshaftes Lächeln, und vielleicht noch die Berührung seiner Zungenspitze an ihrem Ohr.

Und nun wollte er dieses männliche Glied in sie stecken. Sie sollte auf seinem Schoß sitzen, vollständig angezogen und doch nackt, während er sie liebte. Und all das in einer Kutsche!

»Nein«, sagte sie sehr bestimmt, »das werde ich nicht tun.«

Tony lächelte nur und bewegte seine Finger weiter nach oben, bis sie ihre Scham berührten.

Sie wurde blaß und stöhnte auf. Seine rechte Hand arbeitete an den Knöpfen über ihrer Brust. Sie schlug nach ihm, bis er mit seiner finstersten Stimme raunte: »Du bist meine Frau. Wie oft muß ich dich daran erinnern, Melissande? Ich weiß, du hattest wenig bis gar keinen Genuß letzte Nacht. Du warst Jungfrau, du hast geblutet, und das gefiel mir. Aber ich habe vor, das jetzt zu berichtigen. Du wirst diese Wonne von mir entgegennehmen. Du wirst stillhalten und aufhören, die schockierte Jungfrau zu spielen.«

Aber sie hörte nicht auf zu kämpfen, selbst als sie spürte, wie einer seiner langen Finger in sie hineinglitt. Sie schrie auf. Er küßte sie und hoffte, der Kutscher würde sie nicht hören.

»Eine entzückende Jungfrau, eine Schönheit und eine verwöhnte Nervensäge«, sagte er leise, seinen Atem warm an ihrem Mund. »Das habe ich geheiratet. Ich beklage mich nicht. Noch bevor ich an der lieblichen Stelle hinter deinem linken Ohr knabberte, hatte ich eine klare Vorstellung von deinem Charakter. Aber ich werde dich schlagen, weißt du.«

»Das wirst du nicht! Nein, so etwas werde ich nicht zulassen! Hör auf, verdammt noch mal! Hör auf damit!«

»O ja, ich werde dich schlagen«, flüsterte er, während sein Daumen ihre Scham liebkoste. »Und ich habe nicht vor, aufzuhören. Du wirst sehen, ich werde mit dir machen, was ich will.« Sie war schön, wahrlich vollkommen, mit ihren vor Wut blitzenden Augen. Um ehrlich zu sein, sprach aus ihnen absolutes Unverständnis, da sie bisher niemanden wie ihm begegnet war. Sie versuchte, sich von ihm loszureißen. Er nahm seine Hand weg, um ihr Kleid und ihre Unterröcke hochzuheben. Er bog ihren Rücken nach hinten, so daß sie an seinen Arm gelehnt auf seinem Schoß lag. Sie trug schwarze Lederpantoffeln und schwarze Strümpfe, die gerade bis über ihre Knie reichten und von schwarzen Strumpfbändern gehalten wurden. Von dort bis zur Hüfte war sie nackt. Er sah auf sie hinunter und lächelte.

»Sehr schön«, sagte er nur und legte seine Hand auf ihren weißen Bauch. »Wirklich sehr schön. Ich neige dazu, dich zu behalten. Wärst du eine Forelle, ich würde dich nicht ins Wasser zurückwerfen. Nein, wirklich nicht.«

»Das kannst du nicht machen, Tony! Mein Vater wird dich zum Duell fordern. Er wird dir die Ohren stutzen, er wird – ich bin doch kein verdammter Fisch.«

»Liebstes Weib, dein Vater würde nicht im Traum daran denken, mir, deinem legalen Ehemann, Meister, Eigentümer und Herr zu sagen, daß ich dir keine Befriedigung geben solle. Und das ist es, was ich tun möchte, wenn du nur endlich deinen lieblichen Mund halten und dich auf meine Finger konzentrieren würdest.«

Sie öffnete den Mund, um wieder zu schreien, doch sie fürchtete, der Kutscher könnte sie hören. Sie versank in Scham, so gedemütigt hielt sie still, während seine Finger ihren intimsten

Teil liebkosten. Er hatte es bereits die Nacht zuvor berührt. Sie hatte da nicht so sehr protestiert, obwohl sie es ruchlos fand. Doch in der Dunkelheit der Bettkammer hatte sie sich stark gefühlt – ah, sie war nach Gretna Green durchgebrannt! Sie hatte nicht ganz erkannt... nicht gewußt, was er wollen würde... aber jetzt war es anders. Es war nicht stockfinster, es war taghell. Sie waren in einer Kutsche. Er sah sie an, sprach in leichtem Ton mit ihr, berührte ihren Bauch und andere Stellen, die noch tiefer lagen. Plötzlich spürte sie tief innen ein wunderbares Gefühl aufwallen. Ihre Hüften hoben sich seinen Fingern stoßweise entgegen.

Sie starrte ihn verständnislos an und sah, daß der verdammte Lüstling sie anlächelte. Ein wissendes Lächeln, das Lächeln eines Meisters, selbstgefällig und zufrieden. Das war mehr, als sie ertragen konnte. Sie warf ihren Kopf zurück und schrie aus vollem Halse.

Die Kutsche hielt ruckartig.

Tonys Lächeln wich nicht von seinem Gesicht. Er half ihr auf, half ihr, die Kleider zu richten und wartete auf das Erscheinen des Kutschers am Fenster, was auch sofort geschah. Dessen Augen fielen auf Melissande, und sie ahnte, daß er wissen mußte, was ihr Ehemann ihr angetan hatte.

»Geht weg«, schrie sie den hilflosen Mann an. »Ah, verschwindet!«

»Ja«, sagte Tony leichthin und lehnte sich mit verschränkten Armen in die Polsterkissen. »Entschuldigung, daß meine Frau Sie gestört hat. Manchmal vergessen sich Frauen... Sie wissen schon.«

Der Kutscher fürchtete, tatsächlich verstanden zu haben. Verlegen kletterte er eilig auf seinen Kutschbock zurück. Die Kutsche machte einen Satz nach vorne.

Tony war still.

Mit schnellen, unbeholfenen Bewegungen brachte Melissande ihr Äußeres in Ordnung. Sie war so wütend, verlegen und verwirrt, sie hätte ihn anschreien können, bis sie heiser wäre. Es fiel ihr schwer, hier mit ihm zu sitzen, aus dem Fenster zu schauen, nichts zu sagen und gelangweilt zu tun. Gelangweilt!

Sie stülpte ihren Hut auf den Kopf und achtete dabei nicht auf ihre kostbare Frisur, die sicher einen nicht wiedergutzumachenden Schaden erlitten hatte. Sie zog ihren Mantel an und machte achtlos die Knöpfe in falscher Reihenfolge zu.

Er sah sie an, noch immer ein Lächeln um den Mund.

»Weißt du, Mellie...«

»Mellie! Was für ein entsetzlicher Spitzname! Ich hasse ihn, er ist absolut fürchterlich und ich...«

»Halt den Mund, mein Liebes.«

»Aber ich...« Sie sah etwas in seinen Augen, das ihr bisher in ihrem einundzwanzigjährigen Leben noch nicht begegnet war. Sie schloß ihren Mund und wandte sich ab, augenblicklich wissend, was nun kommen würde.

»Wie ich schon sagte, Mellie, für dich verriet ich meinen Cousin. Sei's drum, es ist kein Verrat, der die Seele zerstört. Du kennst Douglas nicht richtig und er dich nicht. Mein Gott, hätte er deine Spielchen während der letzten Tage gesehen, es hätte ihn völlig desillusioniert. Im Schutze der Nacht wäre er davongeschlichen, um dir zu entfliehen. Er hätte dich nicht nach Gretna Green entführt. Ich bezweifle, daß du vor drei Jahren mehr in ihm gesehen hast als einen gutaussehenden Mann, der deine Schönheit bewunderte. Die Ehre zwang ihn, dich zu verlassen. Er glaubte die Pflicht höher einstufen zu müssen, als die Angelegenheiten des Herzens. Ehrlich gesagt, er liebt dich nicht. Er erinnerte sich, daß er dich begehrte, dich bewunderte, und hatte gelacht und war hingerissen von deiner Sorglosigkeit, deiner scheinbaren Arglosigkeit, mehr nicht.

»Weder damals noch heute liebte er dich. Seine Familie war es, die ihn unbarmherzig zur Heirat drängte, um einen Sherbrooke-Erben zu zeugen. In dir sah er seine Chance, seiner Familie den Mund zu stopfen und gleichzeitig ein hübsches Wesen zu ehelichen. Das hätte ihm weitere Londonaufenthalte und die Suche unter geeigneten Debütantinnen erspart.

Selbst als ich wußte, daß ich dich haben würde, dachte ich an das Pro und Contra meines Handelns. Eines weiß ich mit Sicherheit – Douglas wird eines Tages erkennen, daß ich ihm einen Gefallen getan habe, als ich dich von der Szene entfernte. Der Tag wird kommen, da wird er mir dankbar sein. Du hättest ihn verrückt gemacht, vollkommen verrückt.«

Tony wandte sich seiner Frau zu. Er sah sehr ernst aus. »Er ist sehr viel mehr ein Gentleman als ich es bin. Egal, wie sehr du ihn provozierst, er würde dich nie schlagen, sondern sich zurückziehen.«

Sie erwiderte zögernd: »Ich glaube dir nicht. Douglas Sherbrooke liebt mich. Er liebte mich damals, er liebte mich die vergangenen drei Jahre, und er liebt mich noch immer. Er wird den Rest seines Lebens um seine verlorene Liebe trauern. O, ich habe sein Herz gebrochen, indem ich dich heiratete. Für das, was du ihm angetan hast, wird er dich immer hassen. Er wird dir nie verzeihen.«

Ruhig antwortete Tony: »Ich hoffe, es wird nicht so sein. Douglas' Stolz wird etwas angeschlagen sein, aber er wird sich sehr schnell erholen, wenn er sieht, was ich tun muß, um dich zu bändigen. Voll Dankbarkeit wird er mir die Hände schütteln. Er wird mich mit Danksagungen überhäufen.«

Melissande sah hinunter auf ihre behandschuhten Hände. »Du sprichst, als ob du mich nicht achtest, als wäre ich eine Person, die man nicht bewundern oder lieben könnte. Du sprichst, als hättest du mich nur genommen, um deinen Cousin zu retten. Ich dachte, du betest mich an, du wolltest mich unbedingt haben.«

»O, ganz recht. Doch daß ich dich anbete und verehre heißt nicht, daß ich blind für deinen Charakter bin. Wie auch immer, das ist nicht der Punkt. Weißt du, was ich getan habe, verlangt Vergeltung. Ich schulde Douglas eine Entschädigung, die ihm erspart, wieder auf die Suche nach einer Frau zu gehen. Etwas in der Art habe ich in dem Brief an deinen Vater schon erwähnt.«

»Was meinst du?«

»Ich glaube nicht, daß ich es dir jetzt schon erzählen sollte,

Melissande. Noch ist nicht sicher, ob mein Vorhaben richtig ist.« Er lächelte schief. »Weißt du, ich dachte in letzter Zeit zu viel an dich und daran, dich nackt in meinen Armen zu fühlen, um mich zu vergewissern, daß ich das, was ich wollte, auch bekommen habe. Bis wir in Claybourn Hall angekommen sind, wird dein Vater sicher von der Richtigkeit dieser neuen Situation überzeugt sein. Nun, mein Liebes, dein Hut sieht etwas derangiert aus. Ich schlage vor, du richtest dich etwas her, denn wir nähern uns Claybourn.«

Sie vergaß ihre Fragen, da er an ihre Eitelkeit appellierte. Er beobachtete, wie sie einen Spiegel aus ihrem Beutel zog. Dank ihrer geschickten Finger und einer langjährigen Erfahrung waren ihre Bemühungen erfolgreich. Ihre Schönheit ließ ihn erschauern. Ihr Körper war ohne Zweifel wundervoll – wenigstens die Stellen, die er enthüllt gesehen und berührt hatte. Zu gerne hätte er ihr Gesicht letzte Nacht gesehen, als er ihr die Jungfräulichkeit nahm, aber sie war so verängstigt, so verlegen, daß er es nicht übers Herz gebracht hatte, auf Licht zu beharren. Was ihn am meisten bewegte und überraschte, war, daß keine Frau ihn bisher so berührt hatte wie sie. Er hatte sofort gewußt, daß sie vollkommen unmöglich, verwöhnt, eitel und arrogant war, so wie er. Es war ihm gleichgültig. Er wollte sie. Ungeachtet Douglas, ungeachtet aller anderen, er wollte sie, und hatte sie genommen.

Nun galt es, mit ihr zu leben.

Ein weiteres Kunststück war, sie zu befriedigen. Der Gedanke, eine frigide Frau zu haben, war unerträglich. Er war geradezu widerlich.

Doch das wichtigste Kunststück war, Douglas zu entschädigen. Seltsam, dachte Tony, als die Kutsche in die lange, enge Auffahrt von Claybourn Hall bog, er hatte nicht einmal an Teresa, seine treulose ehemalige Verlobte gedacht, seit er Melissande getroffen hatte. Er sah seine Frau an, sah, daß sie erbleichte und ihre Hände rang.

Beinahe hoffte er, daß ihr Vater sie anschreien würde. Dann würde er, Tony, eingreifen. Ihr Beschützer, ihr Meister, ihr Ehemann. Und dann, so betete Tony, würden der Herzog und er zu einer weiteren Vereinbarung kommen.

Boulogne, Frankreich

Douglas gewann das Kartenspiel. Er mußte noch nicht einmal falsch spielen. Belesain war zum Schluß so betrunken, daß er gegen sein Verlieren nichts einzuwenden hatte. Denn als Gewinner hätte er sexuell aktiv werden müssen, eine Leistung, die er nicht mehr zu vollbringen imstande war. Er gab Douglas den Schlüssel und sagte ihm, daß er der lieblichen Hure, die er in dem kleinen Raum vorfinden würde, erklären sollte, daß er hier war, um sich mit ihr zu vergnügen. Das Weibsbild liebte Drohungen und ein paar Schmerzen, fügte er hinzu. Doch dann entschied der volltrunkene Schwachkopf, er würde ihn begleiten. »Denn«, so lallte er, als sie die Treppen in den dritten Stock hinaufgingen, »sie ist noch nicht vollständig ausgebildet.« Douglas beobachtete, wie er die Tür aufschloß und eintrat.

Er folgte schweigend. Sie standen in einem Gästezimmer mit nur einem Bett, einem Schrank und einem einzelnen runden Teppich in der Mitte des Raumes. Der einzige Bewohner des Zimmers, eine Frau, stand vor ihnen.

War das Janine Daudet? Der General grinste sie besoffen an und sagte mit einem Fingerschnippen: »Zieh dich aus.«

Zögernd folgte sie seiner Aufforderung. Er hatte etwas Jüngeres erwartet – warum, wußte er nicht. Nein, sie war nicht wirklich ein Mädchen, dachte Douglas, und sah sie näher an. Eher eine Frau von Mitte zwanzig. Sie war offensichtlich verängstigt. Doch trotz ihrer Blässe, den Schatten unter ihren Augen und ihrer Magerkeit war sie wunderschön.

Belesain wartete, bis sie sich ausgezogen hatte und in ihrem Unterkleid vor ihnen stand. Er taumelte auf sie zu, nahm ihr Kinn hart in seine Hand und küßte sie. Mit der anderen Hand streichelte er ihre Brüste unter dem zarten Batist. Mit einer plötzlichen Bewegung riß er ihr das Hemd herunter. Er lachte grölend über die Schulter zu Douglas: »Ich wollte sehen, ob Ihr mit ihr einverstanden seid. Hübsch, nicht? Ein bißchen dünn für meinen Geschmack, aber ihre Brüste sind schön.« Er stieß sie zurück aufs Bett und beugte sich über sie. Er sprach mit gedämpfter Stimme: »Siehst du diesen Mann, Kleines? Du tust alles, was er von dir will, oder... du kennst die Strafe, ja? Ich würde gerne bleiben und zuschauen, aber ich bin rechtschaffen müde.« Er richtete sich auf und sagte zu Douglas; »Sie sind so still. Finden Sie nicht, daß sie wunderschön ist? Keine Jungfrau mehr, aber auch noch nicht verbraucht. Sie gehört mir, und da sie nicht dumm ist, befolgt sie alle meine Befehle. Nun können Sie sich an ihr erfreuen. Aber nur heute nacht.«

Er schlurfte aus dem Zimmer. Douglas ging ihm nach und lauschte seinen Schritten, die sich den Flur entlang die Treppen hinunterbewegten. Er hörte, wie sich im zweiten Stock eine Tür öffnete und wieder schloß. Dann drehte er sich um und sah die Frau an.

Sie stand neben dem Bett und versuchte sich mit den Händen zu bedecken. Douglas konnte sein Glück kaum fassen und zweifelte keinen Augenblick.

Seine Stimme war drängend, als er zu ihr trat. »Sind Sie Janine Daudet?«

Sie war klein, sehr blond, ihre Haare fielen ihr fast bis zu den Hüften. Sie hatte hellblaue Augen, blonde Brauen und Wimpern. Sie war sehr hübsch.

»Also?«

Sie nickte und trat einen Schritt zurück.

»Haben Sie keine Angst vor mir. Ich bin hier im Auftrage von Georges Cadoudal.«

Douglas' Augen konzentrierten sich nicht nur auf ihr Gesicht. Es war lange her, daß er eine Frau gehabt hatte. Sein Körper reagierte mit beklagenswerter Begeisterung. »Kennen Sie Georges Cadoudal?«

Sie nickte, verängstigt und ungläubig, trotz des leisen Hoffnungsschimmers, den er in ihren Augen entdeckte.

»Ich möchte, daß Sie sich jetzt schnell anziehen. Ich bin hier, um Sie mitzunehmen und zu Georges zu bringen. Wir müssen uns beeilen.«

»Ich habe nichts anzuziehen.«

Douglas schaute sie an: »Einen Umhang, irgend etwas. Kommt, wir müssen uns beeilen.«

»Ich glaube Ihnen nicht.« Sie besaß tatsächlich noch Energiereserven. Trotz ihrer Furcht sprach sie weiter: »Er gab mich Ihnen und sagte mir auch, warum er es tat.«

»Ich habe den Spieleinsatz gewonnen.«

»O nein.« Sie wurde noch blasser. Ihre geschminkten Lippen öffneten und schlossen sich wieder. Sie schüttelte den Kopf, und die Worte purzelten nur so aus ihrem Mund: »Er will, daß ich herausfinde, was Sie Bonaparte erzählen werden, wenn Sie nach Paris zurückkehren. Er vermutet, daß Sie ein Spion sind. Ich glaube, es wäre ihm lieber, Sie wären ein Spion und nicht von Bonaparte geschickt. Er befürchtet, Bonaparte könnte die schrecklichen Dinge herausfinden, die er verbrochen hat. Er sagte mir, ich solle die Wahrheit aus Ihnen herauslocken, oder er würde meine Großmutter töten lassen.«

»Ahh.« Douglas lächelte und ließ gedankenverloren seine Hand über ihren dünnen Arm gleiten. Also war der General gar nicht betrunken. Das Kartenspiel, der Einsatz, das Verlieren, alles Pläne von Belesain, um ihn in die Falle zu locken. Nicht schlecht.

»Langsam«, sagte er abwesend und versuchte sie zu beruhigen, während er angestrengt nachdachte.

»Wo ist Ihre Großmutter?«

»Sie ist auf einem Bauernhof drei Kilometer südlich von Etaples. Er sagte, er hätte eine Wache dort aufgestellt, die sie beobachtet. Dieser Mann wird sie töten, wenn ich nicht tue, was er mir befiehlt.«

»Ich kenne Georges. Er wird sich bereits um jeden Wachmann, der um den Bauernhof Ihrer Großmutter herumschlich, gekümmert haben. Ich bin nur hier, um Sie zu retten. Nun ziehen Sie etwas an. Ich nehme Sie und Ihre Großmutter mit nach England.«

»England«, wiederholte sie langsam. Ihre Augen weiteten sich vor Überraschung. »Aber wir sprechen nur Französisch.«

»Das macht nichts. Viele Leute in England sprechen Französisch, und Sie werden Englisch lernen. Georges lebt dort die meiste Zeit und kann Sie und Ihre Großmutter unterrichten.«

»Aber ...«

»Nein, mehr kann ich jetzt nicht sagen. Georges hat mich beauftragt, Sie nach London zu bringen. Dort werden Sie sicher sein, bis er zurückgekehrt ist, um Sie zu holen. Er hat noch einiges zu erledigen. Werden Sie mir vertrauen?«

Sie sah zu ihm auf, Bewunderung und Zuversicht in ihrem Gesicht. Ihre Antwort war ein schlichtes »Ja«.

»Gut. Jetzt hören Sie mir zu. Folgendes werden wir jetzt tun.« Douglas fragte sich, als er in das blasse, angespannte Gesicht sah, das jetzt solch strahlendes Vertrauen für ihn zeigte, warum Leute im allgemeinen, aber Frauen insbesondere, glaubten, daß er so etwas wie ein heiliger Georg sei. Er haßte es, aber gleichzeitig fand er es amüsant. Er dachte an Georges Cadoudal und hoffte, daß sie sich eines Tages an ihn erinnern würde. Immerhin, Douglas war jetzt wahrscheinlich schon ein verheirateter Mann und wollte bei seiner Rückkehr nach England keine verwirrende Frau an seiner Seite haben.

Kapitel 6

Northcliffe Hall
Fünf Tage später

Douglas öffnete die Tür zur Bibliothek, sah eine einsam brennende Kerze auf dem kleinen Tisch und daneben seinen Cousin. Er betrat den Raum, ein müdes Lächeln erhellte sein Gesicht.

»Tony! Gott, ist das schön, dich zu sehen. Und es tut gut, wieder zu Hause zu sein.« Douglas rieb seine Hände. »Ah, es ist herrlich, hier zu sein. Sicher kennst du meine Gründe.«

»Douglas«, Tony stand auf, ging zu seinem Cousin und schüttelte seine Hand. »Ich nehme an, deine Mission – weswegen du unterwegs warst – war erfolgreich.«

Douglas gab ihm ein breites Grinsen und rieb sich weiter die Hände. »Sehr erfolgreich, dank eines gütigen Gottes und eines sehr dummen Generals, der dachte, er könnte mich hinters Licht führen. Dein Morgenmantel ist sehr elegant, doch wenn du nicht aufpaßt, schauen deine behaarten Beine heraus.« Er ging zum Sideboard hinüber. »Möchtest du einen guten französischen Cognac? Ich versprach dir, soviel du trinken kannst, bis zum nächsten Jahrhundert...«

»Nein, danke.«

Douglas schenkte sich einen ein und nahm einen großen Schluck. Wärmend bahnte er sich den Weg hinunter bis in seinen Magen. »Hollis sagte, daß du mich sprechen wolltest, es sei dringend und könne nicht bis morgen warten. Mein erster Eindruck war, er würde gleich anfangen zu weinen, aber das war natürlich Unsinn. Hollis weint nie, schreit nie, und zeigt auch sonst keine unpassenden Emotionen. Es ist fast Mitternacht. Tony, ich plappere, weil ich nahe dran bin, hier vor deinen Füßen zusammenzubrechen. Doch werde ich sicher meine Müdigkeit vergessen haben, sobald ich meine Braut sehe. Auf jeden Fall war ich überrascht, Hollis noch wach zu sehen. Was wolltest du?«

»Ich versuchte Hollis zu überzeugen, ins Bett zu gehen, und sagte, ich würde dich in der Halle empfangen. Doch das ist Hollis. Er weigerte sich natürlich.«

Douglas nahm noch einen Schluck Cognac und setzte sich in den bequemen Ohrensessel neben seinen Cousin.

»Was ist los?« Eine düstere Stille trat ein. Douglas ahnte plötzlich, daß etwas, was er nicht mögen würde, auf ihn zukam, und daß Tony der Bote war. »Du hast Melissande geheiratet, oder?«

Tony blickte ihm offen ins Gesicht: »Ja, ich habe sie geheiratet.« Er holte tief Luft, er mußte da durch: »Ich habe auch ihre jüngere Schwester geheiratet.«

Douglas hatte gerade einen weiteren Schluck genommen. Er spuckte ihn aus. Fast wäre er an seinem Husten erstickt. »Du hast was?«

»Ich sagte, ich habe zwei Frauen geheiratet.« Anthony Parrish drehte sich um und starrte auf die glühenden Kohlen im Kamin. Soweit seine einstudierte Erklärung. Er fühlte sich nun ebenso müde wie sein Cousin. Auch drückte ihn die Last seiner Schuld nieder. »Du kannst mich zum Duell fordern. Es ist dein gutes Recht. Ich werde das Feuer nicht gegen dich eröffnen, das schwöre ich dir.«

»Um Himmels willen, wovon redest du?« Doch Douglas wollte gar nicht wissen, wovon sein Cousin sprach. Er wollte jetzt gehen. Wollte in sein wunderbares großes Schlafzimmer, in sein herrlich großes Bett, in dem Melissande ihn erwartete. Er wollte nichts mehr hören von Tony und seiner Heirat mit zwei Frauen.

»Ich habe Melissande nicht an deiner Statt geheiratet. Ich heiratete sie zuerst über dem Amboß von Gretna Green und später noch einmal im Haus ihres Vaters. Dann heiratete ich Alexandra, ihre jüngere Schwester, an deiner Statt.«

»Ah ja«, murmelte Douglas. Er stand auf, stellte den Cognacschwenker vorsichtig auf den Beistelltisch, nahm die Kerze und ging aus der Bibliothek.

»Douglas! Warte! Du verstehst nicht! Um Himmels willen, komm zurück!«

Aber Douglas wollte nicht anhalten. Er hörte, wie Tony ihm folgte und beschleunigte seinen Schritt. Ein Fehler, das war es, nein, ein böser Scherz, ein Scherz, der von Ryder stammen könnte... nein... etwas anderes. Er hörte seinen Cousin hinter sich auf der Treppe, als er zum östlichen Seiteneingang bog. Er eilte den Flur hinunter zu seinem Schlafzimmer, riß die Doppeltüre auf, stürzte hinein, schlug sie hinter sich zu und drehte schnell den Schlüssel um. Er blickte aufs Bett, die Kerze in die Höhe haltend. Die Decke war genauso glatt wie vor zwei Wochen, als er Northcliffe Hall verlassen hatte. Das Bett war leer.

Er ging zur Estrade, stand da und starrte auf das verdammt

leere Bett. Er hatte von diesem Bett geträumt, nicht leer wie jetzt. Nein, er hatte geträumt, daß Melissande darin liegen würde, auf dem Rücken, in der Mitte, ihn mit offenen Armen empfangend.

Er wandte sich ab, außer sich vor Wut. Sein Blick fiel auf die Tür zum angrenzenden Zimmer. Er war ein Narr. Natürlich war sie nicht in seinem Bett, sondern im Schlafzimmer der Gräfin. Er war ihr fremd, und es wäre nicht schicklich für sie, in seinem Bett zu sein, wenigstens noch nicht. Nicht bis er, als ihr Ehemann, sie dorthin holte.

Er stieß die Tür auf. Der Raum war kleiner, die Möbel gemütlicher, fraulicher. Es war das Zimmer, das angeblich von dem Geist heimgesucht wurde. Eigentlich gab es ihn ja nicht. Er existierte nur in den fiebrigen Köpfen einiger gelangweilter Damen. Auch hier war das Bett leer, doch die Bettdecke war zerwühlt. Dann sah er sie. Ein Mädchen, von Kopf bis Fuß in ein langes, weißes Gewand gehüllt, stand im Schatten. Er konnte sie nicht klar erkennen, doch ahnte er, daß sie blaß und verschreckt war. War das Furcht, was er erblickte? Furcht vor ihm?

Zur Hölle, sollte sie doch Angst vor ihm haben. Er trat näher. Das war nicht Melissande. Sie war eine verdammte Fremde, und sie hatte die Dreistigkeit, hier in dem Schlafzimmer seiner Frau zu sein. Stand da, als würde sie dahin gehören. Starrte ihn an, als wäre er ein Eindringling, am Ende gar ein Mörder. »Wer zum Teufel sind Sie?«

Seine Stimme war überraschend sanft, was ihn irritierte. Er zitterte, sein Bauch krampfte sich zusammen. Er setzte die Kerze ab und stellte sich neben das Bett.

»Ich habe Sie gefragt, wer Sie sind. Was zur Hölle tun Sie hier? Wo ist Melissande?«

»Melissande ist am anderen Ende des Flurs, im Westflügel. Das Schlafzimmer nennt sich, glaube ich, der ›Grüne Würfel‹.«

Ihre Stimme klang ängstlich – hoch, dünn und piepsig.

»Ich kenne Sie nicht. Warum sind Sie hier?«

Das Mädchen trat vor, und in dem dämmrigen Kerzenlicht

bemerkte er, wie klein und zart sie gebaut war. Ihr Haar war von einem warmen, dunklen Rot und wellte sich über Schultern und Rücken.

»Ich habe hier geschlafen.«

»Sie sind nicht Melissande.«

»Nein«, antwortete sie, »ich bin Alexandra. Ich bin Ihre Frau.«

Er lachte auf. Es war ein häßlicher, rauher Ton, voller Zweifel und Ungläubigkeit. »Sie können nicht meine Frau sein, meine Liebe, da ich Sie noch nie in meinem Leben gesehen habe. Ich glaube, Sie sind eine von Tonys Frauen, oder eine seiner zahlreichen Mätressen.«

»Sie haben mich schon einmal gesehen, Mylord. Vielleicht erinnern Sie sich nicht mehr an mich. Ich war damals erst fünfzehn, und Sie hatten nur Augen für meine Schwester.«

»Ja, und Ihre Schwester habe ich geheiratet.«

Von der Tür zu Douglas' Schlafzimmer kam ein lautes Klopfen. Er konnte Tony hören, wie er den Türknopf wütend bearbeitete. »Douglas, mach diese verdammte Tür auf! Alexandra, geht es dir gut?«

»Mir geht es gut, Tony«, antwortete sie. Sie drehte sich zu Douglas und fragte mit ruhiger Stimme: »Soll ich ihn hereinlassen, Mylord?«

»Warum nicht? Er scheint mit jeder Frau hier verheiratet zu sein, also ist es sein gutes Recht, jedes Frauenbett zu besuchen.«

Sie ging an ihm vorbei in sein Schlafzimmer, während Douglas zu der Tür eilte, die zum Flur führte. Er war in dem Augenblick aus der Tür, als Tony in sein Schlafzimmer stürzte. Tony sah ihn in Richtung Westflügel eilen.

»Douglas, verdammt noch mal, bleib stehen! Wo zur Hölle läufst du jetzt hin? O nein, Halt!«

Doch Douglas eilte weiter und riß die Tür zum Schlafzimmer »Grüner Würfel« auf. Dort im Himmelbett saß aufrecht seine Frau, seine Braut, Melissande. Umrahmt vom Kerzenlicht sah ihr Gesicht verwirrt und erschreckt aus. Sie begegnete seinem Blick, blinzelte und zog sich die Decke bis zum Kinn hoch.

»Douglas Sherbrooke?«

»Warum sind Sie in diesem Zimmer? Was suchen Sie in seinem Bett?«

»Weil sie mit mir verheiratet ist, verdammt noch mal! Douglas bitte, komm da weg und laß mich dir erklären, was geschehen ist.«

»Nein, ich will meine Frau zurück in mein Schlafzimmer nehmen. Du kannst nicht alle Frauen heiraten, Tony. Es ist nicht legal, außer in der Türkei. Du scheinst Moslem zu sein. Jedenfalls werde ich diese hier mitnehmen.«

»Sie ist nicht deine Frau! Ich habe sie für mich, nicht für dich geheiratet. Ich habe mit ihr geschlafen, Douglas! Ich habe sie entjungfert. Sie ist meine Frau.« Tony hatte mit laut brüllender Stimme zu sprechen angefangen, war aber zum Ende hin ruhiger und eine Oktave leiser geworden.

Douglas, sehr blaß, starrte auf Melissande. Gott, sie war das schönste Geschöpf, das er je gesehen hatte. Ihre zerzausten schwarzen Haare umrahmten ihr weißes Gesicht. Ihre erschreckten dunkelblauen Augen waren groß und verführerisch. Er fühlte, wie er hart wurde. Ungeachtet dessen, was geschehen war, ungeachtet der Tatsache, daß sie anscheinend mit Tony verheiratet war, ungeachtet... Douglas schüttelte den Kopf. Er war müde und erschöpft. Wie der Teufel war er geritten, um noch heute nacht zu seiner Braut zu kommen. Mit einem kurzen Gedanken an Janine überlegte er, wie sie sich wohl hier als dritte Frau machen würde. Den Kopf schüttelnd sah er noch einmal zu seiner Braut.

Aber da war keine Braut.

Nein, das war nicht richtig. Da war eine Braut, ihr Name war Alexandra, doch er hatte sie nie zuvor in seinem Leben gesehen, obwohl sie das Gegenteil behauptete.

Er sah seinen Cousin an: »Ich möchte, daß du mir sagst, daß das einer deiner geistlosen Witze ist.«

»Ist es aber nicht. Bitte Douglas, komm mit mir nach unten, ich werde dir alles erklären.«

»Du kannst das erklären?«

»Ja, gib mir eine Ch...«

»Du elender Lügner!« Douglas stürzte sich auf seinen Cousin. Er traf Tony mit der Faust am Unterkiefer und warf ihn zu Boden. Tony rollte zur Seite, stand auf und schüttelte den Kopf. Douglas schlug nochmals zu. Diesmal griff Tony nach Douglas' Rockaufschlag und zog ihn mit hinunter. Sie fielen beide mit einem lauten Aufschlag hin. Arme und Beine um sich schlagend und aufeinander einprügelnd rangen sie miteinander.

Melissande schrie.

Alexandra stand im Türrahmen, eine Kerze in der erhobenen Hand. Sie sah, wie Tony auf Douglas rollte und ihm mit der Faust einen Kinnhaken verpaßte. Douglas stöhnte vor Schmerz, er richtete seine Knie auf und stieß sie in Tonys Rücken. Dann richtete er sich taumelnd auf. Tony schlug Douglas wieder, diesmal härter, sein Kopf schnellte zurück.

Alexandra schrie auf. In aller Eile stellte sie die Kerze auf den Tisch und sprang auf Tonys Rücken, bearbeitete seinen Kopf mit ihren Fäusten und zog an seinen Haaren. »Hör auf, du Scheusal! Laß ihn in Ruhe!«

Sie schlug, zog und zerrte ihn. Tony, erschüttert von diesem unerwarteten Angriff, wurde ganz starr. Douglas konnte ihn schnell überwältigen. Beide, Alexandra und Tony, stürzten zu Boden. Douglas griff Tony am Hemd und zog ihn hoch. Er schlug ihm seine Faust in den Magen. Tony stöhnte und krümmte sich vor Schmerzen. Plötzlich kam Melissande geflogen. Sie sprang Douglas auf den Rücken, ihre Beine umklammerten seine Hüften. Mit den Fäusten schlug sie auf seinen Kopf und schrie: »Laß ihn in Ruhe!«

Douglas fühlte seinen Kopf vibrieren und seine Ohren sausen. Sie riß ihm die Haare büschelweise aus und brüllte ihn weiter an. Die zweite Ehefrau, die kleinere, zog nun wie besessen an Melissande und riß sie von Douglas' Rücken. Beide Frauen purzelten zu Boden, ein Knäuel von weißen Gewändern und fliegenden Mähnen.

Tony stand noch immer gekrümmt und versuchte, zu Atem zu kommen. Douglas hatte das Gefühl, keine Haare mehr auf dem Kopf zu haben. Seine Kopfhaut pochte von Melissandes Angriff. Er stand da und musterte das Schlachtfeld. Das kleine Mädchen entwand sich Melissande, rappelte sich hoch und eilte zu ihm. Ihr Gesicht war blaß, ihre Augen weit aufgerissen. Zitternd und keuchend stand sie vor ihm.

Er verharrte starr wie eine Statue. Ihre Hand tastete von seiner Schulter zur Brust und seinen Arm entlang. Er bewegte sich nicht, sagte kein Wort. »Fehlt Ihnen etwas? Hat er Sie verletzt? Bitte, sagen Sie mir, ob Sie Schmerzen haben.« Ihre Fingerspitzen strichen leicht über seinen Unterkiefer.

Er zuckte zurück. »O, Verzeihung. Ist das die empfindliche Stelle? Es tut mir leid. Nein, es ist nicht gebrochen, aber er hat Sie sehr hart getroffen.«

Douglas schüttelte seinen Kopf, rührte sich aber nicht von der Stelle. Wozu sich bewegen oder etwas sagen? Ihre Hände setzten ihre Reise über seinen Körper fort, sie fingerte an ihm herum, klopfte ihn leicht ab. Noch ehe sie auf die Knie fiel, um seine Beine abzutasten, ergriff Douglas ihre Handgelenke und hielt sie vor ihrem Körper fest. Er schüttelte sie leicht, um ihre Aufmerksamkeit zu erlangen: »Mir geht es gut. Lassen Sie mich in Ruhe. Gehen Sie und befühlen ihn – Ihren anderen Ehemann.« Er sah über sie hinweg zu Melissande, die neben Tony stand. Ihr langes, schwarzes Haar verbarg ihr Gesicht wie ein samtweicher Vorhang. Ihre zarten Hände berührten Tonys Körper.

Douglas trat einen Schritt zurück und sah zur Tür. »Komm herein, Hollis«, sagte er ruhig.

Hollis trat würdevoll in die Höhle des Löwen. Sanft forderte er ihn auf: »Mylord, würden Sie mich bitte begleiten. Während die anderen Herrschaften sich umziehen, serviere ich Ihnen im Salon einen Cognac. Die anderen können sich gerne anschließen, wenn sie wollen. Kommen Sie, Mylord. So ist es recht, kommen Sie. Es wird alles gut werden.«

Douglas ließ sich wegführen. Er fühlte sich wie betäubt. Seine Kopfhaut vibrierte noch immer, und er hatte noch immer Ohrensausen. Melissande hatte kräftige Finger und noch kräftigere Lungen. Er wollte jemand anderes sein, nicht Douglas Sherbrooke, denn dieser arme Kerl war eine Witzfigur. Er war ein Narr, ein Dummkopf, ein Esel, dem man die Haare vom Kopf riß und der seine Braut verloren hatte. Er hörte seine Stimme, doch sie war ihm fremd: »Hollis, dieses Mädchen hat Tony angesprungen. Warum hätte sie das tun sollen? Er sagte, er hätte sie geheiratet. Ich habe sie nie vorher gesehen. Warum sollte dieses Mädchen versuchen, mich zu retten?«

»Sorgen Sie sich jetzt nicht darum, Mylord«, kam Hollis beschwichtigende Stimme. »Seien Sie froh, daß sie versuchte, Sie zu schützen.«

»Mich schützen! Verdammt, sie sah aus wie eine Megäre, bereit, bis zum letzten Blutstropfen zu kämpfen.«

»Ja, Mylord, das entspricht ihr. Sie ist Ihre Frau, Mylord, und Ihre Gräfin. Sie hat hier die letzten zwei Tage gewohnt, und ich muß sagen, sie hat sich sehr gut eingefügt.«

Douglas erwiderte bestimmt: »Nein, sie ist nicht meine Frau. Das ist unmöglich. Ich sagte schon, ich habe sie nie zuvor gesehen. Melissande ist meine Frau. Sie habe ich wiedererkannt. Ich werde Tony umbringen für das, was er getan hat.« Douglas unterbrach seinen Redefluß und schaute über seine Schulter. »Meinst du, wenn ich dieses Mädchen hierbehielte, daß sie Tony für mich umbringen würde?«

»Sehr unwahrscheinlich, Mylord. Ihre Gewalttätigkeit wurde nur durch den Angriff auf Sie ausgelöst. Lord Rathmore ist überwältigt, und somit hat sie ihr Ziel erreicht. Kommen Sie nun. Am Morgen wird alles etwas anders aussehen.«

»Ich kann nicht im selben Bett mit diesem fremden Mädchen schlafen, Hollis. Ich bin ein Gentleman. Da du ihr erlaubtest, in mein Haus zu kommen, muß ich da nicht annehmen, daß sie eine mögliche Mätresse ist? Sagtest du nicht, daß sie bereits seit zwei Tagen hier ist? Nein, ich mag es nicht und ich kann es nicht akzeptieren. Wenn sie auch versucht hat, Tony umzubringen. Ich kann nicht mit ihr schlafen.«

»Nein, Mylord. Ich verstehe Ihre Gründe sehr gut. Ihre Empfindungen sind sehr lobenswert. Mylady wird Ihre Beweggründe zu schätzen wissen. Kommen Sie. Sie brauchen Ruhe, und gestatten Sie ihren Gedanken, sich wieder zu sammeln.«

Bei Kaffee statt Cognac sammelten sich Douglas' Gedanken wieder. Aber dieses Sammeln der Gedanken ließ in ihm eine derartige Wut aufkommen, daß er sich am Kaffee verschluckte.

»Ich muß ihn umbringen, Hollis.«

»Vielleicht doch nicht, Mylord. Sie sollten Lord Rathmore erst einmal anhören. Wie Sie wissen, waren – äh, sind Sie sehr angetan von ihm.«

»Ah! Verdammter Schurke!«

Douglas richtete sich halb auf von seinem Stuhl. Doch fühlte er Hollis' feste Hand auf seiner Schulter und sank wieder zurück.

Er wollte nur noch ins Bett gehen, zwölf Stunden schlafen, dann aufwachen und alles so vorfinden, wie es sein sollte. Nein, er wollte seinen Cousin doch umbringen.

Statt dessen fragte Douglas, sonst ein Mann von geschliffenem Geist und geschickten Strategien, ermattet: »Sag, warum hast du mich verraten?«

Tony standen noch immer die Haare zu Berge, ein Resultat der weiblichen Attacke. Sein Morgenmantel war unter dem rechten Arm zerrissen und eine Seite hing länger als die andere herunter. Er blieb in sicherer Entfernung stehen. »Wirst du mir zuhören – ohne weiterhin zu versuchen, mich umzubringen?«

»Ich werde zuhören. Was das Umbringen anbelangt, so werde ich das an irgendeinem Morgen tun, kurz nach Tagesanbruch.«

»Um Gottes willen, Douglas, sprich nicht so! Verdammt, ich wollte nicht, daß es so kommt, aber es kam eben so.«

Hollis räusperte sich: »Genug, mea culpa. Mylord, Seine Lordschaft braucht Fakten. All diese Emotionen sind ermüdend und tun nichts zur Sache.«

»Was zwischen mir und Melissande geschah, war Liebe auf den ersten Blick. Ich kenne alle ihre Fehler, Douglas, Fehler, die du dir gar nicht vorstellen kannst, aber es war mir gleichgültig. Ich verstand sie, und ich wußte, daß ich mit ihr umgehen könnte. Wir brannten durch. Als wir nach Claybourn Hall zurückkehrten, entschieden der Herzog und ich, daß ich Alexandra an deiner Statt heiraten würde. Sie willigte ein. Der Herzog war mehr als dankbar. Er hatte gerade von seinem Taugenichts von Sohn gehört, daß er nicht nur England im Dunkel der Nacht den Rücken gekehrt, sondern seinem Vater auch einen Berg Schulden hinterlassen hatte. Der Herzog war außer sich und daher mit beiden Heiraten einverstanden. Dein Ehevertrag zusammen mit dem meinen rettete ihn und seine Familie vor der Schande. Ich war mir nicht sicher, Douglas, glaube mir. Aber es gab viele gute Gründe, diesen Weg zu gehen. Alexandra ist hübsch, sie ist eine Dame, sie ist nicht dumm, und du mußt nicht wieder nach London und von vorne beginnen, dir eine neue Frau zu suchen. Es wird alles gut werden.

Vielleicht ärgert es dich, weil du glaubst, ich tat es nur, um dich versöhnlich zu stimmen. Aber ich schwöre dir, ich habe es gründlich überdacht. Ich beobachtete Alexandra sorgfältig, und ich versichere dir, sie ist deiner würdig. Sie ist von der guten Sorte. Sie ist weder arrogant noch eitel. Sie ist freundlich, ausgeglichen und treu.«

»Tony, du redest von ihr wie von einem Pferd oder einem Jagdhund. Sie ist nicht Melissande!«

»Nein, dein Glück. Komm, du hast gesehen, wie sie dich, ihren Ehemann, verteidigt hat. Sie hat mich fast umgebracht. Wirklich Douglas, mit Melissande als deiner Frau wärst du nicht lange glücklich.«

»Ha, du gerissener Schuft, du redest, als hättest du mich vor einem noch schlimmeren Schicksal als dem Tod bewahrt. Du willst mir vormachen, du hättest eine Plage von mir abgewendet und auf dich genommen; daß du dich für mich geopfert hättest. Du hast meine Frau gestohlen, Tony! Verdammt, das ist zuviel. Ich habe genug gehört von deinen lahmen Entschuldigungen, und ich ...«

»Mylord«, unterbrach Hollis besänftigend, seine Hand auf Douglas' Schulter legend: »Wir müssen uns momentan mit den

Tatsachen auseinandersetzen. Emotionen sind enervierend und führen nachweislich zu Gewalt, und ich kann nicht noch mehr Gewalt auf Northcliffe zulassen.«

»Wo ist meine Schwester? Wo sind Ryder, Tyson und meine Mutter?«

»Master Ryder bestand darauf, Northcliffe zu verlassen, bis sich alles eingependelt hat. Er ist ein intelligenter junger Mann. Sobald er verstand, was geschehen war, ließ er innerhalb von zwei Stunden die Familie von hier abreisen. Sie sind derzeit in London im Sherbrooke-Stadthaus.«

Und er hätte beinahe Janine in das Stadthaus gebracht! Doch Lord Avery hatte zum Schluß glücklicherweise entschieden, sich selbst um ihre Unterkunft zu bemühen. Douglas drehte sich zu Hollis. »Also bin ich mit diesem verfluchten Frauendieb allein im Haus.« Douglas rieb sich die Hände und grinste. »Wunderbar! Das heißt, ich kann ihn umbringen ohne Mitwisser, ohne Tyson, der mir von seiner imaginären Kanzel aus predigt, ohne Ryder, der mich auslacht, ohne meine Schwester und Mutter, die in Ohnmacht fallen. Nein, Hollis, das war nicht Ryders Idee, stimmt's? Nein, du hast befürchtet, es könnten Unstimmigkeiten aufkommen und hast Ryder überzeugt, sie alle wegzubringen. Ich habe nichts dagegen, wirklich nichts dagegen. Gott sei Dank hast du sie weggeschickt. Und jetzt werde ich diesem verdammten Schweinehund von Cousin den Garaus machen«, brüllte Douglas und sprang auf.

»Bitte, es reicht, Mylord.«

Douglas erstarrte und sah auf die zarte Frau, die sich geprügelt hatte, um ihn zu schützen. Nun stand sie in der offenen Tür. Sie, die seine verdammte Ehefrau sein sollte. Er erschauerte. Sie war ihm so fremd. Es war absurd, es war nicht wahr. Er konnte und würde das nicht akzeptieren.

»Sagen Sie mir wenigstens Ihren Namen«, forderte er sie mit rauher Stimme auf, seine Wut nur schwer unterdrückend.

»Mein Name ist Alexandra Gabrielle Chambers, das jüngste Kind des Duke of Beresford. Doch ich bin kein Kind mehr, ich bin achtzehn Jahre und eine Frau.« Sie machte eine Pause, und er sah ihr angespanntes Gesicht. Ein wirklich hübsches Gesicht, mit leuchtend grauen Augen, die ganz und gar nicht dumm dreinblickten. Bestimmt band sie ihr Haar mit einer Schleife im Nacken zusammen. Sie hatte einen zierlichen Knochenbau, einen hübschen Mund, gut geschwungene Brauen und reizende kleine Ohren. Doch es ließ ihn kalt, nichts davon berührte ihn. Sie fingerte an der Schärpe ihres blaßblauen Morgenmantels: »Können Sie sich denn gar nicht an mich erinnern, Mylord?«

»Nein.«

»Ich habe mich wohl etwas verändert. Ich war runder und auch kleiner. Ich trug sogar zeitweise eine Brille zum Lesen. Mein Haar war immer streng in kindliche Zöpfe geflochten, so daß es schon möglich ist, daß Ihr mich nicht beachtet habt, aber jetzt...«

»Es kümmert mich nicht, ob Sie glatzköpfig oder korpulent waren. Gehen Sie. Gehen Sie zurück ins Bett. Sie können sicher sein, daß ich heute nacht nicht kommen werde, um Sie zu vergewaltigen. Es ist nicht meine Art, mit fremden Frauen ins Bett zu gehen.«

Sie richtete sich sehr gerade auf, und mit einem kurzen Blick auf Tony nickte sie: »Wie Sie wünschen, Mylord. Ich werde im angrenzenden Zimmer schlafen, wenn es Ihnen recht ist.«

»Schlafen Sie im Flur, wenn Sie wollen. Schlafen Sie mit Tony. Immerhin hat er Sie ja auch geheiratet.«

»Wirklich, Douglas!«

Alexandra drehte sich ohne ein weiteres Wort um und ging. Sie nahm eine Kerze von dem großen spanischen Tisch in der Eingangshalle und stieg langsam die Treppe nach oben. Was hatte sie erwartet? Daß er sie nur ansah und in Verzückung geriet über das Geschenk, das Tony ihm mitgebracht hatte? Daß er sie mit Melissande vergleichen und sich sofort für sie entscheiden würde? Daß er Halleluja singen und seinen Reichtum wohltätigen Zwecken zur Verfügung stellen würde, dafür, daß Tony sie hergebracht hatte? All die Bemühungen ihres Vaters, sie zu überzeugen. Ja, ihr Vater – sie erinnerte sich genau, was er gesagt hatte, wie er sie gedrängt hatte und dabei ihre eigenen Gefühle gegen sie benutzte… Alexandra schüttelte den Kopf. Nein, es war alles nach ihrem Wunsch gelaufen. Hätte sie wirklich ablehnen wollen, ihr Vater hätte sie nicht gezwungen, Douglas in Abwesenheit zu heiraten. Sicher, das Geld benötigte er dringend. Auch glaubte er, daß die beiden, Douglas Sherbrooke und Anthony Parrish, nun da sie zur Familie gehörten, seinem albernen Nachfolger Reginald, sollte dieser erst einmal nach England zurückkehren, die Flausen schon austreiben würden.

Ha! Schon wieder versuchte sie Gründe zu finden, sich zu überzeugen, daß das, was sie tat, richtig, angemessen und wirklich großartig war. Dabei gab es überhaupt keinen ›guten Grund‹. Douglas war betrogen worden von seinem Cousin, von Melissande, von ihrem Vater und von ihr. Sie hatte gehofft, verzweifelt gehofft, daß seine Reaktion, wenn er von ihr erfuhr, anders sein würde. Aber nun war Douglas nach Hause gekommen, und die Realität hatte ein wütendes Gesicht präsentiert. Es wird alles gut. Du darfst nicht aufgeben. Es wird alles gut. Meine dumme Litanei, dachte Alexandra, während sie die Treppen nach oben stieg. Dumm, unreif, und…

Melissande wartete auf dem oberen Treppenabsatz, ihre Hände vor der Brust verschränkt.

»Nun?« fragte sie ohne Einleitung. »Fangen sie wieder an zu streiten? Haben sie Gewehre in Anschlag genommen oder Degen gezogen? Werden Sie rücksichtslos um mich kämpfen?«

»Hast du Herzflattern?«

»Nein, sei nicht dumm. Was heißt das?«

Alexandra schüttelte den Kopf. Die Boshaftigkeit ihrer Schwester war unwürdig. »Er hat mich zu Bett geschickt«, lenkte sie ab. Sie zwang sich, jede Erregung aus ihrer Stimme herauszulassen.

»Du wußtest, daß das eintreten würde, Alex. Ich habe dich gewarnt, ich habe Vater gewarnt, aber er überredete dich, bei seinem Plan mitzumachen. Ich habe Tony gewarnt. Ihr wußtet alle, daß Douglas mich unbedingt haben wollte, nicht dich.

Wie konnte er jemals dich oder eine andere Frau wollen, nachdem er mich gesehen hatte? Er konnte sich nicht einmal an dich erinnern, stimmt's?«

Alexandra nickte.

»Nicht, daß ich etwas dagegen hätte, daß du Gräfin bist, Alex, aber du wirst damit nicht glücklich. Wenn dein Ehemann dich haßt, wenn er es nicht ertragen kann, dich anzusehen, wenn er den Raum verläßt, nachdem du ihn betreten hast, wie kannst du da glücklich werden? Nein, ich bin es, die Gräfin hätte werden sollen, aber nun bin ich nur Vicomtesse. Aber das wollte ich doch, oder? Ich entschied mich für Tony, und er hatte keine andere Wahl, nachdem ich ihn erkoren hatte. Arme Alex! Armer Douglas! Bist du sicher, Douglas wird nicht versuchen, Tony umzubringen?«

»Hollis hat beide im Griff.«

»Ein Butler gibt Anweisungen«, kommentierte Melissande pikiert. »Wenn ich die Frau des Hauses wäre, würde ich mir das verbitten. Es ist mehr als befremdend.«

»Ja«, antwortete Alexandra, als sie an ihrer Schwester vorbeiging. Über ihre Schulter hinweg fügte sie ruhig hinzu: »Er will natürlich dich, du hast völlig recht. Er wird dich wahrscheinlich immer wollen.«

Melissande lächelt: »Ich warnte Tony, daß der Graf ihm niemals verzeihen würde. Aber er zog es vor, mir nicht zu glauben. Männer können die Wahrheit nicht vertragen, selbst wenn man sie ihnen aufrichtig und offen sagt. Sie glauben, sie könnten die Sachen so auslegen, wie es ihnen paßt.« Melissande hielt einen Moment inne und runzelte dann ihre schöne Stirn. »Ich fange an zu glauben, daß ich einen Fehler begangen habe. Tony ist nicht mehr der Mann, den ich geheiratet habe. Er will mich herumkommandieren, mich wie einen Gegenstand behandeln. Er eröffnete mir sogar, er sei kein Gentleman wie Douglas. In der Kutsche wollte er sich Freiheiten mit mir herausnehmen, Alex, am hellichten Tag, eine knappe Stunde von Claybourne entfernt! Kannst du dir das vorstellen? Ein solch ungeheuerliches männliches Verhalten konnte ich nicht zulassen. Sicher wäre Douglas nicht so taktlos, so respektlos den weiblichen Gefühlen gegenüber. Ja, ich habe wohl einen Fehler begangen. Weißt du, daß er sogar angedroht hat, mich zu…« Melissande beschloß, über weitere Enthüllungen den Mund zu halten.

Alexandra sah ihre Schwester bestürzt an. Bereute Melissande inzwischen, Tony geheiratet zu haben? Aber wie war das möglich? Sicher war bereits viel Unausgesprochenes geschehen. »Warum hast du dann Douglas angegriffen?«

»Weil du Tony angegriffen hattest«, stellte Melissande sachlich fest. »Es schien mir die richtige Handlungsweise. Bevor Tony nach unten ging, um nochmals mit Douglas zu reden, umarmte er mich und sagte, daß er mir das nächste Mal einen Drachen zum Erschlagen schickt. Es hatte ihm gefallen, daß ich mich wie eine Wilde aufführte, daß ich schrie und Douglas fast die Haare ausriß. Es ist merkwürdig. Er ist so unberechenbar. Männer sind überhaupt unberechenbar.«

Alexandra konnte ihre Schwester nur anstarren. »Tony wird die Sache mit Douglas wieder in Ordnung bringen. Die beiden stehen sich sehr nahe, sagte Hollis.«

Melissande zuckte die Schultern. »Ich denke, Tony sollte leiden für das, was er getan hat.«

»Aber du hast doch mitgemacht.«

»Tony ist der Mann, er trägt die Verantwortung.«

»Dummes Zeug«, entgegnete Alexandra. Sie ließ ihre Schwester auf dem oberen Treppenabsatz stehen und spähte über das Geländer. Schnell ging sie den langen Flur zur Ostseite hinunter. An den Wänden hingen die Porträts verblichener Sherbrookes, deren Gesichter und Gewänder dringend einer Restauration bedurften. Nachdem sie das angrenzende Zimmer betreten hatte, stand sie zitternd mitten im Raum. Das Bett war sehr viel kleiner als das im Herrenschlafzimmer. Aber da auch sie kleiner war, machte das nichts aus.

Hollis hatte sie in das Herrenschlafzimmer geführt. Sie erinnerte sich, wie sie dastand und auf das riesige Bett starrte. Zum ersten Mal wurde es ihr bewußt, daß Ehemänner mit ihren

Frauen manchmal zusammen schliefen, wenn sie Kinder haben wollten. Das war also ein Bett, in dem Kinder gezeugt wurden. Sie wußte nicht, wie es vor sich ging, aber der Gedanke, keine Kleider in Gegenwart eines Mannes zu tragen, ließ ihren Verstand stillstehen. Hollis, gepriesen sei sein scharfsinniges Wesen, hatte ruhig gesagt: »Ich glaube, es ist klüger, wenn man Seiner Lordschaft etwas Zeit gönnt, bis er sich eingewöhnt hat. Sie müssen als seine Frau bestätigt werden, bevor Sie als Sherbrooke-Braut anerkannt werden.«

Der Raum, in dem sie stand, war kalt und leer, und seit Douglas heimgekehrt war, wirkte er noch leerer.

Sie blies die Kerze aus und kletterte ins Bett. Heftig zitternd lag sie zwischen den kalten Bettlaken. Ob sie wohl für den Rest ihres Lebens hier in diesem Zimmer tristen würde? Für einen Moment verlor sie ihren gesunden Optimismus, was ihre Ehe betraf. Hatte Melissande recht? Würde Douglas sie weiterhin ignorieren oder schlecht behandeln?

Diese Heirat hatte Douglas keine Annehmlichkeiten gebracht. Der Preis, den er für sie bezahlt hatte, war hoch und galt eigentlich Melissande. Statt dessen war nun Alexandra seine Frau.

Stunden hatte Tony damit verbracht, ihr von Douglas zu erzählen. Die besten Anekdoten wurden ausgegraben. Mit endlosen Fragen hatte er sie traktiert. Sie wußte, er wollte prüfen, ob sie seines hochgeschätzten Cousins würdig sei. Zu guter letzt hatte sie Tonys Prüfung bestanden. Er wollte sie als seine angeheiratete Cousine, sagte er, und als sie antwortete, daß sie bereits seine Schwägerin sei, kam dieses Leuchten in seine Augen, das Melissande anscheinend so bewunderte und sagte: »Ah, dann werde ich dich noch enger in meine Familie einbinden, damit du nie mehr entfliehen kannst.« Wiederholt versicherte er, daß Douglas Melissande nicht liebte, daß sie nur eine begehrenswerte Erinnerung für ihn wäre, daß er sie gar nicht kannte. Wie entsetzt würde er sein, wäre er mit ihr verheiratet und sähe, wie sie wirklich war. Zögernd hatte er hinzugefügt, daß er, Tony, sie zweifellos kannte, aber es mache ihm nichts aus, denn es handelte sich um ihn und nicht um Douglas. Alles recht verwirrend, in der Tat.

So, Douglas Sherbrooke liebte also Melissande nicht. Ha! Doch nun war er mit einer Notlüge verheiratet, die er auch nicht liebte.

Alexandra vergrub sich tiefer in die Decken. Vor ihrem geistigen Auge sah sie noch einmal, wie ihr Ehemann in ihr Zimmer eingebrochen war. Sie hatte ihn drei lange Jahre nicht gesehen.

Während der vergangenen zwei Tage hatte sie sich gefragt, ob er sich verändert hatte, vielleicht war er fett geworden, hatte seine Haare oder Zähne verloren. Dann war er erschienen. Sie konnte nur dastehen und mit offenem Mund staunen. Er sieht älter aus, dachte sie, während sie ihn anstarrte. Ein hartes Gesicht, mit dunklem Haar, und noch dunkleren Augen. Sein hoher Nasenrücken ließ ihn überheblich erscheinen und arrogant. Mutter Natur hatte ihn mit einem Grübchen am Kinn ausgestattet. Dieser Mann, der nun ihr Ehemann war, sah wundervoll aus. Sein Körper, schlank und sehnig, sein Gesichtsausdruck entschlossen. Er war der hinreißendste Mann, den sie sich je erträumt hatte.

Sofort hatte Alexandra gewußt, daß sie ihn mit jeder Faser ihres Herzens liebte. Bis er seinen Kopf zurückwarf und sich wie eine Bestie auf seinen Cousin gestürzt hatte.

Nichtsdestotrotz war er der Mann, den sie wollte. Ihr natürlicher Optimismus kehrte zurück. Es wird gut werden, wiederholte sie sich immer wieder. Sie war noch wach, als sie ihn Stunden später im Zimmer nebenan rumoren hörte.

Kapitel 7

»Was zur Hölle machen Sie hier?«

Es war sieben Uhr morgens, viel zu früh für ihn, um hier, an diesem Ort im großen Sherbrooke-Stall zu sein. Es war neblig, feucht und verhangen – alles in allem ein trostloser Morgen, ein Morgen, der ihre Stimmung und offensichtlich auch seine widergab.

Das Licht im Stall war düster, und noch keiner der Stallburschen war aufgetaucht. Die Gerüche waren anheimelnd und tröstlich – Heu, Leinsamen, Leder und Pferde. Douglas trug Lederhosen, einen dunkelbraunen Mantel und Schaftstiefel, die eine Reinigung bitter nötig hatten. Er sah müde aus, unrasiert, zerzaust und äußerst gereizt. Auf einen Außenstehenden wirkte er sicher wie ein schlecht gelauntes, schmuddelig aussehendes Scheusal. In ihren Augen sah er jedoch blendend aus.

»Ich wollte ausreiten, Mylord.«

»Vielleicht ist meine Sicht getrübt, doch ich sehe kein fremdes Pferd im Stall. Wo ist das Pferd, das Sie reiten wollen? Ich nehme an, daß es ein Pferd ist. Obwohl ich anscheinend der Esel in diesem Drama bin, können Sie mich nicht reiten.«

Alexandra war über diese Unverschämtheit einen Moment still, antwortete aber dann gefaßt: »Mr. McCallum hat mir liebenswürdigerweise Fanny als Reitpferd überlassen, seit ich hier bin.«

»Fanny gehört meiner Schwester.«

»Ich weiß. Sie ist eine temperamentvolle Stute, mit sanften Nüstern und freundlichem Wesen. Ich bin eine sehr gute Reiterin, Mylord. Sie müssen sich nicht sorgen, daß sie nicht anständig geführt würde. Oder würden Sie es vorziehen, wenn ich ein anderes Pferd nähme?«

Er sah sie mißbilligend an. »Sie haben also nicht Ihr eigenes Pferd mitgebracht?«

»Nein.« Ihr Vater hatte vor zwei Monaten mehrere der herzöglichen Pferde verkauft und somit den einst ruhmreichen Stall von Chambers geleert. Das war, ehe Douglas ihm sein großzügiges Angebot zugeschickt hatte und ehe er wußte, daß er mehr benötigte, um Claybourn zu retten.

»Sie tragen ein Reitkostüm, das weder neu ist noch dem Stil des letzten Jahres entspricht. Ich nehme an, daß Ihr hochgeschätzter Schurke von Vater Sie nur mit dem Nötigsten an Kleidern weggeschickt hat, auf daß Sie den Rest von mir erbetteln würden.«

Ein verbaler Angriff, der einiges versprach.

»Ich weiß nicht. Ich habe nicht darüber nachgedacht.«

Er schnaubte regelrecht. Sie hörte ein antwortendes Schnauben von einer der geschlossenen Boxen. »Das ist Garth«, bemerkte Douglas abwesend. »Sie denken also nicht an Falbeln, Borten und Volants?«

»Natürlich, wenn es angebracht ist.«

»Ich kann mir kaum vorstellen, daß Melissande nicht an schönen Kleidern, Falbeln und all diesen anderen Dingen interessiert ist, die Frauen tragen, um Männern den Kopf zu verdrehen und Narren aus ihnen zu machen. Warum sollten Sie anders sein?«

»Melissande ist schön. Sie braucht schöne Dinge, bewundert sie, und...«

»Ha! Sie braucht gar nichts, sie würde in nichts als ihrer weißen Haut herrlich aussehen.«

Ein weiterer verbaler Angriff, der den ersten noch übertraf.

»Ja, das ist auch wahr. Was glauben Sie, soll ich tun, Mylord?«

»Ich glaube, Sie sollten gehen. Und ich wünschte mir, daß dieses Debakel nur ein Alptraum wäre, aus dem ich erwachen könnte.«

Alexandra behielt ihre aufrechte Haltung und ihren freundlichen Gesichtsausdruck. Sie zwang sich, ihn nicht anzuschreien, die Fäuste nicht gegen ihn zu erheben oder womöglich in die Knie zu fallen und zu wehklagen. »Ich meinte, ob Sie wohl gestatten, daß ich Fanny reite. Oder soll ich eine andere Stute nehmen oder gar nicht reiten?«

Douglas fuhr sich durchs Haar. Er starrte auf dieses schmale Wesen, von dem ihm jeder erzählte, daß sie tatsächlich seine Ehefrau sei. In dem dämmrigen Licht sah sie blaß aus. Ihr Rükken war so gerade, als hätte sie einen Besenstiel verschluckt. Ihr Haar war unter einem recht schäbigen Reiterhut versteckt. Eine lange Strähne hatte sich gelöst und war in einer leichten

Locke auf ihre Schulter gefallen. Das Haar hatte eine schöne Farbe, ein etwas seltsames, dunkles Rot – aber, gleichviel. Es hätte blau sein können, es würde ihn doch nicht interessieren.

Diese Frau war für ihn eine Fremde.

Er fluchte.

Alexandra rührte sich nicht von der Stelle.

»Ah, zum Teufel! Sie können Fanny reiten. Ich werde feststellen, ob Sie gut genug sind, sie weiter zu reiten.«

Mr. McCallum war ein Mann von fünfzig, drahtig, kraftvoll wie ein Zwanzigjähriger, braungebrannt und mit einer jungen Witwe von zweiundzwanzig verheiratet. Er stand jetzt draußen vor dem Stall und gab einem Stalljungen Anweisungen, als der Graf und Alexandra mit ihren Pferden heraustraten.

»Guten Morgen, Mylord.«

Douglas nickte ihm zu. Was ihn betraf, so hatte McCallum ihn verraten, als er diesem verdammten Frauenzimmer Sinjuns Stute überlassen hatte. So wie sein Butler Hollis, nicht zu reden von seinem Cousin, diesem verfluchten Flegel, diesem verdammenswerten Tony, der es verdiente, von ihm erschossen zu werden.

»Ihre Ladyschaft hat einen guten Sitz und eine leichte Hand«, bemerkte McCallum und goß damit Öl auf Douglas' Feuer.

»Sie müssen sich nicht sorgen, daß Fanny unter einer falschen Behandlung leiden müßte.«

Douglas brummte. Wen interessierte, ob sie eine geschickte Reiterin war? Ihn nicht. Überhaupt, wer hatte sich um ihn gesorgt? Niemand. Keine verdammte Menschenseele.

Er half Alexandra aufs Pferd, drehte sich um und bestieg Garth. Der mächtige Zuchthengst hatte sich während der zwei Wochen in seiner Box vollgefressen. Er wieherte nun, tänzelte zur Seite und gab alles in allem eine gute Darbietung.

Douglas lachte vergnügt. Er sprach ihm zu, klopfte seinen Hals und ohne zurückzuschauen, gab er ihm die Sporen zum Galopp.

Alexandra sah Hengst und Reiter einen Moment lang nach und sagte: »Nun Fanny, vielleicht sollten wir ihm zeigen, daß wir uns nicht zieren und ganz und gar nicht geschaffen sind, an seinem Staub zu ersticken.«

Sie winkte McCallum leicht zu und preschte rasch hinter ihrem Ehemann her. Die Auffahrt war sehr lang, umsäumt von Linden und Buchen mit dichtem, dunkelgrünem Blätterwerk.

Douglas wartete oberhalb des alten Pförtnerhauses auf sie. Er beobachtete, wie sie auf ihn zuritt. Sein Gesicht blieb ausdruckslos. McCallum hatte recht, sie ritt sehr gut. Doch berührte es ihn nur insofern, als Fannys weiche Nüstern nicht verletzt würden. Kaum merklich nickte er ihr zu, gab Garth die Sporen und verfiel wieder in Galopp. Während er die Hecke zu den nördlichen Feldern von Northcliffe nahm, beobachtete er aus den Augenwinkeln, wie Alexandra Fanny freigab, leicht über die Hecke sprang und ihm nachritt. Am Ufer eines gewundenen engen Baches hielt er an. Dies war einer seiner Lieblingsplätze in seiner Kindheit gewesen.

Als Fanny neben Garth stehenblieb, sah sich Alexandra um und rief freudig: »Welch ein zauberhafter Platz. Dieser Bach erinnert mich an einen ähnlichen auf dem Chambers-Anwesen. Als kleines Mädchen war ich sehr gerne dort. Ich verbrachte viele glückliche Stunden mit Angeln und mit Schwimmen – wobei das Wasser meist zu flach war. Gerade tief genug, um darin herumzuplantschen und ordentlich naß zu werden – um eben eine schöne Zeit zu haben.«

Der Versuch, eine kleine Unterhaltung anzufangen, schlug fehl.

Douglas sah in die Ferne, in Richtung Smitherstone Wälder, und sagte unvermittelt: »Sagen Sie mir, warum haben Sie das getan?«

Alex fühlte ihr Herz in dumpfen Schlägen pochen. Der liebe Gott wußte, daß da viele Wahrheiten zusammenkamen. Sie würde ihm eine nennen und hoffen, er würde sich damit zufriedengeben. Eine, die ihm Tony sicher schon letzte Nacht aufgetischt hatte. Es war eine gute, in der Tat, die wichtige, wenn man von ihres Ehemannes Standpunkt aus sprach. »Mein Vater brauchte dringend Kapital, denn mein Bruder ist gerade aus

Amerika geflohen und hat einen Berg Schulden hinterlassen. Tonys Angebot alleine hätte da nicht ausgereicht – verstehen Sie, Mylord? Ein weiterer wesentlicher Grund war Zeit, wir waren nahe daran, unser Heim zu verlieren, und...« Douglas fuchtelte mit seiner Hand durch die Luft. Garth, irritiert von der plötzlichen Bewegung seines Herrn, drehte seinen Kopf und biß in Fannys Hals. Fanny wieherte und warf ihre Hinterbeine in die Luft. Alex verlor die Kontrolle, schrie überrascht auf, ruderte mit den Armen, um die Balance zu halten, versagte, rutschte von Fannys Rücken und landete mit ihrem Hinterteil auf dem harten Boden.

Da saß sie nun im Staub und hatte das Gefühl, sich sämtliche Knochen gebrochen zu haben. Sie rührte sich nicht aus Angst und sah zu Douglas hinauf, der sein Pferd beruhigte. Seine Augen waren beinahe schwarz. Er stieg schnell ab. Fanny, verflucht seien ihre Hufe, schlug ihre Hinterbeine nochmals hoch, drehte sich herum und galoppierte in Richtung Sherbrooke-Anwesen zurück.

»Fehlt Ihnen etwas?«

»Ich weiß nicht.«

»Glücklicherweise sind Sie gut gepolstert, mit all diesen Unterröcken. Können Sie stehen?«

Alexandra nickte. Sie kam auf ihre Knie. Ihr schwindelte. Sie schüttelte ihren Kopf, um ihn klar zu bekommen.

Douglas packte sie unter die Arme und zog sie hoch. Sie wiegt nicht viel, dachte er, und doch fühlte sie sich sehr weiblich an. Da spürte er jedoch, wie sie sich vom Nacken bis zur Hüfte verspannte.

Er ließ sie los. »Es ist schon gut.« Sie blickte in Richtung Stall, der verborgen hinter zwei Meilen Bäumen und Feldern lag. »Fanny ist verschwunden.«

Es war seine Schuld. Douglas hätte laut fluchen können, denn das hieß, daß er dieses Mädchen jetzt vor sich auf dem Sattel halten – regelrecht festhalten! – mußte. Er, der sie nicht einmal anschauen wollte, nicht in ihrer Gesellschaft sein wollte, geschweige denn, sie halten wollte.

Er würde sogar mit ihr sprechen müssen. Er war es ja, der ihren Sturz verschuldet hatte.

»Sie sind offensichtlich doch keine so gute Reiterin wie Sie behaupten, sonst wären Sie aufmerksamer gewesen.«

Dieser verbale Angriff war bei weitem der beste bisher, denn er traf ihren Stolz mit einem tödlichen Hieb. Sie war nicht nur eine kompetente Reiterin, sie war die Beste. Sie hatte schon geritten, noch ehe sie laufen konnte. Sie war nicht nur die Beste, sie war die Beste der Besten.

Sie sprach mit frostiger, tiefverletzter Stimme: »Es war Ihr Hengst, der, nachdem Sie sich auf seinem Rücken austobten, schlechte Manieren zeigte. In Anbetracht dieser Tatsache, daß er sich ungebührlich verhielt, haben Sie recht.« Sie drehte sich um und begann den langen Weg zurückzugehen.

Douglas beobachtete sie.

Er sollte sich entschuldigen.

Er sollte sie auf Garth heben.

Zur Hölle.

Ihr Reitkostüm war staubig, und er sah einen Riß unterhalb ihres rechten Arms. Ein gutes Stück Saum war aufgegangen und schleifte hinter ihr im Schmutz. Ihr Hut lag mitten auf dem Weg, und ihre Haare fielen offen über den Rücken. Sie humpelte etwas.

Er fluchte, gab Garth die Sporen und ritt ihr nach.

Alexandra hörte ihn kommen. Sie ging unbeirrt weiter. In diesem Augenblick wünschte sie, daß jeder wunderschöne Zentimeter seines Körpers verrotten möge. Plötzlich beugte er sich herunter, schlang seinen Arm um ihre Hüfte, hob sie hoch und setzte sie vor sich auf den Sattel.

»Es tut mir leid, verdammt noch mal.«

»Sehr romantisch. Keiner Schriftstellerin hätte eine hinreißendere Darstellung aus der Feder fließen können.«

»Nur weil ich nicht mit Ihnen streiten oder wieder absteigen wollte... was für ein verdammter Unsinn!«

»Ich hätte zu Fuß gehen können«, entgegnete sie milde. »Es ist ganz und gar nicht weit.«

»Sie sehen wie eine Vogelscheuche aus, wie eine Dirne, die sich an einem halben Dutzend Männern erfreut hat, die sie aber nicht genügend befriedigte und deshalb keinen Pfennig für ihre Arbeit erhielt.«

Sie sagte nichts, saß mit kerzengeradem Rücken und starrte auf die Straße.

»Ich nehme an, ich werde Ihnen nun ein neues Reitgewand kaufen müssen.«

»Es sieht nicht so aus, als müßte ich Sie dazu überreden.«

»Es war wohl meine Schuld – Ihr Sturz, meine ich. Ich werde es wiedergutmachen. Dennoch, Sie hätten wachsamer, mehr auf das Unerwartete vorbereitet sein sollen.«

Alexandra hatte ein sanftmütiges Wesen. Sie war geduldig und ausdauernd, doch sie wußte sich zu behaupten; sie konnte ihren Mund halten, um unangenehme Szenen zu verhindern. Sie war niemals rücksichtslos. Selbst, wenn ihre Mutter nicht aufhörte zu nörgeln und Melissande sie bis zum äußersten herausforderte; stets lächelte sie und ging ihrer Wege. Aber mit Douglas, ihrem Ehemann... wie konnte er es wagen, ihre Reitkünste zu bespötteln? Sie konnte sich einfach nicht zurückhalten. Heimlich drückte sie gegen seinen Arm und schob sich mit ihrem ganzen Gewicht gegen ihn. Von diesem Druck überrascht, rutschte Douglas auf der anderen Seite herunter. Er hätte sich retten können, hätte Garth nicht entschieden, daß ihm das zusätzliche Gewicht auf seinem Rücken mißfiel und er seinem Herrn klarmachen mußte, daß er nicht wie ein herkömmlicher Gaul behandelt werden konnte. Garth bäumte sich auf. Alexandra gelang es, fest an Garths Mähne geklammert, die Balance zu halten, Douglas verlor sie. Er fiel mit einem lauten Plumps auf den Weg und landete seinerseits nun auf seinem Allerwertesten. Die Zügel schleiften am Boden, und Garth sprang sofort zur Seite, weg von seinem Herrn, blieb aber dank Alexandra stehen.

Wie Alexandra vorher, so lag nun auch Douglas still und tastete nach, ob irgend etwas gebrochen war.

Er hob seinen Blick, immer noch regungslos, und sagte: »Dafür werde ich Sie verprügeln.«

»Tony behauptet, Sie sind ein Gentleman. Gentlemen schlagen Damen nicht, sie drohen es ihnen nicht einmal an.«

»Ein Gentleman hört dann auf einer zu sein, wenn er mit einer Ehefrau konfrontiert wird, die er nicht kennt, die er nicht will, niemals wollte, niemals wußte, daß sie existiert, die gewalttätig, unachtsam und unbeherrscht ist.« Er holte tief Luft, um diesen wunderbaren Monolog weiterzuführen, als er spürte, wie der Boden bebte. Verdattert mußte er feststellen – der Staub flog ihm in den Mund –, wie diese Frau mit Garth, seinem Zuchthengst, davonstob.

Fast hätte er vergessen zu pfeifen.

Gott sei Dank hörte ihn Garth. Er hielt an, drehte sich um und trottete wieder zurück zu seinem Herrn.

Alexandra knirschte mit den Zähnen. Sie starrt auf Douglas hinunter, der nun mitten auf dem Weg saß.

»Ich glaube«, bemerkte sie laut, »Sie benötigen nun ebenfalls neue Reitkleidung, Mylord.«

»Das ist keine Reitkleidung. Das ist die Morgenkleidung. Sie sind sowohl ungebildet als auch eine Betrügerin.«

»Betrügerin? Das bin ich nicht.«

Alexandra und Garth verharrten reglos. Sie öffnete ihren Mund und schloß ihn wieder. Es war offensichtlich. Tony hatte völlig versagt, den Grafen umzustimmen. Sie könnte wiederholen, daß ihr Vater in einer fürchterlichen finanziellen Lage war, daß der Chambers-Grundbesitz verlorengegangen wäre, daß der Erbe sich nach Amerika auf und davongemacht hatte, daß ihr Vater entehrt worden wäre und er sich vielleicht eine Kugel in den Kopf hätte jagen müssen vor Schande. Sie schauderte bei dem Gedanken, wie er solche Argumente aufnehmen würde. Dann war da die andere Wahrheit, aber sie konnte und wollte ihm darüber nichts preisgeben.

»Keine Antwort, hm? Nun, ich bin nicht überrascht. Insbesondere nach dem Unsinn, mit dem mich Tony letzte Nacht gefüttert hatte.« Douglas rappelte sich hoch, untersuchte seinen Körper nochmals, ob alles in Ordnung war, und war zufrieden mit dem Resultat. Er ging hinüber zu seinem Hengst, nahm die

Zügel auf und streichelte dessen Nüstern. Seine Worte kamen langsam: »Ich soll also glauben, daß Sie einverstanden gewesen sind, sich auf dem Altar der Ehe zu opfern, da Ihr geliebter Vater dabei war, alles zu verlieren. Daß Sie und Ihr Vater Tony – diesen verräterischen Schurken – überzeugten, daß es mir dadurch erspart bleiben würde, nach London zu fahren, um mich dort, unter der derzeitigen Menge der Debütantinnen, nach einer geeigneten Ehefrau umzusehen. Daß alles zu meinem Besten geschehen sei. Aber Sie, ehrenhaft von den Haaren bis zu Ihren zarten Zehenspitzen, erklärten Ihrem Vater, daß Sie es nicht tun könnten? War es aufgrund Ihrer edlen Gesinnung? Zwang Ihr Vater Sie dazu?«

Wie konnte Tony so etwas sagen? Lächerlich. Sicher, sie hatte erst abgelehnt. Bevor sie etwas sagen konnte, fuhr Douglas weiter fort, schnaubend wie ein Pferd. »Tut mir leid, doch das glaube ich nicht. Heutzutage können Väter ihre Kinder nicht mehr zwingen, etwas gegen ihren Willen zu tun.« Er hatte die Worte kaum ausgesprochen, da wußte er, daß sie falsch klangen. In Wirklichkeit hatte Tony nichts dergleichen gesagt. Douglas wollte sie auf die Probe stellen, doch dieses Mädchen erzählte ihm nichts, was irgendwie glaubwürdig klang.

Leise entgegnete Alexandra: »Nein, Papa hat mich nicht gezwungen. Er liebte mich, aber ich mußte …«

»Ja, ich weiß. Sie mußten ihm helfen, indem Sie sich geopfert haben. Ich hoffe, Sie sind zufrieden mit meinem Kaufpreis. Immerhin habe ich teuer bezahlt, um eine Fremde als Frau zu haben.«

Alexandra richtete sich so gut sie konnte im Sattel auf. »Ich wünschte, Sie würden mich nicht so abschieben und mir eine Chance geben, Mylord. Ich verspreche Ihnen, eine gute Ehefrau zu sein.«

Etwas blaß sah sie aus, diese zerzauste Frau, die da auf Garth saß. Ganz beiläufig kam ihm der Gedanke, ob sie sich wohl verletzt hatte bei dem Sturz. Schon fuhr sie fort: »Tony sagte, Sie ließen sich lieber einen Zahn ziehen, als eine Saison in London zu verbringen. Er sagte, das letzte, was Sie wollten, wäre gezwungenermaßen all diese Bälle und Partys zu besuchen, um die verfügbaren Damen zu beschnuppern, die für Sie in Frage kämen. Er sagte, Sie fühlten sich wie ein schwerfälliges Rebhuhn in der Mitte von gut bewaffneten Jägern, und, daß Sie solche Situationen hassen.«

»Hat er das gesagt? Und Sie haben ihm geglaubt? Ich nehme nicht an, daß es Ihnen, in Ihrem unendlichen Edelmut, je in den Sinn gekommen wäre, Tony hätte alles gesagt, nur um Entschuldigungen für sich selbst zu haben? Sich vor mir zu rechtfertigen?«

»Ich bin sicher, er fühlt sich noch immer sehr schuldig. Er mag sie sehr gern.«

»Aber Ihre Schwester mag er lieber!«

»Ja, er liebt sie.«

»Er ist ein Judas. Ich werde ihm das Hirn ausblasen.«

»Er tat es nicht absichtlich. Sie glauben doch sicher nicht, daß er Melissande heiratete, nur um Ihre Pläne zu durchkreuzen? Aus reiner Boshaftigkeit? Nein, selbst in Ihrer übelsten Laune dürften Sie das nicht annehmen. Hat er gelogen, als er von Ihrem Unbehagen sprach, nach London zu gehen?«

Douglas sah auf seine abgestoßenen Stiefelspitzen.

Finkle würde einen Tobsuchtsanfall bekommen, wenn er sie zu sehen bekam. »Nein, aber er hatte keine Befugnis, eine Entscheidung für mich zu treffen. Es ist seine Art von Rechtfertigung, sonst nichts.«

»Es tut mir leid.«

Diese Frau war die Hölle! »Sie wissen schon, daß ich diese lächerliche Eheschließung annullieren und die Vereinbarung mit Ihrem hinterhältigen Vater zurückfordern kann.«

»Wagen Sie es nicht, so von meinem Vater zu sprechen!« Drohend erhob sie ihre Faust.

Douglas bewegte sich nicht. Er starrte sie nur mit ausdruckslosem Gesicht an. »Was soll ich glauben?«

Eine Welle der Schuld stieg in Alexandra auf. »Es tut mir schrecklich leid, Mylord, wirklich. Aber glauben Sie nicht, Sie könnten mir für einige Zeit gestatten, Ihre Frau zu sein? Hieße das im Falle einer Annullierung, daß Sie mich nach Hause schicken und die Ehe keine Ehe mehr wäre?«

»Ganz recht. Unsere vorübergehende Verbindung wäre damit aufgelöst.«

»Bitte, überlegen Sie es sich noch einmal. Ich möchte nicht, daß diese Ehe annulliert oder aufgelöst wird. In kurzer Zeit werden Sie vielleicht nichts mehr dagegen haben, daß ich hier auf Northcliffe bin. Ich werde Ihnen aus dem Wege gehen. Ich werde versuchen, es Ihnen gemütlich zu machen...«

»Frauen! Glauben Sie nicht, daß ein Mann ganz gut zurechtkommt, ohne eine von Ihrer Sorte am Hals zu haben, die ihm einen Cognac reicht oder Zigarren?«

»Was ich meinte, war, daß ich nicht aufdringlich wäre und mich darum kümmern würde, daß im Hause alles glattläuft.«

»Es läuft alles glatt, oder haben Sie vergessen, daß ich eine Mutter habe und mehr Angestellte, als ich zählen kann?«

Sie hatte die Mutter ganz vergessen. Zudem hatte er zwei Brüder und eine jüngere Schwester. Hollis hatte ihr erzählt, daß sie in London weilten, um Freunde zu besuchen. Doch sie würden bald nach Northcliffe zurückkehren. Du liebe Güte. Würden sie sie hassen, sie verabscheuen, so wie Douglas? Würden sie seinem Beispiel folgen und sie verachten? Sie holte tief Luft und erwiderte: »Ich hatte es vergessen. Verzeihung.« Ganz in Gedanken lehnte sie sich an ihn. »Bitte, Mylord, nach einer gewissen Zeit in Ihrem Haus werden Sie sicher nichts dagegen haben, daß ich da bin. Sie werden es gar nicht registrieren. Ich bitte Sie, mich nicht gerade jetzt zu annullieren.«

»Sie annullieren? Ihr laßt es wie einen Gewaltakt klingen.«

Douglas runzelte die Stirn, Verachtung lag in seinen Augen. »Aha, ich beginne die Richtung Ihres Denkens oder das Ihres Vaters zu erkennen. Sie hoffen, in mein Bett zu steigen, nicht wahr? Sie wissen, daß ich die Ehe nicht annullieren kann – verdammt noch mal, keine Annullierung erhalte –, wenn ich Sie entjungfert habe. Das ist es, was Sie wollen, stimmt's? Wenn ich Ihnen erst einmal Ihre kostbare Jungfräulichkeit genommen habe, dann ist Ihr geschätzter Vater sicher, und mein ganzes Geld bleibt bei ihm. Hat Ihr Vater Ihnen den guten Rat gegeben, mich zu verführen?«

Auf ihn hinunterblickend schüttelte Alexandra langsam den Kopf. »Nein, ich habe an nichts dergleichen gedacht. Niemand riet mir zu irgend etwas.«

Er war still und starrte sie an.

»Wirklich, Mylord. Ich weiß nichts von Verführung. Verführung ist sicherlich nicht etwas zwischen Eheleuten. Meine Mutter erzählte mir, daß nur wilde junge Männer verführen, um junge Damen zu ruinieren.«

»Wirklich? Warnte sie das mütterliche Orakel vor etwas Bestimmtem?«

»Daß ich, wenn ein Mann mir schmeichelt oder zu nahe tritt oder meine Hand zu lange hält, nachdem er sie geküßt hat, sofort dessen unmittelbare Nähe verlassen sollte. Er führe dann nichts Gutes im Sinn, meinte sie.«

Douglas mußte lachen.

Alexandras Miene erhellte sich. Entweder hatte sie ihn amüsiert, oder er lachte sie aus. Sie wartete und fügte dann hinzu: »Ich werde mein Bestes tun, Sie zufriedenzustellen, Ihnen eine gute Ehefrau zu sein. Von Natur aus bin ich sehr ausgeglichen und...«

»Ha! Bisher waren Sie über alle Maßen boshaft, zänkisch, ein keifendes Fischweib und das schlimmste an Frau, dem ich bisher begegnet bin. Sie haben mich von meinem verdammten Pferd geworfen.«

Alexandra runzelte die Stirn. »Ja«, erwiderte sie, Überraschung in ihren Augen und in ihrer Stimme, »ja, es hat den Eindruck erweckt, daß ich das tat, was sehr eigenartig ist. Es entspricht mir so gar nicht.«

Douglas entdeckte, daß die oberen zwei Knöpfe ihres Reitkleides sich geöffnet hatten. Er sah einen Flecken ihrer weißen Haut, sehr weich aussehende, weiße Haut... Er dachte an ihre Jungfräulichkeit; er dachte diese zu nehmen, durch dieses Jungfernhäutchen zu stoßen. »Vielleicht«, sagte er, jetzt auf ihre Brüste starrend, »vielleicht kann ich von dem Gegenteil überzeugt werden. Es ist möglich, daß Sie diejenige sein werden, die die Annullierung fordern wird. Vielleicht wollen Sie dann Northcliffe verlassen, und zwar so schnell, wie Ihre Kutschenräder rollen können.«

»O nein, ich möchte Ihre Frau sein.«

»Wir wollen sehen. Öffnen Sie die übrigen Knöpfe. Ich kann nur die Umrisse Ihrer Brüste sehen. Ich möchte gerne den Rest von Ihnen sehen. Sie sind still? Ist das ein Hauch von Blässe, den ich da sehe? Meine Grobheit schockiert Sie? Habe ich Ihre kostbare jungfräuliche Empfindsamkeit beleidigt? So gibt es also doch eine Möglichkeit, Sie zum Schweigen zu bringen?«

Ja, er hatte recht, dachte sie verblüfft.

»Wie alt sind Sie?«

»Sie wissen, daß ich achtzehn bin. Ich habe es Ihnen letzte Nacht gesagt.«

»Alt genug, eine Frau und eine Ehefrau zu sein. Das haben Sie auch gesagt. Verflucht. Halten Sie den Mund.«

»Aber ich sagte doch gar nichts.«

»Verdammt noch mal, halten Sie den Mund. Oder ich werde Sie auffordern, Ihre Reitjacke auszuziehen und mir Ihre Brüste, Ihre Brustwarzen, Ihren gesamten Oberkörper zu zeigen, wofür ich so teuer bezahlt habe.«

Alexandra blieb stumm.

Douglas beobachtete sie abwartend. Aber sie schwieg, den imaginären Besenstiel wieder wohlplaziert in ihrem Rücken. Er zuckte die Schultern. »Ich werde Garth führen. Ein Spaziergang ist Balsam für eine müde Seele.«

Warum schweift er ab, wunderte sie sich, war aber klug genug, ihre Neugierde für sich zu behalten. Statt dessen konzentrierte sie sich darauf, ihn zu beobachten, wie er vor ihr herging. Er hatte einen Riß in seiner Lederhose, durch den ein Stück haarigen Oberschenkels blitzte. Schwarzes Haar. Es gefiel ihr. Dann sah sie an sich hinunter, rückte ihr Oberteil zurecht und bedeckte jedes Fleckchen Haut, das hervorschien. Sie richtete sich wieder auf und behielt ihre Augen auf dem Rücken ihres Mannes.

Diese Sache mit der Annullierung war ihr unheimlich. Sie mußte sich bei Tony erkundigen. Sie hatte wenig Ahnung von Heiratsangelegenheiten. Alles, was sie von Jungfräulichkeit und Jungfrauen wußte, war, daß sie eine war. Sie mußte also in das Bett ihres Mannes, um keine mehr zu sein.

Gerne hätte sie ihren Mann dazu befragt, doch sie bezweifelte, ob er auf Fragen dieser Art eingehen würde.

Auf halbem Wege hielt er an und drehte sich zu ihr. »Ich bin müde. Garth ist müde. Steigen Sie ab. Wir werden uns einen Moment unter diesem Eichenbaum ausruhen.«

Alexandra glitt ohne ein Wort vom Sattel.

Douglas bemühte sich nicht, Garth anzubinden; er ließ seine Zügel baumeln. »Setzen Sie sich«, forderte er sie auf und zeigte auf einen Grasfleck.

Alexandra setzte sich.

Douglas ließ sich in einiger Entfernung nieder. An den dicken Eichenstamm gelehnt, kreuzte er seine Beine. Seufzend verschränkte er die Arme über seinem Bauch und schloß die Augen.

»Es tut mir leid, daß Sie so müde sind«, begann Alexandra. »Tony erzählte, daß Sie eine Art Mission zu erledigen hatten und daß das der Grund war, warum er zu uns kam und nicht Sie.«

»Ja. Ich habe wirklich die falsche Entscheidung getroffen, nicht wahr? Ich habe dem falschen Mann vertraut. Gott, mein ganzes Leben ist ruiniert, weil ...«

»War Ihre Mission erfolgreich?«

»Ja.« Er öffnete seine Augen und sah sie an. »Offen gestanden würde ich es vorziehen, jetzt die junge Dame, die ich in Frankreich rettete, hier zu haben – und nicht Sie. Ihr Name ist Janine. Sie ist eine Frau und kein Mädchen, das Frausein spielt. Und sie war an mir als Mann interessiert. Sie bot sich mir an, ohne falsch und ohne die Kokette zu spielen. Doch da ich annahm, ein verheirateter Mann zu sein, und glaubte, Melissande würde hier auf mich warten, nahm ich sie nicht. Ich stieß sie von mir.« Er schloß wieder die Augen.

»Sie sind ein verheirateter Mann.«

»Doch Sie sind nicht Melissande.«

»Diese Frau, die Sie gerettet haben, ist sie Französin?«

»Ja, und die Mätresse eines sehr bedeutenden Mannes.«

»Sie wollten doch sicher keine Mätresse zur Frau.«

»Warum nicht?«

»Das ist mehr als dumm! Sie sagen das nur, um mich unglücklich zu machen. Kein Mann möchte eine Frau, die nicht anständig ist. Es ist wegen des Erben. Ich hörte meinen Vater dies zu einem Nachbarn sagen.«

»Eine achtzehnjährige Lauscherin verkündet hier ihre Weisheit.«

»Werden Sie mich annullieren?«

Er sagte nichts darauf.

»Wollen Sie mir nicht wenigstens eine Chance geben?«

»Halten Sie den Mund. Ich möchte mich ausruhen.«

Alexandra beobachtete Garth, der seelenruhig das saftige Gras vom Wegrand fraß. Wenn sie Douglas eine auf den Schädel schlug, könnte er seinem Pferd nicht pfeifen, und sie könnte zurück zum Sherbrooke-Stall reiten. Sie seufzte und schloß ihre Augen. Der Morgen begann sich langsam zu klären. Bald würde die Sonne aufgehen und warm herabscheinen.

Ungeachtet seinem Befehl, ruhig zu sein, begann Alexandra zu erzählen: »Ich hatte einen merkwürdigen Traum in der ersten Nacht in Ihrem Haus, eine junge Dame, so träumte ich, kam in das Zimmer, in dem ich schlief. Sie stand neben dem Bett und schaute auf mich herab. Ich dachte, sie würde etwas sagen, aber sie blieb still. Sie sah so traurig aus und so schön. Als ich aufwachte, war sie weg. Ein Traum, und doch erschien er so wirklich.«

Douglas öffnete seine Augen und starrte sie an. Er sprach sehr langsam: »Ach, zum Teufel.«

»Träume sind eigenartig, nicht? Sie scheinen so real, so greifbar, aber natürlich ist es nur ...«

»Ein Traum, nicht mehr und nicht weniger. Vergessen Sie ihn, haben Sie verstanden?«

Warum benahm er sich wegen eines Traumes so merkwürdig? Sie nickte. »Ich verstehe.«

Kapitel 8

»Ja, Hollis, es ist tatsächlich der Sherbrooke, den du weder erwartet hast noch zu sehen wünschst. Ja, ich weiß, du würdest mich lieber in Jericho sehen, aber ich bin zurück. Die Ungewißheit war mehr, als ich ertragen konnte. Ich erzählte Mutter, Tyson und Sinjun, daß ich zum Newmarket Rennen gehe. Sie alle glaubten mir, bis auf Sinjun. Überrascht mich nicht, sie ist ein kluges Kind, manchmal allerdings zu klug. Ihre verdammten Augen... aber, vergessen wir das. Ich mußte Douglas' neue Frau sehen.«

Hollis war erschreckt. Er fixierte den jungen Mann, den er ein Leben lang kannte und liebte; ein junger Mann, der vitaler und stattlicher war, als ihm gut tat und noch zu jung, um zynisch zu sein. Ihm gegenüber war Hollis gezwungen, zu lächeln. »Nicht doch, Master Ryder, kommen Sie herein. Obwohl ich überzeugt bin, daß Jericho zu dieser Jahreszeit sehr schön ist. Ja, kommen Sie herein. Reichen Sie mir Ihren Mantel. Sie werden sehen, die neue Gräfin ist eine charmante junge Dame. Doch Seine Lordschaft wird wohl etwas Zeit brauchen, um sich an sein Glück zu gewöhnen. Die neue Gräfin war, wie Sie wissen, etwas unerwartet.«

»Ja, und du hast entschieden, Douglas sollte hier alleine bleiben, um die Angelegenheiten ohne die Einmischung der Familie zu klären. Ich sage dir eines, Hollis, Mutter wird der Kleinen das Leben zur Hölle machen. Armes kleines Ding. Sie ist nicht zu beneiden, wenn Mutter zurück ist. Douglas war also nicht gerade entzückt über die Frau, die Tony ihm zugedacht hatte? Merkwürdig, ich kenne Tony nur als einen, der in bezug auf Frauen exquisiten Geschmack bewies. Bis auf diese Carleton-Frau, die ihm irgendwie einen Antrag abgerungen hatte. In den Annalen des Mannes wird dies sein ewiges Geheimnis bleiben. Douglas verhält sich unerträglich launisch und anmaßend.«

»Ich halte Launenhaftigkeit für keine noble Eigenschaft, Master Ryder, und so kann es nicht mit dem Charakter Seiner Lordschaft übereinstimmen. Nein, es ist eine Frage der Veränderungen, glaube ich. Selbst von dem anpassungsfähigsten Mann lassen sich kurzfristige Veränderungen schwer verkraften. Die neue Gräfin hat alles, was sich ein Mann von einer Frau nur wünschen kann.«

»Aha, ich beginne zu verstehen. Das Mädchen ist alles andere als verlockend. Sie ist nicht zu vergleichen mit der wunderschönen Melissande, habe ich recht, Hollis? Ist es das, was du in deiner herrlich zurückhaltenden Art sagen möchtest?«

Melissande hatte sofort diesen flotten jungen Mann mit seinem hinreißenden Aussehen und seinen forschen Reden von der Frühstückszimmertür aus entdeckt. Sie räusperte sich und trällerte: »Hallo, ich bin Lady Melissande. Wer sind Sie?«

Ryder drehte sich der unbekannten Stimme zu und blickte die Frau, die vor ihm stand, an. Zu Melissandes größter Verwunderung war dieser Gentleman nicht wie die anderen männlichen Spezies aus ihrer Bekanntschaft von ihrem Anblick fasziniert. Er fiel ihr nicht metaphorisch vor die Füße, um unbeweglich wie ein toter Hund dazuliegen. Sie wußte, daß ihr Anblick ausreichte, um selbst die mattesten Gentlemen hinwegzureißen. Was um Himmels willen war geschehen? War ihr Haar nicht perfekt? War ihre Figur nicht vollkommen, und wirkte die Lavendelfarbe ihres seidenen Morgenrocks nicht mehr als prächtig zum Kontrast ihrer weißen Haut? Sah er vielleicht schlecht?

Natürlich war alles in Ordnung mit ihr. Nichts war jemals fehlerhaft. Dennoch stand er einfach nur da und hielt den Kopf schief. Zu ihrer Verwunderung konnte Melissande keine beginnenden Zeichen von Betörung an ihm sehen; keine plötzliche Blässe oder Erstarrung, kein Zeichen seelenvoller Verehrung in seinen lieblichen blauen Augen bemerken. Ach, vielleicht war er nur sprachlos. Er lächelte höflich und sagte mit einer trägen, glatten Stimme wie warmer Honig: »Ich bin Ryder Sherbrooke, Douglas' Bruder. Wo ist die neue Gräfin? Und was machen Sie hier?«

»Sie ist in meiner Begleitung, Ryder.«

»Hallo, Tony.« Ryder grinste seinen Cousin an, der hinter seiner Frau aus dem Frühstückszimmer aufgetaucht war. Ryder trat vor und faßte seine Hand. »Ich freue mich, daß du immer noch am Leben bist – oder steht das nicht mehr zur Debatte? Will dir Douglas immer noch an die Kehle, oder konntest du ihn überzeugen, daß er besser dran ist mit der guten Tat, die du für ihn getan hast?«

»Hör zu, Ryder, ich ...«

»Nein, Cousin, Hollis hat mir keine Geheimnisse anvertraut. Ich bin nur gekommen, um mir selbst ein Bild zu machen. Es ist verdammt gut, dich gesund und munter vorzufinden, Tony.«

»Ich bin Melissande.«

»Ja, ich weiß. Sehr erfreut.«

Ryder wandte sich wieder an seinen Cousin. »Ist das eine geschwollene Lippe, die ich da sehe, Tony? An deinem Kinn, ist das vielleicht ein Bluterguß? Also hast du dich mit Douglas recht lebhaft auseinandergesetzt? Ich bin überzeugt, du hast gut verteilt und gut eingesteckt.«

»Ich bin Tonys Frau.«

»Ja, ich weiß. Freut mich.«

Und zu Tony: »Nun, hast du?«

»Was denn?«

»Douglas in sein schönes Gesicht geschlagen?«

»Ich habe einige gute Schläge eingesteckt, aber damit nicht genug, seine Frau griff mich auch noch an.«

»Ich bin Melissande, und ich griff Douglas an.«

Ryder wußte genau, daß dieses herrliche Geschöpf eingeschnappt war. Es amüsierte ihn. Offensichtlich war Tony ein Atlas unter den Männern, er mußte einer sein, um dieses herrliche Paket an Eitelkeit, das seine Frau war, zu zähmen. Wenn er das nicht schaffte, würde er wünschen, die Welt auf seinen Schultern zu tragen. Doch das war nicht sein Problem. Gott sei

Dank. »Komm, Tony. Ich möchte alle Details hören. Ist Douglas da?«

»Nein, ich glaube, er und Alex sind ausgeritten.«

»Alex?«

»Alexandra.«

»Ich bin Melissande. Ich bin Alexandras Schwester.«

»Ich weiß. Freut mich, Madam. Komm, Tony.«

Melissande blieb zurück in der Eingangshalle. Sie starrte fassungslos hinter ihrem Mann und diesem unaufmerksamen Tölpel von blindem Cousin hinterher. Hollis räusperte sich zaghaft: »Benötigen Mylady noch etwas?«

»Nein«, erwiderte Melissande geistesabwesend, noch immer betroffen von diesem Schock. »Ich muß nach oben gehen und sehen, was verkehrt ist.«

Hollis lächelte ihr spöttisch nach und wußte, daß ihr Spiegel sich bald an ihrem Bild und ihrer Verwirrung erfreuen würde.

Fünf Minuten später war ihm das Lächeln vergangen. Seine Lordschaft betrat mit seiner Frau die Halle. Beide erweckten den Eindruck, als seien sie durch den Graben geschleift worden. »Mylord! Du meine Güte! Mylady, sind Sie ...«

»Nein, reg dich nicht auf, Hollis.« Douglas wandte sich an Alexandra. »Geht nach oben und säubert Euch.«

Eine klare und deutliche Entlassung. Obwohl er mit Sicherheit genauso schlimm aussah wie sie, schwieg Alexandra. Sie ging nach oben.

Zu Hollis sagte Douglas: »Wir fielen beide von unseren Pferden, aber es ist nichts passiert.«

»Mylady hinkt etwas.«

»Geschieht ihr recht... na ja, vielleicht ein bißchen. Aber sie wird sich bald erholen. Reg dich nicht auf, Hollis.«

Als er hörte, daß sein Bruder gekommen war, um den Hallen von Northcliffe die Ehre zu erweisen, fluchte Douglas. Er stampfte an Hollis vorbei in die Bibliothek. Drei Hausmädchen spähten durch die Türe des ›Goldenen Salons‹, und zwei Lakaien standen unaufdringlich hinter der Treppe und guckten angestrengt nach draußen. Hollis, wie es seine Gewohnheit war, schickte sie freundlich zurück zu ihren Pflichten.

»Ah«, entfuhr es Ryder bei Douglas' Eintritt. »Laß mich dein Gesicht sehen. Tony klagt, du hättest ihn fast zu einem blutigen Wrack zusammengeschlagen, während du selbst ohne eine Narbe davongekommen bist. Er prahlte, daß er dich austoben ließ und sich nur verteidigte.«

»Es war seine Frau, die mich fast umgebracht hat«, klagte Tony. »Sie ist zwar meine Schwägerin, zeigte aber keinerlei Loyalität. Das war nicht fair von ihr. Ich fühle mich durch diesen Verrat mißbraucht.«

»Verrat! Du verdammter Schuft! Ich...«

Douglas hielt inne. Es gab nichts mehr zu sagen. Was er entscheiden mußte, war, ob er seine Ehe annullierte oder nicht. Außerdem war Ryder hier. Er sah mit Mißbilligung auf seinen Bruder. »Also gut, Ryder, warum bist du hier? Geht es Mutter gut? Was ist mit Tyson und Sinjun?«

»Mutter ergeht sich hochinspiriert in Bissigkeiten über dich. Sinjun liest gierig, wie immer. Tyson hört nicht auf, seine langweiligen Geschichten zu erzählen, bis Sinjun ihm ihr Buch an den Kopf warf. Kurz gesagt, alles wie gehabt, Douglas. Sie glauben alle, ich sei in Newmarket. Ich war neugierig. Das ist alles. Wo ist die Kleine, die Tony für dich geheiratet hat? Schielt sie? Ist sie fett und hat mehr als ein Kinn? Fehlen ihr Zähne? Hat sie flache Brüste?«

»Sei kein Esel, Ryder«, Tony erhob seine Stimme: »Alex ist zauberhaft, sanft, und...«

»Sanft! Ha! Sagst du, nachdem du sie für mich geheiratet hast! Sie ist nicht Melissande.«

»Ich habe Melissande gesehen, Douglas«, sagte Ryder langsam, seinen Bruder aufmerksam beobachtend. »Tony stand neben ihr. Ich glaube, er fürchtet, daß jeder Mann, der sie ansieht, seinen Kopf verliert.«

»Du hast sie gesehen. Nun fühlt er sich bestätigt.«

»Aber du hast deinen Kopf nicht verloren.« Tony wandte sich nachdenklich an Ryder. »Warum nicht?«

Ryder zuckte nur die Schultern. »Eine Frau ist so gut wie jede andere. Solange sie warm und liebevoll im Bett ist, was soll's? Tut mir leid, ich möchte deine Frau nicht beleidigen Tony, es ist nur ... ich werde ihr ein guter Cousin sein, versprochen?«

Tony schluckte. Er mochte Ryder, doch er verstand ihn nicht. Sein Zynismus, die äußerst höfliche Gleichgültigkeit gegenüber Frauen allgemein, hatten bei ihm nicht zu mönchischen Neigungen geführt, sondern eher einen satyrischen Appetit entwickeln lassen. Nein, Ryder mochte Frauen nicht sonderlich, aber er unterstützte seine Kinder und deren Mütter. Wenn seine Frauen schwanger wurden, machte er ihnen keinen Vorwurf. Es war verwirrend. Frauen waren so eine Art Sport für Ryder, nichts weiter. Willig akzeptierte er die Konsequenzen und zahlte. Tony war erleichtert, Melissande vor seinen drängenden Blicken sicher zu wissen. Aber Douglas ... Tony drehte sich zu seinem Cousin: »Ich habe gehört, du und Alex wart ausreiten. Sie ist eine hervorragende Reiterin.«

Douglas brummte irgend etwas vor sich hin.

»Du siehst etwas zerzaust aus«, fuhr Tony beharrlich fort. »Was ist geschehen?«

»Ich stürzte von Garth –, oder besser, dieses Weibsbild, das du für mich geheiratet hast, stieß mich vom Pferd. Sie fiel zuerst, und nun muß ich ihr neue Reitkleider kaufen. Hast du gesehen, was sie trägt? Die Sachen sind alt und schäbig. Zweifellos ist der Rest ihrer Kleider ebenso geschmacklos. Ich wette, das war alles von ihrem lieben Vater geplant, so daß ich gezwungen wäre, ihr eine neue Garderobe zu kaufen. Sie sieht verboten aus, Tony! Fahr zur Hölle!«

Tony runzelte die Stirn. »Wie sonderbar, Melissande trägt herrliche Kleider, die leichteste Seide, sehr schöne feminine Sachen.« Ryder unterbrach: »Da ist eine kleine Verletzung an deinem linken Auge und über deinem rechten Ohr, Douglas. Noch mehr Kampfspuren?«

Douglas sagte nichts und schenkte sich einen Cognac ein. Er

trank ihn aus und wies mit seinem Schwenker zu Tony hin. »Ich werde diesen erbärmlichen Schurken umbringen. Willst du mir sekundieren, Ryder?«

»Du hast einen Riß in deinen Reithosen. Zu deiner Frage sage ich nein, ich kann dir wirklich nicht sekundieren. Ich mag Tony, habe ihn immer gemocht. Weißt du, Douglas, du mußt einem Verwandten ein paar Freiheiten zugestehen, insbesondere einem Verwandten, der uns so nahe ist wie Tony. Wir haben einen Großteil unserer Jugend miteinander verbracht. Er hat dich nie vorher übers Ohr gehauen, oder? Du wirst gezwungen sein, das zu bestätigen, und ich muß dir zustimmen. Es ist nur dieses eine Mal, daß er über die vetterlichen Stränge geschlagen hat. Nur einmal. Folglich ist Vergebung...« Douglas schleuderte seinen Cognacschwenker nach Ryder, der sich behende duckte. Das Glas zerbarst am Kamin.

In diesem Augenblick klopfte es an die Bibliothekstür.

»Herein«, rief Tony.

Hollis trat ein. Er trug ein schweres Silbertablett mit dem Northcliffe-Wappenschmuck darauf – ein Löwe, seine Vorderpfoten auf einem Schild, der zugleich edel und bösartig aussah. »Ich bringe ein paar Erfrischungen, Mylord.«

»Ha! Du kommst, weil du befürchtest, ich würde erneut versuchen, Tony aus der Welt zu schaffen.«

»Es ist weise, Wachsamkeit zu üben, Mylord. Ich habe hier köstliche Kekse aus Mrs. Tanners Küche, Sie lieben sie doch, Mylord. Und Master Ryder, für Sie habe ich Erdbeermarmelade gebracht, die Sie so mögen. Kommen Sie, Mylord.«

»Was ist mit mir, Hollis?« fragte Tony.

»Für Sie, Mylord, habe ich hier dicke Scheiben Teekuchen.«

»Ah, Sie sind ein Engel unter den Butlern, Hollis.«

»Ja, Mylord.«

Douglas fluchte brummend in sich hinein, Tony griff nach einem Stück Teekuchen, und Ryder hatte seine Hand um das Marmeladenglas gelegt.

Hollis stand im Hintergrund und fühlte sich etwas erleichtert. Doch als er vor der Bibliothekstür Schritte hörte, erblaßte er.

O nein! Nun war wirklich nicht die Zeit für die beiden Ehefrauen, zu erscheinen.

Beide Damen traten in die Bibliothek. Lady Melissande glitt voran auf graziösen Füßen; Lady Alexandra folgte ihr mit kräftig klingenden Schritten, bis sie den dicken Aubusson-Teppich erreichte. Lady Melissandes prächtiges schwarzes Haar fiel in weichen Wellen und ringelte sich um ihr Gesicht. Lady Alexandras Haar war von einer wunderschönen Farbe, doch es quoll aus einem leicht schiefen Knoten in ihren Nacken. Sie hätte mehr Zeit vor dem Spiegel verbringen sollen. Lady Melissande trug ein Kleid von pfirsichfarbener Seide, das ihre fraulichen Formen einladend umschmeichelte. Lady Alexandra trug ein blaßblaues Kleid, mit nichts Auffälligem, außer einem beklagenswert hohen Kragen.

Beim Anblick der beiden Frauen, so Seite an Seite, konnte Ryder seines Bruders Einwand von Verrat verstehen. Den Mund voller Kekse und Erdbeermarmelade verschluckte er sich und bekam einen Hustenanfall. Alexandra ging ruhigen Schrittes zu ihm und schlug, so hart sie konnte, mit ihrer Faust zwischen seine Schulterblätter.

Unter der Wucht ihres Schlages brach er fast zusammen. Jedenfalls war der Husten weg. Noch immer rot im Gesicht blickte Ryder hoch und betrachtete die junge Dame. Schnell stand er auf. Er musterte sie noch einige Augenblicke und nickte dann langsam.

Er nahm ihre Hand und küßte ihren Handrücken. »Ich bin Ryder, Ihr Schwager. Sie sind Alexandra?«

»Ja. Geht es Ihnen wieder besser?«

»Sie haben mir zwar fast die Lunge aus der Brust geboxt – aber doch, ja, mir geht es jetzt gut. Der Krümel hat nun seinen richtigen Weg gefunden. Willkommen in der Sherbrooke-Familie. Haben Sie wirklich Douglas von seinem Pferd heruntergestoßen?«

Alexandra schüttelte den Kopf, als sie sagte: »Ich hatte es zu jenem Zeitpunkt nicht beabsichtigt.«

»Ah! Ich erinnere mich, ich ließ eine Bemerkung über etwas sehr Sanftes fallen, da haben Sie mich zu Boden gestoßen!«

»Sie ist wirklich groß und stark, nicht wahr?« Ryder schloß seine Finger um ihren Oberarm. »Oh, stark wie eine Amazone und kräftig wie der Bulle von Squire Maynard. Sie ist erschrekkend, Douglas, gewiß!«

»Sie waren ganz und gar nicht sanft«, wandte sich Alexandra an Douglas.

»Ich bin es auch nicht«, kam es murmelnd von Melissande.

Tony lachte. »Niemand bei klarem Verstand würde dich sanft nennen, Liebste.«

Ryder sprach zu Alexandra mit leichter und ungewöhnlich weicher Stimme: »Wollen Sie sich nicht setzen und uns Gesellschaft leisten?«

»Ich werde Ihnen auch Gesellschaft leisten«, kündete Melissande an. Sie betrachtete ihre Schwester mit ehrlicher Bestürzung. Das ist mehr als befremdend, dachte Melissande, und sah Ryder erstaunt an, der nur Augen für Alex zu haben schien. Ihr Spiegel log doch nicht. Vielleicht war der arme Ryder übermäßig kurzsichtig, wie sie von Anfang an vermutet hatte. Sie drehte sich um zu ihrem Mann, sah ein spöttisches Glänzen in seinen dunklen Augen und runzelte die Stirn. Sie drehte sich weiter zu Douglas. Hier fand ihre Seele augenblicklich Trost. Sein Herz lag in seinen Augen, und beide sahen wunderbar zerschlagen aus.

Sie schenkte ihm ein liebliches Lächeln und nickte ihm zu:

»Vergeben Sie mir, daß ich Ihnen letzte Nacht Unannehmlichkeiten bereitete.«

Douglas schüttelte den Kopf.

»Komm und serviere mir den Tee, Mellie«, unterbrach sie Tony.

»Ich sagte doch schon, ich mag diesen fürchterlichen Namen nicht!«

Douglas' rechtes Auge zuckte.

»Komm, Mellie«, wiederholte Tony.

»Ein netter Spitzname«, bemerkte Ryder und beobachtete interessiert diese atemberaubende Person, die kurz davor stand, ihrem Ehemann die Augen auszukratzen. Als sie nicht reagierte, schürte er das Feuer noch ein bißchen: »Ich mag den Klang von ›Mellie‹. Hört sich etwas unordentlich und gemütlich an, wie ein Paar alter Hausschuhe, in die ein Mann seine Füße hineinschlüpfen und an den Kamin halten kann.«

Alexandra lachte: »Besser als Alex. Ich möchte gerne gemütlich klingen und nicht so, als sei ich ein Mann.«

»Niemand würde diesen Fehler begehen«, sagte Ryder.

Beide, Douglas und Melissande, runzelten die Stirne.

»Ihr Kleid ist erbärmlich«, bemerkte Douglas zu seiner Frau. »Es ist so aus der Mode, daß ich bezweifle, ob es jemals modisch war.«

Ihr Kinn reckte sich, und der Besenstiel stärkte verdächtig ihren Rücken. »Es ist blau. Blau ist eine sehr schöne Farbe.«

»Sie sehen wie ein Schulmädchen aus.«

»Dann möchten Sie mir vielleicht ein neues kaufen? Oder vielleicht ein Dutzend? Ist mein schmeichlerischer Ton ausreichend genug, Mylord?«

Douglas merkte, daß jetzt nicht der richtige Zeitpunkt war, seine schlechte Laune zu zeigen. Er riß sich zusammen und versuchte, seine innere Kontrolle, die er bis vor vierundzwanzig Stunden noch zur Genüge besaß, wiederzuerlangen. Dieses Mädchen hatte sie ihm geraubt. Er fühlte sich verletzbar und ausgeliefert.

Er nahm einen Keks und biß hinein.

»Haben Sie Fanny geritten?« fragte Ryder.

»Ja, eine wundervolle Stute. Doch bin ich mir nicht sicher, ob seine Lordschaft davon überzeugt ist, daß ich gut genug reite.«

»Du bist gefallen«, warf Melissande ein. »Das war nicht gut von dir, Alex.«

Zu Douglas' Überraschung sagte Alexandra nur entschuldigend: »Es war bedauerlich, aber ich werde in Zukunft vorsichtiger sein.«

Die Frage war, gäbe es überhaupt eine Zukunft. Er mußte hier raus und sich ein paar ernsthafte Gedanken machen. Eine Annullierung schien die beste Antwort, der einzig logische Schritt. Er sah hinüber zu Alexandra. Sie sah ihn direkt an. Er sah eine so große Unsicherheit in ihren Augen, daß er zusammenzuckte. Und er sah Furcht. Furcht vor ihm? Zweifellos darüber, was sie ihm angetan hatte. Sollte sie ruhig Angst vor ihm haben!

Douglas stand schnell auf und nickte der versammelten Gesellschaft zu. »Ich muß noch mit Danvers arbeiten. Die Post liegt sicher schon bereit.«

Er ging. Als er die Tür hinter sich schloß, hörte er Ryders Lachen.

Die Post war leider auch nicht sehr erheiternd, was Douglas' Laune nicht hob...

Es regnete bis in den frühen Nachmittag, ein leichter weicher Nieselregen, der sich dann aufklärte und einen sehr blauen Himmel und frische Luft hinterließ. Alexandra fand Ryder Sherbrooke in dem überwucherten Garten westlich vom Haus. Er lehnte an einem Eichenbaum und starrte ins Leere, sich zufrieden in der warmen Sonne, die durch die Zweige schien, räkelnd.

»Ryder?«

»Ah, meine kleine Schwester. Bin ich ein Zufall, oder habt ihr mich in einer bestimmten Angelegenheit gesucht?«

Sie hatte so jemanden wie ihn noch nicht getroffen, doch sonderbar, sie vertraute ihm.

»Ich fragte Hollis, wo Sie sind. Er weiß immer, wo jemand ungefähr sein könnte.«

»Das ist wahr. Kommen Sie, setzen Sie sich neben diese fette Nymphe. Was halten Sie von all diesen Statuen? Mein Großvater hatte sie während seiner bacchanalen Phase aus Florenz mitgebracht. So hatte es einer seiner Freunde, Lord Whitehaven, beschrieben, ein alter Lebemann, der mich als Kind auf seinen Knien herumreiten ließ.«

»Ich habe sie nie zuvor gesehen.« Alexandra bestaunte die Linien der nackten Frauen, jede einzelne in einer aufsehenerregenden Pose. »Das ist mein erster Besuch im Garten.«

»In der Mitte des Gartens stehen Statuen nackter Männer und Paare. Großvater hatte offensichtlich Skrupel wegen der

Kinderaugen und der Neugierigen. Die Statuen stehen gut versteckt. Mögen Sie Northcliffe?«

»Ich weiß nicht.«

»Warum binden Sie Ihre Brüste?«

Alex verschluckte sich fast an ihrer Zunge. Sie starrte ihn an und fühlte sich nackt wie eine Schnecke.

»Verzeihung. Ich wollte Sie nicht kränken. Ich bin bekannt dafür, zu sagen, was ich denke, sofern ich denke.«

»Woher wußten Sie?«

»Ich kenne Frauen. Was immer sie tun, mich können sie nicht täuschen. Das Verhalten des schönen Geschlechts ist berechenbar. Nehmen Sie zum Beispiel Ihre schöne Schwester. Melissande wird sowohl die süßen wie die bitteren Seiten des Lebens noch kennenlernen. Sie wird ihre Spielchen mit Tony treiben, und er wird diese, natürlich in Maßen, erlauben und zweifellos genießen. Bereits jetzt kontrolliert er sie, ungeachtet seiner Vernarrtheit in sie.«

»Sie mögen Frauen nicht?«

Völlig überrascht sah Ryder sie an: »Gütiger Gott, ich könnte ohne sie nicht leben. Ich bezweifle, daß es noch etwas anderes gibt im Leben eines Mannes, das ihm so viel Freude bereiten kann wie ein Frauenkörper.«

Alexandra schnappte nach Luft.

»Tut mir leid, ich tat es wieder. Sie sind jung, Alexandra, aber Sie sind nicht zartbesaitet. Sie sind stählern, und ich wage zu sagen, Sie müssen diese Stärke bald einsetzen, sehr bald. Doch was wollten Sie von mir?«

»Ich bin gekommen, Sie zu fragen, ob Sie glauben, daß Douglas unsere Ehe annullieren wird? Und was kann ich machen, damit Douglas noch etwas wartet und mir eine Chance gibt, bevor er es tut?«

»Ich ahnte, daß seine Gedanken in diese Richtung gingen.« Ryder sah sie fest an. »Da Sie mich fragen, will ich Ihnen sagen, was ich denke. Douglas wird sicher sehr ernsthaft eine Annullierung in Erwägung ziehen. Douglas wurde sehr hart in die Zange genommen, um es mal so auszudrücken. Er ist verärgert, fühlt sich verraten und möchte zurückschlagen. Er ist aber auch starrköpfig und uneinsichtig. Nachdem ich heute Ihre Schwester gesehen habe und auch gesehen habe, mit welchen Augen Douglas Ihre Schwester anschaut, glaube ich, die Zeit ist knapp. Wenn Sie ihn als Ehemann behalten wollen, schlage ich vor, steigen Sie in sein Bett und verführen ihn. Bleiben Sie so lange, bis Sie ein Kind erwarten. Die Frage der Annullierung ist dann aus der Welt.«

Langsam erhob sich Alexandra und sah ihren Schwager sprachlos an.

»Ich nehme an, daß Douglas schon seit einer geraumen Zeit keine Frau mehr hatte. Es ist gut möglich, daß er für Ihre Annäherungen zugänglich sein wird. Tun Sie es, Alex. Geduld ist keine Tugend in diesem Fall. Spielen Sie nicht Penelope.«

Sie schob ihre zitternden Hände in ihre Kleiderfalten. »Ich weiß gar nichts von Verführung.«

Ryder lachte. »Alle Frauen sind mit dieser Kenntnis geboren, meine Liebe. Ziehen Sie sich vor ihm aus. Ein wunderbarer Anfang. Sie verstehen etwas von Liebe, von Empfängnis?«

Ein lauter Ruf erscholl: »Der Herr und Meister wünscht meine Anwesenheit. Er möchte mich vielleicht zurück nach London schicken.« Nach einer Pause sah er auf seine neue Schwägerin. »Ich denke, Sie haben Klasse, Alex. Jetzt ist nicht die Zeit, geduldig mit Douglas umzugehen; Sie müssen schnell handeln. Außerdem, wenn Sie klug sind, bestehen Sie darauf, daß Tony und Melissande noch etwas hierbleiben. Vergleiche bringen manchmal wundervolle Erleuchtungen, und mein Bruder ist nicht dumm. Verführen Sie ihn heute nacht; denken Sie nicht darüber nach, tun Sie es. Der Verstand eines Mannes kann gelenkt werden.« Ryder war sich wegen Douglas' Verstand nicht so sicher, doch er wollte Alexandra nicht entmutigen. Damit verließ er Alexandra, die ihm verwirrt nachsah. Ihr Blick fiel auf den Garten, und sie beklagte seinen schlechten Zustand und den ihrer Ehe. Es juckte ihr in den Fingern, in dieser reichen, schwarzen Erde zu graben. Warum waren die Gärten so vernachlässigt? Die Rosen schrien danach, beschnitten zu werden. Sie mußte lächeln, nicht nur die Rosen, auch Douglas mußte gestutzt werden.

Beim Dinner eröffnete Douglas den anderen: »Es ist ein Brief von unserer Plantage in Jamaika eingetroffen. In Kimberly Hall gibt es Schwierigkeiten. Ryder wird morgen fahren, um dort nach dem Rechten zu sehen.«

»Schwierigkeiten welcher Art?« fragte Alexandra.

»Grayson schrieb von sonderbaren Vorgängen, von schwarzer Magie, von Morden und von Sklavenaufständen. Sie können sich sicher vorstellen, worum es geht.«

»Dieser Grayson zeichnet sich durch Übertreibungen aus«, warf Ryder ein. »Wenn eine Fliege an seinem Kopf vorbeifliegt, nennt er es eine gigantische Wespe und behauptet, sie hätte ihn verhext. Dieses ganze Gerede klingt besorgniserregend. Doch wie ich unseren Grayson kenne, handelt es sich ganz sicher um nichts anderes als zwei jaulende Katzen.«

»Er ist ein guter Mann und ein hervorragender Verwalter«, beendete Douglas das Thema.

Ryder dachte an seine Kinder und runzelte mißbilligend die Stirn. Es war während seiner Abwesenheit für alles gesorgt, aber dennoch, er würde die kleinen Rangen vermissen. Nach einer langen Pause fuhr er fort: »Ich werde morgen sehr früh nach Southampton fahren. Also ist heute meine letzte Chance, mich bei meiner Schwägerin einzuschmeicheln. Ich mag Ihr rosa Kleid, Alexandra. Ich habe immer gesagt, daß tiefrotes Tizianhaar sehr gut durch bestimmte Rosatöne hervorgehoben wird.«

»Wird es tatsächlich.« Tony blickte so erstaunt auf Alexandra, als sähe er sie zum ersten Mal.

»Das Kleid ist alt und wie eine Nonnentracht zugeschnitten«, bemerkte Douglas. »Es ist genauso unmodern wie das blaue Kleid, das Sie heute am frühen Nachmittag getragen hat.«

Der Besenstiel machte sich wieder bemerkbar. Douglas hob seine Hand. »Nein, ich sagte nicht, daß ich eines Ihrer Kleider ersetzen würde. Also ersparen Sie sich weitere Kommentare vonwegen Schmeicheleien. Ich habe lediglich bemerkt, daß Ihre frauliche Erscheinung zu wünschen übrig läßt.«

»Es ist wahr, eine Dame sollte sich um ein gepflegtes Äußeres bemühen«, stimmte ihm Melissande zu.

Douglas sah hinüber zu Melissande. Sie sah so absolut fraulich und unsagbar köstlich aus, daß er für einen Moment verstummte.

»Deine Bemühungen, Mellie«, Tony streichelte zärtlich ihren nackten Oberarm, »würden unseren lüsternen Prinzen Georg in der Pfütze seines eigenen Geifers ausrutschen lassen.«

Alexandra lachte: »Das würde ich gerne sehen. Bringst du Melissande nach London, so daß der Prinz sie sehen und rutschen kann?«

»Alles zu seiner Zeit«, nickte Tony, »alles zu seiner Zeit.«

»Ich würde gerne sofort abreisen«, begeisterte sich Melissande. »Du hast ein Stadthaus, das ich noch nicht gesehen habe. Ich würde gerne einen Ball geben und alle wichtigen Leute einladen.«

»Alles zu seiner Zeit«, wiederholte Tony. »Als erstes mußt du Strawberry Hill, unseren Familiensitz in Cotswolds sehen.«

»Ein herrlicher Platz, um Kinder aufzuziehen«, bemerkte Ryder.

»Erinnerst du dich, Douglas, wie wir lauthals brüllend von diesem alten Ahorn in die Quelle sprangen?«

»Ja, und daran, daß Tony mit dem Ast abstürzte und fast ertrunken wäre, da der Ast ihn am Kopf traf, als er im Wasser landete.«

»Ich würde London bevorzugen«, war Melissandes Einwand.

»Du wirst bevorzugen, was ich bevorzuge, Mellie«, sagte Tony sehr bestimmt.

Mit einer Stimme, so hell wie Quellwasser im Sommer, fiel Ryder in das Gespräch: »Ich bin überzeugt, daß es Melissande in London gefallen würde, aber nur mit Tony. Da er aber Strawberry Hill bevorzugt, nun denn, so wird sie es ebenfalls bevorzugen. Melissande weiß, daß es die Pflicht und Freude der Frau ist, ihrem Mann zu gehorchen, ihn mit jedem ihrer Worte, Taten und sanften Liebkosungen zu ehren. Stimmen Sie mir zu, Alexandra?«

Mit einem Lächeln antwortete Alexandra: »Ich hätte gern den Ast gesehen, der Tony am Kopf traf und ihn fast ertrinken ließ.«

»Würde ich auch gerne«, stimmte Melissande zu, ihren Blick wachsam umherstreifend, »nachdem ich London genossen habe, mit meinem Mann natürlich.«

Douglas nahm einen Schluck vom roten Bordeaux und blickte Ryder über den Rand seines kristallenen Pokals an.

»Wie ich schon sagte«, fuhr Ryder fort, »Strawberry Hill ist ein wunderschöner Platz, um Kinder großzuziehen. Ich habe Tony sagen hören, daß er gerne ein gutes halbes dutzend Kinder haben möchte, die sich an seine Mantelschöße klammern.«

Tony, der niemals einen solchen Wunsch geäußert hatte, lächelte wie ein bereits vernarrter Vater.

Aus den Augenwinkeln sah er zu Ryder und dann direkt zu seiner Frau. Sie sah verwirrt, ungewöhnlich gerötet und offen gestanden erschreckt aus. Er räusperte sich und flüsterte in einer Stimme, die bis in jede Ecke des Speisezimmers zu hören war: »Sollen wir uns nach dem Essen weiter unserer Nachkommenschaft widmen, Mellie?«

»Nenn mich nicht so!«

»Aber die anderen Namen, die ich dich nenne, sind doch wirklich nicht passend für das Speisezimmer. Aber wenn du es vorziehst, wenn du dich wohlfühlst mit all den anderen hier am Tisch, warum sollte ich mich da zurückhalten? Wie ist es, mein Zuckerschnäuzchen...«

Melissande schlug ihre Handfläche über seinen Mund. Er griff ihr Handgelenk zwischen seine langen Finger und hielt es fest.

»Nun, wo war ich stehengeblieben?«

»Bitte, Tony.«

Sein Blick ruhte auf ihr. »Habe ich tatsächlich ein ›Bitte‹ gehört?«

Sie nickte.

Lange sah er sie an und sagte dann sanft: »Du hast mich froh gemacht. Iß deinen Grüne-Bohnen-Eintopf, Mellie. Er ist köstlich.«

Alexandra, die die Szene interessiert verfolgte, sah nun ihren Ehemann an. Mit tief gerunzelter Stirn starrte Douglas auf Melissande und Tony. Währenddessen saß Ryder lächelnd über seine Schildkrötensuppe gebeugt.

Zwei Stunden später, allein in ihrem Schlafzimmer, stand Alexandra unentschlossen vor der Verbindungstür. Ryder hatte ihr geraten, Douglas zu verführen. Ryder sagte, alle Frauen wären mit diesem Wissen geboren. Sie überlegte, ob Douglas sie auslachen würde, wenn sie es versuchte. Ryder hatte auch gesagt, daß Zeit von entscheidender Bedeutung war und sie nicht geduldig warten sollte wie die treue Penelope auf Odysseus. Nun gut. Sie würde es tun. Sie würde es jetzt tun, ehe ihre Entschlossenheit erlahmte.

Alexandra löschte die Kerze und schritt zur Verbindungstür. Sie öffnete sie vorsichtig.

Kapitel 9

Zögernd betrat Alexandra das gräfliche Schlafzimmer. Ihre Augen fielen sofort auf das Bett. Sie blieb reglos stehen. Es war leer, die Decken waren glatt. Dann entdeckte sie ihn und ging leise zu ihm hinüber. Kerzen brannten auf dem Tisch neben dem Ohrensessel vor dem Kamin. Es lagen nur noch glühende Kohlen darin, deren trübes Orange wenig Licht und Wärme abgaben. Im Sessel saß Douglas. Er hatte seine langen Beine ausgestreckt und überkreuzt. Er trug einen dunkelblauen Brokatschlafrock, der sich über seinen Beinen geöffnet hatte. Ihr Blick wurde von haarigen, wohlgerundeten und kräftigen Beinen angezogen. Die nackten Füße waren lang und ungewöhnlich schmal; sie gefielen ihr sehr. Das Kinn hatte er auf seine Hand gestützt.

Ihr schlug das Herz bis zum Halse, sie war wild entschlossen, sie mußte es tun. Möglicherweise hing ihre Zukunft mit diesem Mann davon ab, was sie in den nächsten Minuten tat und wie erfolgreich sie damit war. »Mylord?«

»Ja«, Douglas blieb unbeweglich und sah sie nicht an. »Ich hörte Sie in mein Zimmer kommen. Ich hätte nie gedacht, daß ich meine Tür vor einer Frau verschließen müßte. Was wollen Sie?«

»Ich wollte... Sie denken darüber nach, was Sie mit mir tun sollen, nicht wahr?«

»Das und andere Dinge. Ich sorge mich auch um Ryder und seine Reise nach Jamaika. Segeln war nie eine sichere Sache, doch er bestand darauf, zu reisen.« Douglas drehte sich und sah zu ihr auf. »Ryder sagte, ich solle hierbleiben, um mich und meine Ehre in den Griff zu bekommen. Er hält Sie für eine großartige Person.«

Sie sagte nichts.

Seine schmalen Finger strichen über sein Kinn, während er sie von oben bis unten grübelnd ansah. »Ihr Nachthemd ist das eines kleinen Mädchens, weiß, lang und hochgeschlossen.«

»Ich habe keine anderen.«

»Nicht auszudenken, wieviel Guineen es mich kosten würde, Sie neu einzukleiden.«

»Was stimmt mit dem Nachthemd nicht? Es hält mich warm und liegt weich auf der Haut.«

»Es ist das Nachthemd einer Jungfrau.«

»Ja und? Ich bin eine.«

»Keine Frau, die etwas auf sich hält, würde ein solches Hemd tragen.«

Alexandra seufzte.

»Was wollen Sie? Mich weiter beknien, mir ausführlich darlegen, wie unentbehrlich Sie sein können? Mir Ihre hausfraulichen Fertigkeiten einhämmern? Bitte, erzählen Sie mir nicht, daß Sie mir abends vorsingen wollen und sich dabei selbst auf dem Klavier begleiten. Warum zum Teufel haben Sie Ihre Haare geflochten? Es sieht unmöglich aus. Ich mag es nicht.«

Alexandra sah ihn nur an. Sie hatte nicht an ihre Zöpfe gedacht; sie hätte es tun sollen, denn Zöpfe sehen nicht gerade verführerisch aus. Melissande flocht niemals ihr Haar. Alexandra mußte noch viel lernen. Sie stellte die Kerze auf den Tisch, hob ihre Arme und begann langsam, ihre Zöpfe zu öffnen. Dann fuhr sie sich mit den Fingern durchs Haar und glättete es. Schweigend saß er da und beobachtete sie.

Das Haar bedeckte ihren Rücken bis zur Hüfte.

»Legen Sie etwas Haar nach vorne, über Ihre Schultern.«

Sie tat es.

»Ihr Haar ist von einer schönen Farbe und hat eine wunderbare Fülle. Wenigstens versteckt jetzt das Haar etwas von diesem scheußlichen Nachthemd. Nun, was wollen Sie?«

Es gab kein Zurück mehr. Entweder machte sie ihren Mund auf und sagte es ihm, oder sie ging. Er erschien ihr ungeduldig und sah sie sicher als eine unwillkommene Belästigung an. Es war entmutigend.

»Nun? Machen Sie weiter, ich kann alles ertragen, außer Winseleien und Schmeicheleien.«

Sie sagte ohne große Einleitung, Kinn erhoben, Rücken kerzengerade: »Ich bin gekommen, um Sie zu verführen.«

»Ah, die letzte Waffe der Frauen. Ich sollte ja nicht überrascht sein, oder? Schließlich habe ich es Ihnen heute morgen in den Kopf gesetzt. Ich hätte es wissen sollen, vermuten sollen. Wenn alles andere versagt, hol den Frauenkörper heraus und trage ihn vor des lüsternen Mannes Nase zur Schau.«

»Mein Problem ist jedoch, daß ich nicht weiß, wie ich es anstellen soll.«

»Das ist Unsinn.«

»Vielleicht, wenn Sie mir etwas dabei helfen würden, könnte es mir gelingen.«

»Lassen Sie mich etwas klarstellen. Sie haben in Ihrem Plan offensichtlich eine Sache nicht berücksichtigt. Ich kann noch immer diese Ehe annullieren, selbst nachdem ich Ihnen die Jungfräulichkeit genommen habe. Verstehen Sie? Wer würde es wissen? Würden Sie oder irgend jemand in Ihrer Familie dem Rest der Welt erzählen, daß Sie beschädigte Ware sind?«

»Sie sprechen von mir, als sei ich irgendein Paket. Das ist entwürdigend.«

»O nein, eine Jungfrau, die ihr Jungfernhäutchen verloren hat, ist schlimmer dran als irgendein Paket. Stellen Sie sich Ihres Vaters Reaktion vor. Er wäre entsetzt, doch er würde schweigen. Denn er weiß, öffnet er seinen Mund und läßt verlauten, was ich getan habe, wären Sie ruiniert, und er wäre die Zielscheibe des Spottes. Was mich angeht, so würde niemand in unserem großen Land mich zur Rechenschaft ziehen.«

»Aber warum? Das scheint mir verrückt. Es ist einfach nicht fair.«

»Fairneß hat in dieser Angelegenheit wenig zu suchen. Die Tatsache ist, daß Männer aus unserer Klasse wenig daran interessiert sind, sich Frauen ins Ehebett zu holen, die nicht unberührt sind. Deshalb, kommt eine Frau vom Pfade der Tugend ab, wird darüber geschwiegen. Der arme Narr, der sie heiratet, gerät wahrlich in eine Falle. Keiner erführe also, was ich mit Ihnen getan oder nicht getan habe. Wenn ich will, kann ich Sie ungestraft nehmen, so oft ich will.«

»Ich kann es nicht glauben, daß Gentlemen so gefühllos sein können, so nachlässig gegenüber Frauen, die sie lieben.«

»Ja, es ist eine Frage der Liebe, nicht wahr? Aber das betrifft diese Ehe ja nicht, oder? Sie sind eine Fremde, nichts weiter, nur eine Fremde.«

»Nach der Verführung muß ich noch weitergehen. Ich muß bei Ihnen bleiben, bis ich ein Kind erwarte. Dann ist eine Annullierung nicht mehr möglich. Das ist meine nächste Hürde, verstehen Sie?«

Douglas war sprachlos. Ihm fehlten die Worte. Wahrheitsgemäß hatte er ihr alles dargelegt, doch offensichtlich ohne Erfolg. Er konnte es nicht fassen. Dieses Kind stand noch immer neben ihm in seinem jungfräulichen Nachthemd, barfuß, die Zehen vor Kälte gekrümmt, einem jämmerlichen Opfer gleich. Da stand sie, wild entschlossen. Sie war kein Feigling, das mußte er zugeben. Die Frage war, was war sie? Würde sie alles nur Denkbare für ihren Vater tun? »Wer riet Ihnen, weiterzumachen?«

»Ryder.«

»Ach, mein lieber, närrischer Bruder. Zur Hölle mit ihm. Er hat die Unart, sich überall einzumischen.«

»Aber er hatte nicht genügend Zeit, mir zu erklären, wie ich das mit der Verführung anstellen sollte. Ich bin Ihre Frau, Mylord, gewillt, Ihre Ehefrau zu werden und in diesem Bett zu schlafen, bis ich schwanger bin. Sie wollten doch einen Erben? Das war doch der Hauptgrund Ihrer Heirat, nicht wahr?«

»War es, aber Sie sind die falsche Frau, wie Sie wohl wissen. Ich bin es leid, immer dasselbe zu sagen. Wiederholungen sind mehr als langweilig.«

»Ich will Ihnen Ihren Erben geben. Ich bin jung, gesund und bereit, Ihnen ein halbes Dutzend Erben zu schenken.«

»Noch nie habe ich gehört, daß eine Frau sich ihrem Mann als Zuchtstute anbietet. Warum Alexandra? Eine weitere Vereinbarung mit Ihrem schurkischen Vater? Hölle und Verdammnis, geht einfach zu Bett. Sie sind ein kleines Mädchen, eine Jungfrau, und ich habe nicht die Absicht, Ihnen irgend etwas zu zeigen, Ihnen die Jungfräulichkeit zu nehmen oder Sie wimmern zu hören. Ich bin müde, geht.«

Alexandra bückte sich, hob den Saum ihres Hemdes und zog es über ihren Kopf. Sie ließ es zu Boden gleiten und stand, die Arme an der Seite, nackt vor ihm. Sie hob ihren Kopf und sah ihren Mann direkt an.

Douglas erstarrte. Er öffnete seinen Mund und schloß ihn wieder. Überrascht sah er auf seine Frau. Er hatte keine Ahnung, daß sie so schön gebaut war. Ihre Brüste ... guter Gott, er hatte sich nicht vorgestellt, hatte nicht geahnt, daß ...

»Warum binden Sie Ihre Brüste?«

»Meine Zofe sagte, sie seien zu groß. Sie sagte, die Burschen würden mich anstarren und ungehörige Dinge sagen. Weil ich zu große Brüste habe, würden sie annehmen, daß ich keine anständige junge Dame sei. Meine Zofe lehrte mich, sie zu binden.«

»Ihre Zofe ist eine dumme, alte Besserwisserin. Ihre Brüste sind ein Gewinn, und ein schöner noch dazu. Binden Sie sie nicht mehr. Nun, da ich weiß, was Sie haben, möchte ich sie sehen.«

»Sie sehen sie.«

»Heute morgen, als wir ausritten, konnte ich nicht erkennen, daß Sie so gut ausgestattet sind.«

»Ach ja.«

Douglas verfiel in Schweigen. Er starrte noch immer auf ihre Brüste. Sie waren hoch, sehr voll und so weiß wie ihr Bauch. Sie würden in seinen Händen überquellen. Es kribbelte ihm in den Fingern, seine Handflächen wurden heiß.

Sie hatte nicht gewußt, wie Douglas reagieren würde, aber dieses Gespräch über ihre Brüste, so sachlich wie eine Diskussion über das Wetter, verunsicherte sie. Sie sah, wie er seine Hand hob und wieder fallen ließ. Noch immer ruhten seine Augen, die jetzt sehr dunkel waren, auf ihr. Sie zwang sich, stillzuhalten.

»Rosa paßt gut zu Rot. Ich kann eine rosa Brustwarze durch Ihr rotes Haar schimmern sehen.«

Alexandra hätte am liebsten ihren Körper in einen kleinen runden Ball verwandelt und wäre davongerollt. Aber sie rührte sich nicht, denn ihre ganze Zukunft lag in diesem Zimmer, hing von dieser Minute ab. Dieser Mann war ihr Ehemann, sie gehörte zu ihm, mehr als sie irgend jemandem je in ihrem Leben gehört hatte.

Douglas versuchte, sich blasiert zu geben. Er war ein erfahrener Mann, ein Mann, der viele Frauen genossen hatte, ein wählerischer Mann. Ein kalter Fisch, hatte ihn Ryder genannt, da er seine Gefühle immer beherrschte. Aber, um die Wahrheit zu sagen, er war überwältigt. Es waren die schönsten Brüste, die er je in seinem Leben gesehen hatte, Brüste, fast zu groß für ihren zierlichen Körper; ihre Taille war schmal, ihr Bauch flach, die Locken über ihrem Venushügel von einem weichen Rot, ihre Beine lang und schön geformt. Da war ein Leberfleck auf ihrem Bauch, direkt unter ihrem Nabel. Sie sah sehr schön aus. Sie glich ganz und gar nicht einem kleinen Mädchen. Sie stand vor ihm gerade und groß, und doch war sie zierlich. Dieser verdammte Besenstiel in ihrem Rücken. Er wollte ihr sagen, daß sie sich umdrehen sollte, damit er ihren Rücken und ihre Pobacken sehen konnte.

Großer Gott, was machte er da nur?

»Kommen Sie her«, sagte er, bevor sein Verstand die Aufforderung rückgängig machen konnte, und öffnete seine Beine.

Sie stand nun zwischen seinen Beinen, ruhig, die Arme noch immer an den Seiten. Er berührte sie nicht, sein Blick wanderte über ihren Körper und blieb an ihrem Bauch hängen. Sie fühlte seine Augen auf ihr ruhen.

Es war mehr, als sie ertragen konnte, dieses intensive Studieren ihres Körpers. Sie selbst hatte ihren Körper nie so betrachtet.

Endlich, nach einer Ewigkeit, hob Douglas seinen Kopf und sah ihr ins Gesicht. »Sie mißfallen mir nicht. Ihre frauliche Ausstattung ist angemessen. Würden Sie bitte Ihre Beine öffnen, daß ich den Rest von Ihnen sehen kann? Nein? Das ist nicht Teil Ihrer Verführung? Wie weit planen Sie zu gehen, wenn ich nichts tue?« Er sah von ihr weg ins Feuer. »Sie sagen nichts. Ich habe Sie bereits dazu gebracht, zwischen meinen Beinen zu stehen. Fällt Ihnen nicht etwas ein, was Sie jetzt selbst tun könnten?«

Alexandra hob die eine Hand zu ihren Brüsten und mit der anderen bedeckte sie ihre Scham. Es war eine lächerliche Geste, aber sie konnte es einfach nicht mehr ertragen, noch länger so unbedeckt und offen vor ihm zu stehen. Sein Desinteresse war offensichtlich, und es war so schmerzlich, daß sie es kaum ertrug.

»Sie wissen, Alex«, sagte er, sie wieder ansehend, »daß ich Sie nicht nur wieder und wieder nehmen kann, ich kann es ebenso verhindern, daß Sie ein Kind von mir empfangen. Ich kann mich ohne weiteres von Ihnen trennen, bevor sich der ganze Samen in Ihnen ergießt. Ich bin kein Junge, ich bin ein Mann und kann mich beherrschen wie ein Mann. Schauen Sie nicht so verdutzt! Sie können nicht schwanger werden, wenn mein Samen Ihre Gebärmutter nicht erreicht. So kann ich frei nehmen, was mir geboten wird, und immer noch diese Ehe annullieren.« Er winkte ablehnend mit seiner Hand. »Wie auch immer, heute nacht, in diesem Augenblick, wo Sie vor mir stehen, mit nur Ihrer weißen Haut bedeckt, merke ich, ich habe kein Interesse. Sie sind nicht Melissande. Sie sind nicht die Frau, die ich wollte. Gehen Sie.«

Alexandra fühlte sich über alle Maßen gedemütigt. Der Schmerz, der in ihr aufwallte, ließ sie nicht mehr klar denken. Seine Worte hinterließen das unendlich quälende Bewußtsein, versagt zu haben und ein Gefühl der Leere. Sie stand keinen Zentimeter von ihm entfernt, unfähig, sich zu bewegen. Sie war nicht so sehr verlegen, als mehr vernichtet. Er hatte sie abgelehnt, vollständig abgelehnt. Dabei war er nicht sonderlich brutal gewesen, eher sachlich. Er hatte seine Gefühle sehr deutlich gemacht. Obwohl er sie annehmbar fand, begehrte er sie doch nicht genug, um sie zu nehmen und wieder abzulegen. Er wollte sie um nichts in der Welt. Ryder hatte die Gefühle seines Bruders diesmal nicht richtig eingeschätzt. Ryder hatte sich geirrt. Da war nichts mehr, was sie tun konnte.

Sie trat zur Seite, das Blut pochte wild in ihren Adern, sie rannte aus seinem Schlafzimmer.

Douglas sah nur einen Schatten weißer Haut vorbeihuschen. Er hörte, wie die Verbindungstür leise geschlossen wurde, und saß unbeweglich da. Nach einiger Zeit stand er auf und hob ihr Nachthemd vom Boden. Er sah zu ihrem Zimmer, überlegte kurz und warf es auf seinen Sessel.

Er wußte, was er getan hatte. Er wußte, er hatte sie wieder und wieder getreten. Aber, verdammt noch mal, er ließ sich nicht in die Enge treiben, er ließ sich nicht bestechen oder erpressen mit fleischlicher Lust. Nie würde er einer Frau erlauben, ihm zu diktieren. Er würde ihretwegen nicht den Verstand verlieren, nur weil sie ihren Körper zur Schau stellte. Doch da war dieser sonderbare Ausdruck auf ihrem Gesicht gewesen, als er zu ihr gesprochen hatte. Er fluchte, und der Schlafrock, den er von sich schleuderte, landete neben ihrem Nachthemd auf dem Sessel. Er fluchte noch immer, als er in sein großes leeres Bett stieg und sich unter seinem Laken verkroch. Sicher, sein Verhalten ekelte ihn an, aber er würde nichts zurücknehmen. Er würde tun, was er tun wollte, und er würde sich nicht zwingen lassen. Und mit Sicherheit nicht von einem achtzehnjährigen Mädchen, auch wenn es den schönsten Busen hatte, der ihm je begegnet war.

Mitten in der Nacht wachte Douglas schweißgebadet auf. Regungslos blieb er liegen. Er hatte ein Geräusch gehört. Er wartete, hellwach und gespannt. Da war es wieder, dieses fremde Geräusch. Es klang wie eine Frau. Ein gedämpftes, leises Weinen, doch deutlich zu hören. Nein, es war kein Weinen, eher ein tiefes Stöhnen, verletzt und wund. Er wußte, daß sie wegen eines großen Schmerzes stöhnte. Woher er das wußte, war ihm unklar, aber er wußte es. Wütend sah er zur Verbindungstür. Einfach lächerlich.

Das Weinen kam von Alexandra. Nun, er hatte sie gründlich in die Schranken gewiesen. Sie schmollte, weil sie versagt hatte, ihren Willen durchzusetzen. Nun versuchte sie sein Mitleid zu erwecken. Krokodilstränen, nichts weiter. Das war es. Er war ein Mann, aber er würde sich nicht von Frauentränen erweichen lassen, heuchlerischen Tränen. Nur weil sie es nicht geschafft hatte, daß er seinen Kopf verlor. Aber es war kein Weinen... es war Stöhnen, es war abgrundtiefer Schmerz. Er fluchte und schleuderte seine Bettdecke zurück.

Völlig unbekleidet eilte er zur Verbindungstür und öffnete sie leise. Er war sich sicher, es mußte Alexandra sein. Kein Zweifel, sie war es. Er war noch immer leise, auch die Tür machte kein Geräusch, als er sie öffnete. Im Schlafzimmer sah er einen schmalen Streifen Mondlicht durch das Fenster aufs Bett fallen. Es war leer. Nein, warte, da war sie, sie stand auf der anderen Seite des Bettes, starrte darauf und stöhnte leise, sehr leise. Nur, er hätte schwören können, daß sich ihr Mund nicht bewegte, daß sie keinen Laut von sich gab. Aber er hörte das Weinen, das Stöhnen, er hörte es klar in seinem Kopf. Es war so leise, daß er sich wunderte, wie er es in seinem Schlafzimmer nebenan hatte hören können. Ihre Arme hatte sie um ihren Körper geschlungen. So stand sie reglos, bis sie ihn bemerkte und ansah.

Sie verstummte. Er öffnete seinen Mund, doch kein Ton kam heraus. Im nächsten Moment war sie verschwunden. Sie löste sich in Nichts auf, langsam wie ein lautloser weißer Schatten im Mondlicht.

»Nein«, sagte Douglas laut und bestimmt. »Nein, verdammt! Ich will das nicht akzeptieren.«

Er rannte auf die andere Seite des Bettes. Alexandra war nicht da. Verdammt, er hatte alles geträumt. Er fühlte sich schuldig, und er hatte Visionen aus Schuldgefühlen heraus.

Wo war Alexandra? Sie konnte sich schnell verstecken, das mußte er zugeben. Dieses verdammte Mädchen. Es gab nicht viele Verstecke, wo man suchen konnte. Er sah in den Schrank, ging sogar auf die Knie, um unterm Bett nachzusehen.

Sie war nirgendwo. Es war mitten in der Nacht. Wo zum Teufel war sie?

Er sah ihr Gesicht klar vor sich. Er sah ihre Blässe, die Demütigung in ihren Augen, als seine Worte sie getroffen hatten, hart und unbarmherzig, Worte, die tief verletzten. Und er hatte ihr sogar ihre Schwester vorgeworfen, als sie stumm und verloren zwischen seinen Beinen stand, nackt, verwundbar und entsetzlich allein. Nun hatte sie ihn verlassen. Bar jeden Restes von Würde und verletzt. Und er hatte sie stillschweigend gehen lassen. Na und wenn schon, zum Teufel.

Gott sei Dank war es nicht so spät, wie er anfangs vermutet hatte. Es war kurz nach Mitternacht. Bald nachdem er eingeschlafen war, hatte es ihn aus dem Schlaf hochgeschreckt. Schnell warf er sich die Kleider über und ging leise nach unten. Er machte kein Licht, er brauchte keines. Er kannte jeden Fußbreit in Northcliffe. Aber sie nicht. Im Erdgeschoß gab es mehr als genug Möglichkeiten, sich zu verstecken. Aber sie würde einfach nicht hierbleiben wollen.

Es stellte sich für ihn gar nicht die Frage, woher er das wußte. Er öffnete die massive Vordertür und schlüpfte hinaus in die kalte, dunkle Nacht. Der schmale Streifen des Mondlichts war hinter dichten, grauen Wolken verschwunden. In Kürze würde es in Strömen regnen.

Er hatte die Kälte nicht bedacht. Nun zitterte er dank seiner Gedankenlosigkeit. Er trug nur ein Hemd, enge Lederhosen und Stiefel. Ein Wind kam auf, der Sturm näherte sich.

»Alexandra!«

Der Wind raschelte durch die Blätter. Ein Fenster schlug im oberen Stockwerk. Er spürte plötzlich Panik bei sich aufkommen und rannte zu den Ställen. Sie schienen verlassen zu sein, die Stallburschen lagen schon im Bett. Leise schlich er zu Fannys Box hinüber. Neben der Tür entdeckte er eine Lampe, die er leise und rasch anmachte. Er hob das Licht hoch und blickte sich um.

»Wer da?«

Ihre Stimme klang verängstigt. Gut so, sie hatte es verdient. Er war wütend auf sie. Ihn aus tiefem Schlaf zu wecken – offensichtlich hatte er keinen Alptraum gehabt –, aber sie hatte einen schweren Fehler begangen. Sie hatte ihn gezwungen, nach ihr zu schauen. Ihretwegen hatte er sich Sorgen gemacht, sie hatte ihm unnötig Scherereien beschert; ihretwegen hatte er ein schlechtes Gewissen.

»Wer da?«

Er stellte die Lampe auf den Boden.

»Sollten Sie sich wagen, sich zu bewegen, schlage ich Sie«, rief er und stürmte wutentbrannt auf sie los. Garth hatte die Stimme seines Herrn erkannt und wieherte. Den Kopf nach hinten gewandt, antwortete ihm Fanny ebenfalls mit einem Wiehern.

»Nehmen Sie das Zaumzeug herunter.«

»Nein«, gab Alexandra zurück. Am liebsten wollte sie den Sattel fallenlassen, weil er so schwer war, aber sie hielt ihn fest an die Brust gepreßt.

»Sie wollten die Stute meiner Schwester stehlen?«

»Nein, ich wollte sie nur für eine kurze Zeit ausleihen. Ich bin keine Diebin. Selbstverständlich hätte ich sie zurückgebracht.«

»Lassen Sie den verdammten Sattel los, ehe Ihnen noch die Arme abfallen.«

Doch statt dessen legte Alexandra den Sattel auf Fannys Rükken und versuchte, ihn festzugurten. Die Stute riß ihren Kopf herum und schnappte nach Alexandra, die gerade rechtzeitig zurückzuckte.

»Darf man fragen, wohin Sie zu fliehen gedenken?«

»Nach Hause. Wollen Sie mich endlich in Ruhe lassen? Ich werde von Ihnen gehen und diese Ehe annullieren. Es ist mir alles egal! Hören Sie, es ist mir gleichgültig. Verschwinden Sie!«

Douglas lehnte sich an die Tür zur Box von Garth und verschränkte die Arme über der Brust. »Ich habe Ihnen viel zugemutet, aber nicht, daß Sie dumm sind. Doch muß ich mich diesem schlagenden Beweis Ihrer Dummheit beugen. Sie sind unglaublich dumm. Sie sind ganz und gar ein Dummkopf. Hatten Sie vor, mit Fanny den ganzen Weg zurück nach Harrogate zu reiten? Ich denke, ich sollte Sie verprügeln.«

Alexandra witterte den Zorn des Mannes. Er war bereit gewesen, sie zu demütigen. Nun wollte er sie auch noch schlagen. Vielleicht bis sie blutüberströmt und bewußtlos war? Sie fragte sich, ob er dazu eine Reitgerte benützen würde. »Warum sind Sie aufgewacht? Ich war doch ganz leise.«

Er sah sie böse an. »Ich bin eben aufgewacht, basta. Ich war beim Militär und habe seither einen leichten Schlaf.« Das war eine Lüge, aber eine nützliche. Er schlief stets so fest wie ein Toter. Das hätte ihn in Italien zweimal beinahe das Leben gekostet. Dem Himmel sei Dank für seinen Kammerdiener und Offiziersburschen Finkle. »Da ich nicht tief schlafe, habe ich jede Bewegung von Ihnen vernommen.«

Wie war das möglich? Sie hatte sich selbst kaum gehört, so leise war sie gewesen. Aber offensichtlich nicht leise genug, denn er war ihr gefolgt. Warum – doch sie hatte jetzt keine Zeit für Vermutungen. »Was kümmert es Sie, ob ich fortgehe? Sie wollen mich hier nicht. Ich bin eine Fremde. Ich habe Sie ebenso wie Tony verraten. Ich gehe und kehre niemals mehr zurück, um Sie zu belästigen. Ist es nicht das, was Sie wollen?«

»Ich werde Ihnen sagen, was ich will, wenn mir danach zumute ist. Sie werden nichts ohne meine Anweisungen unternehmen.«

»Das ist einfach lächerlich! Ginge es nach Ihnen, würde ich wie eine Art Sklavin abwarten müssen, bis Sie beschließen, mich hinauszuwerfen. Verdammt, Mylord, Sie sind derjenige, der eine Tracht Prügel verdient hat!«

Es passierte blitzschnell. Douglas war eher belustigt als besorgt, als er sie nach dem Rechen greifen sah, der an Fannys Bordwand gelehnt war. Sie hielt ihn mit beiden Händen über ihren Kopf und rannte auf ihn los. Im letzten Augenblick nahm sie die Arme herunter und hielt die Lanze wie ein Ritter bei einem Turnier. Sie stieß ihm mit derartiger Wucht in die Magengrube, daß er zur Seite taumelte und zu Boden sank. Dann schlug sie nach der flackernden Lampe, die sofort ausging. Der Stall lag in vollkommener Dunkelheit.

Er sprang auf, sein Bauch fühlte sich an, als wäre er von einem Loch durchbohrt. Fanny schnaubte ihm ins Gesicht und hätte ihn beinahe umgerannt. Er sprang zur Seite, drehte sich um und sah dieses verdammte Mädchen ohne Sattel davonreiten. Ihre Haare flatterten im Wind, sie hielt sich flachgeduckt an Fannys Nacken fest. Der Sattel lag im Stroh. Sie ritt, als wäre der Teufel hinter ihr her.

Der Teufel würde auch sehr bald hinter ihr her sein. Douglas war wütend, er konnte es einfach nicht fassen. Für einen Augenblick übermannte ihn der Zorn. Er holte tief Luft und führte Garth aus dem Stall hinaus, legte ihm das Zaumzeug an und schwang sich auf seinen bloßen Rücken.

Wenn er sie erwischte, würde er ihr den Garaus machen. Alexandra ritt noch immer wie der Teufel. Sie war eine ausgezeichnete Reiterin. Das Pferd zwischen ihren Schenkeln zu spüren, gab ihr das Gefühl, daß sie das Pferd viel mehr beherrschte, als wenn sie auf dem zierlichen Damensattel saß, den man Frauen aufzwang.

Sie preßte ihr Gesicht an Fannys Nacken, hielt ihre Beine eng an sie gepreßt und flüsterte ihr aufmunternd ins Ohr. Die Stute beschleunigte ihr Tempo. Alexandra fühlte ihren Hals, warm und lebendig. Fanny gab alles her. Ihre Gangart war weich, und sie war schnell wie der Wind. Alexandra lockerte die Zügel und ließ Fanny das Tempo bestimmen.

Es waren gut fünf Minuten vergangen, bis ihr zu Bewußtsein kam, was sie da eigentlich tat. Wut, Demütigung und die Gewißheit, eine Niederlage erlitten zu haben, trafen sie wie eine kalte Dusche und ließen sie kopflos handeln. Es dauerte nur eine weitere Minute, bis sie die dröhnenden Hufe von Garth vernahm.

Der Hengst war schnell, zweifellos, kraftvoll und schnell. Warum verfolgte der Graf sie? War es sein verletzter männlicher Stolz? Seine Arroganz, daß niemand ohne die Einwilligung Seiner hochwohlgeborenen Lordschaft zu handeln hatte?

Alexandra schüttelte den Kopf. Sie wollte nicht über seine Beweggründe nachgrübeln. Schon wahr, sie hätte nicht fortlaufen sollen, eine Frau alleine war Freiwild für jeden Schurken auf den englischen Landstraßen. Aber dumm war sie nicht. Sie hatte vor, während der drei Tage, die es dauerte, bis sie zu Hause war, nur nachts zu reiten und sich tagsüber zu verstekken. Sie würde sehr vorsichtig sein. Vielleicht ritt Douglas aus dem Grund hinter ihr her, weil Männer den Versuch einer Frau, etwas alleine zu tun, niemals würdigen konnten. Sicher sah er sie unbekümmert zwischen Dieben und Räubern reiten und hielt sie für leichtsinnig und gedankenlos. Sicher dachte er, es würde seinem Ruf schaden, stieße seiner Frau etwas zu – immerhin war sie ja noch seine Frau. O ja, wenn seiner flüchtigen Frau etwas passieren würde, dann wäre sein Stolz verletzt, und seine Freunde würden mißbilligend die Brauen heben.

Der Regen fiel plötzlich in dichten, kalten Strömen herab. Es war, als wünsche er ihre ganze Körperwärme und ihre Gedanken fort. Sie rang laut nach Atem. In ihren Plänen hatte sie nicht mit Regen gerechnet. Sie hatte nicht einmal an die Möglichkeit gedacht, daß es regnen könnte. Vielleicht hatte Douglas doch recht, vielleicht war sie tatsächlich dumm.

Alexandra schüttelte den Kopf. Was machte schon das bißchen Regen? Sie war ja nicht aus Zucker, der einfach dahinschmolz. Während ihrer achtzehn Jahre konnte sie sich an keinen einzigen Tag erinnern, an dem sie krank gewesen war. Ja, sie würde es schaffen, wenn sie nur Douglas entwischen konnte.

Er näherte sich. Sie spürte ihn hinter sich, Garths Hufgetrappel drang an ihr Ohr. Sie drehte sich um und sah ihn, wie er um eine Kurve heranpreschte, gerade als sie selbst um eine unübersichtliche Kurve ritt. Das war ihre Chance, vielleicht ihre einzige. Sie lenkte Fanny geschwind von der Straße ab ins Unterholz zwischen den Ahornbäumen. Sie glitt von Fannys Rücken herunter und hielt die Nüstern des Pferdes zu, so daß sie Garth nicht mit Wiehern begrüßte. Sie wagte nicht zu atmen.

Douglas ritt an ihr vorbei. Er ritt ausdauernd. Er sah großartig aus auf Garths breitem Rücken, stark und selbstbewußt, selbst im prasselnden Regen. Ein Mann, dem man Vertrauen und Bewunderung entgegenbringen konnte. Und sie wäre durchaus bereit gewesen, ihn zu bewundern, wenn sie ihn nicht in diesem Augenblick am liebsten in tausend Stücke gerissen hätte.

Es war ein erhebendes Gefühl, daß sie ihn zum Narren gehalten hatte. Unter dem dichten Blätterwald des Ahorn war der Regen schwächer. Alexandra tätschelte Fannys Nacken.

»Wir schaffen es, mein Mädchen. Ich bin nicht dumm. Ich werde dich nicht zu sehr beanspruchen. Und ich bin selbstbewußt. Zwar habe ich noch nicht allzuviel von der Welt gesehen, doch weiß ich, was ich kann. Wir werden in Sicherheit sein. Die Ställe von Claybourn Hall werden dir gefallen. Sie sind fast leer, und dort gibt es keinen blöden Hengst, der dich belästigt.«

Anmutig schwang sich Alexandra wieder auf Fannys Rücken und hielt sich an ihrer dichten Mähne fest. Sie führte die Stute zurück zur Straße. Nun mußte sie aufpassen. Es war gut möglich, daß Douglas zurückkehrte, das hieße, sie würde dann direkt auf ihn zureiten. Sie hielt sich am Straßenrand, um jeder Zeit das Pferd zwischen die Bäume zu lenken.

Der Regen fiel unbarmherzig herab und wurde von Minute zu Minute kälter.

Alexandra verlangsamte ihr Tempo. Sie spürte, daß Fanny müde wurde.

Beinahe hätte sie ihn übersehen.

Kapitel 10

Er tauchte zwischen den Bäumen gleich einem düsteren Schatten auf und brüllte wie ein Wahnsinniger. Garth bäumte sich auf. Douglas saß finster und dräuend auf dem Rücken des Pferdes. In wenigen Augenblicken hatte er den Hengst in seiner Gewalt, zerrte ihn zur Seite und blockierte die Straße.

Er lächelte sie dämonisch an. »Jetzt habe ich Sie«, tönte er. Befriedigung und rasender Zorn vermischte sich in seiner Stimme.

Alexandra brachte Fanny zum Stillstand. Ungerührt blieb sie auf der Stute sitzen und blickte ihn unverwandt an. »Ich habe es versucht«, erklärte sie ruhig. »Ich habe es wirklich versucht. Doch ich konnte mich nicht länger versteckt zwischen den Bäumen halten, während ich von Minute zu Minute immer mehr fror. Ich habe gelauscht, ob Sie kommen, das ist der Grund, weshalb ich so langsam geritten bin. Ich habe versucht, Sie zu hören. Ich fürchtete, Sie würden umkehren und ich würde in Sie hineinlaufen. Aber Sie sind ja äußerst gerissen, nicht wahr, Mylord? Sehr ausgefuchst. So einfach auflauern.«

Er schwieg. Sie sah ihn starr an. Dann reckte sie das Kinn in die Luft.

»Ich werde nicht zurückkehren, Douglas.«

»Sie werden exakt das tun, das ich Ihnen sage, Madam.«

»Sie reden unüberlegtes Zeug. Sie wollen mich nicht. Ist das Teil Ihres Plans, mich weiterhin zu demütigen? Wollen Sie mich etwa nach Claybourn Hall schleifen und mich mit einem Strick um den Hals meinem Vater übergeben? Ihm erklären, daß ich nichts tauge, daß ich Ihre Aufmerksamkeit nicht wert bin? Ich hätte nicht gedacht, daß Sie so grausam sind.«

Douglas legte die Stirn in ärgerliche Falten. Sein rasender Zorn war gerechtfertigt und durchaus verständlich. Doch sie drängte ihn in die Enge und machte ein regelrechtes Monster aus ihm. Er war ein Mann, gebildet, wortgewandt, mit einem gut ausgerüsteten Verstand. Und dennoch schikanierte sie ihn. Das hatte vor ihr noch kein weibliches Wesen gewagt. Im übrigen erwies sie sich als recht geschickt dabei. Das ließ er sich nicht gefallen. Sofort würde er das unterbinden.

»Kommen Sie«, befahl er. »Wir kehren zurück nach Northcliffe Hall.«

»Nein.«

»Wie wollen Sie mich davon abhalten, Sie zurückzuschleifen? Haben Sie etwa wieder vor, mir einen Rechen in den Bauch zu rammen? Nun, für welche Waffe Sie sich auch immer entscheiden, Sie werden nichts dergleichen tun. Diesmal nicht. Ich dulde Ihre Gewalttätigkeiten nicht mehr. Sie werden mir folgen und Ruhe geben, Schluß mit dieser Aufmüpfigkeit. Kommen Sie jetzt.«

Alexandra wirbelte Fanny herum und bohrte ihre Absätze in die Flanken der Stute. Im nächsten Augenblick dröhnte ein krachender Donner, der die Erde erbeben und die Bäume am Straßenrand schwanken ließ. Ein Blitz zuckte durch Regen und Dunkelheit, ein grellweißes, breites Zickzack. Er schlug in einen Ahorn ein.

Alexandra fuhr zusammen und fiel beinah vom Pferd. Sie drehte sich auf Fannys Rücken um, ihr Blick voll entsetztem Erstaunen: Sie traute ihren Augen nicht. Der Blitz hatte einen dicken Ast in der Gabelung getroffen. Der Ast knickte, Rauchwolken stiegen auf, und er fiel krachend auf die Straße, keinen halben Meter entfernt von Garths Vorderhufen. Der Hengst, außer sich vor Angst, wieherte, tänzelte erregt hin und her und verfing sich in den kräftigen Zweigen und in den Blättern des Astes.

Douglas hatte keine Chance. Er wurde abgeworfen und landete am Straßenrand. Dann rührte er sich nicht mehr.

Alexandra schrie auf, laut, gellend, in höchster Angst. Augenblicklich war sie an seiner Seite. Sie kniete über ihm und versuchte ihn vor dem prasselnden Regen zu schützen.

Er bewegte sich nicht. Endlich fand sie am Hals seinen Puls. Er ging regelmäßig. Sie setzte sich in die Hocke und sah ihn fest an. »Wachen Sie auf, verdammt noch mal! Douglas!«

Sie schüttelte ihn, versetzte ihm kräftige Ohrfeigen.

»Aufwachen! Das ertrage ich nicht! Sie treiben ein ehrloses Spiel. Sie halten mich hier fest, nur weil Sie hilflos sind. Wie niederträchtig von Ihnen. Nein, ich kann Sie doch nicht hier so liegenlassen. Aufwachen!«

Er rührte sich nicht. Seine Augen blieben geschlossen. Dann sah sie Blut hinter seinem linken Ohr hervorsickern. Er war beim Fallen gegen einen Stein geprallt.

Alexandra merkte zuerst gar nicht, daß sie ihren Körper über ihn gebeugt hin und her wiegte und aus tiefster Brust angsterfüllte Klagelaute ausstieß, die ihr beinahe die Kehle zuschnürten.

»Reißen Sie sich zusammen, Douglas! Liegen Sie nicht einfach nur so da.« War das tatsächlich ihre Stimme? Sie klang fest und stark. Es mußte etwas unternommen werden. Douglas brauchte sie. Sie blickte sich um. Beide Pferde waren ausgerissen, wahrscheinlich waren sie zu den Sherbrooke-Ställen zurückgekehrt. Sie waren jetzt mutterseelenallein. Es goß in Strömen. Douglas hatte das Bewußtsein verloren, vielleicht lag er sogar im Sterben.

Was tun?

Wieder beugte sie sich über ihn, um sein Gesicht vor dem Regen zu schützen. Wenn er doch wieder das Bewußtsein erlangte. Und wenn nicht? Was, wenn er einfach stumm und regungslos blieb, bis er tatsächlich starb?

Sie konnte, sie wollte das nicht hinnehmen. Sie mußte etwas unternehmen.

Aber was? Sie war nicht in der Lage, ihn hochzuheben oder

zu tragen. Vielleicht könnte sie ihn am Boden entlangschleifen, doch wohin?

Sie bettete seinen Kopf in ihren Schoß, neigte sich über ihn, um ihn so gut wie möglich zu schützen. Jede Faser ihres Körpers war angespannt. Ihr war bitterkalt, eine Gänsehaut überzog sie. Schließlich wurde sie taub gegen jegliches körperliche Unwohlgefühl.

»Zum Teufel, wollen Sie mich ersticken, Mädchen?«

Sie erstarrte, fassungslos diese Stimme zu hören, diese Stimme, gereizt und voller Groll, diese gedämpfte Stimme, die an ihrer Brust erklang. Langsam hob sie das Gesicht und blickte zu ihm hinunter. Seine Augen waren geöffnet.

Ihre Haare fielen in einem wilden Durcheinander über sein Gesicht, ein klatschnasser Vorhang aus tropfenden Haarsträhnen. »Douglas, fehlt Ihnen irgend etwas?«

»Nein, mir fehlt nichts. Halten Sie mich für einen Schwächling? Mein Kopf tut zwar teuflisch weh, aber mir geht es gut.« Er hielt kurz inne, seine Nase keine Handbreit von ihrer entfernt. »Aber ich ziehe es vor, mein Gesicht zwischen Ihren Brüsten zu vergraben.«

Sie konnte ihn nur noch entgeistert anstarren. Dieser Mensch hier würde einfach nicht sterben. Dazu war er zu gemein, zu frech, zu unverschämt. Lächelnd eröffnete sie ihm: »Beide Pferde sind auf und davon. Wir sind hier gestrandet. Keine Ahnung, wie weit wir von zuhause, äh, Northcliffe, weg sind. Es regnet in Strömen. Blut sickert hinter Ihrem linken Ohr hervor. Sie sind gegen einen Stein gefallen, einen kleinen zwar, aber immerhin einen Stein, das heißt gegen etwas Hartes, daher kommt das Blut. Für kurze Zeit waren Sie ohnmächtig. Helfe ich Ihnen auf, werden Sie bloß vom Regen völlig durchnäßt.« Dann schwieg sie, was sollte sie noch sagen? Sie heftete den Blick interessiert auf ihn.

Wortlos tastete Douglas seinen Körper ab. Nur sein Kopf reagierte mit Schmerzen, aber es war nicht allzu schlimm, nur ein unregelmäßiges, dumpfes Pochen. »Beweg dich«, feuerte er sich selbst an.

Er setzte sich auf, hielt den Kopf kurz nach unten gesenkt, dann straffte er sich und sah sich um. »Sehen Sie den schmalen Pfad dort drüben? Wir befinden uns in der Nähe der Hütte meines Wildhüters. Sein Name ist Tom O'Malley. Von allen meinen Leuten ist er derjenige, der nicht vor Schreck umsinken wird, wenn wir nach Mitternacht durchnäßt und in diesem jämmerlichen Zustand an seiner Türschwelle erscheinen. Kommen Sie, Alexandra, helfen Sie mir aufzustehen, und lassen Sie uns zu ihm gehen. Bis zum Schloß ist es zu weit.« Dabei fiel ihm ein, daß sie das Schloß als ihr Zuhause bezeichnet hatte. Dumme Bemerkung. Das hätte sie sich verkneifen können. Es war nicht ihr Zuhause und würde es wahrscheinlich auch nie werden.

Douglas sagte kein Wort, bis er auf den Beinen stand und ein leichtes Schwindelgefühl bei sich feststellte. Nicht nur ein leichtes. Verärgert sagte er: »Ich muß mich auf Sie stützen. Sind Sie stark genug, etwas von meinem Gewicht auszuhalten?«

»Aber ja, natürlich«, gab sie zurück und stützte ihn. Sie sammelte ihre ganze Kraft und schlang ihren Arm um seine Mitte. Blinzelnd sah sie ihn durch den dichten Regen an. »Ich wäre so weit, Douglas. Ich lasse Sie schon nicht fallen.«

Sein Kopf dröhnte. Ihm war kalt und schwindlig. Er sah auf das patschnasse weibliche Wesen unter seinem Arm, fest an seine Seite gedrückt. Nur halb so groß wie er, plagte es sich, ihn aufrecht zu halten. Er konnte sich nicht beherrschen und lachte los. »Wahrhaftig, ein Herkules. Ich kann es, verdammt noch mal, nicht fassen. Hier entlang, Alexandra.«

Auf einmal strauchelte er und zog sie mit sich hinunter. Sie fiel auf die Knie. »Hoffentlich sind es keine Brennesseln«, bemerkte sie. Ihr Atem ging stoßweise, während sie das verdächtige Blätterwerk entfernte. »Fehlt Ihnen etwas, Douglas? Es tut mir leid, daß ich Sie habe fallen lassen, aber eine Wurzel hat mich zu Boden gebracht.«

Er hatte das Gefühl, er müßte sich übergeben, doch beherrschte er sich, auch wenn das Übelkeitsgefühl übermächtig zu werden drohte. Er verharrte kurz auf den Knien, wild entschlossen, sich zu erheben, um sich keine Blöße zu geben. Kalkweiß im Gesicht erhob er sich und schluckte die bittere Galle hinunter. »Nein, es war nicht Ihre Schuld. Ich fiel hin, ehe Sie über die Wurzel gestolpert sind. Ich habe Sie doch nicht verletzt?«

»Aber nein«, erwiderte sie und rappelte sich hoch. Sie zitterte vor Kälte und schlug sich mit den Händen gegen die Arme.

»Es waren doch keine Brennesseln, sonst würde unser ganzer Körper brennen. Beeilen wir uns. Es ist nicht mehr weit.«

Tom O'Malleys Hütte befand sich am Ende des schmalen Pfades mitten auf einer kleinen Lichtung. Es war offensichtlich das Zuhause eines Menschen, der seine Einsamkeit liebte. Die Hütte aus robustem Eichenholz besaß ein Satteldach, war ein Stockwerk hoch und frisch bemalt. Das Grundstück war säuberlich gejätet. Rosen und Heckenkirschen, beide gut gepflegt, rankten sich an den Seiten hoch. Alexandra kam es wie ein herrschaftlicher Wohnsitz und so düster wie eine Gruft vor.

»Ich möchte nicht, daß er auf uns schießt«, erklärte Douglas seelenruhig und begann leicht an die schwere Tür zu klopfen. »Tom! Tom O'Malley!« Dann hämmert er stärker dagegen. »Lord Northcliffe hier! Kommt, Mann, laßt uns rein!«

Alexandra wußte nicht, was sie erwartete. Doch hatte sie nicht mit der sehr hohen, sehr ausgemergelten Gestalt eines Mannes mittleren Alters gerechnet, der voll bekleidet war und keineswegs überrascht schien, seinen Herrn mitten in der Nacht auf seiner Türschwelle zu sehen. Er hatte eine sehr lange und schmale Nase, die bebte, als er mit rauher Stimme rief: »Mylord, so, so, Sie sind es tatsächlich. Und das ist Ihre neue Gräfin? Ja, gewiß ist sie das, denn Willie vom Stall hat mir von ihr erzählt. Sie sei anmutig und zart und hätte eine geschickte Hand mit den Pferden. Willkommen, Mylady. Ich werde ein Feuer machen, damit Sie sich wärmen können. Nein, nein, das tut nichts, wenn der Boden naß wird. Er wird schon trocken, er ist ja schließlich aus Holz. Kommen Sie rein, kommen Sie rein. Bleiben Sie nicht draußen in dem schrecklichen Regen.«

»Das ist Tom O'Malley«, sagte Douglas zu Alexandra. »Er

und seine Mutter sind vor fünfundzwanzig Jahren von County Cork nach Northcliffe hergekommen, dem Himmel sei Dank dafür.«

»Ja, ja, ich bin's sehr wohl, Mylord, und es ist vor fünfundzwanzig Jahren gewesen. Ah, da ist Blut auf Ihrem Gesicht, Mylord. Ihnen ist wohl etwas zugestoßen, eh, etwas ist auf Ihren Kopf gefallen.« Er übernahm geschickt Alexandras Rolle als Pflegerin und begleitete Douglas zu einem schlichten Stuhl mit hoher Rückenlehne vor dem Kamin. »Ruhen Sie sich aus, Mylord. Mylady«, fügte er hinzu, indem er sich an Alexandra wandte, die tropfnaß knapp vor einem schönen, bunten, handgewebten Teppich stand. Schnell trat sie beiseite, wobei sie ausrief: »Oh, er ist wunderschön, Mr. O'Malley.«

»Ja, ja, Mylady, meine Mutter, Gott hab sie selig, hat ihn mit ihren eigenen begnadeten Händen geknüpft. Das hat sie, ja, ja. Sie war eine wundervolle Frau, ja, das war sie. Kommen Sie und wärmen Sie sich auf. Sie brauchen jetzt trockene Kleidung. Nichts Feines, Sie verstehen, aber was Trockenes.«

»Das wäre wunderbar, Mr. O'Malley. Seine Lordschaft und ich bedanken sich.«

Sie eilte auf Douglas zu, der mit leeren Augen auf das Kaminfeuer starrte. »Schmerzt Ihr Kopf noch?«

Er blickte sie an. »Bitte, schüren Sie das Feuer.«

Sie tat, wie ihr geheißen. Dann wischte sie sich die Hände an ihrem triefenden Hemd ab. Er sah sie an und meinte: »Eigentlich müßte ich es Ihnen hoch anrechnen, daß ich mich jetzt mitten in der Nacht in Ihrer Begleitung in der Hütte meines Wildhüters wiederfinde. Doch ist es nicht gerade das, was man sich im allgemeinen erträumt. Ja, dies steht nicht einmal auf meiner Liste der Alpträume.«

Ihr Kinn hob sich, und ihr Rücken straffte sich. »Sie wären jetzt auch gar nicht hier, wenn Sie nicht so starrköpfig gewesen wären und besser mit Ihrem Pferd hätten umgehen können.«

Für einen verbalen Angriff war das nicht einmal übel. Douglas wollte es ihr in gleicher Weise zurückgeben, aber er fühlte sich einfach hundsmiserabel. Er sagte bloß: »Treiben Sie keine weiteren Scherze mit mir. Schweigen Sie, und rücken Sie näher ans Feuer. Nein, sehen Sie mich nicht so an, als würde ich meinen letzten Atemzug tun. Nur mein Kopf schmerzt mich etwas. Ach, Tom, haben Sie denn keine trockene Kleidung für uns?«

Alexandra beharrte darauf, daß Douglas als erster in das kleine Schlafzimmer ging, seine nassen Gewänder zu wechseln. Als er wieder auftauchte, lächelte sie. Sie fand ihn hinreißend in den Hosen aus grobem Wolltuch und dem einfachen Leinenhemd. Sie konnte den Blick nicht so schnell abwenden, wie es sich wohl für eine junge Dame geziemt hätte. Das Hemd war vorne offen, denn Douglas hatte sich nicht die Mühe gemacht, die Bänder bis zum Hals zuzubinden. Für Augenblicke vergaß sie, wie naß und kalt und elend ihr war.

»Sie sind an der Reihe, Alexandra. Sie sehen recht erbarmungswürdig aus. Tom besitzt keine Kleider, das brauche ich wohl nicht zu erwähnen. Sie werden sozusagen mein Zwilling sein.«

Und so geschah es, daß innerhalb von zehn Minuten Lord und Lady Northcliffe auf einer grobgeschnitzten Bank in der Hütte des Wildhüters in dessen Kleidern saßen und den köstlichsten Tee, den beide je getrunken hatten, nippten.

Ihr eigene Kleidung lag auf jeder verfügbaren Fläche zum Trocknen ausgebreitet. Nach einiger Zeit bemerkte der Graf: »Wir danken Ihnen für Ihre Gastfreundschaft, Tom. Sollten Sie über ein zusätzliches Bettuch verfügen, würden Ihre Ladyschaft und ich vor dem Kamin schlafen.«

Tom O'Malley machte große Augen, erbleichte und holte tief Luft. »Nie und nimmer, Mylord! Bittet niemals wieder um etwas derart Unpassendes. Meine gute Mutter würde von ihrem himmlischen Zuhause zurückkehren und mich schlagen, bis mir die Nase aus dem Gesicht fiele.«

Der Graf protestierte. Alexandra hörte beiden belustigt zu, denn sie wußte, Douglas würde hier den kürzeren ziehen. Tom bat geradezu inständig immer und immer wieder: »Nein, Mylord, zwingen Sie mich bitte nicht dazu. Meine liebe tote Mutter, ja, sie blickt in diesem Augenblick auf uns hinab und schimpft mir die Ohren voll, Mylord.«

Douglas gab nach. Sein Kopf schmerzte teuflisch, und Alexandra sah aus, als würde sie jeden Augenblick zu Boden sinken, so erschöpft war sie. Sie zogen in Tom O'Malleys Schlafzimmer.

»Das Hemd reicht Ihnen bis zum Knie«, bemerkte Douglas über das schmale Bett zu Alexandra hinweg. »Sie können es ebensogut als Nachthemd tragen.«

»Natürlich werde ich das tun! Haben Sie befürchtet, ich würde es herunterziehen und wieder nackt vor Ihnen stehen? Oder etwa vor Ihnen paradieren, um Ihr Interesse zu wecken?«

Douglas wehrte ab: »Ich denke nicht, daß sich der Ort für eine großartige Zurschaustellung eignet.« Ohne sie eines Blikkes zu würdigen, zuckte er mit den Achseln. »Sie stellen immer Dinge an, mit denen ich niemals gerechnet habe.«

»Machen Sie sich keine Sorgen, Mylord, daß ich noch irgend etwas Überraschendes anstelle. Sie werden mich sobald wie möglich los sein. Nie wieder werde ich Ihre Abscheu hervorrufen.«

»Ich empfand gar keine Abscheu.«

Alex schnaubte, ein recht lautes und seltsames Geräusch in der winzigen Kammer. Douglas lachte.

»Ich habe vor, Toms Hemd so lange zu tragen, bis es an mir vermodert, falls nötig.«

»Ich hoffe, Ihr Opfer erübrigt sich.«

»Ich auch.« Sie sah sich in der Kammer um. Es war hier reinlicher als ihr Schlafzimmer in Claybourn Hall, zwar karg möbliert, aber alles ordentlich hergerichtet und gepflegt. Die Bettdecke war weich, von hellblauer Farbe und sorgfältig gestrickt.

Sie löste ihren Gürtel und begann die grobgewebte Hose an der Taille herunterzurollen. Sie war mindestens acht Mal umgeschlagen, und trotz der widrigen Umstände mußte sie kichern, als sie die Hosen endlich herunterzog. Dann kam ihr zum Bewußtsein, was sie getan hatte und wo sie war; und sie erstarrte. »Tom ist sehr groß, aber so spindeldürr, daß die Hose an keiner Stelle paßt.« Dabei blickte sie zu Douglas hinüber. Er hatte sich das Hemd über den Kopf gezogen. Seine Hände lagen am Bund seiner Hose. Er sah sie an. Der kleine Schnaufer, den sie ausstieß, brachte ihn aus dem Konzept.

»Ich bitte Sie«, ermahnte er sie und drückte die Flamme der einzigen Kerze aus. »Ich habe keineswegs die Absicht, Sie zu schockieren, so wie Sie das mit mir getan haben. Glauben Frauen denn, Männer könnten nicht in Verlegenheit geraten, wenn sie die Verführerin spielen? Sei's drum, ich bin sowieso nicht neugierig auf Ihre Antwort. Im Gegensatz zu Ihnen wird meine Entkleidungsprozedur ausschließlich im Dunkeln stattfinden. Nicht quieken.«

Als beide auf dem Rücken lagen, keine zwei Handbreit voneinander entfernt, bemerkte Alexandra: »Tom schien gar nicht überrascht, uns zu sehen.«

»Tom stammt aus einer langen Linie von phlegmatischen O'Malleys. Er ist ein guter Mann, obwohl ich nicht gerne sein Bett in Anspruch nehme. Er ist zwar so groß wie ich, aber das verdammte Bett ist zu kurz. Ich muß mich um ein neues für ihn kümmern. Das ist das mindeste, was ich für ihn tun kann.«

Douglas drehte sich und fluchte, als sein Ellbogen gegen ihren Kopf stieß. »Verflucht und zugenäht, Mädchen, Ihr Haar ist noch ganz naß. Wollen Sie sich eine verdammte Erkältung zuziehen? Breitet es auf dem Kopfkissen aus, damit es trocknet.« Er schimpfte weiter über die gedankenlos dummen Frauenzimmer, während Alex einen Haarkranz um ihren Kopf legte.

»Sie brauchen Ihre unflätige Sprache nicht vor mir zu benützen.«

»Kommen Sie, legen Sie sich hin, ich werde Ihre Haare ausbreiten. Sie machen das falsch.«

Sie fühlte seinen warmen Atem ihre Wange streichen, während seine langen Finger durch ihr Haar fuhren und die nassen Strähnen fächerförmig ausbreiteten. »So«, stellte er gelangweilt fest. »Schlafen Sie jetzt. Ich bin müde. Ihr Leichtsinn hat mich ganz schön strapaziert.«

Was sollte sie bloß tun? Diese Frage stellte sich Alexandra immer und immer wieder. Sie quälte sie so lange, bis sie schließlich neben ihrem Mann im Bett des Wildhüters einschlief.

Douglas erwachte erhitzt und erregt. Sein Glied war steif, ein lästiger Zustand. Einen Augenblick lang war er verwirrt. Niemals zuvor hatte er so eine heftige Begierde empfunden, eine Begierde, die sich so drängend und ungestüm seiner bemächtigte, daß er darüber vergaß, wer und wo er war. Er merkte, daß Alexandras Wange gegen seine nackte Schulter gepreßt lag, ihr entblößtes Bein ruhte auf seinem nackten Bauch. Ihr Leinenhemd war über ihre Mitte hinaufgerutscht. Er fühlte jeden Millimeter ihrer köstlichen Weiblichkeit. Er hatte den Wunsch, ihre Brüste zu berühren, ihre Beschaffenheit, ihre Weichheit zu spüren. Er sah sie vor seinem geistigen Auge, wie sie fest entschlossen mit geballten Fäusten neben seinem Ohrensessel gestanden war. Und er, nun, er hatte sie schwer gedemütigt.

Das war nicht recht von ihm gewesen. Aber, was hätte er sonst tun sollen? Das zu nehmen, was sie ihm angeboten hatte, käme einem Eingeständnis gleich, daß er nachgab und sie akzeptierte, daß sie triumphierte, daß sie und ihr verflixter Vater gesiegt hatten. Nur weil sie sich bis auf ihre liebliche weiße Haut entblößt und ihm ihren Anblick gewährt hatte. Sie hatte sich ihm angetragen. Zwar fluchte er jetzt, doch es half nichts. Sein Glied schmerzte ihn, es schmerzte vor Verlangen. Nun, warum denn eigentlich nicht? Sie war auch jetzt beinahe nackt und lag fest an ihn geschmiegt. Warum sollte er da keine Lust empfinden? Er war doch ein normaler Mann, nicht wahr? Er gab auf. Jetzt schien alles gleichgültig. Es war dunkel, sie waren allein, draußen peitschte der Regen heftig gegen den einzigen Fensterladen und prasselte dumpf gegen das Dach. Alle realen Dinge, alle konkreten Dinge, alles Wichtige, alles, was dringend nach Entschluß und konsequenter Haltung verlangte, war wunderbar weit entfernt. All dies könnte eine gute Weile lang außer acht gelassen werden.

Er wandte sich ihr vorsichtig zu. Seine Hände begannen ihre Brüste zu liebkosen. Sie stöhnte auf. Dieses leise, sanfte Geräusch ließ sein Herz heftig pochen. Er wollte auf der Stelle in sie eindringen. Zum Teufel mit ihr, wie es ihn drängte. Wieder stieß er einen Fluch aus, während seine Hand eine Brust kurz umfaßte. Schnell band er ihr Hemd auf. Er zog es ihr mit einer heftigen Bewegung bis zur Taille herunter. Warum wachte sie nicht auf? Er konnte sie kaum sehen, doch er wußte, ihre Brüste waren prachtvoll. Er mußte sie jetzt berühren, küssen, ihren Geschmack spüren. Ohne zu überlegen, ohne an die Folgen seiner Tat zu denken, senkte er den Kopf und nahm eine Brustspitze in den Mund. Sie war heiß, unglaublich heiß und so süß, daß er es kaum ertrug. Sein Zustand war bejammernswert, das war ihm völlig klar.

Für einen Augenblick hob er den Kopf. Sie begann wieder und wieder zu stöhnen, wobei ihr Kopf zur Seite rollte. Er war wild nach ihrem Mund. Sie sollte in seinen Mund stöhnen, ihn mit der Leidenschaft erfüllen, die er in ihr entfacht hatte. Als sich sein Mund an ihrem festsaugte, spürte er wieder die unglaubliche Glut, die von ihr ausging. Wieder stöhnte sie auf...

Jetzt raste er beinahe vor Verlangen, das in seinem Körper aufwallte, sein Glied fest gegen ihren Schenkel gepreßt. Warum, zum Teufel, wachte sie nicht auf? »Lassen Sie mich Ihr lächerliches Hemd ausziehen.« Sie stöhnte erneut. Er hielt inne und sah mit zusammengezogenen Brauen zu ihr hinunter. Sie sollte doch nur dann stöhnen, wenn das, was er tat, ihre Lust erregte.

»Alexandra«, sagte er leise und klopfte leicht mit der Handfläche gegen ihre Wange. Sie war brennend heiß.

Zuerst wollte er es einfach nicht wahrhaben. Wieder stöhnte sie und entwand sich ihm. Großer Gott, sie stöhnte nicht, weil sie ihn begehrte; sie stöhnte nicht, um ihn zu verführen; sie stöhnte, weil sie vor Fieber glühte.

Er kam sich wie ein Tier vor; er fühlte sich verdammt schuldig und hätte sich am liebsten wegen seiner Einbildung selber ausgelacht. Er schüttelte den Kopf. Nun erfaßte er den Ernst der Lage. Sie war krank. Sehr krank. Er riß sich zusammen, und seine Lust erstarb in Sekundenschnelle. In Gedanken sah er die zahllosen Männer vor sich, die nach den Schlachten vom Fieber gebeutelt wurden. So viele waren daran gestorben. Zu viele. Wenigstens wußte er, was er zu tun hatte. Immer noch regnete es heftig. Es gab keinerlei Möglichkeit, den Arzt zu holen. Jetzt lag es an ihm. Douglas erhob sich schnell und eilte ins Vorderzimmer.

»Tom«, rief er leise.

»Mylord, was gibt's?«

»Ihre Ladyschaft ist krank. Ihr müßt einen Kräutertee machen. Ich werde sie mit kaltem Wasser abwaschen, um das Fieber zu senken. Besitzen Sie irgendwelche Arzneien, die ihr helfen könnten?«

Zwar hatte Tom keinerlei Arzneien, aber er besaß den heilkräftigen Kräutertee seiner guten Mutter.

Als Douglas mit einer brennenden Kerze zu Alexandra zurückkehrte, bemerkte er plötzlich, daß er sich, ohne es zu merken, splitternackt mit Tom unterhalten hatte und schüttelte den Kopf über sich selbst. Dann stellte er die Kerze auf das Tischchen neben dem Bett und zog sich schnell die Hosen von Tom über. Er berührte mit der Handfläche ihre Wangen, ihre Schultern. Sie waren schweißgebadet. Er zog ihr das feuchte Leinenhemd endgültig aus. Nach wenigen Augenblikken brachte Tom eine Schüssel voll Wasser und einen weichen Waschlappen.

Nun streckte er ihre Arme und Beine aus. Systematisch strich er in langen, gleichmäßigen Bewegungen mit dem nassen Lappen von Kopf bis Fuß an ihr hinunter. Als der feuchte Lappen ihr Gesicht berührte, versuchte sie sich zu entwinden, aber er hielt sie fest. »Nein, Alexandra. Halten Sie still. Sie sind diejenige, die jetzt krank ist. Halten Sie still.«

Sie konnte ihn nicht verstehen, das wußte er. Er wischte ihr Gesicht ab und drückte den Lappen ein paar Sekunden dagegen. Sie rieb das Gesicht gegen seinen Handteller, wie um sich in den Lappen hineinzuwühlen.

»Ja, Ihnen ist heiß, nicht wahr? Nein, ich werde nicht damit aufhören, das verspreche ich. Ich weiß, es fühlt sich gut an. Ich weiß, Sie verglühen beinahe. Vertrauen Sie mir wenigstens hier.« Mit dem Waschlappen fuhr er an ihrem Hals und an den Schultern entlang. Dann befühlte er den Lappen. Er war fast trocken und sehr heiß. Das Fieber hatte sie schwer gepackt.

Nun legte er sie auf den Bauch. Immer wieder strich er mit dem kühlenden Lappen über sie. Er vermied es, sie dabei anzusehen; er wollte nicht wahrhaben, wie es ihm bei ihrem Anblick zumute wurde; er wollte sich nicht eingestehen, daß sein Glied geschwollen war, obwohl sie krank und nicht bereit war, ihn zu empfangen. Wahrscheinlich würde sie ihn auch als Gesunde nicht mehr haben wollen.

»Alexandra«, rief er. »Hören Sie mich an. Sie sind jetzt krank, aber ich bin fest entschlossen, Sie schnell wieder gesund zu bekommen. Hören Sie mich? Hören Sie jetzt mit diesem Unsinn auf. Öffnen Sie die Augen, und sehen Sie mich an. Zum Teufel mit Ihnen, Sie sollen die Augen öffnen!«

Das tat sie denn auch. Sie blickte ihn mit fiebrig glänzenden Augen an. »Hallo!« sagte sie leise. »Schmerzt Ihr Kopf, Douglas?«

»Wen kümmert schon mein Kopf? Wie fühlen Sie sich?«

»Alles tut mir weh.«

»Ich weiß. Tut das gut?« Er fuhr mit dem Lappen über ihre Brüste hinunter zum Bauch.

»O ja«, erwiderte sie und schloß die Augen.

Douglas fuhr fort, bis Tom den Kräutertee seiner Mutter brachte.

Douglas deckte Alexandra zu und lehnte sie gegen die Kissen. Dann setzte er sich neben sie und stützte sie mit seinem Arm. »Aufwachen, Alexandra. Ich will, daß Sie diesen Tee trinken. Es ist wichtig, daß Sie Flüssigkeit zu sich nehmen, sonst trocknen Sie aus und sterben. Los, Mund auf.«

Sie tat es und verschluckte sich. Er flößte ihr den Tee nur noch tropfenweise ein. Mit unendlicher Geduld. Sie trank die ganze Tasse aus. Dann stöhnte sie. Er legte sie wieder hin und begann erneut mit dem feuchten Lappen über ihren Körper zu streichen.

Nach einer Stunde war das Fieber gesenkt, aber kurz darauf begann sie vor Kälte zu zittern.

Er kroch zu ihr ins Bett und zog sie an sich. Sie vergrub sich beinahe unter ihm, als wollte sie sich verkriechen. Ihre Beine drückten gegen seine, sie preßte ihr Gesicht unter seinen rechten Arm. Leise lächelnd, versuchte er ihren Körper der Länge nach auszustrecken. Bald war er selber schweißnaß, schob sie aber nicht von sich, sondern zog sie näher heran, um jeden Millimeter ihres Körpers zu bedecken. Seltsam, sie fühlte sich so heiß an und fror doch zugleich. Wirklich, sehr seltsam, dachte er, während er seine Wange auf ihren Scheitel legte. Wenigstens waren ihre Haare jetzt trocken. Nun trug er die Verantwortung für sie. Dabei war es ihm völlig klar, daß seine Hände soeben ihren Rücken streichelten.

Gottverdammich!

Leise stöhnend, preßte sie ihre Nase gegen seine Rippen, ganz nahe am Herzen. Ein ungewohntes und ihm höchst unwillkommenes Gefühl überkam ihn, als ihr warmer Atem sanft über seine Haut streifte.

Er erwachte bei Tagesanbruch. Es war ein trüber, grauer Morgen. Immer noch goß es in Strömen, vielleicht eine Spur weniger als gestern. Unter diesen Umständen konnte er sie auf gar keinen Fall ins Schloß zurückbringen. Bis vor Toms Haustür konnte keine Kutsche vorfahren. Er konnte und durfte es nicht riskieren, sie bis zur Straße zu tragen. Dafür war sie viel zu krank.

Douglas begann wieder, sie mit dem nassen Lappen zu benetzen. Ihr Fieber stieg und fiel in regelmäßigen Abständen in einer schier unendlichen Folge, die ihn halbtot ängstigte.

Ja, seine Angst war so groß, daß er zu beten begann.

Eigentlich hatte er erwartet, daß Tom Mrs. Peacham holen würde, die, soweit seine Erinnerung zurückreichte, stets alle Sherbrookes gesundgepflegt hatte. Doch diesmal kam sie nicht. Nur Finkle, sein ehemaliger Offiziersbursche und Kammerdiener, kehrte mit Tom zurück. Finkle, gesund, kräftig, eben vierzig geworden und beinahe so kleingewachsen wie Alexandra, erklärte ohne Umschweife: »Der Trottel von einem Doktor hat sich das Bein gebrochen. Jetzt werde ich Ihnen helfen, Mylord. Ich habe alle möglichen Arzneien dabei. Ihre Ladyschaft wird im Handumdrehen wieder gesund.«

Douglas übernahm ihre Pflege; abwechselnd zwang er sie, Tee oder Toms dicken Haferschleim zu sich zu nehmen. Danach wusch er sie wieder ab. Nach einem für Douglas wohl längsten Tag in seinem Leben, wußte er – das Schlimmste hatte sie hinter sich. Da war kein Gedanke mehr an seine eigenen Kopfschmerzen. Erstaunt registrierte er lediglich eine Beule über seinem linken Ohr, die er sich zugezogen hatte bei seinem Fall gegen den Stein.

Er stand am Bett und blickte zu ihr herab. Er wußte nun, das Fieber war besiegt. Doch ihm war klar, nur wenn sie jetzt kämpfte, konnte sie wieder ganz gesund werden.

»Geben Sie bloß nicht auf«, drohte er ihr. »Ich verpasse Ihnen eine ordentliche Tracht Prügel, wenn Sie es wagen, aufzugeben.«

Leise stöhnend, versuchte sie, sich seitlich zu legen. Er half ihr dabei, dann hüllte er sie in die Decken ein.

»Sie schafft es«, rief Finkle in sachlichem Ton durch die Tür. »Sie hat die Kraft einer Sherbrooke.«

Douglas schritt zur Tür und schloß sie wortlos hinter sich. Dann wandte er sich an seinen Offiziersburschen. »Verschon mich mit deiner Impertinenz. Sie ist nur zeitweilig eine Sherbrooke, und das nur aufgrund von Intrige und Betrug. Allein weil sie krank ist und vielleicht sterben wird, macht sie das noch lange nicht zu meiner Frau.«

Finkle, seit elf Jahren im Dienste Seiner Lordschaft, meinte daraufhin: »Ihre Gedanken sind verwirrt, Mylord. Sie wird leben, dank dem gütigen Wesen über uns, und Sie haben sie gerettet. Wenn man einmal das Leben eines Menschen gerettet hat, soll man ihn nicht einfach wie ein altes Boot ausrangieren.«

»Ich kann mit diesem verdammt hinterhältigen Fratz tun und lassen, was ich will. Hast du denn so schnell vergessen, was sie, ihr Vater und mein ach so lieber Cousin Tony angezettelt haben?«

»Ihre Schwester, Lady Melissande, meint, Ihre Ladyschaft, die zur Zeit angeblich hier darniederliegt, sei niemals krank gewesen. Sie meint, es sei wohl eher eine Hinterlist, um Ihre Zuneigung zu ködern. Sie hätte jedoch die Verpflichtung, meinte sie, herzukommen, um sich selbst ein Bild davon zu machen.«

»O Gott«, rief Douglas und eilte auf die Haustür zu, als würde Melissande jeden Augenblick auftauchen.

»Sie kommt nicht, Mylord.«

»Wie hast du sie zurückgehalten?«

»Ich sagte, sollte Ihre Ladyschaft die Krankheit doch nicht vortäuschen, dann wäre es leicht möglich, daß sie von dem Fieber angesteckt werden könnte und daß ein Fieber die Schönheit einer Dame für immer ruinieren würde. Ich sagte, ein Fieber hinterließe immer Narben auf dem Gesicht einer Dame.«

Douglas konnte seinen Kammerdiener nur entgeistert ansehen. »Meine Güte, das hast du aber geschickt eingerichtet.«

»Lord Rathmore stimmte mir zu. Ihm selber wäre dieses Phänomen schon untergekommen, er hätte diese Art Narben schon oft behandelt. Er meinte, das solle sie aber nicht von ihrem Vorhaben abhalten. Er lobte ihre Uneigennützigkeit. Höflich erkundigte er sich, ob er sie zu ihrer Schwester fahren und sie pflegen dürfe, falls sie tatsächlich erkrankt sei und nicht simulierte. Da schrie Lady Melissande entsetzt auf. In erheblicher Lautstärke. Lord Rathmore hingegen brach in Gelächter aus.«

»Das hast du gut gemacht, Finkle, und mein Cousin auch, dieser Flegel. Nun, mir bleibt wohl nichts anderes übrig, als das junge Ding selber zu pflegen. Warum hat dich Mrs. Peachham nicht begleitet?«

»Sie und Hollis sind zu dem Schluß gekommen, das schickte sich nicht.«

»Vonwegen! Hollis ist ganz allein zu diesem Schluß gekommen, und das weißt du genau. Dieser intrigante Kerl! Warum er unbedingt will, daß dieser Fratz die Countess of Northcliffe bleibt, will mir nicht in den Kopf. Man könnte doch meinen, er sollte eigentlich wissen, wem er Loyalität schuldet.«

Finkle warf seinem Herrn einen Blick zu. »Sie enttäuschen mich, Mylord«, sagte er nur und überließ Douglas sich selbst.

»Ach was, zum Teufel«, fluchte Douglas. Rasch lag er unter der Decke neben Alexandra. Noch ehe er sie angefühlt hatte, wußte er, daß sie wieder fror. Die Kälte kam von innen.

Wahrscheinlich war es schon spät in der Nacht, sie lag eng an ihn gekuschelt. Beide waren sie nackt und warm, da begann er mit dem Gedanken zu spielen, sie als seine Frau doch zu akzeptieren. Er könnte sie zur glücklichsten Frau der Welt machen, davon war er überzeugt. Schließlich hatte sie ja versucht, ihn zu verführen. Sie war eine Lady, eine junge Lady von feinster Herkunft und Erziehung. Trotzdem hatte sie sich vor seinen Augen splitternackt ausgezogen. Nun, warum sie nicht behalten? Vielleicht würde sie ihm mit der Zeit ebensogut wie jedes andere weibliche Wesen gefallen.

Ein Jammer, daß sie nicht Melissandes Schönheit besaß.

Aber keine Frau auf Gottes Erdboden war so schön wie Melissande.

Der Versuch, eine Frau von ihrer Schönheit zu finden, wäre einfach sinnlos. Andererseits müßte er dann nicht bei jedem Mann, der in Alexandras Nähe trat, Anzeichen verzückter Hingabe konstatieren. Zudem müßte er sich auch keine Sorgen machen, daß sie mit den Männern flirtete, denen sie den Kopf verdreht hatte. Bei diesem Gedanken zog er die Brauen zusammen, denn Melissande flirtete nicht bloß; sie flirtete geradezu unverschämt. Sie sonnte sich darin. Und zum ersten Mal fragte er sich, ob Tony wohl die Wirkung haßte, die ihr Anblick auf jedes männliche Wesen zwischen zehn und achtzig Jahren ausübte. Vielleicht würde er seinen Cousin eines Tages danach fragen.

Allerdings bezweifelte er das. Immer noch hegte er den Wunsch, Tony aus der Welt zu schaffen.

Neben ihm stöhnte Alexandra leise auf. Ohne zu überlegen, drückte er ihr einen Kuß auf die Stirn und zog sie enger an sich.

Was tun?

Er würde darüber nachdenken. Er malte sich die Erleichterung und Freude auf ihrem Gesicht aus, wenn er ihr seinen Entschluß eröffnete, daß er sie zu behalten gedachte.

Ja, warum sollte er sie eigentlich nicht zur glücklichsten Frau der Welt machen?

Kapitel 11

Ein gutes Gefühl. Sie war am Leben, wirklich und wahrhaftig am Leben.

Alexandra sog die Luft tief ein. Erleichtert stellte sie fest, daß sie dabei keinerlei große Schmerzen verspürte. Doch sie fühlte sich geradezu lächerlich schwach, so schwach, daß sie nicht einmal die Kraft hatte, das Wasserglas, das sie auf ihrem Nachttischchen entdeckte, in die Hand nehmen konnte, obwohl es ihr so sehr danach verlangte.

Schließlich gelang es ihr, sich auf die Seite zu drehen. Sie streckte den Arm nach dem Wasserglas aus. Tränen der Enttäuschung über ihre vergebliche Anstrengung traten ihr in die Augen, da öffnete sich die Tür der Schlafkammer. Douglas warf einen Blick herein.

»Sie sind wach. Wie fühlen Sie sich?«

Sie starrte auf das Wasserglas und erwiderte mit matter Stimme: »Durst. Bitte, ich habe so Durst.«

Sofort war er zur Stelle. Er setzte sich neben sie, lehnte ihren Kopf an seine Schulter, nahm das Glas und hielt es mit gekonntem Griff an ihre Lippen. »Warum haben Sie mich nicht gerufen? So weit weg war ich nicht, keine fünf Meter.«

Selig schloß sie die Augen. Das Wasser schmeckte göttlich. Douglas flößte es ihr in nur winzigen Schlucken ein, aber das war ihr ganz recht. Schlucken war eine große Anstrengung.

Als sie das Glas beinahe zur Hälfte ausgetrunken hatte, stellte er es wieder hin, hielt sie aber noch aufgestützt. Wieder fragte er: »Warum haben Sie mich nicht gerufen? So groß ist Toms Hütte wiederum auch nicht. Ich hätte Sie gehört.«

»Daran habe ich nicht gedacht.«

»Und warum nicht? Sie haben sich ja nicht selber pflegen müssen. Ich war derjenige, der Sie gepflegt hat, und nicht einmal so übel. Können Sie sich wenigstens daran erinnern?«

»Was für ein Tag ist es?«

Er sah sie gereizt an. »Es ist Mittwoch, früher Nachmittag. Sie waren nur eineinhalb Tage krank. Bei meiner guten Krankenpflege sollten Sie jetzt wohlauf sein.«

»Wie geht es Ihrem Kopf?«

»Mein Kopf ist wieder mit wichtigeren Dingen beschäftigt.«

»Sind wir immer noch in Tom O'Malleys Hütte?«

»Ja, sagte ich doch schon. Sie hätten mich rufen sollen, wenn Sie etwas gebraucht hätten. Finkle ist nach Northcliffe Hall zurückgekehrt, um eine Kutsche zu holen. Bald werden Sie in Ihrem eigenen Bett liegen.«

»Ich habe keine Kleider an.«

»Ist mir bekannt.«

»Aber mir nicht recht. Sie sind bekleidet und ich nicht.«

»Soll ich Ihnen beim Waschen und Ankleiden behilflich sein? Es sind zwar die alten Kleider, die Sie schon getragen haben, aber sie sind wenigstens trocken.«

»Das kann ich selber.«

»Trotz fördert nicht gerade Ihre Genesung.« Er hob die Hand. »Aber bitte, dann spielt eben die Eigensinnige. Ich hätte es wissen müssen. Sie sind selbstverständlich niemals aufsässig, woher denn. Nein, bloß keine Streiterei. Sie sind nicht einmal starrköpfig, es ist nur mädchenhaftes Feingefühl, das jedes Ihrer Worte beflügelt. Ich denke, ich sollte Sie einfach in Dekken packen und so den ganzen Weg zurück nach Northcliffe Hall bringen.«

Zwei Stunden später hielt die kronenverzierte Kutsche wieder vor Northcliffe Hall. Die zwei Graufalben schniebten und schnauften in der warmen Nachmittagssonne. Der Graf entstieg der Kutsche, seine Gräfin im Arm.

Douglas erstarrte mitten im Gehen, als lauter Jubel von seiner Dienerschaft erscholl. Seine Blicke durchbohrten Hollis.

Der schlaue alte Fuchs grinste bloß. Douglas hegte keinerlei Zweifel, daß er hinter diesem ganzen Theater stand. Ob Hollis wohl die Domestiken für diesen merkwürdigen Willkommensjubel bezahlt hatte, fragte er sich. Er würde ihm noch ein, zwei Dinge unter die Nase reiben, gleich nachdem er Alexandra zu Bett gebracht hatte.

Sie gab keinen Ton von sich. Er registrierte, wie sie mit geschlossenen Augen und schlapp in seinen Armen hing.

Flüsternd beugte er sich vor: »Schon gut. Es ist ganz normal, daß Sie sich schwach fühlen. Noch ein paar Augenblicke, und ich stecke Sie ins Bett.«

»Warum jubeln alle Ihre Dienstboten?«

Weil Hollis sie bestochen und außerdem dazu angestiftet hat. »Sie sind froh, daß wir gesund und munter wieder zurück sind«, sagte er laut.

Wieder verfiel sie in Schweigen. Sein Blick fiel auf Melissande oben auf der Treppe. Betörend sah sie aus. Er mußte heftig schlucken. Ihr liebliches Gesicht war blaß, und sie rang mit den Händen. Ihre himmlischen Augen standen voll Tränen des Mitleids, doch näherte sie sich ihrer Schwester keinen Schritt.

»Alex? Geht es dir gut? Ja?«

Alexandra regte sich und erhob ihren Kopf von Douglas' Schulter. »Ja, Melissande, ich bin wieder auf dem Damm.«

»Gut«, bemerkte Tony und trat neben seine Frau. »Finkle erzählte uns, Douglas hätte dich hingebungsvoll gepflegt. Er soll keinen Augenblick von deiner Seite gewichen sein.«

Mit tönender Stimme erklärte Melissande: »Ich hätte dich eigentlich pflegen sollen, Alex, aber Tony hat es nicht zugelassen. Er wollte mich keiner Gefahr aussetzen, obwohl ich fest entschlossen war, ganz ehrlich. Ich habe ja so für dich gebetet.«

»Stimmt«, bestätigte Tony. »Jede Nacht rutschte sie auf den Knien.«

»Ich danke dir«, hauchte Alexandra und bettete ihr Gesicht auf Douglas' Schulter.

»Du bist doch nicht mehr ansteckend?«

»Nein, Mellie, sie ist nicht mehr ansteckend. Du wirst keine Flecken bekommen.«

»Nenn mich nicht mit diesem scheußlichen Namen!«

Tony packte eine Handvoll von Melissandes schönem schwarzem Haarschopf und preßte seine Frau gegen seine Brust. Dann küßte er sie und küßte sie so lange, bis sie besänftigt war. Er hob den Kopf mit einem Grinsen und warf Douglas einen amüsierten Blick zu, der eine Miene zog, als wollte er Tony an die Gurgel springen.

Das Herzpochen, verursacht durch das Küssen seiner Ehefrau, überspielte er mit gelassener Stimme: »Ich habe dir viel Kummer und Ärger erspart, Douglas. Mit den Jahren wirst du schon draufkommen. Ihr Temperament entspricht nicht gerade dem einer barmherzigen Nonne. Ich bin darauf gekommen, daß ihre vielen Wünsche und Bedürfnisse ständig Aufmerksamkeit verlangen, und sie sind zahlreich und sehr verschiedenartig. Glaub's mir, Douglas.«

Melissande schnappte nach Luft und versetzte Tony einen Fausthieb gegen die Brust.

Lachend küßte er sie noch einmal heftig. »Ein Kompliment, mein Schatz.«

»Klang mir aber nicht so«, entgegnete Melissande höchst mißtrauisch. »Bist du dir auch sicher?«

»Mehr noch als über die Farbe meines Hengstes.«

»Wenn dem so ist, dann sei dir verziehen.«

»Ein feiner Zug von dir, Mellie. Sehr fein.«

Douglas stampfte in wütendem Schweigen auf das Schlafzimmer der Gräfin zu.

»Ungezogener Lümmel«, nuschelte er vor sich hin, aber nicht nuschelig genug.

»Er kann gut mit ihr umgehen«, bemerkte Alexandra erstaunt. »Erstaunlich.«

Douglas stieß einige unfeine Flüche aus.

»Es ist mir unbegreiflich, weshalb Vater meint, Sie würden einen guten Einfluß auf Reginald ausüben. Ihm ist wohl Ihr unflätiger Wortschatz nicht bekannt.«

»Ich sehe, es geht Ihnen schon viel besser. Sehr erfreulich, denn da ich Sie pflegen mußte, bin ich tatsächlich mit meinen Pflichten auf dem Schloßgut in Verzug geraten. Hoffentlich bleiben Sie einige Zeit im Bett und lassen mir meine Ruhe.«

Er fühlte, wie ihr Rücken wieder stocksteif wurde, und bereute seine unbedachten Worte. Einmal ausgesprochen, waren sie jedoch nicht mehr rückgängig zu machen. Doch sie hatte jedes einzelne davon verdient. Kratzbürstig und ruppig wie sie war. Außerdem bereitete sie ihm erheblichen Verdruß und drängte ihn in die Enge. Es versetzte ihn in Erstaunen und verärgerte ihn zugleich.

Alexandra erwiderte nichts. Eine junge Zofe – mit Namen Tess, wie Douglas erklärte – würde sich um die Wünsche Ihrer Ladyschaft kümmern. »Außerdem«, fuhr er fort, »wird Mrs. Peachham Sie mit Ratschlägen, Arzneien und allen möglichen Krankenspeisen vollstopfen. Gehen Sie mit ihr nach eigenem Gutdünken um, aber vergessen Sie nicht, sie meint es gut.«

Darauf verließ er sie. Alexandra schlief den Rest des Tages durch. Mrs. Peachham kam persönlich mit einem wunderschönen Silbertablett, beladen mit mindestens einem halben Dutzend verlockender Speisen für einen Rekonvaleszenten. »Seine Lordschaft meinte, ich sollte bei Ihnen bleiben, bis Sie genügend zu sich genommen haben«, verkündete sie und machte es sich in einem Ohrensessel bequem, der neben Alexandras Bett stand. Alexandra hatte den Eindruck, sie würde jeden einzelnen ihrer Bissen mitzählen.

»Wo hält sich Seine Lordschaft auf?«

Mrs. Peachham blickte für den Bruchteil einer Sekunde verlegen drein, schüttelte aber dann den Kopf: »Wissen Sie, Mylady, Gentlemen haben in einem Krankenzimmer nichts zu suchen. Sie bestehen doch nur aus zwei linken Händen, aus Gedankenlosigkeit und aus Wurstelei.«

»In Toms Hütte hat er alles andere als herumgewurstelt. Er glich eher einem Tyrannen, der genau wußte, was zu tun war.«

»Nun, das war ja auch wohl was anderes, nicht wahr?«

»Gewiß, das stimmt schon«, antwortete Alexandra und

wandte sich einer neuen Schüssel zu, diesmal mit Dampfkartoffeln und Erbsen drinnen, die Mrs. Peachham für sie aufdeckte. Den Abend verbrachte sie allein. Weder Mann noch Schwester kamen zu Besuch.

Sie verging vor Selbstmitleid.

Später verfiel sie in einen unruhigen Schlaf. Sie träumte einen ähnlichen Traum wie schon einmal. Eine wunderschöne junge Frau stand neben ihr und sah vollkommen regungslos auf sie hinab. Gleich einem Lufthauch und transparent, wunderschön und dennoch verschreckt. Seltsam. Sie wollte etwas sagen, unterließ es jedoch. Irgendwie ahnte Alexandra ihre Absicht. Sie wollte Alexandra vor etwas warnen, aber ohne einen Grund dafür angeben zu können. Die Dame trat noch näher an sie heran, beugte sich über sie, bis sich ihre Gesichter beinahe berührten. Plötzlich zog sie sich fast bis zur Tür zurück. Einmal hob sie mit flehentlicher Geste die Arme. Wirklich seltsam. Der Traum schwand und erschien abwechselnd, bis Alexandra bei Morgengrauen endgültig erwachte. Sie griff nach der Glockenschnur, aber es pressierte zu sehr.

Der Nachttopf befand sich hinter einer spanischen Wand, keine drei Meter von ihrem Bett. Nur drei Meter. Überhaupt keine Entfernung.

Alex schwang die Beine über die Bettkante. Wenigstens hatte ihr Tess ins Nachthemd geholfen, also brauchte sie sich nicht um den Morgenmantel kümmern, der über einem Stuhl in entgegengesetzter Richtung des Nachttopfes lag. Für Augenblicke schloß sie die Augen bei der Erinnerung an Douglas, der ihr, als sie splitterfasernackt gewesen war, bei ihren natürlichen Verrichtungen geholfen hatte. Sattgesehen hatte er sich an ihr, ohne Zweifel, denn es war niemand dagewesen, der ihn davon hätte abhalten oder sie hätte pflegen können. Unter vorgehaltener Hand hatte sie schon darüber tuscheln hören, daß ein Gentleman oft von seinen niederen Instinkten überwältigt wurde. Eine junge Dame mußte daher sehr auf die Unversehrtheit ihrer Person bedacht sein. Ließ sie nicht genügend Vorsicht walten, nun denn, so hatte sie es sich selbst zuzuschreiben, wenn sich ein Gentleman plötzlich in eine rasende Bestie verwandelte. Sie war aber gar nicht imstande gewesen, Vorsicht walten zu lassen. Offensichtlich hatte Douglas das, was er zu sehen bekommen hatte, gelangweilt. Aber hatte er sie nicht sowieso schon verschmäht?

Je nun, sie war hilflos und krank gewesen. Aber jetzt war sie es nicht mehr.

Sie rappelte sich hoch und klammerte sich schnell an den verschnörkelten Bettpfosten um den plumpen Nacken eines Cherubs. Warum bloß war sie noch so schwach?

Sie machte einen ersten Schritt, er gelang ihr, dann machte sie einen zweiten. Noch drei schlurfende Schritte – und sie mußte den Cherub loslassen. Die Wand, hinter der der Nachttopf stand, schien zwei Dörfer und einen Schlagbaum weit entfernt zu stehen.

Seufzend ließ sie den Cherub los. Sie schwankte kurz, gewann dann aber wieder ihr Gleichgewicht. »Ich schaffe es«, sagte sie sich immer wieder, die Augen starr geradeaus auf die Wand gerichtet. »Ich werde mich nicht blamieren und wie ein Häufchen Elend zu Boden sinken.«

Sie torkelte auf einen Stuhl zu, griff nach ihm, um sich aufrecht zu halten, da schlitterte das abscheuliche Ding den Boden entlang gegen den Schreibtisch mit derartiger Wucht, daß das Tintenfaß durch die Luft flog und die schwarze Tinte auf den Fußboden und den kostbaren Aubusson-Teppich spritzte. Zwei Bücher fielen mit einem dumpfen Knall zu Boden. Alexandra, aufgebracht und wütend, hätte am liebsten losgeschrien. Sie stand da, schwindelig, geschwächt und voller Mordgelüste.

Die Person, die nun durch die Verbindungstür eintrat, war das gefundene Opfer: Douglas, hastig den Gürtel seines Morgenmantels zubindend, eilte auf sie zu.

»Was soll dieser Tumult? Was zum Teufel suchen Sie außerhalb Ihres Bettes?«

Sie hätte gerne eine Kanone bei sich gehabt. Oder ein Messer. Pfeil und Bogen hätten auch genügt. »Was, glauben Sie, habe ich wohl vor? Ich mache meine Morgengymnastik. Tut das nicht jeder in der Früh?«

»Allmächtiger, Sie verwüsten mein Haus!‹

Sie verfolgte seinen Blick, der sich auf das unschöne Rinnsal aus schwarzer Tinte heftete, das rasch in den Teppich einsikkerte. Sie reckte ihr Kinn und erklärte: »Jawohl, genau das tue ich. Ich hasse Northcliffe Hall. Es ist meine erklärte Absicht, alles kurz und klein zu hauen, ehe ich von hier fortgehe. Dies ist erst meine Eröffnungssalve.«

Douglas bemerkte, daß sie drauf und dran war, ohnmächtig zu werden. Mit einem Satz war er bei ihr, packte ihre beiden Arme, um sie aufrecht zu halten. »Was wollten Sie außerhalb Ihres Bettes?«

Seine Begriffsstutzigkeit war unbegreiflich. »Ich war auf dem Weg zur Küche, warme Milch zu holen.«

»Lachhaft! Sie schaffen es ja nicht einmal durchs halbe Zimmer.«

»Natürlich schaffe ich das. Ich treffe mich mit Mrs. Peachham, um mich mit ihr wegen frischer Bettwäsche zu besprechen. Meine stinkt nach Mottenkugeln.«

»Alexandra, bitte, lassen Sie den Unfug!«

»Himmelherrgott, seien Sie doch nicht so einfältig! Ich muß auf den Topf!«

»Ach so, das ist etwas anderes.«

»Fort jetzt. Ich hasse Sie. Geht weg und laßt mich in Ruhe.«

Douglas sah sie finster an. Er war immer noch fest entschlossen, sie als seine Frau zu akzeptieren und in den siebten Himmel zu versetzen. Doch sie schien nicht so recht in Stimmung zu sein, dieses paradiesische Angebot entgegenzunehmen. Vorigen Abend hatte er sie alleine gelassen; sie sollte sich ausruhen und zu Kräften kommen, ehe er sie zur glücklichsten Frau der Welt machte. Und nun benahm sie sich wie ein zänkisches Weib, gerade so, als wäre er der Leibhaftige persönlich, als würde sie sein Anblick überhaupt nicht erfreuen. Dabei war er doch ihr Ehemann und hatte sich so rührend um sie gekümmert!

Unberechenbare, dumme Person. Er hob sie in seine Arme. Noch während sie ihn vergeblich von sich stoßen wollte, befahl er ihr: »Halten Sie brav den Mund. Ich werde Sie zum Nachttopf bringen. Nein, halten Sie Ihr verdammtes Mundwerk.«

Sie gab nach, denn sie bezweifelte, ob sie es ohne seine Hilfe je bis zum Bett schaffen würde. Sie hätte nach Tess klingeln sollen. Douglas ließ sie hinter der spanischen Wand alleine. Sie fand sich zurecht, doch der Gedanke, daß er vor der Wand stand, machte ihr zu schaffen. Er war so nahe, er konnte alles hören. Das lähmte sie beinahe.

Als sie schließlich und endlich auftauchte, unterließ er jedwede Bemerkung. Er nahm sie wieder in seine Arme und schwieg erfreulicherweise so lange, bis er sie unter der Bettdecke verstaut hatte.

»Na also, war doch nicht so schlimm, oder? Sie haben zwar recht lange auf dem Nachttopf verbracht, doch... na ja. Meinen Sie, Sie können wieder einschlafen, oder benötigen Sie etwas Laudanum?«

»Fort.« Sie warf ihm einen haßerfüllten Blick zu. Doch dann sah sie ein, daß ihr Benehmen zu wünschen übrig ließ und erklärte mit förmlicher Stimme: »Ich danke Ihnen für Ihre Hilfe. Entschuldigen Sie, daß ich Sie geweckt habe. Es tut mir leid, daß ich gegen den Stuhl gestoßen bin, daß er gegen den Schreibtisch gefallen ist, daß dabei das Tintenfaß umkippte und daß die Tinte den wunderschönen Teppich verdorben hat. Ich werde den Teppich ersetzen. Ich habe etwas Geld.«

»Ach, sieh an. Es fällt mir schwer, das zu glauben. Ihr so geschätzter Vater besaß keinen verdammten Heller. Melissande und Sie sind beide ohne Mitgift von Zuhause fort. Sie haben ja nicht einmal eine blasse Ahnung von dem Ehevertrag, den Ihr Vater mit Tony geschlossen hat, stimmt's? Im übrigen haben Sie keine Ahnung, ob ich Ihnen überhaupt irgendein Taschengeld geben werde. Großer Gott, nicht auszudenken: ich gebe Ihnen ein Taschengeld und Sie ersetzen freundlicherweise den Teppich. Also zahle ich ja trotzdem diesen verdammten Teppich selbst.«

»Nein, tun Sie nicht. Ich habe dreißig Pfund bei mir. Diese Summe habe ich mir in den letzten vier Jahren zusammengespart.«

»Dreißig Pfund! Aha! Das würde ein oder zwei Nachttöpfe ersetzen, aber keinen wertvollen Teppich.«

»Vielleicht kann man ihn säubern lassen.«

Douglas musterte den mitgenommenen Teppich. Sein wunderbares Muster war schwarz gefärbt. »Aber klar. Und vielleicht schleudert ein Minister Napoleon zum Spaß einen Kuchen ins Gesicht.«

»Alles ist möglich.«

»Sie sind zu jung, um zu erkennen, daß Dummköpfe auf dieser Welt niemals aussterben. Legen Sie sich wieder schlafen. Sie sind von einer geradezu lächerlichen Gutgläubigkeit, die einen verärgern kann.«

Soviel zum Thema, eine Frau glücklich zu machen, zürnte Douglas, als er zurück in sein Schlafzimmer marschierte. Wie konnte sie nur so boshaft sein? Was zum Teufel war ihr über die Leber gelaufen? Er hatte sich wie der perfekte Gentleman benommen, verflucht noch mal, und hatte wahrscheinlich durch seine ausgezeichnete Krankenpflege ihr Leben gerettet.

War dies der Dank? Sie haßte ihn. Sie befahl ihm, sie in Ruhe zu lassen. Sie ruinierte einen der Lieblingsteppiche seiner Großmutter.

Douglas schlief mit einem bitteren Geschmack im Mund ein.

Es war Freitagmorgen. Alexandra bat Tess, ihr nach dem Bad beim Ankleiden behilflich zu sein. Sie fühlte zwar immer noch eine gewisse Schwäche, aber sie konnte mit ihr durchaus fertig werden. Es war höchste Zeit, fortzugehen. Die innere Überzeugung über ihren Entschluß beschwingte sie. Sie betete, dieser Zustand möge bis zu ihrer Abreise von Northcliffe Hall anhalten.

Douglas hatte sie verschmäht. Hatte sie behandelt, als wäre sie nichts als eine lästige Fliege, eine geschlechtslose Bürde.

Sie hatte den wunderbaren Teppich seiner Großmutter zerstört.

Über ihre dreißig Pfund hatte er nur gelacht. Dabei machte er sich keine Vorstellung, wie schwer es gewesen war, diese dreißig Pfund, Penny für Penny, zu horten.

Nicht nur, daß er sie verschmäht hatte, als sie, dumm genug, diese unglückselige Verführung gewagt hatte. Er bemühte sich bloß um sie, weil er keine andere Wahl mehr hatte.

Diese Litanei ging ihr beständig durch den Kopf. Niemals würde sie all dies vergessen. Sie schürte ihre Wut und ihren Groll. Das war immerhin leichter, als seine Kränkung, seine Mißachtung und seine Abscheu ihr gegenüber auszulöschen.

Sie hatte ganz und gar versagt, ihn für sich zu gewinnen, ihm zu zeigen, daß sie gut zu ihm paßte, daß sie ihn bis ans Ende ihrer Tage lieben könnte und wollte. Was hatte er eigentlich mit dem Taschengeld gemeint? Sie verwarf jegliche weitere Nachforschung; nichts hatte er damit gemeint.

Immer noch begehrte er Melissande. Jeder wußte, daß er weiterhin die Frau seines Cousins für sich haben wollte. Immer noch redete er davon, Tony auf dem Feld der Ehre abzuschlachten. Allerdings war bis jetzt noch nichts daraus geworden. Alexandra hatte die Domestiken darüber tratschen hören. Ach, wie sie sich Gedanken darüber machten und herumspekulierten.

Seit ihrem Streit bei Morgengrauen hatte sich Douglas ihr nicht mehr genähert. Sie war ja nur froh darüber. Zweimal hatte ihre Schwester sie besucht, beide Male gute vier Meter von ihr entfernt und von zarter Blässe aus lauter Sorge um sie. Alexandra hatte sich an Tonys Kuß während des zweiten Besuchs ihrer Schwester erinnert: »Es hat dir wohl gefallen, von Tony geküßt zu werden.«

Zu ihrer Überraschung senkte Melissande den Kopf und murmelte: »Er ist manchmal wirklich unmöglich. Ich habe ihn nicht in der Hand. Es ist schwierig, herauszufinden, wie man sich verhalten kann.«

In der Hand, ha! Melissande hatte endlich jemand ihr Ebenbürtigen gefunden. »Aber du scheinst recht angetan zu sein.«

»Du hast keine Ahnung, Alex! Du kannst dir nicht vorstellen, wie er mit mir umgeht – mit mir!«

»Erzähl's mir doch.«

»Ach so, das heißt, der Graf hat dich noch nicht genommen. Tony hatte es eigentlich gehofft. Das würde alles ganz legal machen, und wir könnten nach London abreisen.«

»Nein, es würde es überhaupt nicht legal machen. Douglas hat mir erklärt, er könne mit mir tun und lassen, was er wolle, und trotzdem gäbe es die Möglichkeit, unsere Ehe zu annullieren.«

»Aber würdest du schwanger –«

»Douglas meinte, das könne er mit Leichtigkeit vermeiden.«

»Oh«, erwiderte Melissande und verzog das Gesicht. »Aber Tony bestand darauf…« Sie unterbrach sich, ihre herrlichen Augen zu Schlitzen zusammengekniffen, was ihre Schönheit zwar etwas minderte, sie aber nur noch verführerischer machte.

»Wie geht denn Tony mit dir um?«

Melissande winkte ungehalten ab. »Es ist nicht schicklich, wenn ich dir erzähle, was so passiert. Tony ist ein Verrückter. Er will mich unbedingt herumkommandieren. Dann tut er Dinge, die er eigentlich nicht tun dürfte, aber wie er sie macht, na ja… Wie immer…« Wieder verfiel sie in Schweigen. Alexandra hatte sich gefragt, ob das, was zwischen Mann und Frau vorging, nicht doch aufs innigste zu wünschen war. Sie hatte keine weiteren Fragen gestellt. Melissande hatte sie etwas überstürzt verlassen. Langsam war Alexandra zu dem Schluß gekommen, daß Tony der ideale Partner für ihre Schwester war. Wie wäre wohl Douglas mit ihr umgegangen, hätte er sie geheiratet, fragte sie sich. Es war zu bezweifeln, ob er sie je gemein behandelt hätte.

Aber was sollte das schon. Hier hatte sie nichts mehr zu suchen. Ihre Gesundheit war leidlich wieder hergestellt; sie hatte nicht die geringste Absicht, daß Douglas über ihre Genesung erfuhr und sie zulassen mußte, daß er sie zu ihrem Vater zurückbrachte. Nie würde sie es ihm erlauben, ihr diese letzte Schmach anzutun.

Das hatte sie nicht verdient. Sie hatte einiges verdient, schließlich hatte sie an der Intrige gegen ihn mitgespielt. Doch die Demütigungen, die er ihr zufügte, die hatte sie nicht verdient. Sie würde sich schon selbst demütigen, ohne seine Hilfe. Sie sah das Gesicht ihres Vaters vor sich, wenn sie in Claybourn Hall ankam, allein, verstoßen, als Noch-Ehefrau. Ein schreckliches Bild, aber immer noch besser als das, wenn Douglas hämisch grinsend neben ihr stände und ihrem Vater erklärte, sie sei nicht geeignet, er wolle sie nicht, habe sie nie gewollt. Lieber sich gar nicht erst ausmalen, was der geplatzte Ehevertrag für ihren Vater bedeuten würde. Daran war jetzt nichts zu ändern. Sie hatte nichts unversucht gelassen.

Sie wartete ab, bis feststand, daß Douglas mit seinem Gutsverwalter, einem Mann namens Tuffs, ausgeritten war. Dann schritt sie gefaßt die Treppen hinunter. Als sie Tony mit Hollis reden hörte, hielt sie inne und horchte.

»Ich wünschte mir, Ryder wäre nicht vor Douglas' und Alex Verschwinden abgereist. Er war drauf und dran, Douglas' Gedankenwirrwarr zu ordnen.«

»Da gebe ich Ihnen recht«, erwiderte Hollis würdevoll. »Master Ryder ist jedoch fortgereist. Niemand ist anwesend, Seine Lordschaft zu unterstützen, außer Ihnen Mylord. Hat Seine Lordschaft, ah, von dem Wunsch Abstand genommen, Ihre Innereien auf dem Tablett serviert zu bekommen?«

»Aber woher denn«, erklärte Tony. »Teufel noch mal, ich bin es allmählich leid, Douglas klarzumachen, daß Melissande nicht die geeignete Frau für ihn ist. Sturer Esel! Warum kann er nicht hinter ihrem schönen Gesicht ihr durch und durch selbstsüchtiges Wesen erkennen? Es wird Zeit, daß ich meine Frau von hier fortbringe, Hollis, nach Strawberry Hill.«

»Wenn ich recht verstanden habe, gibt Lady Melissande London den Vorzug, Mylord.«

»Tut sie, tut sie. Sie wird jedoch etwas anderes vorziehen, wenn sie einmal begriffen hat, wie sie sich, meinem Wunsch entsprechend, entscheiden will.«

Hatte Alexandra es einmal seltsam gefunden, daß ein Peer in

so familiärem Ton mit dem Butler sprach, so war sie hier, während ihres kurzen Aufenthalts in Northcliffe Hall, eines besseren belehrt worden.

»Vielleicht wäre eine Abreise Ihrerseits das allerbeste, Mylord. Ah, die Launen Seiner Lordschaft sind so unberechenbar. Ich mache mir um Ihre Ladyschaft große Gedanken.«

»Ich auch, Hollis. Doch ihre Krankheit in O'Malleys Hütte – ich komme einfach nicht drumherum, das als gute Sache zu betrachten. Douglas schien betroffen, und er hat sich rührend um sie gekümmert. Das war eine ausgezeichnete Idee von dir, O'Malley ohne Begleitung eines Arztes in seine Hütte zurückzuschicken.«

Alexandra wollte keinerlei weitere Vertraulichkeiten oder Winkelzüge von Douglas' Dienstboten erfahren. Sie war sich nicht ganz sicher, ob Tony sie nicht doch von ihrem Fortgehen abhalten würde. Oder Hollis. Oder Mrs. Peachham. Sie kaute auf ihrer Unterlippe und überlegte, was tun.

Dann schoß ihr der Gedanke durch den Kopf, daß keiner von ihnen es wagen würde, sie zu berühren. Sie konnten noch so poltern und schimpfen; doch sogar Tony, so unbekümmert er auch war, war von unerschütterlicher Treue seinem Cousin gegenüber. Auch wenn er in Douglas' Revier gewildert hatte. Er würde es aber niemals wagen, sie in einen Raum einzusperren. Und genau das wäre nötig, denn sie würde keineswegs freiwillig bleiben.

Sie stand da, in diesem Augenblick ganz die Countess of Northcliffe. Sie würde tun und lassen, was immer ihr beliebte. Nur Douglas könnte sie abhalten, doch der würde es nicht tun. Ganz einfältig war sie jedoch nicht. Sie würde abwarten, bis Tony mit Melissande ausfuhr. Sie hatte gehört, wie Melissande mit lieblicher Stimme Mrs. Peachham aufgeregt erzählt hatte, daß Tony sie nach Rye, einer Stadt von großer historischer Bedeutung, führen würde. »Ja, Mellie«, hatte er ihr gesagt und sie dabei zärtlich auf die Schläfe geküßt. »Rye ist 1285 zur Stadt erklärt worden. Edward der Erste, weißt du. Sie ist sehr schön, und auf dem Klippenweg küsse ich dich noch einmal.«

Festen Schrittes trat Lady Alexandra, die demnächst abgeschobene Countess of Northcliffe, mit einem Köfferchen und dreißig Pfund ausgerüstet, am Freitagnachmittag um ein Uhr Mittag durch den Haupteingang der Empfangshalle.

Hollis stand offenen Mundes am Eingang. Alle seine noch so überzeugenden Argumente Seiner Ladyschaft gegenüber waren in Nichts aufgelöst.

Mrs. Peachham nestelte unglücklich an ihren Röcken.

Der Graf war zur Inspektion zweier Pachthütten, die unter dem schweren Regensturm gelitten hatten, in den östlichen Teil der Sherbrooke-Güter ausgeritten.

Was tun?

Hollis versuchte es erneut. »Bitte, Mylady, Sie sollten wenigstens auf die Rückkunft des Grafen warten. Ihr seid für eine Reise noch nicht gesund genug.«

»Ich werde zu Fuß gehen, wenn Sie nicht augenblicklich eine Kutsche vorfahren lassen, Hollis.«

Hollis' Versuchung war groß, sie zu Fuß ziehen zu lassen. Sie käme nicht sehr weit, bis der Graf sie eingeholt hätte. Verflixter Junge! Hollis war sich nicht ganz sicher, daß der Graf ihr wieder folgen würde. Beim ersten Mal hatte er es getan, aber jetzt? Warum war er keinen Schwierigkeiten mehr gewachsen? Seit seiner Rückkunft von O'Malleys Hütte war er jedem mit übler Laune begegnet. Hollis machte der Gräfin keinen Vorwurf. Er schob die ganze Schuld dem Grafen zu. Er hätte es verdient, ausgepeitscht zu werden. »Sehr wohl, Mylady«, erwiderte Hollis schließlich mit dem bitteren Geschmack der Niederlage im Mund. Er gab einem Lakaien die Anweisung, eine Kutsche aus den Ställen kommen zu lassen, und wies ihn zugleich an, einen Stallburschen nach dem Grafen auszuschikken. »Der Bursche soll ihn schnellstens finden, sonst garniere ich meinen Lammbraten mit seinen Ohren!«

Zehn Minuten später saß Alexandra in einer der gräflichen Kutschen. Der Kutscher hatte die Anweisung, sie nach Claybourn Hall zu bringen. Ihr einziger Koffer lag auf dem gegenüberliegenden Sitz.

Alles war schiefgelaufen. Plötzlich brachte John, der Kutscher, auf den Ruf einer anderen Kutsche hin das Gespann zum Halten, Alexandra steckte ihren Kopf heraus, um zu sehen, was da vor sich ging.

Sie sah sich Auge in Auge mit einer älteren Dame, die das Aussehen einer Sherbrooke besaß. Sie glotzte Alexandra sprachlos an.

Ein junges Gesicht tauchte neben ihr auf, und ein sehr hübsches junges Mädchen rief: »Ach, Sie sind wohl Douglas' Braut? Natürlich sind Sie's! Ich bin Sinjun, seine Schwester. Das ist ja fantastisch! Sie sind Mellis – nein, nein, Sie sind die andere! Willkommen in der Sherbrooke-Familie!«

Alexandra verdrehte die Augen gen Himmel. Ihren Glücksstern, von dem sie gehofft hatte, er ginge jetzt auf, sah sie nun bleischwer zu Boden stürzen und sein Gesicht im Schmutz liegen.

Die andere Frau, zweifellos Alexandras zukünftige Nicht-Schwiegermutter, zog die Luft erschreckend laut durch die Nase.

»Sie sollen den Pächtern keinen Besuch abstatten, dies ist nicht Ihre Aufgabe. Es ist mir unbegreiflich, weshalb Sie noch hier sind. Sie sind völlig unscheinbar im Vergleich zu Ihrer Schwester, habe ich mir sagen lassen. Sie sind überhaupt nichts Außergewöhnliches. Mein Sohn hätte Sie niemals auserwählen sollen.«

Alexandra parierte den Hieb gefaßt: »Da haben Sie zweifellos recht. Ihr Sohn will mich nicht. Auch statte ich den Pächtern keinen Besuch ab. Ich gehe fort. Nein, sagen Sie nichts. Ich mache Ihnen gerne die Freude, daß ich abreise.« Eben wollte sie John, dem Kutscher, den Befehl zur Weiterfahrt geben, als sich der Wagenschlag der gegenüberliegenden Kutsche öffnete und das junge Mädchen heraussprang. »Lassen Sie mich bitte mit Ihnen reisen!«

Alexandra schloß die Augen, biß die Zähne zusammen, bis ihr der Kiefer schmerzte. Sie stieß innerlich einen von Douglas wilden Flüchen aus.

Die andere Frau schrie laut auf: »Joan, du kommst auf der Stelle zurück! Die Kleine fährt ohne dich weg, laß sie ziehen!«

Das Mädchen schenkte ihr keine Beachtung, riß die Wagentür auf und stürzte sich voller Ungestüm herein. Nun saß Alexandra ihrer zukünftigen Nicht-Schwägerin gegenüber.

»Wohin fahren wir?« erkundigte sich Sinjun mit einem strahlenden Lächeln bei Alexandra.

Kapitel 12

Alexandra starrte ihre Schwägerin entgeistert an. »Sie müssen augenblicklich aussteigen, bitte. Sie haben sehr wohl verstanden, was ich gesagt habe – ich besuche weder Pächter noch sonst irgend jemanden. Ich verlasse Northcliffe Hall. Und ich habe nicht die geringste Absicht, jemals wiederzukehren.«

Sinjun blickte sie mit dem milden Ausdruck einer Nonne an. »Aber natürlich fahre ich mit Ihnen. Gleichgültig, was Sie sagen. Bitte, werfen Sie mich nicht hinaus. Ich bin jetzt Ihre angeheiratete Schwester und eigentlich gar keine so schlechte Person...«

»Ich gehe nicht davon aus, daß Sie eine schlechte Person sind, doch ich verlasse Ihren Bruder. Dies entspricht auch allem Anschein nach dem Wunsch Ihrer Mutter und zweifellos der aller Dienstmägde. Ich kann nicht die Verantwortung für Sie übernehmen. Großer Gott, ich kenne Sie überhaupt nicht. Sie mich auch nicht. Würden Sie also die Güte haben, aus der Kutsche zu steigen?«

Sinjun fand diese neue komplizierte Wendung der Dinge höchst interessant. Das war also die Geburt einer Ehe. Es war weitaus fesselnder als alle griechischen Dramen, die sie um Mitternacht bei Kerzenlicht in Douglas' Bibliothek gelesen hatte. Es ähnelte eher den Dramen von Dryden und Wycherley. Zwar verstand sie nicht alles, was in den Stücken vorkam, doch sie wußte soweit über den Inhalt Bescheid, um sich köstlich darüber zu amüsieren. Und sie verstand sie auch insofern, daß sie Douglas nichts von ihrer Lektüre verriet. Sie hatte nämlich das recht klare Gefühl, er wäre darüber überhaupt nicht begeistert.

»Warum verlassen Sie Douglas?«

»Bitte, steigen Sie aus.«

Sinjun winkte statt dessen dem Kutscher des gegenüberliegenden Wagens zu, der daraufhin sofort losfuhr. Die Mutter blickte ihr noch aus dem Fenster nach. Ein Ausdruck zwischen Hoffnung und Verwirrung lag auf ihrem Gesicht. Allerdings machte sie keinerlei Anstalten, den Wagen anzuhalten.

»Jetzt gibt es keine andere Wahl mehr, es sei denn, Sie wollen, daß ich zu Fuß gehe. Nein, das nehme ich doch nicht an. Sie müssen mit mir reden.«

Das ging einfach zu weit. Alexandra schüttelte nur den Kopf, öffnete den Wagenschlag, packte ihr Köfferchen und stieg aus. Sie blickte in das kreuzbrave erschrockene Gesicht des Kutschers John. »Fahren Sie die Komteß bitte nach Hause.«

»Das geht nicht«, jammerte der Kutscher. »Seine Lordschaft würde meine Gedärme den Schweinen zum Fraß vorwerfen. Es geht nicht! Bitte, Mylady, verlangen Sie das nicht von mir. Ich kann Sie nicht alleine lassen. Man würde mir meine Gurgel aufschlitzen, mir die Haut vom Rücken in Fetzen peitschen!«

»Ich hätte nicht gedacht, daß der Graf so grausam und ungerecht ist. Doch was kümmert es mich? Es ist nicht länger meine Angelegenheit. Offen gesagt, es ist mir gleichgültig, was Sie tun. Bleiben Sie, oder kehren Sie nach Northcliffe zurück. Ich werde diejenige sein, die geht.« Sie drehte sich auf den Fersen um und begann sich auf den Weg zu machen. Der Koffer war schwerer als gedacht. Sie würde es dennoch schaffen. Nur nicht aufgeben oder die Schultern hängen lassen.

Alsbald trippelte Sinjun, so als hätte sie keinerlei Sorgen auf dieser Welt und müßte sich mit nichts anderem als mit der Vielfalt der Schmetterlinge an einem Nachmittagsspaziergang beschäftigen, vor sich hinsummend an ihrer Seite. Kurz darauf folgte ihnen die Kutsche nur ein paar Schritte entfernt hinterher.

»Das ist ja lächerlich«, rief Alexandra und schrie beinahe aus Wut und Enttäuschung. Sie wandte sich abrupt zu Sinjun. »Warum tun Sie mir das an? Ich habe, soweit ich weiß, Ihnen niemals etwas getan. Wie gesagt, ich kenne Sie nicht einmal.«

Sinjun neigte den Kopf zur Seite und bemerkte ungerührt: »Sie sind meine Schwester. Ich habe nie eine Schwester gehabt, nur drei Brüder, und ich kann Ihnen sagen, das ist nicht das gleiche. Douglas hat Sie offensichtlich aus der Fassung gebracht. Er ist manchmal recht selbstherrlich, sogar hart und streng. Aber er meint es gut. Nie würde er Kutscher John peitschen, glauben Sie mir.«

»Mit Ihnen meint er es gut, aber ich bedeute ihm nichts. Gehen Sie jetzt.«

»O nein, ich werde Sie nicht verlassen. Dann würde Douglas auch meine Gedärme den Schweinen zum Fraß vorwerfen. Er hat feste Vorstellungen, was den Schutz von Damen betrifft. Ein wenig altmodisch, aber trotzdem, er ist das Oberhaupt der Sherbrooke-Familie und nimmt seine Verantwortung sehr ernst. Es gibt Dutzende von Sherbrookes, müssen Sie wissen.«

»Seine Ehe nimmt er aber nicht sehr ernst. Gehen Sie jetzt endlich!«

»Ich habe gehört, daß er nicht Sie als Frau erwartet hat, aber dem messe ich keine Bedeutung bei. Tony würde ihm nie eine Katze im Sack schenken, Sie wissen doch, was ich meine. Zwar habe ich Melissande noch nie gesehen, aber jeder behauptet, sie sei das bezauberndste Geschöpf in Südengland, wenn nicht gar einschließlich des westlichen Teils von England. Doch ich sehe es vor mir, wie Douglas mit der Zeit sehr mißmutig geworden wäre, hätte Tony ihm Melissande zur Frau gegeben, anstatt sie selber zu heiraten. Damit will ich Ihre Schwester nicht beleidigen, aber Douglas würde sich mit keiner Frau einlassen, die genau wüßte, wie schön sie ist, und die von jedem erwartet, daß er die ganze Zeit ihrer Schönheit huldigt. Tony hat das Richtige getan, doch ich hoffe sehr, daß er auch genau weiß, was er tut. Nur verstehe ich nicht, warum...«

Alexandra unterbrach sie. Klar und unmißverständlich erklärte sie: »Hören Sie mir jetzt mal genau zu. Ihr Bruder will mich nicht. Er will meine Schwester. Er liebt sie. Mißmut hat gar nichts damit zu tun. Es ist ihm gleichgültig, daß sie weiß, wie schön sie ist. Er ist durchaus bereit, ihre Stirn die nächsten fünfzig Jahre zu preisen. Tony möchte er am liebsten aus der Welt schaffen. Er ist tiefunglücklich. Ich gehe fort, damit er mich nicht persönlich zurück zu meinem Vater bringt und mich auf der Treppe von Claybourn Hall wie ein unerwünschtes Paket deponiert. Würden Sie nicht das gleiche tun, Sinjun? Würden Sie nicht vor so einer Demütigung fliehen?«

Sinjun hatte ihre Schwägerin sie genannt, ohne zu zögern. Sinjun lächelte: »Ich bin nur fünfzehn Jahre alt, also verstehe ich nicht ganz, was vorgefallen ist. Aber ich stimme mit Ihnen überein. Demütigung ist keine schöne Sache. Sind Sie sicher, Douglas würde Sie in dieser Form erniedrigen? Ich kann es mir bei ihm nicht vorstellen. Er ist kein grausamer Mann.«

»Nicht zu Ihnen natürlich.«

Sinjun schüttelte den Kopf. »Letztes Jahr hat Douglas mir den Hintern mit einem Birkenstock versohlt. Er glaubte, ich hätte es verdient. Natürlich war ich vollkommen anderer Meinung. Ich weiß nicht einmal mehr, was ich getan habe. Ist das nicht merkwürdig? Hören Sie, ich kann Sie jetzt nicht alleine lassen. Ich bin fest entschlossen, Sie zu begleiten. Darf ich Sie Alexandra nennen? Vielleicht sogar Alex? Es ist ein männlicher Kosename, genau wie meiner. Haben Sie Geld bei sich? Wir werden es nämlich brauchen.«

Alexandra starrte das Mädchen entgeistert an. Die Sherbrookes waren eine Familie jenseits ihres Begriffsvermögens und ihrer Erfahrung. Sie ertappte sich dabei, wie sie zustimmend nickte. Zwar hatte sie schon von Flutwellen gehört, doch hätte sie es sich niemals träumen lassen, die Wirkung einer solchen zu spüren, ohne sich überhaupt in der Nähe des Meeres zu befinden.

»Ausgezeichnet, Mutter gibt mir nämlich nie Geld, außer an Weihnachten, und auch dann muß ich für jeden einzelnen Schilling und jeden einzelnen Penny genau Rechenschaft ablegen, sogar was ich für ihr eigenes Geschenk bezahlt habe. Und immer kritisiert sie, was ich mir aussuche. Also, letztes Weihnachten habe ich ein halbes dutzend Schnupftücher für Douglas genäht, und da hat sie gemeint, der Leinenstoff sei zu teuer gewesen, meine Stiche seien schief und krumm und daß die Tücher weggeworfen werden sollten. Natürlich hat Douglas sie nicht weggeworfen. Er behauptete, sie gefielen ihm. Er benützt sie auch. Es war erniedrigend, wenn ich so daran denke. Vielleicht kann ich Sie jetzt ein wenig verstehen. Ich will wie eine vernünftige Person behandelt und nicht wie ein dämlicher Mops übers Köpfchen gestreichelt werden.«

»So ist es«, bestätigte Alexandra.

Sinjun rieb sich die Hände. »Ich bin größer als Sie, also wird mir wohl kaum eines Ihrer Kleider aus dem Koffer passen. Vielleicht können wir auf unserem Weg zu Ihrem Zuhause etwas für mich kaufen. Wie weit müssen wir denn gehen? Hoffentlich sind's ein paar Tage Fußmarsch. Ich bin ganz begierig auf ein Abenteuer. Gewiß wird es ein Heidenspaß, Sie werden schon sehen. Vielleicht begegnen wir sogar ein paar Straßenräubern. Wäre das nicht unglaublich romantisch? Finden Sie nicht?«

Da mußte Alexandra erkennen, daß sie von einer unschuldsvollen Fünfzehnjährigen in ein Netz gelockt worden war.

»Ich liebe es ja so sehr, in der freien Natur zu spazieren«, fuhr Sinjun fort und tat einen kleinen Hüpfer. »Ich kenne auch eine Menge interessanter Geschichten, um die Zeit zu vertreiben. Wenn ich Sie langweile, nun denn, sie brauchen es mir nur zu sagen, und ich halte den Mund.«

Alexandra, überwältigt und verwirrt, konnte nur noch nicken.

»Douglas ermahnt mich stets, ich sollte mein Plappermaul halten, Ryder auch. Tysen – er möchte Vikar werden – würde diese Dinge auch gerne sagen. Aber er fürchtet sich vor dem Höllenfeuer, wenn er das ausspräche, was er wirklich meinte. Der Pfad der Tugend ist manchmal ziemlich öde. Doch Douglas meint, wir sollten uns in Geduld üben, denn Tysen sei noch jung und könne noch nicht ganz klar denken. Er meint, er hätte noch zu viele Seifenblasen im Kopf. Tysen bildet sich auch ein, er sei in ein dummes Gänschen verliebt, bei der es mich nur so schaudert; sie ist so entsetzlich *gut* und so mustergültig *anständig*. Ryder lacht Tysen bloß aus und sagt ihm, sie hätte zwei Vornamen – Melinda Beatrice! – wirklich blöd. Außerdem ist sie so geziert und hat überhaupt keinen Busen.«

Alexandra kapitulierte. Sie nahm das hübsche, ausgelassene Mädchen an ihrer Seite in Augenschein. Dann wandte sie sich um und winkte Kutscher John.

»Was tun Sie, Alexandra?«

»Nach Hause fahren«, antwortete sie. »Wir fahren nach Hause.«

»Herrje, also kein Abenteuer. Wie schade. Vielleicht können wir später einmal Muscheln sammeln gehen. Das macht großen Spaß. Also kommen Sie, lassen Sie sich behilflich sein beim Einsteigen.«

Keine fünf Minuten waren vergangen, da entdeckte Alexandra ein höchst zufriedenes Lächeln auf Sinjuns Gesicht. Sie starrte sie an, zuckte dann zusammen und erschauerte, als es ihr plötzlich wie Schuppen von den Augen fiel. Die Range hatte sie vorsätzlich hinters Licht geführt. Unschuldsvoll, vonwegen! Alexandra kam sich wie ein ausgemachter Dummkopf vor. Herr im Himmel, welch finstere Mächte hatten sie mitten in diese ausgesprochen ekelhafte Familie hineingesetzt?

Übertölpelt von einer Fünfzehnjährigen, die so lammfromm dreinsah wie eine Nonne. Es war sehr beschämend, beschämender noch als von einem Pferd zu fallen und auf dem Hinterteil zu landen.

Douglas stand am Treppenabsatz von Northcliffe Hall, Hände in den Hüften. Er beobachtete die Kutsche, die den weiten Bogen der Einfahrt entlangfuhr und keine zwei Meter vor ihm zum Stehen kam. Kutscher John machte ein triumphierendes Gesicht. Sein Lächeln war pure Erleichterung. Douglas war froh, daß er seine Mutter mit der Anweisung ins Haus geschickt hatte, nicht herauszukommen. Ihr erster Eindruck von Alexandra war alles andere als vielversprechend gewesen. Er stieß einen tiefen Seufzer aus. Die Wut stieg in ihm hoch. Tysen, der dicht neben ihm stand, petzte ihm gerade, was Sinjun alles angestellt hatte, daß sie frech gewesen war und er, Douglas, ihr gefälligst Disziplin beibringen sollte. Douglas lächelte, wohl wissend, daß er ihr im Gegenteil Dank schuldete.

Er kannte Sinjun. Und er hatte recht behalten. In kürzester Zeit war es Sinjun gelungen, seine flüchtige Frau zurückzuholen. Als Mann hätte sie auf die Welt kommen sollen; aus ihr wäre ein hervorragender General geworden.

Kaum öffnete sich der Wagenschlag, da sprang Sinjun heraus, doch Douglas rührte sich nicht. Er starrte über sie hinweg. Schließlich tauchte Alexandra mit gesenktem Kopf und hängenden Schultern auf. Sie machte einen geschlagenen Eindruck. Das brachte ihn nur noch mehr in Wut.

»Ich sehe, Sie sind zurückgekehrt«, bemerkte er kalt.

»Ja«, erwiderte Alexandra, ohne aufzublicken. »Ich hatte es nicht vor, doch bin ich anscheinend nicht einmal imstande, das jüngste Mitglied der Sherbrookes zu überlisten.«

Sie mühte sich ab, den Koffer zu halten, was ihn nur noch mehr verdroß. Sie hatte sich noch nicht ganz von ihrer Krankheit erholt, trotzdem hatte sie versucht, ihn wieder zu verlassen – und dabei das lächerliche Köfferchen selbst getragen!

»Bei den Sherbrookes handelt es sich größtenteils um fähige Leute.«

»Dürfte ich jetzt gehen, Mylord?« Während sie das sagte, erhob sie den Kopf und sah ihm ins Gesicht. »Ich möchte jetzt gehen. Bekomme ich die allergnädigste Erlaubnis Seiner Lordschaft?«

»Nein.« Douglas schritt auf sie zu und riß ihr den Koffer aus der Hand. »Kommen Sie.«

Sie machte keine Bewegung. Er spürte, wie jeder Dienstbote des Hauses Sherbrooke dem skandalösen Theater, das sich vor seinen Augen abspielte, begierig folgte. Douglas war gerade im

Begriff, saftigen Tratsch und Klatsch für die kommenden Wintermonate zu bieten.

Er trat näher an sie heran und zischte leise: »Ich bin Ihre Unverschämtheit leid. Sie handeln gedankenlos und leichtfertig. Ich bin nicht mehr bereit, das zu tolerieren. Sie werden augenblicklich mit mir kommen und, Himmeldonnerwetter, tun Sie nicht so, als würde ich Sie jeden Augenblick schlagen!«

Sie straffte die Schultern und trat an seiner Seite ins Haus.

Ihre Schwiegermutter stand ihr gegenüber mit einem Ausdruck, als würde sie jeden Augenblick Gift und Galle spucken. Alexandra verzögerte ihre Schritte. Sie wollte jeder Auseinandersetzung aus dem Weg gehen. Ihr Blick fiel auf einen jungen Mann, und sofort wußte sie, daß es sich um Tysen handelte, der in die Zimperliese mit den zwei Vornamen und dem spärlichen Busen verliebt war. Sinjun war nirgends zu sehen, doch Alex war klar, daß sie von irgendwo zusah. Kein Sherbrooke würde sich so ein vielversprechendes Schauspiel entgehen lassen.

Sie hielt inne. Douglas drehte sich zu ihr um. »Was ist jetzt schon wieder?«

»Wann bringen Sie mich zu meinem Vater zurück?«

»Was, zum Teufel, soll das heißen?«

»Sie wissen sehr wohl, daß Sie mich hier nicht behalten wollen. Ich bin fortgegangen, um Ihre kostbare Zeit nicht zu beanspruchen und um mir weitere Demütigungen von Ihnen zu ersparen. Erlauben Sie mir, zu gehen, und Sie müssen mich nie wieder zu Gesicht bekommen.« Sie schwieg. Ein bitterer Ton hatte sich in ihre Stimme eingeschlichen. »Ich vermute, Sie ziehen es vor, mich persönlich zurückzubringen, nicht wahr? Bereitet es Ihnen ein zusätzliches Vergnügen, mich weiter zu erniedrigen und meinem Vater zu eröffnen, daß ich keineswegs etwas tauge und daß Sie Ihr ganzes Geld zurückhaben wollen?«

»Nicht so laut, verdammt noch mal!«

»Warum denn nicht? Ihre Mutter wünscht mich so dringend hier zu haben, wie sie die Pest willkommen heißen würde! Bei meinen Worten müßte sie direkt in Jubel ausbrechen!«

»Seien Sie still!«

»Ich bin nicht still! Ich erkenne Sie nicht mehr als meinen Ehemann an. Ich werde Ihnen nicht mehr folgen.«

»Sie sind in meinem Haus! Ich bin hier der Herr, sonst niemand. Sie werden genau das tun, was ich Ihnen sage, basta! Keine weiteren Dummheiten, Madam!«

Doch Alexandra, von sanftmütigem, stillem und bedächtigem Wesen, stürzte sich auf ihren Ehemann und trommelte mit den Fäusten gegen seine Brust.

Er ließ sie gewähren, doch nur, weil er starr vor sprachloser Überraschung war. Ihr Gesicht war rot angelaufen, die Augen weit aufgerissen. Mit sanftem Griff nahm er ihre Handgelenke und drückte ihre Hände zur Seite.

»Schluß jetzt, Alexandra, Schluß. Nun gut, Sie und ich haben einiges zu bereden.«

»Nein«, erwiderte sie.

Douglas war ein überzeugter Verfechter von Vernunft und Gelassenheit. Als Familienoberhaupt war er ein aufgeklärter Herrscher. Zudem war er es gewohnt, der Herr im Hause zu sein. Das war nicht Prahlerei, das war die schlichte Wahrheit. Er war weder ein Despot noch ein böswilliger Barbar. Doch seine Worte waren Gesetz, und seine Ansichten zählten. Aber dieses verflixte Frauenzimmer wagte es, sich gegen ihn aufzulehnen! Es war zum Wahnsinnigwerden und außerdem untragbar. Auf einmal wußte er nicht, was er tun sollte. Beim Militär bekam jeder aufsässige Soldat Arrest. Was aber sollte ein Mann tun, wenn seine Frau ihn vor den Augen sämtlicher Dienstboten, seiner Mutter, seines Bruders und seiner Schwester den Gehorsam verweigerte? Wenn sie ihn schlug?

»Nein«, wiederholte sie.

»Laß sie ziehen«, tönte die verwitwete Countess of Northcliffe. »Wenn sie gehen will, Douglas, gewähre es ihr.«

Er schleuderte ihr einen Blick entgegen, den sie noch nie an ihm gesehen hatte. »Mutter, ich wünschte mir, Sie würden jetzt den Mund halten.«

Seine Mutter schnappte nach Luft.

Douglas schenkte ihr keinerlei Beachtung und wandte sich wieder an seine Frau. »Wenn Sie nicht augenblicklich mit mir kommen, werfe ich Sie über die Schulter und trage Sie.«

Die Drohung war knapp und unmißverständlich. Alexandra konnte es sich jedoch nicht vorstellen, daß er zur weiteren Unterhaltung der Domestiken noch eine wilde Szene liefern würde. Nein, dafür war er viel zu stolz, um etwas derart Unschickliches anzustellen. Sie drehte um und schritt auf die Eingangstür zu, den Kopf in den Nacken geworfen und kerzengerade, als hätte sie wieder einmal einen Besenstiel verschluckt.

In diesem Augenblick fing Sinjun wie am Spieß an zu schreien. Es klang geradezu unmenschlich. Alle Aufmerksamkeit, einschließlich der Alexandras, richtete sich auf sie.

Sie hüpfte auf und ab und schrie sich schier heiser.

»Donnerwetter noch mal, Sinjun«, brüllte Douglas. »Sei still!«

»Eine Ratte, Douglas, eine riesige, ekelhafte, haarige Ratte! Schau, schau, dort! Gleich neben Alexandra! Oh, mein Gott, mein Gott, sie ist drauf und dran, ihr den Rock hochzuklettern!«

Alexandra packte ihre Röcke und rannte in Windeseile in das nächstgelegene Zimmer, den sogenannten ›Goldenen Salon‹. Sie schleuderte die Türe zu, machte mitten im Zimmer Halt und erkannte blitzartig, daß es überhaupt kein Nagetier gegeben hatte. Sinjun hatte sie wieder einmal überlistet. Das Mädchen hatte sie daran gehindert, Douglas zu verlassen, und vielleicht auch verhindert, daß er ihr weitere Demütigungen zufügte... obwohl, es wäre auch denkbar gewesen, daß Douglas sie einfach hätte ziehen lassen. Die Tür öffnete sich; sie wandte sich nicht einmal um. Die Tür wurde geschlossen, und sie hörte den Schlüssel sich im Schloß drehen; sie wandte sich immer noch nicht um.

»Ihre Schwester ist eine Gefahr.«

»Nur gemach, dann entgehen Sie vielleicht einer ordentlichen Tracht Prügel. Bleibt sie Ihnen tatsächlich erspart, bedanken Sie sich bei Sinjun, denn sie hat Sie davor bewahrt.«

Langsam ging Alexandra auf das Sofa zu und setzte sich. Sie faltete die Hände in den Schoß und blieb vollkommen regungslos.

»Hätten Sie gerne ein Glas Wein? Brandy? Saft?«

Sie schüttelte den Kopf.

Er stand aufgepflanzt vor ihr, die Arme über die Brust gekreuzt.

»Wie fühlen Sie sich?«

Das kam überraschend. Sie blickte zu ihm auf. »Mir geht es gut, vielen Dank. Jedenfalls gut genug, um zurück nach Claybourn Hall zu fahren. Alleine, ohne Ihre werte Begleitung.«

»Das bezweifle ich.«

»Nun, wenn ich tot in den Graben fiele, käme es doch aufs gleiche raus, oder?«

»Nein, ganz und gar nicht. Dann würde ich meine Zuwendung nicht von Ihrem Vater zurückbekommen.«

Alexandra erhob sich und streckte die Hand aus. »Geben Sie mir den Schlüssel zu dieser Tür. Ich war ein Dummkopf, so lange hier zu bleiben, nur um weitere Bedingungen und Spötteleien von Ihnen zu ertragen. Es war ein Irrtum von mir zu glauben, daß Sie mich im Laufe der Zeit akzeptieren und erkennen würden, daß ich Ihnen eine recht gute Ehefrau wäre. Ich hätte meine Gefühle für Sie… aber lassen wir das. Ich habe schnell gelernt, beinahe so viel Verachtung für Sie zu empfinden wie Sie für mich. Ich bleibe keine Minute länger. Geben Sie mir den verdammten Schlüssel.«

Douglas fuhr sich Flüche ausstoßend mit den Fingern durchs Haar. »Das war nicht meine Absicht. Ich wollte sagen, ich will mich mit Ihnen unterhalten, ohne daß wir uns gegenseitig Beleidigungen an den Kopf werfen. Sie empfinden doch nicht wirklich Verachtung für mich, das kann nicht Ihr Ernst sein. Auch ich empfinde keine für Sie. Zudem hatte ich niemals vor, Sie in Schimpf und Schande zurück zu Ihrem Vater zu schicken.«

»Das glaube ich Ihnen nicht.«

»Bitte, nehmen Sie doch Platz.«

»Geben Sie mir den Schlüssel. Ich verlasse Sie.« Douglas umspannte mit seinen großen Händen ihre Taille und hob sie hoch. Er trug sie bis zu einem Stuhl und plazierte sie darauf. Vor ihr stehend, versperrte er ihr jegliche Fluchtmöglichkeit. »Jetzt hören Sie mir gut zu. Ich weiß nicht, wie wir in dieses Durcheinander geraten sind. Ich hielt Sie für vernünftiger, für ...«

»Gehorsamer? Anschmiegsamer? Dümmer?«

»Donnerwetter, still jetzt! Nichts dergleichen. Sie sind lächerlich und wollen mich nur ärgern.« Er begann vor ihrem Stuhl auf und ab zu gehen. Sie beobachtete ihn dabei und verstand ihn nicht. Allerdings war sie sich nicht sicher, ob sie ihn überhaupt verstehen wollte.

Er blieb stehen, beugte sich vor, die Hände hielten die Stuhllehne umklammert, sein Gesicht keine zwei Zentimeter Abstand von ihrem. »Ich habe beschlossen, Sie als meine Ehefrau zu behalten. Ich werde diese Ehe nicht annullieren. Ihr Vater kann die verdammte Zuwendung behalten. Bestimmt werden Sie, wie jedes andere weibliche Wesen, eine geeignete Ehefrau für mich abgeben. Sie hatten ganz recht; Sie werden mir eine gute Ehefrau sein. Sie kommen aus einem guten Stall; Sie haben eine ausgezeichnete Erziehung genossen, denke ich mir wenigstens. Behalte ich Sie, erspare ich mir eine Reise nach London, um dort eine passende Kandidatin zu suchen, ihr den Hof zu machen, bis ich vor Langeweile vergehe. Tony hat das richtig gesehen, zur Hölle mit dem Lümmel. Selbstverständlich entsprechen Sie keineswegs meinen Wünschen. Sie müssen lernen, Ihre unverschämte Zunge zu zügeln. Ich denke, ich könnte Ihnen darin helfen, Ihren Umgangsformen und Ihrem Benehmen mir gegenüber einen besseren Schliff zu geben. Wie Sie sehen, Alexandra, es besteht keine Notwendigkeit zu gehen. Nur nicht unbesonnen handeln. Sie sind meine Frau – und ich akzeptiere Sie als solche –, Sie sind die Countess of Northcliffe.«

Er strahlte sie an.

Sehr, sehr langsam erhob sich Alexandra. Er trat einen Schritt zurück, strahlte sie immer noch an, offensichtlich in der hoffnungsfrohen Erwartung, daß sie sich an seine männliche Brust warf, erleichtert aufschluchzte, ihn für seinen wunderbaren Edelmut pries, seine Hände küßte und auf ewig Ergebenheit und Gehorsam schwor.

Sie wandte sich gemessen um, hob ein spindelbeiniges Abstelltischchen, das neben dem Stuhl stand, hoch über ihren Kopf und ließ es niedersausen. Er starrte sie ungläubig an, sprang aus dem Weg, und das Tischchen fiel krachend auf seine Schulter, knapp seinen Kopf verfehlend. Der Schlüssel fiel aus seiner Hand klirrend zu Boden.

Sie schnappte ihn sich und eilte zur Tür. Douglas schüttelte den Kopf, wütend, verblüfft und ein wenig verwirrt. Er war zwar schnell, aber nicht schnell genug. Sie war im Nu aus der Tür draußen und schlug sie ihm im nächsten Augenblick vors Gesicht. Als seine Hand den Türknauf umklammerte, hörte er, wie der Schlüssel sich im Schloß drehte. Sie hatte ihn eingesperrt.

Das verdammte Frauenzimmer hatte ihn in den ›Goldenen Salon‹ eingesperrt! Die Tür war alt, sehr edel, massiv und schwer. Mindestens fünf Mann wären nötig, um sie einzuschlagen.

Douglas war Soldat gewesen. Er war stark, hatte einen scharfen Verstand und nur wenige Kämpfe verloren. Himmeldonnerwetter, er sprach sogar fließend Französisch und Spanisch. Und doch haute dieses Frauenzimmer ihn immer wieder übers Ohr. Das war mehr als genug.

Er kapitulierte und brüllte los. »Öffnen Sie diese gottverfluchte Tür! Alexandra, öffnen Sie die Tür!«

Endlich hörte er Hollis mit fester Stimme das ganze Getöse übertönen: »Einen Augenblick, Mylord. Ihre, äh, Ladyschaft hat den Schlüssel weggeschleudert, hier irgendwo unter die Treppen, glauben wir zumindest. Wir machen uns gerade auf die Suche.«

»Haltet sie auf, Hollis! Laßt sie nicht fort!«

»Es besteht kein Grund zur Besorgnis, Mylord. Lady Sinjun hat sie, während unseres Gespräches, äh, aufgehalten.«

Das ging einfach zu weit. Douglas stand da wie eine Steinsäule, ohne ein weiteres Wort zu sagen. Er stand einfach nur da, hilflos, nicht in der Lage, irgend etwas zu unternehmen. Da öffnete sich die Tür. Nun schritt er durch das Menschenknäuel aus Dienstboten und Familie. Onkel Albert und Tante Mildred waren von irgendwo aufgetaucht. Alles schrie und redete durcheinander, ein Höllenlärm, der seine Ohren zum Rauschen brachte.

Er starrte hinüber zu seiner Schwester, die rittlings über Alexandra saß und sie zu Boden gedrückt hielt. Alexandras Arme hatte sie auf dem italienischen schwarzweißgemusterten Marmorboden über ihren Kopf ausgestreckt.

Er starrte fassungslos. Mit Northcliffe Hall war es noch schneller bergab gegangen, als mit einer besiegten Armee. Er warf den Kopf zurück und lachte schallend.

»Allmächtiger«, erklang eine bekannte schleppende Stimme von der Eingangstür. »Na, ich muß schon sagen, Douglas, was zum Teufel geht hier vor? Wieso, um alles in der Welt, sitzt Sinjun auf Alexandra? Woher kommen alle diese Leute? Mir scheint, fast jeder Sherbrooke von London bis Cornwall ist zur Zeit hier anwesend.«

Tony und Melissande traten durch die Tür und mischten sich im Handumdrehen in den Tumult ein.

Kapitel 13

In Anbetracht des vorangegangenen Spektakels saß eine erstaunlich gesittete Menschengruppe wenig später zum Mittagessen rund um den großen Speisetisch. Hollis stand auf seinem Posten und schien unerschütterlich wie ein Fels in der Brandung, während er diskret beide Lakaien beim Servieren anwies. Weder Harry noch Barnaby sagten ein einziges Wort. Sie bewegten sich wie auf Eiern. Douglas thronte am Kopfende des langen Mahagoni-Tisches. Alexandra, stumm und starr wie eine Statue, saß zu seiner Rechten. Hollis hatte sie mit sanfter

Gewalt dorthin bugsiert. Die verwitwete Countess of Northcliffe saß am anderen Ende des Tisches.

Teufel, dachte Douglas, was für ein verdammtes Durcheinander.

Er nahm sich eine dünne Schinkenscheibe und kaute gedankenverloren daran. Seine Mutter hatte sich hastig den Ehrenstuhl genommen, ehe Alexandra – unpünktlich – ins Speisezimmer trat. Douglas bemerkte es, als es schon zu spät war.

Doch er sagte nichts. Keinen Zwist mehr, keine Auftritte, wenigstens nicht jetzt. Nicht einmal vorstellen wollte er sich, was seine Mutter täte, wenn man ihr eröffnete, daß sie nun nicht mehr die Herrin von Northcliffe war und der Stuhl am Ende des langen Tisches ihr nicht mehr zustand. Im Augenblick wirkte sie recht selbstzufrieden. Das irritierte ihn. Freute sie sich über die hochnotpeinliche Situation, die seine Frau heraufbeschworen hatte? War sie der Meinung, er würde Alexandra von Northcliffe entfernen? Meinte sie etwa, weiterhin die Herrin bleiben zu können, wenn Alexandra blieb?

Natürlich war sich Alexandra ihrer Pflichten als Herrin überhaupt nicht bewußt, das verdammte kleine Ding! Sie nahm nicht wahr, daß die Witwe auf ihrem, Alexandras, rechtlich angestammten Platz saß. Was tun?

Er warf kurz einen herablassenden Blick auf ihren gesenkten Kopf. Er hatte ihr die Erde, den Mond schenken wollen und sich selbst ihr zum Mann angeboten; doch sie war wie eine verdammte Furie über ihn hergefallen. Sie hatte ihn mit einem Abstelltischchen angegriffen! Sie hatte ihn in den ›Goldenen Salon‹ eingesperrt! Dankbarkeit hätte sie ihm erweisen müssen, in Jubel ausbrechen, daß er so großzügig war und ihr verzieh. Schließlich war sie ebenso arglistig wie Tony und ihr Vater gewesen. Es war völlig unbegreiflich. Hatte sie sich nicht vor ihm ausgezogen und sich ihm angeboten, damit er die Annullierung vergessen sollte? Andererseits jedoch war er wohl nicht allzu freundlich mit ihr umgegangen. Er hatte sie abgelehnt, rigoros und kalt. Aber nein, das war jetzt nicht mehr wichtig. Er hatte sie gerettet, ihr die beste Pflege zukommen lassen, als sie krank gewesen war. Er schüttelte den Kopf. All das war Vergangenheit, die guten und die weniger guten Dinge. Wichtig war jetzt nur, daß er sie endgültig als seine Frau akzeptierte.

Das Lachen beim Anblick seiner Schwester, die in der Eingangshalle auf Alexandra saß und ihr die beiden Arme über den Kopf hielt, war ihm bald vergangen. Alexandra war außer sich gewesen, Zornesröte im Gesicht. Doch Sinjun hatte sich als die Stärkere erwiesen, und Alexandra hatte hilflos am Boden gelegen. Er hatte vorhin laut gelacht und ihr dabei unverfroren direkt ins Gesicht gesehen. Nun hatte er das Gefühl, daß kein Fünkchen guter Laune mehr in ihm war.

Nur gedrückte Stimmung war zurückgeblieben. Seine Frau war immer noch auf dem Weg der Genesung, doch sie aß nicht einmal genügend, um ihr linkes Bein am Leben zu halten. Er wollte sie ermuntern, mehr zu essen. Sie mußte zu Kräften kommen. Doch da sah er vor seinem geistigen Auge, wie sie das verdammte Tischchen auf seinem Schädel zerschmettern wollte. Um ihm das Tischchen entgegenzuschleudern, hatten ihre Kräfte zweifellos gereicht. Innerlich seufzend, blickte er zu Melissande hinüber, gegen deren Schönheit alle anderen verblaßten. Er kaute in Gedanken vertieft und verfiel von Minute zu Minute in eine gedrücktere Stimmung.

Schließlich brach Sinjun das Schweigen und bemerkte fröhlich: »Ach, ist das nicht nett! Wir alle hier so zahlreich versammelt. Wie schön, dich kennenzulernen, Melissande. Da wir ja verwandt sind, macht dir meine vertraute Anrede nichts aus?«

Melissande hob ihr makelloses Gesicht, streifte das aufgekratzte junge Mädchen ziemlich desinteressiert mit den Augen und nickte kurz. »Aber nein, ganz und gar nicht.«

Tony antwortete: »Nenn sie Mellie, Sinjun. Liebes, Sinjun ist meine Lieblingscousine!«

»Aber ich bin doch deine einzige Cousine, Tony!«

»Aber nein, es gibt noch drei weitere unverheiratete Cousinen, alle mit hervorstehenden Zähnen, die mit zwanzig Katzen hausen und mir jedes Weihnachten Hausschuhe stricken.«

»Na denn, prost«, sagte daraufhin Sinjun. »Mellie. Der Name gefällt mir.«

Zu Alexandras Überraschung lächelte ihre Schwester sogar.

»Soweit ich weiß, hat man Alex noch niemals zu Boden geworfen und sich auf sie draufgesetzt. Mir sind die Augen fast aus dem Kopf gefallen. Du bist sehr zupackend.«

Zu Alexandras weiterer Überraschung hielt Sinjun zum ersten Mal, seit Alexandra ihr begegnet war – was etwa zwei Stunden her war –, den Mund und senkte den Kopf, nachdem sie ihr einen schuldbewußten Blick zugeworfen hatte.

Als darauf Tante Mildred, eine alte Dame mit eisgrauen Haaren, dürr wie ein Zahnstocher und einem Paar sehr scharfer Augen, mit affektierter Stimme erklärte: »Solche Dinge bin ich nicht gewohnt, Douglas«, war ihm klar, daß es mit dem Frieden am Mittagstisch vorbei war. Er wappnete sich innerlich gegen einen Angriff von Tante Mildred. Lange mußte er nicht darauf warten.

»Dein Onkel und ich kommen mit einer Nachricht von dem Marquess of Dacre, um dir von dem bevorstehenden Besuch seiner reizenden Tochter Juliette Bescheid zu geben, die, wie du weißt, schön und von liebreizendem Wesen ist. Zudem ist sie mit einer reichen Mitgift ausgestattet. Und da sehen wir doch diese Person auf dem Boden liegen und alles drumherum aufgeregt schreien. Übrigens kommt Juliette morgen an. Sie, dessen bin ich mir ganz sicher, hat noch keine Sekunde auf dem Boden liegend verbracht. Insbesondere nicht mit jemanden, der auf ihr sitzt. Du hast alles verdorben, Douglas. Wir haben erfahren, daß du schon mit ihr ferngetraut worden bist und nicht mit diesem entzückenden Mädchen hier, die mit Tony verheiratet ist. Und nun kommt auch noch die liebe Juliette. Was für ein heilloses Wirrwarr. Sicher weißt du nicht, was du tun sollst. Es ist jedoch alles deine Schuld. Du wirst eine Regelung finden müssen, um die Dinge wieder in Ordnung zu bringen.«

Und wie genau sollte er, bitte schön, vorgehen, fragte Douglas sich.

Tante Mildred lehnte sich zurück und starrte finster auf ihren Kalbsbraten.

Die verwitwete Countess of Northcliffe antwortete darauf mit glasklarer Stimme: »Ich bin da durchaus deiner Meinung, liebe Mildred. Die ganze Angelegenheit ist zum Verzweifeln. Doch ist es nicht Douglas' Schuld. Tony und dieses Mädchen sind dafür verantwortlich. Tony hat Melissande genommen und hat Douglas mit diesem – diesem...«

»Mutter«, unterbrach sie Douglas, beugte sich vor und sprach mit leiser, drohender Stimme, »zähme deine Worte. Ich bin der Herr im Haus, und ich bestimme, was getan und was nicht getan wird.«

»Ah«, bemerkte Sinjun und griente ihren Bruder an, »das ist hier die Frage, stimmt's?«

Douglas kapitulierte. Er hatte über niemanden Autoritätsgewalt, nicht einmal über seine fünfzehnjährige Schwester. Die Witwe fuhr nach einigen Augenblicken in etwas gemäßigterem Ton fort: »Lady Melissande, möchten Sie noch ein wenig Apfelkuchen? Er ist sehr schmackhaft, eine Spezialität unserer Köchin.«

Melissande schüttelte den Kopf und erkundigte sich mit gedämpfter Stimme bei ihrem Mann: »Wer ist diese Juliette?«

»Ah, mein Schatz, Juliette kommt an Schönheit gleich nach dir. Aber *nach* dir, das schwöre ich.«

»Ich würde sie gerne kennenlernen«, bemerkte Melissande. »Sie scheint reizend zu sein.«

Gott im Himmel, dachte Douglas, das hatte ihm gerade noch gefehlt, zwei hochkarätige Diamanten in seinem Haus, in deren Umkreis jeder Mann in rasende Begierde verfiel und die Fähigkeit verlor, vernünftig zu denken und zusammenhängend zu reden.

»Nun«, meinte Tante Mildred, »ihre Ankunft ist nicht mehr aufzuhalten, es sei denn, ein Wegelagerer raubte sie.«

»Aha, das wäre eine Überlegung wert«, erklärte Tony und grinste in Richtung Douglas, der sich eben an Alexandra gewandt hatte. »Was meinst du, Tysen? Du hast noch nichts gesagt. Würdest du gerne dieser Juliette den Hof machen?«

»Aber nein«, erwiderte Sinjun. »Tysen ist in Melinda Beatrice verliebt. Aber er hat es bald überwunden.« Dann machte Sinjun ein Kreuz.

Tysen schien drauf und dran, seiner Schwester eine Ohrfeige zu verpassen. Doch er hielt sich zurück und antwortete mit dem Ernst eines Henkers: »Ich fahre umgehend nach Oxford zurück, um meine theologischen Studien zu beenden. Diese Juliette klingt in der Tat reizend, aber ich kann nicht bleiben. Es tut mir leid, Tony.«

Damit war das Gespräch beendet.

Douglas blickte zu Alexandra hinüber.

Sie hatte sich geschickt rausgehalten, merkte er jetzt. Sie war stumm und verschlossen geblieben. Oh, sie saß zwar noch auf ihrem Stuhl, aber das Feuer in ihr war gelöscht. Sie wirkte blaß, abweisend und niedergedrückt.

Douglas ertrug es nicht. Er schleuderte seine Serviette auf den Teller und schob den Stuhl nach hinten. »Alexandra, begleiten Sie mich in die Bibliothek, seien Sie so freundlich.« Douglas hatte seine Lektion gelernt. Anstatt einfach aus dem Speisesaal zu gehen, in der Annahme, daß sie ihm automatisch folgen würde, blieb er wartend hinter ihrem Stuhl stehen. Sie blickte leise seufzend zu ihm hoch. Nur keine weiteren Szenen mehr, dachte sie. Mit einem Mal war ihr bewußt, wie alle bei Tisch, einschließlich Hollis und die beiden Lakaien, den Atem anhielten und darauf warteten, was sie als nächstes nun Haarsträubendes anstellen würde.

»Selbstverständlich, Mylord«, gab sie zurück und erlaubte Harry, ihren Stuhl wegzuziehen. Sie legte sogar ihre Hand auf Douglas dargebotenen Arm.

»Entschuldigt uns«, erklärte Douglas. »Bitte, fahr fort, Tony, bemüh dich um etwas Konversation. Und ruiniere meinen Ruf nicht noch mehr, als er es ohnehin schon ist.«

»Ich werde eine Anekdote aus unserer vergeudeten Jugend erzählen«, begann Tony mit einem Blick auf Alexandra.

»O ja, tu das«, freute sich Sinjun. »Ich kann mich erinnern, daß Douglas und Ryder alles auf den Kopf gestellt haben.«

Ehe Douglas und Alexandra das Zimmer verließen, bemerkte die alte Gräfin mit schneidender Stimme: »Armer Douglas. Was soll er bloß mit so einer anfangen? Das war sehr ungezogen von dir, Tony, ihn mit so einer zu verkuppeln, während du das kostbare Juwel für dich selbst behältst.«

Zu Tonys Überraschung erwiderte Melissande darauf: »Alexandra ist meine Schwester, Ma'am. Bitte redet nicht in diesem herablassenden Ton über sie.«

»Hmmph«, war alles, was die verwitwete Gräfin daraufhin von sich gab.

»Gut gemacht, Schatz«, murmelte Tony ganz nahe dem wunderhübschen Ohr seiner Frau.

»Ja«, antwortete Melissande, »dachte ich mir doch, daß es dir gefallen würde.«

»Langsam fängst du an zu lernen«, sagte er mit gedehnter Stimme. »Vielleicht geht es dir eines Tages in Fleisch und Blut über. Dann mußt du nicht mehr vorher überlegen, was ich von deinem Verhalten denke.«

Alexandra sprach kein Wort. Sie durchquerte an Douglas' Seite die Eingangshalle. Unwillkürlich blickte sie aus den Augenwinkeln in jene Ecke, wo Sinjun ihr auf so schändliche Weise ein Bein gestellt hatte und sie in voller Länge auf dem Marmorfußboden gelegen hatte.

Sie fühlte sich beraubt, ausgesetzt und vollkommen einsam. Sie war besiegt. Es käme einer Wohltat gleich, von all diesen schrecklichen Menschen fortzukommen. Doch jetzt war sie bei Douglas, der einzige Mensch auf der Welt, der sie vernichten konnte.

Douglas führte sie in die Bibliothek und schloß die Tür hinter sich ab. Dieses Mal überreichte er ihr den Schlüssel. »Um mich vor einem weiteren möglichen Angriff zu schützen«, erklärte er. »Obwohl ich hier keine Möbelstücke sehe, mit denen Sie mich angreifen können. Nicht einmal Sie wären imstande, diesen Ohrensessel zu heben. Was das Kniekissen hier betrifft, lassen Sie sich nicht durch die mangelnde Masse täuschen. Es wiegt mehr als Sie.«

Sie schüttelte den Kopf, trat eilig von ihm zurück und verschanzte sich hinter einem Sofa, einem dunkelbraunen Ungetüm. So war es ihm recht.

Er hoffte, sie würde irgend etwas sagen, doch sie schwieg. Er schleuderte den Schlüssel auf den Schreibtisch.

Tief Luft holend fixierte er sie mit seinem Major-Blick. »Nun gut, Alexandra, endlich ist die Zeit für uns gekommen, einige Dinge zu klären.«

Sie sah ihn an, ihre Miene verriet nichts von ihren Gedanken oder Gefühlen.

Er zog die Brauen zusammen. »Sie haben mich zum allgemeinen Gespött gemacht. Darüber bin ich nicht gerade begeistert. Aber, was geschehen ist, ist geschehen. Ich bin bereit zuzugeben, daß ich für einen gewissen Teil verantwortlich bin. Haben Sie irgend etwas dazu zu sagen?«

»Ihre Familie hat mich lächerlich gemacht. Darüber bin ich nicht gerade begeistert. Was geschehen ist, hätte nicht geschehen dürfen, aber es ist nun einmal geschehen. Weiterhin würde ich hinzufügen, daß Sie den größten Teil dazu beigetragen haben. Das ist es, was ich zu sagen habe.«

»Sie haben recht, bis zu einem gewissen Punkt. Meine Familie hat falsch gehandelt. In Zukunft werde ich das unterbinden. Nun lassen Sie uns auf Sie und Ihr Benehmen zurückkommen.«

Sie starrte ihn an, wortlos.

»An Ihrer Stelle bliebe ich ebenfalls stumm. Eine Entschuldigung klänge verdächtig, da Ihr Benehmen der einer Tollhäuslerin glich, eines gedankenlosen und unbesonnenen Wildfangs, nicht würdig, den Titel einer Gräfin zu tragen.« Douglas kam zu einem abrupten Schluß. Die Schimpftirade war berechtigt, zweifellos, das war sie. Sie würde ihm aber nach den heftigen Kämpfen im Speisezimmer nichts nützen. Nun, in Anbetracht ihrer gegenwärtigen Neigung zu Wutanfällen, könnte sie möglicherweise doch das Sofa auf seinem Kopf plazieren. Er drosselte seine Stimme. »Aber wie ich schon sagte, was geschehen ist, ist geschehen.« Er lächelte sie einschmeichelnd an. »Wir müßten jetzt in die Zukunft blicken.«

»Welche Zukunft?«

»Genau darüber möchte ich mich mit Ihnen unterhalten.«

»Ich sehe keine große Hoffnung für die gemeinsame Zukunft. Ihre Mutter ist verzweifelt, daß Sie mit mir verheiratet sind. Es ist auch nicht zu übersehen, daß sie sich Melissande als Schwiegertochter wünscht. Da aber nun Melissande nicht mehr im Rennen ist, gibt es da noch diese Juliette, die, obwohl an Schönheit nach Melissande kommend, immer noch in Punkto gutes Aussehen ziemlich weit oben rangiert. Was mich betrifft, scheine ich am unteren Ende der Skala zu liegen. Ihre Mutter würde mich nie akzeptieren. Ich bin nicht darauf erpicht, Demütigungen von Ihnen und dann Gemeinheiten von ihr zu ertragen.«

Darauf antwortete Douglas spontan: »Ich denke, meine Mutter sieht in Melissande keine Gefahr für ihre Autorität. Sie aber sind aus härterem Stoff gemacht. Man kann nicht damit rechnen, daß Sie Ihre ganze Zeit mit Kleidung oder Partyplänen verplempern. Nein, Sie würden wahrscheinlich die Haushaltsführung gerne selber in die Hand nehmen.« Er hielt inne, entsetzt und überrascht zugleich über das, was er da gesagt hatte.

Sie sah, wie erschrocken er über sich selbst war. »Achtung, Mylord, ich könnte das als Kompliment auffassen, ungeachtet Ihrer eigentlichen Absichten.«

»Ich habe es nicht so gemeint«, sagte er. »Selbstverständlich wäre Melissande imstande, ihren Pflichten nachzukommen.«

Alexandra hätte ihm erzählen können, daß Melissande angesichts eines Lakens mit einem Riß völlig hilflos war.

Statt dessen antwortete sie: »Melissande liebt auch das Aquarellieren. Sie hat wirklich Talent dazu. Während ich sehr gut Laken stopfen kann, überläßt sie solch profane Aufgaben jenen, die nicht ihre Begabung besitzen.«

Douglas wußte nicht, was er darauf antworten sollte.

»Und ich kann singen. Ich bin zwar keine Madame Belle Orzinski, aber man sagt mir, meine Stimme klinge recht hübsch. Mit Pflanzen und Blumen kann ich gut umgehen. Übrigens sind die Northcliffe-Gärten in einem miserablen Zustand.«

Er erwiderte ihr beinahe im Flüsterton, seine Augen glitzerten gefährlich. »Versuchen Sie mich davon zu überzeugen, was für eine gute Ehefrau Sie für mich wären? Gehen Sie mit Ihren guten Eigenschaften hausieren?« Daß sie daraufhin erblaßte, erfüllte ihn mit Schadenfreude. Offensichtlich wußte sie gar nicht, was sie da sagte, bis er sie darauf hinwies.

»Nein«, erklärte sie. »Ich will nicht mehr Ihre Frau sein. Ich will nach Hause. Sie können mich nicht zwingen, hier zu bleiben, Mylord.«

»Ich kann Sie sehr wohl dazu zwingen, zu tun, was mir beliebt. Es stünde Ihnen gut an, dies nicht zu vergessen.«

Statt ihn mit Beschimpfungen zu bombardieren, atmete Alexandra tief durch, um Fassung zu bewahren. Ihr Verhalten war angemessen, ihr Denken vernünftig. Sie hatte sich im Griff, sie war von sanftmütigem Wesen. Dies würde sie jetzt sich selbst und ihm beweisen. Sie würde ihn nicht angreifen. »Sie sagten, Sie wünschen mich zu sprechen? Um was geht's?«

Das war gekonnt, dachte er zufrieden. »Unter Ihrem rechten Arm ist ein Riß im Kleid. Entweder ist er entstanden, als Sie das Abstelltischchen nach mir geschleudert haben oder als Sinjun auf Ihnen saß und Ihre Arme über den Kopf niedergedrückt hat.«

»Wenn ich schön bitte, bitte sage, kaufen Sie mir dann ein neues Kleid?«

»Wahrscheinlich.«

»Ich will aber nichts von Ihnen! Immer wenn ich Ihr Mißfallen errege, also alle zwei Minuten, würden Sie mir das unter die Nase reiben.«

»Schade, denn Sie haben mich und alle meine schlechten Eigenschaften durchschaut. Auch meine gesamte verflixte Verwandtschaft, die über die Feinfühligkeit von Büffeln verfügt, sowie zwei dutzend meiner aufdringlichen Dienerschaft. Nein, bitte werfen Sie mir keine Beleidigungen mehr an den Kopf. Ihr Gleichmut ist erfrischend, wenn auch ungewöhnlich. Nun, ich sagte Ihnen schon, ich werde die Ehe nicht annullieren. Ich sagte Ihnen auch schon, daß ich Sie als meine Frau akzeptiere. Und ich habe meine Meinung nicht geändert. Also, haben Sie irgend etwas dazu zu sagen?«

»Sie sind abartig.«

»Nicht mehr als Sie.«

In gewisser Weise hatte er recht. Sie setzte sich, lehnte sich mit nach hinten ausgestreckten Armen aufs Sofa. Die Beine gekreuzt, wippte sie mit einem Fuß. Sie machte ein belustigtes Gesicht. »Ach, jetzt begreife ich Sie. Sie tun dies, um einen Skandal zu vermeiden.«

»Nein, aber wie Sie richtig bemerken, es käme zu einem Skandal, wahrscheinlich einem höchst unangenehmen dazu. Aber das ist nicht der Grund. Ich denke, wenn Sie wieder Ihre innere Gelassenheit gefunden haben, kämen wir recht gut miteinander aus.«

Nun kam er mit dem Angebot, nach dem sie sich seit drei Jahren gesehnt hatte, so heftig gesehnt, daß sie sogar versucht hatte, ihn zu verführen. Splitternackt hatte sie vor ihm gestanden, sich ihm dargeboten. Doch er hatte sie von sich gestoßen und sie beleidigt. Nun trug sie ein Kleid mit einem Riß unter dem Arm, und er machte ihr das Angebot, sie nicht fortzujagen. Sie konnte es nicht so recht begreifen. Andererseits, was blieb ihr für eine andere Wahl? War dies nicht genau das, was sie sich innigst gewünscht hatte?

Sie blickte zu ihm auf und sagte: »In Ordnung.«

Douglas lächelte. Etwas in seinem Inneren entspannte sich. Ihm war gar nicht bewußt, wie verkrampft er gewesen war, mit welcher Angst er ihre Antwort erwartet hatte.

»Sie sehen ganz anders aus, wenn Sie lächeln.«

»Ich vermute, Sie haben mich nicht oft in guter Laune gesehen.«

»Nein. Und ich vermute, Sie haben mich auch nicht oft in ausgeglichener Stimmung gesehen.«

»Nein.«

Dann sprudelte es aus ihr heraus: »Was haben Sie vor?«

Er neigte den Kopf zur Seite. »Was meinen Sie? Wollen wir ausreiten? Da Sinjun da ist, müssen Sie sie fragen, ob Sie auf Fanny reiten dürfen. Ich werde Ihnen ein anderes Pferd kaufen. Vielleicht können Sie mich begleiten. Auf Branderleigh Farm gibt es ein Gestüt, das Stuten mit erstklassigem Stammbaum verkauft.«

»Nein. Was haben Sie jetzt mit dieser Juliette vor?«

»Aha, der Diamant zweiter Wahl.«

»Ja! Der kürzlich zu Ihrer Überprüfung importiert wurde. Ich ertrage es einfach nicht, Douglas!« Alexandra sprang auf und begann hin- und herzugehen. »Ich ertrage es einfach nicht mehr, verglichen zu werden. Diese Juliette – meine Güte, sie trägt den Namen nach einem Shakespeare-Stück! – wird hier ankommen, und alle Ihre Verwandten werden von Melissande auf sie und dann auf mich schauen und ihr Mißbehagen über das, was vorgefallen ist, deutlich zur Schau tragen. Sie werden ihr Mißbehagen in Worte fassen. Ich ertrage es ganz einfach nicht, Douglas.«

»In der Tat, es wäre für uns beide nicht angenehm. Lassen Sie mich überlegen. Jetzt, wo ich weiß, daß Sie nicht mehr durchbrennen werden, kann ich mich ja darauf konzentrieren, dieses Problem zu lösen. Einverstanden?«

Sie nickte, ohne ein Wort zu sagen.

»Sie werden doch nicht wieder ausbüxen, oder?«

»Nein. Ich bezweifle nämlich, ob ich Ihre Schwester überlisten könnte.«

»Überlassen Sie mir als Pfand Ihre dreißig Pfund?«

»Nein, niemals.«

»Also haben Sie kein Vertrauen zu mir. Nun gut, mir scheint, ich muß Ihnen als erster Vertrauen schenken. Haben Sie noch Hunger? Sie haben nicht sehr viel gegessen. Oder wollen Sie sich lieber hinlegen und ausruhen? Ich versichere Ihnen, es wird Sie keiner stören.«

»Ja«, erwiderte sie mit unüberhörbar erschöpfter Stimme. »Ja, das wäre schön.«

Er sah sie lange an, sagte jedoch kein Wort.

Kapitel 14

Es war elf Uhr nachts. Alexandra saß, abgestützt von drei dicken Kissen, im Bett und starrte in die sterbende Glut des Kaminfeuers. Das Zimmer lag im Dunkeln, die einzige Lichtquelle war ein fünfarmiger Kerzenständer zu ihrer Rechten.

Würde er heute nacht zu ihr kommen?

Das Buch von Molières Schauspiel *Der Misanthrop* lag mit dem Gesicht nach unten auf ihrem Schoß. Eben hatte sie die Zeile ›Frauen wie ich, sind Euresgleichen nicht würdig‹ gelesen, die ihr jetzt ständig durch den Kopf ging. Armer Douglas, nicht nur der erste hochkarätige Diamant war ihm verlustig gegangen, sondern auch der zweite. Sie fragte sich, zu welchem Edelstein sie sich rechnen würde. Vielleicht zu einem Topas, ja, einem Topas, einem Halbedelstein, nicht so kostbar, doch hübsch anzusehen. Ein solider Stein, gediegen und bewährt. Sie nahm das Buch in die Hand, um sich zum Weiterlesen zu zwingen.

Würde er heute nacht zu ihr kommen?

Ein Schatten fiel über die weiße Buchseite. Sie zuckte zusammen. Douglas stand in einem tiefblauen Morgenmantel aus dickem Brokat und mit Goldfäden durchwirkt dicht an ihrem Bett. Er war barfuß. Sie sah an ihm hoch, blickte ihm in die nachtdunklen Augen und sagte: »Was macht Ihr hier?«

Er lächelte zu ihr herab und nahm ihr das Buch aus der Hand. »Ah, *Der Misanthrop*. Leider auf englisch. Lesen Sie nicht französisch? Auf französisch ist es weitaus amüsanter, wissen Sie das?«

»Vielleicht«, antwortete sie, »aber ich kenne das Stück gut, und ich mag es besonders gerne, auch auf englisch.«

Er blätterte durch mehrere Seiten und las dann laut: »›Nichts als Intrigen zählen in unserer Zeit… Wie denken Sie darüber, Alexandra?«

Ach ja, ihre Intrige. Tonys Intrige. Niemals würde Douglas davon ablassen. Mit dumpfer Stimme erwiderte sie: »Ich finde es nicht gerade freundlich von Ihnen, ausgerechnet diese Passage auszusuchen, wo man doch so viele andere hätte aussuchen können.«

»Ich dachte da eigentlich an meine Schwester und an ihre Winkelzüge. Ich höre sie noch einmal wegen der riesigen, haarigen Ratte aufkreischen, die angeblich an Ihrem Rock hochgekrabbelt ist. Ich sehe sie vor mir, wie sie Sie lachend am Boden niederhält. Übrigens habe ich Sie bei Tisch vermißt.«

»Ich wüßte nicht, warum.«

»Ehrlich gesagt, weil es etwas langweilig war. Da Sie – die Zielscheibe ihres Spottes – nicht mehr unter ihrer Mitte weilten, stopfte meine Verwandtschaft mehr als sie sollte in sich hinein und machte Konversation über das Wetter. Wenigstens habe ich dann in Tante Mildred eine Partnerin für eine Partie Whist gefunden. Können Sie Whist spielen?«

»Ja.«

»Dann sind Sie das nächste Mal meine Partnerin. Sie können sich nicht weiter hier versteckt halten, das müssen Sie einsehen. Spielen Sie so gut wie Ihre Schwester?«

»Ja.«

Douglas machte ein nachdenkliches Gesicht. »Ich glaube aber nicht, daß ihr Spiel sehr geschickt ist. Es muß an ihrer Schönheit liegen, daß man die eigenen Karten und die Strategie, die man sich ausgedacht hat, nicht mehr im Kopf hat.«

»Bei mir können Sie Ihre Strategien ausführen.«

»Schon möglich. Trotzdem muß ich darauf bestehen, Alexandra; als Herrin von Northcliffe Hall ist es Ihre Pflicht, sich um meine Familie und meine Gäste zu kümmern.«

Sie sah zu ihm hoch mit undurchdringlicher Miene. »›Ich bin klug, hübsch und anmutig; meine Taille ist schmal, meine Zähne stark und weiß‹.«

Douglas lachte. »Das ist eine Zeile von einem mir sehr wohlbekannten Stück. Doch brauchen Sie diese Vorzüge nicht erst hervorzuheben, meine Liebe, sie sind nicht zu übersehen. Sollen wir nicht Molière wieder zurück ins Regal stellen? Gut.« Er wandte sich um und blickte wieder in den Kamin. »Haben Sie mich heute nacht nicht erwartet?«

»Kann ich nicht genau sagen.«

»War es Ihr Wunsch, daß ich komme?«

In diesem Augenblick blickte sie so erfreut, als hieße sie die Pest in ihrem Haus willkommen. »Ich weiß nicht. Ich mache mir ziemliches Kopfzerbrechen.«

»Über was denn? Über das, was ich Ihnen beibringen werde?«

»Ja.«

»Eigenartig. Ich habe nicht das geringste Kopfzerbrechen von einer Frau erwartet, die vor nicht allzulanger Zeit in mein Schlafzimmer trat, sich das Nachthemd vom Leib riß und zwischen meinen Beinen stand. In der Tat, ich habe mich schnurstracks hierher aufgemacht, weil ich dachte, Sie können vielleicht Ihren Auftritt wiederholen. Eigentlich besucht ja der Ehemann seine Braut in der Hochzeitsnacht, nicht umgekehrt. Und dies ist jetzt unsere Hochzeitsnacht. Offen gestanden, Alexandra, ich dachte, Sie hätten kein Fädchen Anstand am Leib. Kopfzerbrechen? Fürchten Sie, ich könnte Sie schlagen?«

»Nein, ich fürchtete nur, Sie würden mich wieder ansehen und verschmähen.«

Douglas' Mund klappte zu. Gütiger Himmel, wenn sie doch nur nicht so direkt wäre. Ihre Ehrlichkeit war erschreckend. Er wünschte sich, sie würde damit zurückhaltender umgehen. »Nun, ich bin Ihr Ehemann. Ich sage es jetzt zum letzten Mal, daß ich diese Ehe annehme. Und nun muß sie auch vollzogen werden, wenn es denn eine richtige werden soll.«

Ein Schauer ängstlicher Erregung durchfuhr sie. Er klang nicht gerade sonderlich begeistert, in ihrem Schlafzimmer zu sein. Eher klang es wie eine Pflichterfüllung.

»Ich weiß nie, was Sie als nächstes tun werden. Sie sind unberechenbar. Ich habe nicht den Eindruck, daß Sie tatsächlich mit mir zusammen sein wollen.«

Er winkte ab. »Ich bin durchaus in der Lage, mich mit Ihnen zu amüsieren. Ab dieser Nacht wird, was das Bett betrifft, nichts mehr unberechenbar sein. Sie sehen doch ein, daß ich hier sein muß? Begreifen Sie, was eine Ehe vollziehen bedeutet, Alexandra? Sie wissen doch, was wir tun werden?«

Immer noch stand er neben ihr, groß und breitschultrig, und blickte von seiner imposanten Höhe auf sie hinab. »Verstehen Sie das?«

»Ich weiß, Sie bewundern meinen Busen. Das haben Sie mir gesagt. Ich nehme an, das war nicht gelogen.«

»›Busen‹, so sagen die Frauen. Was Sie haben, Alexandra, sind Brüste. Volle, weiße Brüste, groß genug, daß sie in der Hand eines Mannes überquellen. Ja, ich mag Ihre Brüste. Sie sind überaus beeindruckend. Sie werden üppig genug sein, meinen Sohn zu säugen. Doch bis mein Sohn auf der Welt ist, werde ich an Ihrer Brust saugen.«

»An der Brust saugen? Sie sind doch kein Neugeborenes.«

Sein Mund verzog sich. »Ich werde es Ihnen zeigen müssen. Nun, wissen Sie, was geschehen wird? Ich frage Sie, Alexandra, denn Sie sind noch Jungfrau. Ich habe keineswegs die Absicht, Sie zu schockieren oder abzustoßen.«

»Warum sollten Sie auch? Das macht mich zornig, Douglas, denn nie haben Sie mich abgestoßen, es sei denn hie und da mit Ihrer unflätigen Sprache.«

»Vielleicht empfinden Sie meinen Körper als abstoßend. Ich bin dunkel, sehr behaart und groß. Ich habe schon gehört, daß junge Damen aus gutem Hause vom männlichen Körper angewidert sind.«

»Aber nein.«

»Dies ist in der Tat ein seltsames Gespräch«, bemerkte er und starrte düster in den Kamin. »Lassen Sie es uns beenden. Sollten wir nicht die Ehe vollziehen, Alexandra?«

»Ich weiß nur wenig darüber Bescheid. Ich habe Melissande gefragt, aber...« Sie hielt inne, als Douglas plötzlich tief Luft holte. Ein quälender Schmerz hatte sie übermannt. Er dachte wohl an Melissande und Tony, wie sie sich liebten, und das bedrückte ihn. Aber was hatte sie anderes erwartet?

»Was hat sie Ihnen erzählt?«

Er versuchte, sein Gefühl zu überspielen, das mußte sie ihm zugestehen. »Eigentlich hat sie nicht viel erzählt. Sie meinte, es sei unschicklich, dann wurde sie puterrot und hat zu stottern angefangen. Ich konnte mir meinen Teil denken.«

Douglas zupfte einen losen Goldfaden aus seinem Ärmel heraus. »Es ist allgemein bekannt, daß Tony ein guter Liebhaber ist.«

»Bei wem?«

»Zuerst einmal bei den Damen. Die unterhalten sich dann mit anderen Liebhabern und Ehemännern. So erfahren die Herren, wer von ihnen Erfolg bei den Damen hat.«

»Je besser also der Liebhaber, um so mehr Frauen kann er genießen? Gleichgültig, ob er verheiratet ist oder nicht? Oder ob sie verheiratet ist oder nicht?«

Douglas verzog das Gesicht. So waren die Dinge nun einmal, aber er konnte sich nicht recht dazu bringen, ihr dies zu sagen. »So wird es wohl sein.«

»Was ist denn ein guter Liebhaber? Ein gütiger Mann? Ein sanfter Mann? Ein Mann, der zu küssen versteht?«

»All dies und noch viel mehr.«

»Mir scheint, all dies und noch viel mehr erfordert recht viel Übung und eine Menge Erfahrung.«

»So ist es. Tony hat Jahre davon hinter sich.«

»Und Sie?«

»Ich auch.«

»Und Ryder?«

Douglas lachte auf. »Ah, mein jüngerer Bruder ist wohl schon als guter Liebhaber auf die Welt gekommen. Er braucht sich nur zu zeigen, und die Damen, auch solche, die keine sind, schmelzen dahin, flirten und säuseln. Doch neigt er dazu, über sein eigenes Vergnügen alles andere zu vergessen.«

»Was meinen Sie damit?«

»Das tut nichts zur Sache. Später. Vielleicht wenn Sie mehr als jetzt darüber Bescheid wissen.«

»Ist es allgemein bekannt, daß Sie ein guter Liebhaber sind?«

»Ich denke schon. Nie habe ich mich wie ein rücksichtsloser Kerl aufgeführt. Ich war immer darauf bedacht, der Frau ihre Erfüllung zu geben.«

»Sie klingen nicht gerade, als ob es für Sie ein Vergnügen wäre, wenn Sie auf so viel achten müßten.«

»Die Natur hat es so vorgesehen, daß die geschlechtliche Vereinigung für den Mann immer sehr lustvoll ist, egal unter welchen Umständen. Die Lust ist nicht notwendigerweise für die Frau vorgesehen, da sie nur die Empfängerin des männlichen Samens ist und somit keine aktive Rolle zu spielen braucht. Sie ist von der Natur aus benachteiligt. Das ist schade, doch wenn ein Mann ein guter Liebhaber ist, überwindet er dieses Manko der Natur. Ich überwinde es mit Vergnügen.«

»Auch wenn Ihnen Frauen nicht allzuviel bedeuten?«

»Im allgemeinen schlafe ich nicht mit Frauen, die mir gleichgültig sind. Nur in Ausnahmefällen.«

Nun, sie hatte ihn gefragt, und er hatte ihr wahrheitsgetreu geantwortet, nicht ganz umfassend, doch immerhin wahrheitsgetreu.

»Ja«, fuhr er fort, »eine Frau erfordert mehr Aufmerksamkeit, wenn sie...« Er brach ab, fügte aber dann hinzu: »Ich sehe gerne, wenn eine Frau ihren Höhepunkt hat.« Dann hielt er inne, als er ihren tiefverletzten Blick sah, verletzt und gekränkt. Was, zum Teufel, hatte er jetzt bloß wieder gesagt? Vielleicht war es nur die Angst des jungen Mädchens. Sie verstand nichts, aber ehe diese Nacht vorbei war, würde sie es tun.

Dann schloß sie die Augen. »Dann werde ich wohl mein Leben lang mit diesen schönen Frauen verglichen werden, die Sie besessen und denen Sie beim Höhepunkt zugesehen haben. Und weil ich unwissend bin und kein kostbarer Diamant, werde ich wohl nie herausfinden, was es mit diesem Höhepunkt auf sich hat. Sie werden nicht zufrieden mit mir sein. Immer werde ich mich als die Verliererin sehen. Stets werden Sie es bereuen, mich geheiratet zu haben.«

»Noch eben haben Sie mir durch ein Zitat zu verstehen gegeben, daß Sie anmutig sind, mit einer schmalen Taille und weißen Zähnen. Ach ja, und hübsch.« Er machte eine kurze Pause, dann sagte er leise: »Was die Erfüllung betrifft, ich werde Ihnen soviel Lust bereiten, daß Sie vor Wonne aufschreien werden. Was Sie sonst noch gesagt haben, ist alles dummes Zeug.«

»Ich weiß nicht, Douglas. Vielleicht bedauern Sie, daß ich die Nutznießerin Ihrer Könnerschaft bin. Sie wird das Gefühl beschleichen, daß Sie Ihr Können an jemanden wie mich verschwenden.«

»Das bezweifle ich. Ich habe Sie gesehen, berührt und gepflegt. Ihr Körper gefällt mir, Alexandra. Sehr sogar. Ich bin ein Mann, kein kleiner Junge. Habt Vertrauen, ich werde Sie gut behandeln. Um Ihr Vergnügen willen, werde ich genau das Richtige zum richtigen Augenblick tun.«

»Sie klingen ziemlich kaltblütig.«

Darauf zuckte er nur mit den Achseln. Gelegentlich traf das zu, doch wollte er ihr das nicht eingestehen. »Wissen Sie eigentlich, daß dies eine sehr seltsame Unterhaltung für eine Hochzeitsnacht ist? Und das ist eine, Alexandra. Nun, sollen wir?«

»Nein«, erklärte sie. »Ich denke nicht. Halt, warten Sie noch. Wollten Sie tatsächlich heute nacht bei mir sein?«

»Verdammt noch mal, Alexandra, es genügt doch, wenn ich hier bin! Genau wie ich Sie als meine Frau akzeptiere. Nein, sehen Sie mich doch nicht so an, als würde ich Sie abschlachten.« Er packte ihre Arme und zog sie aus dem Bett. »Setzen Sie sich«, befahl er und plazierte sie dann auf die Tagesdecke. Ihre Füße berührten den Boden nicht. Sie waren nackt, schmal, mit wohlgeformten Zehen. Ihr Nachthemd wirkte mädchenhaft; sie sah aus wie sechzehn. Ihr tizianrotes Haar fiel in dichten Wellen auf den Rücken. Sie hatte es gebürstet, was nur heißen konnte, daß sie ihn erwartet hatte. Wenigstens ein wenig. Douglas trat einen Schritt zurück und begann seinen Gürtel zu lösen.

»O je, was machen Sie da?«

»Ich zeige Ihnen jetzt, wie ein Mann aussieht«, erwiderte er und ließ den Gürtel achtlos zu Boden fallen. Ganz langsam schüttelte er, erst mit einer, dann mit der anderen Schulter, den Morgenmantel ab. Er fiel zu Boden. Douglas stieß ihn mit dem Fuß von sich. Er schaute ihr immer noch fest in die Augen, straffte seinen Rücken und ließ die Arme fallen. Jetzt stand er vollkommen nackt vor ihr.

»O mein Gott«, hauchte sie. Sofort hefteten sich ihre Augen zwischen seine Beine.

»Ich sehe ganz und gar nicht wie Sie aus«, bemerkte Douglas. Er beobachtete sie genau. Ihre Augen, weit aufgerissen, hatten einen leichten Glanz bekommen. »Wenn Sie mich so voll Interesse betrachten, gerate ich gewissermaßen in zunehmende Erregung. Mit meinem Verstand hat das nichts zu tun.«

»O mein Gott«, wiederholte sie nur.

Er stand immer noch da und ließ sie sich an ihm sattsehen. Endlich, zu seiner Erleichterung, nickte sie, als wäre sie zu einem Entschluß gekommen. Er hatte nicht die geringste Vorstellung, was sein nächster Schritt gewesen wäre, hätte sie ihn weiter so angesehen, als wollte er sie umbringen.

»Ihr Nachthemd ist im Weg. Ziehen Sie es aus.«

Er wartete erst gar nicht ab, sondern zog sie hoch, daß sie vor ihm zum Stehen kam. Er bückte sich, packte den Saum ihres Nachthemdes und zog es ihr über den Kopf. »Nun«, sagte er, »befinden wir uns beide sozusagen im selben Boot.«

»Sie sind sehr dunkel, behaart und groß.«

»Ja, und Sie sehr weißhäutig und völlig unbehaart, außer zwischen Ihren Schenkeln. Ganz entzückend.«

»O mein Gott.«

»Berühren Sie mich, Alexandra. Das würde mir sehr gefallen.«

»Wo?«

»Wo immer Sie wollen, solange es zwischen meiner Brust und meinen Schenkeln ist.«

Sie preßte beide ausgestreckten Handflächen gegen seine Brust. Schwarzes Haar kräuselte sich in ihren Händen. Sie fühlte sein Herz pochen, langsam und regelmäßig. Behutsam, sehr behutsam glitten ihre Hände hinunter.

Er sog die Luft scharf ein. Sein Glied schwoll. Die Hände an seiner Seite ballten sich zu Fäusten, doch zwang er sich, weiter stillzustehen, damit sie sich ihm nicht entzog. Er würde ihr noch früh genug einen Schrecken einjagen. Als ihre Hände über seinen Bauch fuhren, pulsierte sein Glied. Inständig betete er, sie möge ihn nicht berühren.

»Sie sind sehr groß, Douglas.«

Er rang sich ein gequältes Lächeln ab. »Das ist wahr, doch werden Sie bald lernen, daß ein Mann dazu da ist, einer Frau Wonne und Lust zu bereiten. Es ist seine Aufgabe, seinen Samen in eine Frau zu ergießen.«

»Ich kann mir nicht vorstellen, wie das gehen soll.«

Dann, noch ehe er etwas darauf erwidern konnte, berührte sie ihn ganz zart mit den Fingerspitzen. Stöhnend zuckte er zusammen.

»Habe ich Ihnen weh getan?«

»Nein, es war köstlich. Aber berührt mein Glied nicht noch einmal, Alexandra, das könnte mich sonst in Verlegenheit bringen.« Douglas konnte es nicht fassen. Hier stand derselbe Mann, dem Ryder vorgeworfen hatte, er sei kalt wie ein Fisch, der Mann, der sich bei einem Engel noch beherrschen könnte. Es stimmte ja auch. Sein Lebtag hatte er noch nie um Beherrschung gerungen. Doch nun berührte sie ihn, und er war fast um den Verstand gebracht. Er war zu lange ohne eine Frau gewesen. Aber nein, das stimmte ja gar nicht.

»Aber Sie sind so ...«

»So was?« keuchte er zwischen zusammengebissenen Zähnen. Ihre Hände schwebten über ihm, mit gesenktem Kopf betrachtete sie ihn eingehend, als er sie plötzlich auf die Knie sinken sah. Sie machte Anstalten, seinen Penis in den Mund zu nehmen – und der Gedanke ließ ihn erschauern. In diesem Augenblick konnte er nicht mehr an sich halten. Jede Spur von Kaltblütigkeit war geschwunden. Ein Rausch überkam ihn. Er riß sie an sich und drückte sie heftig an seinen Körper.

»Ich begehre dich«, raunte er nahe ihrem Mund. »Öffne deine Lippen, jetzt, jetzt, ja, so ist's richtig.« Sein warmer Atem blies ihr in den Mund, seine starken Hände streichelten ihren Rücken, dann kneteten sie ihre Hinterbacken. Er stöhnte in ihrem Mund auf, seine Zunge berührte ihre. Nun drückte er sie zu sich hoch. Hart und heiß fühlte er sich an. Seine Hände glitten über ihre nackten Beine, fieberhaft tasteten sie sich nach oben, bis er mit den Fingerkuppen schließlich ihre Scheide berührte. Sie schreckte zurück. Nun merkte er, sie hatte Angst. Sie war steif wie ein Brett.

Douglas gewann seine Fassung zurück. Zu hastig, er ging viel zu hastig vor. Das sah ihm gar nicht ähnlich. Er war bedächtig, vorsichtig, sehr überlegt, und doch führte er sich jetzt wie ein Wilder auf. Er, der wunderbare Liebhaber, jagte ihr eine Heidenangst ein. Ah, aber es verlangte ihn so sehr danach, ihren Spalt zu öffnen, jetzt, in dieser Sekunde, wollte er tief und fest in sie eindringen. Aber er hatte vor ihr geprahlt, er wäre kein rücksichtsloser Kerl. Verdammt, dabei hatte er sogar angegeben, wie gut er mit einer Frau umgehen konnte. Er mußte seine Fassung wiedergewinnen. Sie war Jungfrau, er hingegen ein erfahrener Mann, der wußte, wie man vorzugehen hatte. Dieses Grabschen und Betatschen und Herumgekeuche waren gewiß kein Zeichen großer Könnerschaft. Er holte tief Luft. Mit einem Schritt entfernte er sich von ihr. Dann packte er seinen Morgenmantel und schlüpfte hinein. Er würde keinen verfrühten Samenerguß haben und sie mit der Frage zurücklassen, weshalb er sich je als unübertrefflicher Bettgenosse gepriesen hatte.

»Tut mir leid«, sagte er mit rauher, heiserer Stimme. »Ich habe dich erschreckt. Tut mir leid.« Dann mußte er über sich selbst lachen. »Du wirst es nicht glauben, Alexandra«, fuhr er fort, wobei er an ihren Armen immer wieder auf und abstreichelte, denn er mußte sie anfassen, ihre Haut berühren. »Noch nie, bitte, glaub mir, war ich so außer mir, so verdammt rasend vor Begierde. Es ist die Wahrheit, und es erschreckt mich, daß ich die Beherrschung über mich verlieren konnte. Es gefällt mir ganz und gar nicht. Es sieht mir überhaupt nicht ähnlich. Du bist, ehrlich gesagt, nur eine Frau, wie alle anderen Frauen auch, außer der Tatsache, daß du meine Ehefrau bist. Ich belüge dich nicht, Alexandra. Nein, sieh mich nicht an, als wäre ich ein Ungeheuer. Ich lehne dich nicht ab, niemals. Bei dem einen Mal bin ich ein Esel gewesen. Heute nacht möchte ich es wiedergutmachen. Ich will dir nicht weh tun, dich nicht erschrecken. Großer Gott, deine Brüste sind wunderbar.«

Er atmete schwer, gerade so, als wäre er eben von den nördlichen Feldern Northcliffes zurückgerannt. Sein Glied war immer noch straff hochgereckt. Alexandra drückte ihre Handfläche gegen sein Herz. Rasendes Pochen. Er begehrte sie.

Und sie benahm sich wie eine dumme Pute und lag stocksteif in seinen Armen! »Bitte, Douglas, verzeih mir, daß ich mich fürchte. Ich werde mich nicht mehr wie eine Jungfrau benehmen.«

Er lachte, das verletzte sie. »Du bist aber eine Jungfrau.« Doch er bewunderte ihre begehrliche Bereitschaft. Immer noch etwas ängstlich, schien sie jedoch auch begierig zu sein. Und er war mehr als begierig, sie zu unterrichten.

»Komm her.«

Nach drei Schritten stand sie unmittelbar vor ihm.

»Du wirst es nicht übersehen haben, wie groß mein Verlangen nach dir ist. Doch wie gesagt, ich habe mich nicht unter Kontrolle. Willst du hierbleiben, oder zu mir in mein Schlafzimmer kommen?«

»Ich will zu dir kommen.«

Ohne ein weiteres Wort zu verlieren, hob Douglas sie hoch und hielt sie fest an sich gedrückt. Ihr warmer Atem streifte seine Wange. Dann gab sie ihm einen leichten Kuß, mit geschlossenen Lippen, den Kuß einer Jungfrau, den unschuldigen Kuß eines jungen Mädchens für ihren Onkel. Es behagte ihm und benebelte seine Sinne vor Verlangen. Er ließ sie los, nahm sie bei der Hand und zog sie ins Schlafzimmer. Dort angekommen, wandte er sich ihr zu und preßte sie erneut an sich. Wieder küßte sie ihn, diesmal sein Ohr. Dann knabberte sie zart an seinem Ohrläppchen.

Das letzte Stück rannte er geradezu zu seinem Bett. Schier atemlos und mit knapper Not würde er es schaffen. »Jetzt hör mir zu«, keuchte er und zwang sich, sie nicht zu berühren, sondern sie nur ausgestreckt mitten auf seinem Bett zu betrachten.

»Ich will nicht, daß du mich wieder berührst oder küßt. Ich weiß nicht, was mit mir los ist, aber ich halte es nicht aus, Alexandra. Verstehst du?«

Kaum ausgesprochen, erinnerte er sich, wie ihn Ryder als kalten Fisch bezeichnet hatte. Kalt, vonwegen!

Ihre Augen waren erstaunt aufgerissen, als sie zu ihm hochblickte.

»Ich weiß, du verstehst nichts, verdammt, aber sag mir einfach, daß du's tust, ja?«

»Ich verstehe, Douglas«, sagte sie, streckte die Arme nach ihm aus, legte sie um seinen Hals und zog ihn zu sich hinunter. Er fiel auf sie, sein Mund streifte den ihren. Er küßte sie unentwegt und murmelte ihr zu, sie solle die Lippen öffnen. Sie folgte ihm. Er ächzte und stöhnte. »Alexandra.« Er wiederholte ihren Namen immer und immer wieder. Niemals würde er aufhören, sie zu küssen, erst bis ihm der Atem verginge, erst bis er stürbe, dann vielleicht. Es gelang ihm, sich den Morgenmantel vom Leib zu reißen. Die Berührung mit ihrem Leib brachte ihn zur Raserei. Er lag auf ihr, sein Gewicht lastete auf ihrem Bauch. Das Verlangen, zwischen ihren Beinen einzudringen, übermannte ihn. Vor ihr kniend, spreizte er ihre Beine weit auseinander. Dann fiel er wieder auf sie, sein Glied drängte sich begierig gegen ihren Körper. Er glaubte zu vergehen, wenn er nicht gleich, sofort und auf der Stelle, in sie eindrang. Noch hielt er sich zurück, seine Zunge aber schnellte wild in ihrer Mundhöhle hin und her und drang immer tiefer. Die warme Feuchtigkeit steigerte seinen Herzschlag zu wildem Pochen. Er hob den Kopf und starrte auf sie hinunter. »Ich kann es nicht fassen«, keuchte er. Dann küßte er sie erneut. Ihre Arme um seinen Rücken geschlungen, gruben sich ihre Fingernägel in seine Schultern. Rhythmisch begann sie sich unter ihm zu bewegen. Er riß sich los von ihr und starrte auf ihren Körper, der vor ihm hingestreckt lag, bereit, genommen zu werden. Ihr blasses Gesicht war so weiß wie ihr samtweicher Bauch. Seine Augen hefteten sich zwischen ihre weit geöffneten Beine. Er zitterte vor Spannung. Er konnte es nicht begreifen. Auf den Fersen hockend, starrte er wieder auf sie. »Du bist unglaublich«, flüsterte er. Seine Hände umspannten ihre Brüste, kneteten sie. Dann beugte er sich hinab und lutschte an ihrer Brustwarze. Alexandra, für Sekunden schockiert und entsetzt, stöhnte auf.

Dann bäumte sich ihr Rücken, ihre reflexartige Bewegung benebelte ihm die Sinne. Seine Hände tasteten sie überall ab, wo er sie nur berühren konnte. Seine Hand umspannte ihre Taille. Sie war klein und zierlich, das gefiel ihm. Nun fingerte er in dem kastanienroten Gekräusel ihrer Schamhaare. Darunter war es feucht. Erregung und heftige Liebesglut erfüllte ihn. Er konnte es nicht abwarten, sie erst zu beschwichtigen oder sie zu unterweisen. Er packte sie an den Hüften und riß sie hoch, um sich mit seinem Mund zwischen ihren Beinen festzusaugen.

Sein Tun ließ Alexandra keine Zeit, zu erschrecken. Seine Zunge war heiß und naß. Sie dachte nur noch: »O mein Gott, was geschieht mit mir!« Und dann geschah es. Sie schrie, eine lavaartige Glut pulsierte zwischen ihren Schenkeln. Sein Mund drückte sich fester an sie. Dann bahnte sich ein Finger behutsam seinen Weg in sie hinein. Sie schnellte hoch, ihre Hände packten wild in seinen Haarschopf. Ein Beben schüttelte sie. Wieder stöhnte sie laut auf. In diesem Schwebezustand brannten sich seine Worte dennoch tief in sie hinein: »Ja, komm zu mir, Alexandra, komm, komm... ja. Du gehörst mir, das ist jetzt das Glück einer Frau... komm.«

Die erschütternde, vibrierende Glut ließ allmählich nach. Im nächsten Augenblick fuhr er streichelnd mit den Fingern an ihrem Spalt entlang, drückte ihn sanft auseinander. Vorsichtig fuhr er in sie hinein. Sie wollte ihm Einhalt gebieten, denn es bereitete ihr Schmerzen. Zudem war sie überzeugt, es würde niemals gutgehen. Er war sicher viel zu groß, und er würde sie entzweireißen. Doch wieder glitten seine Finger liebkosend über ihre schlüpfrig-feuchte Scheide. Sie schluchzte von den Wogen der Erregung ergriffen, als er tiefer in sie hineinfingerte.

»Alexandra, sieh mich an!«

Sie starrte zu ihm hoch. Sein angespanntes Gesicht war schweißüberströmt, es sah schmerzverzerrt aus; stöhnend hievte er seinen muskulösen Rücken in die Höhe, dann schnellte sein Körper vor. Ein Aufschrei entrang sich ihr von dem tiefen, stechenden, hochwirbelnden Schmerz, der sie in Stücke zu zerreißen drohte. Auf den Handflächen abgestützt, schwebte er über ihr. Unfähig, sich zurückzuhalten, sank er auf sie. Sein Atem ging rasselnd, und ein Ausdruck des Erstaunens und gleichzeitiger Raserei malte sich auf seinem Gesicht. Tief drang er in sie ein, mit harten Stößen, schneller und immer schneller. Aller Schmerz war vergessen. Sie weinte.

Er erstarrte. Verdutzt, daß er unvermittelt so reglos war, blickte sie ihm ins Gesicht, auf dem sich nun Verwunderung und tiefe Befriedigung spiegelte. Ein dumpfes, tiefes Stöhnen kam aus seiner Brust, die schwarzen Augen blickten wild und glasig. Er fuhr mit seinem Treiben weiter fort, sie fühlte sich jetzt glatt und geschmeidig an. Der Schmerz hatte nachgelassen.

Ebenso plötzlich lag er nach Atem ringend reglos auf ihr und erdrückte sie beinahe auf der Matratze. Es war vorbei. Sie fragte sich: Was war geschehen? Was würde nun eintreten? Nach einigen Minuten stützte sich Douglas auf einem Ellbogen auf. Er blickte ihr unendlich lange ins Gesicht. Dann verfinsterte sich seine Miene.

Schließlich bemerkte er mit harscher, wütender Stimme: »Meine Güte, ich kann es nicht fassen. Es hätte nicht passieren dürfen. Es ist mir noch nie passiert. Das habe ich nicht gewollt, das war nicht vorgesehen. Gottverdammich!«

Er zog sich aus ihr heraus, dabei entging ihm nicht das Zucken ihres Fleisches. Nachdem er sich aus dem Bett gerollt hatte, stand er kurz still und sah sie mit festem Blick an. »Schlaf jetzt«, befahl er. Zu ihrer großen Verwunderung wandte er sich auf den Fersen um und verließ sie. Er verschwand im Schlafzimmer der Gräfin und schloß die Tür hastig hinter sich.

Kapitel 15

Ein Schrei ließ Alexandra in ihrem Bett hochfahren. Laut und gellend drang er aus dem Schlafzimmer der Gräfin. Doch die war gar nicht dort, vielmehr hüpfte sie eben aus Douglas' Bett und stellte fest, daß sie vollkommen nackt war. Sie packte die Tagesdecke und wickelte sie sich um. Nun stürzte sie sich auf die Verbindungstür und riß sie heftig auf.

Da stand Dora, die Dienstmagd, fünfzehn Jahre alt, einfältig und mager. Laut kreischend, hielt sie die Hände vors Gesicht. Dabei starrte sie durch ihre Finger hindurch aufs Bett.

Dort saß Douglas aufrecht und warf einen etwas verwirrten Blick auf seine blanke Brust, die mit heißer Schokolade bekleckert war. Das weiße Laken bedeckte ihn nur bis zum Bauch.

Alexandra hielt jäh inne. Sie war völlig entgeistert.

Douglas hob den Kopf und brüllte die Zofe an: »Himmeldonnerwetter noch einmal, dummes Frauenzimmer, halt den Mund!«

Sofort klappte Dora den Mund zu und rang die Hände. Schnell eilte Alexandra auf Dora zu. Endlich erblickte die ihre Herrin. Sie, statt Seiner halbnackten Lordschaft, hatte Dora im Bett erwartet. »Ach, Mylady. Ach, Gott! Seine Lordschaft lag im Bett, und ich dachte, Sie sind's. Da habe ich Sie leicht an Ihrer – seiner – Schulter geschüttelt. Dann ist er aufgetaucht, mit kaum was an. Da hab ich die ganze Schokolade über ihn ausgeschüttet und ihn verbrannt. Ach, Mylady!«

Alexandra warf einen Blick auf Douglas. Schokolade klebte auf seinem dichten Brusthaar und hatte die weißen Laken beschmutzt. Seine Haare waren zerzaust, seine Wangen dunkel von Bartstoppeln; er sah einfach unwiderstehlich aus, sie begriff gar nicht, weshalb Dora so gekreischt hatte. Hätte sie ihn so entdeckt, im Nu wäre sie in sein Bett gehüpft und hätte ihm bis zur Atemlosigkeit die Schokolade weggeküßt.

Sie erklärte der Zofe: »Schon gut, Dora. Du kannst gehen. Bring warmes Wasser, Waschlappen und Handtücher. Beeil dich, Seine Lordschaft dürfte sich nicht allzu wohl mit der Schokolade auf der Brust fühlen.«

Alexandra wandte sich an ihren Mann. »Fehlt dir etwas? Hat dich die Schokolade verbrannt?«

Er machte einen irritierten Eindruck. »Himmeldonnerwetter, nein, aber sie hat mir einen Riesenschreck eingejagt, dieses hysterische kleine ...«

»Du hast sie wahrscheinlich noch viel mehr erschreckt, weil du in meinem Bett lagst.«

Sie konnte sich gerade noch so lange beherrschen, bis Dora aus dem Zimmer war. Dann prustete sie los, die Tränen kollerten ihr die Wangen hinunter. Sie hielt sich die Seiten und krümmte sich vor Lachen.

»Gottverdammich, halt den Mund!«

»Sehr wohl, Mylord«, kicherte sie. Endlich wischte sie sich die Augen mit einem Zipfel der Tagesdecke ab. Dann sah sie ihrem Ehemann ins Gesicht.

Douglas, den man aus dem Tiefschlaf gerissen, mit heißer Schokolade übergossen und angekreischt hatte, schob die Decken beiseite und erhob sich. Er war nackt. Bei seinem Anblick verstummte Alexandra.

Er sah nicht so aus wie gestern nacht.

»Allmächtiger, starr mich nicht so an, Weib!« Dann sah er an sich hinunter. Er holte Luft. Sein Glied war blutverschmiert.

Er blickte zu der verhüllten Frau mit den langen, wirren, roten Haaren, die ihn groß anstarrte. Es war die Frau, die er gestern nacht genommen hatte, die ehemalige Jungfrau, seine Frau. Schroff fragte er: »Habe ich dir weh getan?«

Sie sah ihn immer noch entgeistert an und zog die Tagesdecke dichter um sich. »Ja.«

»Tut es noch weh?«

Er brachte sie mit seinen Fragen so in Verlegenheit, daß sie rot bis an die Haarwurzeln wurde. »Ein wenig. Nein, eigentlich nicht. Etwas. Es ist eigenartig.«

Er ging an ihr vorbei in sein eigenes Schlafzimmer. Dabei griff er sich seinen Morgenmantel und zog ihn über. Er schaute über die Schultern und befahl ihr: »Komm mit.«

Alexandra blickte mit seitlich geneigtem Kopf in die ihr angewiesene Richtung. Langsam ging sie auf ihn zu. Ohne Vorwarnung hob er sie hoch und legte sie rücklings aufs Bett. Dann begann er, die Tagesdecke von ihrem Leib zu rollen.

»Halt! Du meine Güte, was machst du da, Douglas?!« Sie schlug nach ihm, doch ohne Erfolg. Bald lag sie nackt auf dem Bett. Er betrachtete sie. »Spreiz die Beine!«

Sie wollte sich ihm entwinden, doch er packte sie an den Fesseln und zog sie zurück. »Himmelherrgott, halt still, Weib!«

»Nein, das ist ja furchtbar! Hör auf, Douglas! Ich mag zwar keine Jungfrau mehr sein, aber es ist trotzdem mehr als peinlich.«

Er warf sich auf sie. »Sei still. Ich habe Blut auf meinem Glied gesehen, dein Blut, dein Jungfrauenblut. Ich muß nachsehen, ob bei dir alles in Ordnung ist. Hast du stark geblutet? Ich habe vergessen, dich vorzuwarnen. Hast du Angst gehabt? Verdammt, es tut mir leid.«

Sie sah ihn mit großen Augen an. »Ich weiß es nicht.«

»Was soll das bedeuten, du weißt es nicht?«

»Ich hatte ein klebriges Gefühl, aber ich habe mich nicht angeschaut. Es war dunkel, und du bist von mir fortgegangen.«

»Jetzt ist es nicht mehr dunkel. Halt still, Alexandra.« Er rollte sich von ihr herunter und schob ihre Beine auseinander. »Donnerwetter«, rief er, »du wirst das Wasser eher brauchen, das Dora jetzt bringt. Du bist in einem schlimmen Zustand.«

Das beschämte sie und war ihr so unangenehm, daß sie mit fest zusammengedrückten Augen einfach dalag. Sie fühlte seine großen, warmen Hände auf ihren Schenkeln, die sie zwischen den Beinen berührten. Ihr war bewußt, er betrachtete sie. Diesmal war es tagheller Morgen, Sonnenlicht flutete durch die Fenster. Sie wünschte sich, sie würde die Augen öffnen, um festzustellen, sie wäre zehn Jahre alt und ihr Kindermädchen wartete auf sie, um sie zum Frühstück abzuholen, und all dies hier hätte gar nicht stattgefunden.

Die Matratze bewegte sich. Jetzt stand er also neben ihrem Bett. Er starrte auf sie herunter. »Nicht bewegen. Ich werde das Wasser holen und dich waschen.«

Da hörte sie, wie sich die Tür zum Schlafzimmer des Schloßherren öffnete. Schneller als gedacht bewegte sie sich und vergrub sich zwischen die Laken.

»Mylord?«

Das war Finkle, Douglas' Kammerdiener.

»Weg mit Ihnen!«

»Mylady? Sind Sie es, so eingehüllt? Herrje. Entschuldigen Sie vielmals.«

»Finkle?«

»Ach, Mylord, verzeihen Sie, ich dachte, Sie wären es, aber dem war nicht so, sie war es, ach herrje!«

»Schon gut. Verstanden. Gehen Sie und holen Sie Badewasser. Und klopfen Sie beim nächsten Mal an. Ihre Ladyschaft hat sich noch nicht entschieden, welches Bett ihr gehört. Sie hat Probleme mit der Orientierung, verstehen Sie? Ich habe ihr versprochen, Verständnis dafür zu zeigen.«

Als die Türe sich schloß, blickte Douglas auf die verhüllte Gestalt auf seinem Bett. Jetzt war er an der Reihe zu lachen. Was er auch tat. Sie vergrub sich noch tiefer. Schließlich sagte er lachend: »Du kannst jetzt rauskommen. Finkle ist weg. Weißt du jetzt, wie ich mir vorhin vorgekommen bin?«

»Das hier ist schlimmer. Männern scheint es gleichgültig zu sein, wer was sieht. Sie besitzen offenbar kein Schamgefühl.«

»Diese Schlußfolgerung entstammt wohl deiner reichhaltigen Erfahrung, vermute ich mal? Gewöhne dich beizeiten daran, daß ich dich, wo und wann auch immer, anschauen kann. Was den armen Finkle betrifft, dürftest du und er ein Duett anstimmen können. Komm schon, in deinem Zimmer steht das warme Wasser.«

Sie folgte, die Tagesdecke schleifte hinter ihr her wie ein Brautschleier.

An der Türschwelle blieb sie wie angewurzelt stehen. »Ich kann mich alleine waschen, Douglas.«

»Unsinn, ich muß mich um deine Gesundheit kümmern. Ich trage die Verantwortung für deine Verwundung. Ist allerdings nicht die richtige Formulierung für das Durchdringen deines Jungfernhäutchens. Doch ich habe es getan. Ich werde dich pflegen.«

»Du wirst jetzt gehen. Ich lasse es nicht zu. Es ist mir zu peinlich.«

Douglas schaute verärgert. »Hast du vergessen, was ich dir vergangene Nacht angetan habe, Madam? Ist dir entfallen, wie du vor Wollust geschrien hast? Glaub mir, ich habe dich sehr wohl angesehen. Jetzt ist es anders, ein wenig nur. Halt also jetzt einfach den Mund.«

»Nein.« Sie wurde unruhig. »Gestern nacht war es dunkel. Du sagst, das Blut sei normal?«

Er hörte die Angst aus ihrer Stimme heraus und bemühte sich um einen beschwichtigenden Tonfall. »Ja, ich hätte dich warnen sollen, habe es aber nicht getan.« Bei der Erinnerung, wie durch die Wucht seiner Ekstase alles Behagliche, Wohlbekannte und Bewährte von ihm gewichen war und einem ihm vollkommen unbekanntem, fremdartigem, verhaßtem Gefühl Platz gemacht hatte, verfinsterte sich seine Miene. Innerlich rückte er von ihr und der Szene seiner Niederlage ab.

»Geh weg, Douglas.«

Douglas nahm die Schüssel mit dem warmen Wasser und stellte sie auf den Tisch neben dem Bett. Die Waschlappen legte er daneben. Er wandte sich zu ihr. Alexandra wollte die Flucht ergreifen, doch sie stolperte über die Tagesdecke und fiel ihm in die Arme. Er nahm sie hoch und ließ sie aufs Bett plumpsen. Er wickelte sie aus und sagte: »Ich habe es satt, Cäsar und Kleopatra mit dir zu spielen, auch wenn du dich noch so gut aus dem Teppich wickeln läßt. Ich bin es leid, dich dauernd zu ermahnen, du sollst den Mund halten und dich nicht bewegen. Ich will es dir nicht noch einmal sagen.«

Mit abgewandtem Kopf und zugepreßten Augen lag sie regunglos da, während er ihre Beine spreizte, um das Blut und seine Samenflüssigkeit abzuwaschen.

Douglas fühlte sich ruhig und beherrscht, auch als seine Finger ihr Fleisch berührten und sie dabei erbebte. Er erinnerte sich, daß er während ihrer Krankheit ebenso ruhig und beherrscht gewesen war. Damals wie jetzt empfand er keine wilde Begierde. Vorbei, Gott sei Dank. Er war wieder der alte. Wenn er sich jetzt vornahm, sie zu besitzen, dann würde er es mit Verstand, mit Logik und nur mit dem nötigen Engagement vollziehen. Kein Außer-sich-sein, keine Raserei. Sie würde ihn nicht mehr bis zu dem Punkt durcheinanderbringen, an dem er völlig außer sich geriet. Mit einem letzten Handgriff trocknete er sie noch einmal ab, dann warf er das Handtuch achtlos fort. Gerade im Begriff, sie aufzufordern, sich zu erheben, fiel sein Blick auf sie herunter. Er fühlte, er konnte die Augen nicht von ihr abwenden. Seine Ruhe war von einem Augenblick zum anderen verflogen. Mit seiner Pflicht war es vorbei und mit seiner Beherrschung auch. Er konnte einfach nicht aufhören, sie anzusehen. Seine Finger bebten alleine durch die Nähe ihres Körpers. Ihr Fleisch war weich, rosig und warm. Er merkte, wie er zu zittern begann. Nein, der Anblick einer nackten Frau würde ihn gewiß nicht zum Zittern bringen. Das war nie zuvor geschehen. Seine Finger gruben sich leicht in ihre Innenschenkel. Er wollte sie streicheln, sie mit seinen Fingerkuppen und seinem Mund liebkosen. Und er wollte ihre Brüste umfassen, seine Hände mit ihren Brüsten füllen. Er wünschte sich, an ihnen zu saugen, seine Wange gegen das samtene Fleisch zu drücken und ihren Herzschlag an seinem Gesicht zu spüren.

Er zog die Luft tief ein. Es war ärger noch als in der Nacht zuvor: die lähmende Lust, dieses nie gekannte Drängen – sie machten aus ihm einen Wilden, einen Mann, den er selbst nicht wiedererkannte, einen Mann, den er vom Verstand her nicht akzeptieren konnte. Das Blut pochte an seinen Schläfen, in seinen Muskeln. Sein Glied spannte sich und pulsierte. Die Begierde nach ihr war übermächtig. Er begann zu beben. Er stöberte vergeblich nach einem Rest von Verstand in seinem Kopf, aber kein Fünkchen war mehr vorhanden.

»Gottverdammich«, rief er und fiel weich auf sie, wobei er mit seinem Körper ihre Beine noch weiter auseinanderdrückte.

»Heb deine Hüften hoch«, murmelte er und stemmte sie mit seinen großen Händen in die Höhe. Er keuchte und stand kurz davor, vor Lust zu vergehen, stand kurz vor seinem Samenerguß und – er konnte es nicht begreifen – drang plötzlich mit einem harten Stoß in sie ein.

Alexandra schrie überrascht.

Douglas erstarrte, nur einen Augenblick lang. Sie fühlte sich heiß und eng an. Er spürte, wie ihr Körper sich ihm anpaßte. Also mußte auch von ihr aus ein Verlangen nach ihm bestanden haben. Kein Widerstand, nur weiche Nachgiebigkeit. Er fühlte jede einzelne Bewegung von ihr. Es war köstlich. Alles, was er je begriffen hatte, löste sich in Nichts auf. Er bäumte sich hoch und drang tiefer und immer tiefer in sie ein. Sie weinte. Die kleinen abgehackten Schluchzer brachten so etwas wie Bewußtsein bei ihm zurück. Er war tief, unendlich tief in ihrem Leib. Doch es genügte ihm nicht. Er wollte seine Zunge in ihren Mund legen, wollte ihre wogenden Brüste fest an seiner Brust fühlen.

»Alexandra.«

Sie öffnete die Augen.

»Bitte, beweg dich nicht. Tue ich dir weh?«

»Nein, nicht eigentlich. Nur weiß ich nicht, was als nächstes passieren wird. Das macht mir angst.«

»Ich verspreche dir, beim nächsten Mal werde ich ganz langsam sein. Das schwöre ich dir, nur dieses Mal nicht. Bitte, beweg dich nicht. Wenn du es tust, verliere ich den Verstand. Begreifst du das?«

Sie sah ihn an und begriff nichts.

»Sag einfach, daß du es tust.«

»Ich verstehe.«

»Gut. Nicht bewegen. Ich weiß nicht, was mit mir los ist. Das habe ich noch nie so intensiv erlebt. Es ist mir unerträglich, doch ...« Er fühlte ihre Muskeln sich enger um ihn zusammenziehen. Aufstöhnend spannte er sich und bewegte sich auf und ab. Mit geschlossenen Augen stieß er einen Fluch aus. Er drängte sich tief in sie hinein. Er entzog sich, nur um wieder nach vorne zu schnellen. Seine Hände hielten ihre Hüften umklammert und hoben sie weiter hoch.

Er brüllte, als der Höhepunkt ihn übermannte, brüllte wie ein Wahnsinniger, brüllte, wie niemals zuvor im Leben. Dann lag er in voller Länge auf ihr. Er küßte sie, als wollte er sie verschlingen. Er kostete ihre Tränen und spürte ihre Wärme in seinem Mund. Immer noch bewegte er sich in ihr. Es war unfaßbar. Er konnte es nicht begreifen. Und es hörte nicht auf.

Schließlich kam er etwas zur Ruhe, doch blieb er auf ihr liegen. Schon wieder war es ihm passiert. Wieder hatte er die Beherrschung verloren, wieder hatte er vergessen, wer und was er war. Und ausgerechnet diese Frau hatte ihn in diese mißliche Situation gebracht. Das würde er nicht einfach so hinnehmen. Er runzelte verärgert die Stirn. Sie weinte, sie war bleich, die roten Haare fielen ihr in wildem Durcheinander ins Gesicht.

»Tut mir leid«, sagte er und zog sich aus ihr heraus. »Beim nächsten Mal, das schwöre ich, werde ich langsamer sein. Du wirst dich nicht mehr fürchten müssen. Verzeih mir.«

Er stand da, immer noch keuchend, und blickte auf ihre gespreizten Beine. »Verzeih mir«, wiederholte er, »aber ich kann nicht...«

Abrupt wandte er sich um, sein Morgenmantel öffnete sich. Da hielt ihn eine scharfe und sehr zornige Stimme zurück. »Wenn du jetzt wieder das Weite suchst, Douglas Sherbrooke, dann schwöre ich, verlasse ich Northcliffe Hall und mache mich auf den Weg nach London, um jedem dort zu erzählen, daß du ein mieser Kerl und kein guter Liebhaber bist. Allen Damen werde ich erzählen, daß du nicht über die geringste Beherrschung verfügst und daß du ein vollkommen Wahnsinniger bist, daß du an niemanden außer an dich denken kannst. Ach ja, und daß du sehr behaart bist und sehr viel schwitzt!«

»Zum Teufel mit dir, es ist deine Schuld! Wenn du nicht so…«

»So was? Wenn ich nicht so außerordentlich schön wäre? So vollkommen?«

»Na ja, das bist du nicht, eigentlich nicht, nur daß… die Schuld liegt bei dir. Keine Frau hat je so einen Narren aus mir gemacht, zu so einem völlig unbeherrschten Esel, und weiß Gott, du bist nicht deine Schwester, daher…«

»Nein, ich bin nicht meine verdammte Schwester! Ich bin nur ich, und du kannst dich nur mit Mühe überwinden, mich anzuschauen!«

»Was allerdings schon gründlich widerlegt worden ist. Ich brauche dich bloß anzuschauen und schon benebeln sich meine Sinne. Na ja, vielleicht nicht dein Gesicht, aber der Rest von dir. Das bist ja auch du. Du mußt eine Hexe sein. Du hast mich fertiggemacht. Es muß an den Brüsten liegen. Doch da sind noch deine Schenkel, dein Bauch und… Was hast du mit mir angestellt?«

»Bis jetzt noch nichts. Doch eines kann ich dir sagen, ich überlege mir ernsthaft, ob ich ein scharfes Messer nehmen soll, um deine elende Kehle aufzuschlitzen!«

»Wage es ja nicht, mir zu drohen! Teufel auch! Der Herr im Himmel weiß, es ging mir viel besser, ehe du dich in mein Leben gedrängt hast! Wenigstens wußte ich, wer ich war, und kannte die Gründe, warum ich das tat.«

Wenigstens zog er sich diesmal nicht in ihr Zimmer, sondern in seines zurück, dachte sie. Dabei starrte sie auf die Türe, die soeben zugeschlagen worden war.

Sie zog die Beine zusammen. Es schmerzte sie tief in ihrem Leib. Die Muskeln ihrer Schenkel brannten. Sie war keine Jungfrau mehr. Hätte sie sich nicht an die unvorstellbare Lust der vergangenen Nacht erinnert, sie hätte ihn gewiß als rücksichtsloses Tier verflucht. Doch so arbeitete sie sich nur aus der verkrumpelten Tagesdecke heraus. Sie war wirklich in einem schlimmen Zustand. Er hatte recht gehabt.

Sie gab der Glockenschnur einen kräftigen Ruck.

Eine knappe Stunde später tauchte Alexandra aus ihrem Schlafzimmer auf und entdeckte Douglas, der an der gegenüberliegenden Wand zwischen zwei Sherbrooke-Porträts mit gekreuzten Armen gelehnt stand.

»Du hast eine gute Weile gebraucht«, sagte er und stieß sich leicht von der Wand ab. »Ich nehme an, du möchtest jetzt frühstücken?«

»Warum nicht? Vielleicht hat deine Mutter etwas Rattengift unter meine Rühreier gemischt.«

»Ich werde von deinem Teller essen, so wie ich in deinem Bett geschlafen habe. Ich werde dein königlicher Vorkoster sein. Im übrigen, dieses Kleid ist einer Countess of Northcliffe völlig unwürdig.«

»Laß mir nur eine Minute Zeit, dann fange ich zu bitten und betteln an.«

»Nein, nicht nötig. Da ich dich akzeptiere, nun, dann muß ich dich wohl oder übel auch passend einkleiden. Besonders mißfällt mir, wie deine Kleider deine Brüste zusammendrükken. Das kann außerdem nicht gesund sein. Nicht, daß sie in den neuen Kleidern offen zur Schau getragen werden sollen, aber ein kleiner Ausschnitt wäre recht hübsch. So muß ich mich nicht ganz auf meine Fantasie verlassen, um ...«

»Was suchst du überhaupt hier?«

Er grinste sie an und bot ihr seinen Arm. »Ich dachte, vielleicht brennst du wieder durch. Du hast Feuer gespuckt, als du so mit weit gespreizten Beinen auf dem Rücken lagst. Ich kann es nicht zulassen, daß du nach London fährst und allen Damen erzählst, wie ich mich verhalten habe.«

Sein Grinsen wurde noch breiter. »Gewiß, sie würden dir nicht glauben. Niemals. Sie würden dich auslachen. Sie würden dich für eine eifersüchtige Frau und eine Lügnerin halten.«

Sie würdigte ihn keines Blicks. »Ich reise nach London ab, sobald ich mich vergewissert habe, daß sich deine Schwester nicht in der Nähe aufhält.«

»Du wirst nicht abreisen.«

»Hör auf, mit den Zähnen zu knirschen, es nützt dir alles nichts. Ich werde genau das tun, was ich will.«

Er sagte ruhig: »Vielleicht erwartest du ein Kind.«

Blitzschnell wandte sie sich um und starrte entgeistert zu ihm hoch. »Nein, unmöglich. Du kannst doch nicht so schnell Erfolg gehabt haben. Nein, das kann nicht wahr sein. Das hast du dir nur ausgedacht, damit ich spure. Stimmt's?«

»Wäre sehr gut möglich.« Er legte eine Hand mit gespreizten Fingern auf ihren Bauch. »Zweimal habe ich meinen Samen in dir vergossen. Erzähl mir nicht, daß beide Male so wenig erinnerungswürdige Erfahrungen waren, daß du sie einfach schon aus deinen Gedanken verbannt hast.«

»Wie könnte ich? Beim ersten Mal hast du mir weh getan, und beim zweiten Mal hast du dich wie ein keulenschwingender Wilder aufgeführt.«

Douglas zog die Stirn in Falten und nahm seine Hand weg. »Na ja, das war nicht meine Absicht. Und was das erste Mal betrifft, lügst du. Du hast gejuchzt wie eine ...«

»Genug! Wenn das als eine Art Entschuldigung gelten sollte, dann laß dir gesagt sein, Mylord, sie ist mehr als unzureichend. Doch wenigstens hast du nicht wieder mir die Schuld zugeschoben.«

Er sah sie finster an. »Ich wäre noch der alte, wenn es dich hier nicht gäbe. Also was soll ich tun?«

»Was mich betrifft, ich gehe schnurstracks ein Messer wetzen.«

Douglas grinste. In dem Augenblick sah er seinen Cousin vom anderen Ende des Korridors auftauchen. »Ah, wenn das nicht Tony ist, dieser verräterische Schurke. Ich wünschte, du würdest mir nicht unter die Augen treten. Wo ist deine Frau?«

Tony lächelte müde und glücklich. »Sie schläft noch und träumt gewiß von mir.«

Douglas' Grinsen ging über in eine knurrige Miene. Das machte Alexandra wütend, sie konnte sich einfach nicht zurückhalten und versetzte ihm einen Fausthieb in den Magen.

Nach Luft ringend, lächelte er noch unter Schmerzen.

»Tony solltest du angreifen, nicht mich, deinen Ehemann, der dir gestern nacht Lustschreie entlockt hat.«

»Aha«, sagte Tony und studierte Alexandras zutiefst betretenes Gesicht. »War auch an der Zeit, Douglas.«

Alexandra kam mit diesem unmöglichen Mann an ihrer Seite einfach nicht zurecht. Hatte er denn überhaupt kein Schamgefühl, keinen Takt?

»Ich nehme an, Mylord, ich bin selbstverständlich für deine verächtlichen Worte verantwortlich. Sag jetzt nichts mehr, und du auch nicht, Tony.«

»Ein Eheweib ist keine schlechte Einrichtung«, bemerkte Tony schmunzelnd, während er neben Alexandra schritt. »Sie ist stets an deiner Seite, allzeit bereit, geküßt und gekrault zu werden.«

»Eine Frau ist kein Haustier.«

»Aber nein, sie ist viel mehr als ein Haustier. Wie denkst du darüber, Douglas?«

Alexandra hatte den Eindruck, daß sich Douglas ausschließlich auf die Treppe konzentrierte und Tony gar nicht beachtete. Wahrscheinlich war er in Gedanken bei Melissande, dieser Esel. Mürrisch sagte er: »Sind Onkel Albert und Tante Mildred immer noch da?«

Tony gähnte und kratzte sich am Ellbogen. »Nehme ich doch an. Es ist schließlich dein Haus. Du bist der verdammte Gastgeber. Du solltest eigentlich wissen, wer gerade unter deinem Dach weilt.«

»Du weilst auch gerade hier, und, weiß Gott, ich wünschte, du tätest es nicht.«

Für eine echte Klage war dies zu wenig überzeugend vorgebracht, das erfreute Tony. »Aber, aber, lieber Cousin. Ich hätte gedacht, am heutigen Morgen wäre alles vergeben und vergessen. Schließlich hast du endlich Alexandra genommen, wie ein Mann seine Braut nehmen muß, und nach ihrem Aussehen und nach deinem zu schließen, würde ich sagen ...«

»Sag es nicht, Tony!«

»Tut mir leid, Alex, tut mir leid. Nun, Douglas, ich denke,

ich werde Melissande am Freitag nach Strawberry Hill bringen. Freut dich das?«

»Das sind noch drei weitere Tage in deiner verfluchten Gesellschaft!«

»Und der meiner Schwester«, erwiderte Alexandra. »Du solltest mit dem Geschäft zufrieden sein. Du kannst apathisch herumsitzen, düsteren Gedanken nachhängen und ein melancholisches Gesicht machen.«

»Ich wüßte es wahrhaft zu schätzen, wenn es dir gelänge, deine Zunge im Zaum zu halten, Madam.«

»Ich habe bei Douglas noch nie gesehen, daß er wegen einer Frau düsteren Gedanken nachhängt, Alex. Dazu ist er viel zu stolz.«

»Hallo! Guten Morgen, Alexandra! Meine Güte, siehst du blaß aus. Hast du nicht gut geschlafen? Piesackt dich Douglas wieder? Guten Morgen, Gentlemen.«

Alexandra blickte auf ihre aufgekratzte, junge Schwägerin, die gesund, munter und gräßlich beschwingt wirkte. Sie seufzte.

»Hallo, Sinjun.«

»Guten Morgen, Range«, sagte Tony.

Douglas brummte irgend etwas zu seiner Schwester hin.

»Ist deine Mutter im Frühstückszimmer?« erkundigte sich Alexandra.

»Aber nein, es ist noch viel zu früh für Mutter. Sie steht erst kurz vor zwölf auf. Komm schon, Alexandra, kein Grund, hier herumzutrödeln. Nur Tante Mildred ist da. Sie ißt eine Menge, also wird sie nicht viel sagen. Komisch, nicht wahr? Dabei ist sie so dünn.«

Wieder seufzte Alexandra.

»In der Früh gleicht Mutter einer Zitrone. Tante Mildred eher einer Pflaume.« Sinjun runzelte die Stirn, dann bemerkte sie zu ihrem Bruder:

»Schwer, sich vorzustellen, wie eine Pflaume viel in sich hineinfuttert.«

»Du bist heute nicht gerade sonderlich gut gelaunt, Douglas. Hat Tony dich wieder auf die Palme gebracht? Schenk ihm keine Beachtung. Ich bin so froh, daß du wieder zu Hause bist und mit Alex verheiratet bist. Reiten wir nach dem Frühstück aus?«

»Warum nicht?« meinte Alexandra. »Ich möchte die Straße kennenlernen, die direkt nach London führt.«

Tante Mildred war tatsächlich mit zwei großen Keksen beschäftigt, die vor Butter und Honig nur so troffen. Sie warf Alexandra einen Blick aus gesenkten Augen zu, sagte jedoch kein Wort.

Alexandra fühlte Douglas Hand an ihrem Ellbogen. Sie hielt inne und sah ihn an. »Es ist an der Zeit, daß du an deinem dir angemessenen Platz sitzt.«

Sie heftete die Augen auf den Stuhl der Gräfin. Ein leichtes Frösteln durchfuhr sie. »Aber das ist doch nicht nötig und...«

»Gar nichts, und. Sei still und tu, was ich dir sage. Es wird eine neue Erfahrung für dich sein. Hier, setz dich.«

»Du siehst sehr gut auf diesem Stuhl aus«, bemerkte Sinjun. »Mutter wird zwar mit den Zähnen knirschen, aber es ist ja nur recht und billig, daß Douglas' Frau den Vorrang bekommt. Du bist jetzt hier die Herrin. Und, laut Douglas, muß ein Sherbrooke stets seine oder ihre Pflicht erfüllen und Verantwortung übernehmen.«

»Schade, daß mein Cousin keiner der berühmten Sherbrooke-Maximen befolgt hat, diese heimtückische Kanaille.«

Tante Mildred sagte zu niemanden besonderen: »Sie ist zu klein für den Stuhl.«

Douglas lächelte über die Länge des Tisches hinweg zu seiner Frau hinüber. »Möchtest du auf einem Kissen sitzen?«

Sinjun sagte: »Ich finde, Tante, dieser Stuhl hat genau die richtige Größe für Alex. Ich muß ehrlich sagen, Mutter ist zu breit für den Stuhl. Der Stuhl im offiziellen Speisezimmer müßte allerdings für Alex gepolstert werden.«

»Ganz recht, Sinjun«, bekräftigte Tony.

»Niemand hat dich nach deiner Meinung gefragt, Anthony«, ermahnte ihn Tante Mildred. »Du hast dich abscheulich benommen. Das muß ich wirklich sagen! Zwei Mädchen zu heiraten und das falsche Douglas zu überlassen.«

»Der Keks schmeckt famos«, meinte Sinjun und bot ihrer Tante einen an.

»Bitte, sprich nicht so über meine Frau, Tante«, bemerkte Tony. »Du mußt wissen, sie braucht die Luft, die ich atme; sie verzehrt sich vor Sehnsucht nach mir, wenn ich nur einen einzigen Augenblick von ihr fort bin, sie …«

»Ich finde, wir sollten Alexandra heute eine Stute kaufen, Douglas«, warf Sinjun ein und wedelte mit einem weiteren Keks in Richtung Tony. »Außerdem, Douglas, am Frühstückstisch kannst du Tony schlecht verprügeln. Übrigens bin ich gestern Tom O'Malley begegnet. Er hat mir alles über deinen und Alex' Besuch berichtet, daß du sie so hingebungsvoll gepflegt und daß du ihm ein neues Bett geschickt hast. Er sagte, es sei himmlisch und gewiß das erste Bett, das ihm gehört und länger ist als er. Ah, da ist ja Hollis. Seine Lordschaft braucht dringend Kaffee, Hollis.«

»In der Tat, ich sehe, er braucht dringend einen«, stimmte ihr Hollis zu und goß die duftend-heiße Flüssigkeit aus einer zierlichen Kanne ein. »Möchte Ihre Ladyschaft auch welchen?«

Alex fuhr zusammen. *Ladyschaft!* Sie blickte in Hollis' gütiges Gesicht. »Bitte etwas Tee, Hollis. Mir ist nicht nach Kaffee.«

»Ich denke, junge Dame, du sitzt auf meinem Stuhl!«

»O je«, rief Sinjun, »jetzt wird's interessant. Dabei ist es weit vor zwölf Uhr mittag.«

Die verwitwete Countess of Northcliffe gab ein beeindrukkendes Bild der Empörung ab. »Halt augenblicklich den Mund, Joan, sonst bekommst du bis Ende des Jahres Stubenarrest in deinem Schlafzimmer. Es ist mir nicht entgangen, wie du diese junge Frau in ihrer Frechheit unterstützt. Nun, und was dich betrifft, du erhebst dich auf der Stelle von diesem Stuhl.«

Kapitel 16

Das plötzliche Schweigen erstickte jedes Geräusch im Frühstückszimmer.

Alexandra blickte zu Douglas hinüber, der vollkommen regungslos, die Gabel starr in die Luft gerichtet, auf seinem Stuhl saß. Er nickte ihr unmerklich zu. Nun gut, er überließ es ihr und würde sich nicht einmischen. Sie schluckte schwer, dann wandte sie sich an ihre Schwiegermutter.

Mit sanfter Stimme erklärte sie: »Wie Sie wohl wissen, lautet mein Name nicht ›junge Dame‹, sondern Alexandra. Genauer gesagt, Lady Alexandra. Ich bin die Tochter eines Herzogs. Wenn wir uns in Charlton-House befänden, stünde ich rangmäßig über Ihnen. Selbst wenn ich durch meine Heirat in meinem Stand etwas gesunken bin, rangiere ich dort trotzdem noch über Ihrem. Nun sind Sie aber meine Verwandte und sehr viel älter als ich. Demnach schulde ich Ihnen den gebührenden Respekt. Zwar habe ich nie verstanden, warum das Alter Respekt verlangt, aber so sind die Dinge nun mal. Nun denn, würden Sie mich also bitte Alexandra oder Lady Northcliffe nennen?«

Die alte Countess of Northcliffe war nicht so leicht unterzukriegen. Doch spürte sie sehr wohl den eisernen Willen des Mädchens, das da auf dem Stuhl saß – auf ihrem Stuhl! – und sah sich nun gezwungen, ihre gesellschaftliche Position neu zu bestimmen. Ihr Sohn äußerte kein Wort dazu. Er verteidigte sie nicht einmal, seine eigene, liebe Mama. Die Witwe holte tief Luft, doch Hollis kam ihr zuvor, der seelenruhig bemerkte: »Mylady, die Köchin hat für Sie heute morgen ein Mandelgebäck mit Zimt bereitet. Es schmeckt geradezu köstlich, und sie wartet begierig auf Ihre Meinung. Hier, Mylady, bitte setzen Sie sich auf diesen schönen Stuhl, der so einen reizenden Ausblick auf den östlichen Teil des Rasens bietet. Sehen Sie doch, wie die Pfauen heute morgen herumstolzieren. Ich habe diesen Stuhl immer für den bestplazierten am Tisch gehalten.«

Die Witwe war unschlüssig, wie sie sich verhalten sollte. Sie konnte doch ihrer heuchlerischen Schwiegertochter nicht kampflos das Feld überlassen! Alexandra klatschte begeistert in die Hände: »Ich würde auch so gerne die Pfauen sehen, Hollis. Haben sie ein Rad geschlagen? Wie wunderbar! Ma'am, würde es Ihnen etwas ausmachen, wenn ich mich heute morgen dort hinsetzte, damit ich die Tiere beobachten kann? Vorhin habe ich schon bemerkt, an welch ausgezeichnetem Platz der Stuhl steht.«

Darauf erwiderte die verwitwete Gräfin mit aufgeregt bebenden Fettwülsten unter ihrem Kinn: »Nein, ich möchte mir diese Vögel heute früh ansehen. Sie sind sehr unterhaltsam. Nun, Hollis, ich warte darauf, daß man mich zu meinem Stuhl geleitet und mir das Nußgebäck reicht.«

Douglas war beeindruckt, zutiefst beeindruckt sogar. Er warf einen Blick auf Alexandra, doch die hielt den Kopf gesenkt. Auch das beeindruckte ihn. Kein Sich-Brüsten, kein Triumphieren über diesen kleinen, wenn auch recht entscheidenden Sieg. Mit Hollis' Hilfe hatte sie erfolgreich vermieden, das Frühstückszimmer in ein Schlachtfeld zu verwandeln. Nun bemerkte er: »Nach dem Frühstück besuchen Alexandra und ich die Branderleigh Farm, um eine Stute zu kaufen. Sinjun, möchtest du uns begleiten?«

Sinjun, den Mund voller Räucherhering, konnte nur zustimmend nicken. Es war Melissande, die, im Türrahmen stehend, entzückt bemerkte: »Oh, wie wunderbar! Tony, möchtest du mir nicht auch eine Stute kaufen? Ich hätte gerne eine weiße Stute, schneeweiß, mit einer ganz weißen Mähne.«

Sie sah so überaus schön aus, daß Douglas sie für einige Augenblicke reglos ansah. Ihr Morgenkleid war blaßblau und, zugegeben, sehr schlicht, doch mehr war auch nicht nötig. Ein blaues Band war durch ihre dichten schwarzen Locken geflochten. Sie wirkte zierlich, zart und unendlich verführerisch.

»Und dazu vielleicht ein neues Reitkostüm, Mellisande?« fragte Sinjun. »Ganz weiß mit einer giftgrünen Feder am Hut. Oh, das stünde dir hervorragend. Und dann auf einem kostbaren Sattel mit einem weißen Pferd. Ah, du würdest wie eine Märchenprinzessin aussehen.«

»Weiß macht sie fahl«, bemerkte Tony lakonisch, während er etwas Rührei auf seinem Teller häufelte.

»Fahl! Ich bin niemals fahl! Willst du damit sagen, daß ich irgendwie eine scheußlich gelbe Hautfarbe habe? Also wirklich, das ist ja vollkommen lächerlich. Ich sehe nie, nie fahl aus.«

»Bist du sicher, Mellie? In diesem Fall sagt dir dein Spiegel nicht die Wahrheit. Du solltest beizeiten lernen, deinem Mann zu vertrauen. Ich habe einen sehr feinen Geschmack, mußt du wissen. Übrigens habe ich vor, alle deine kindischen Nachthemden wegzuwerfen. Nichts Weißes mehr. Ich denke da an Blaues und Grünes – alles in Seide und Satin, natürlich – mit den dazupassenden Pantöffelchen. Was hältst du davon, Schatz?«

Melissande steckte etwas in der Klemme. »Ich sehe nie gelb aus«, bekräftigte sie erneut, »doch sicher würden mir neue Sachen gefallen.«

»Dachte ich mir doch. Nach unserem Aufenthalt in Strawberry Hill, der so lange dauern wird, wie ich es für richtig halte, brechen wir nach London auf. Dort kannst du dann die Herzen junger Männer mit deiner einmaligen Schönheit und deinen Seiden- und Satingewändern reihenweise brechen.«

»Ich will aber sofort nach London, Tony!«

»Möchtest du ein Brötchen, meine Liebe?« warf die alte Countess of Northcliffe ein.

Douglas blickte zu Melissande und verzog dabei das Gesicht. Sinjun bemerkte es und lächelte.

»Du solltest allen deine hübschen Aquarelle zeigen, Mellie«, meinte Tony, während er seine junge Frau dabei beobachtete, wie sie mit wunderschönen schlanken Fingern das Brötchen anmutig auseinanderbrach. »Douglas, sie hat einige von Northcliffe gemalt. Ich denke, du wirst beeindruckt sein.«

Melissande ließ das Gebäck sinken, strahlte ihren Mann an und lehnte sich mit glänzenden Augen zu ihm herüber: »Gefallen sie dir tatsächlich, Tony? Ehrlich? Es ist schwierig, weißt du, mit dem sich ständig ändernden Licht, besonders in der Nähe des Ahornwäldchens. Soll ich versuchen, die Pfaue zu malen, die alle so gerne sehen wollen?«

»Ich weiß nicht recht«, erwiderte er und sah sie nachdenklich an. »Vielleicht beginnst du mit der Stute, die ich dir kaufen will. Aber bitte keine weiße Stute, Mellie, vielleicht eine Braune mit weißem Fuß. Ich mag es nicht, wenn du trivial wirst.«

»Trivial! Ich bin nie – was genau willst du damit sagen?«

»Ich will damit sagen, es würde dir dann an Originalität mangeln. Du wärst dann alltäglich, bloßer Durchschnitt.«

Daraufhin runzelte Melissande die Stirn, doch bald schenkte sie ihrem Mann wieder ein wunderschönes Lächeln. »Nun denn, Mylord. Suche du eine Stute für mich aus, die etwas Besonderes ist.«

»Gut, das werde ich. Du wirst lernen, mir in Zukunft zu vertrauen, denn ich tue nur das, was dir zum Vorteil gereicht.«

Melissande nickte nachdenklich.

Sinjun warf Alexandra einen spitzbübischen Blick zu.

Die verwitwete Countess of Northcliffe bemerkte mit tragender Stimme zu Tante Mildred: »Nach dem Frühstück wünsche ich mich mit dir über Lady Juliettes Ankunft zu unterhalten. Wir müssen eine kleine Soiree für sie geben, meinst du nicht? Ihr hoher Stand verlangt nach gebührender Anerkennung, und nun, da Douglas sie nicht mehr heiraten wird, da muß ...«

O je, dachte Alexandra und starrte zu Douglas hinüber, der bereit schien, Gift und Galle über seine reizende Mutter zu spucken. Alexandra kam ihm zuvor: »Auch ich möchte gerne allen Nachbarn vorgestellt werden. Ein Empfang für Juliette wäre genau das richtige, um uns gegenseitig kennenzulernen.«

»Der Empfang findet statt, um meine Frau vorzustellen«, erklärte Douglas, und in seiner Stimme schwang die Kälte und Strenge eines Richters. »Lady Juliette, die, wie es die Höflichkeit von uns verlangt, für einige Tage unser Gast sein wird, wird natürlich selbstverständlich eingeladen sein. Unter gar keinen Umständen, Mutter, wirst du aber eine Andeutung machen, daß es ein Fest ihr zu Ehren ist. Hast du mich verstanden?«

»Die Pfaue haben aufgehört, ein Rad zu schlagen«, bemerkte die verwitwete Countess of Northcliffe und erhob sich von ihrem Sitz. Ihr Abgang aus dem Frühstückszimmer verlief majestätisch.

Tony verschluckte sich beinahe beim angestrengten Ernstbleiben an seinem Kaffee.

Kaum eine Stunde später kam Lady Juliette schon an, kurz bevor sich Alexandra zur Branderleigh Farm aufmachen wollte.

Sinjun stöhnte hinter Alexandras Rücken. Auch sie hätte am liebsten aufgestöhnt, aber sie war die Ältere und zudem Ehefrau. Also straffte sie den Rücken und holte tief Luft.

»Der Besenstiel ist wieder da, wie ich sehe«, stellte Douglas trocken fest, als er neben ihr auf der obersten Stufe der breiten Treppe stand, die zur kiesbestreuten Einfahrt des Anwesens führte.

»Was redest du da?«

Er winkte ab. Dann beobachtete er die junge Frau, der ein Lakai in gelb-weißer Livree behutsam beim Aussteigen aus der herzoglichen Kutsche half. Ein weiterer Lakai plazierte ein Treppchen unter ihre zierlichen Füße. Nach ihr entstieg der Kutsche eine sauertöpfisch dreinblickende Zofe, die eine riesige Schmuckschatulle an ihren mageren Busen preßte.

»Lady Juliette, Tochter des Marquess of Dacre«, verkündete der Lakai.

»Müssen wir einen Knicks machen?« zischte Sinjun, die hinter ihrem Rücken stand, durch die Zähne. »Vielleicht gar ihre Gunst erflehen?«

»Halt den Mund«, mahnte Douglas sie.

Die verwitwete Countess of Northcliffe empfing Juliette überschwenglich. Bald war offensichtlich, daß Lady Juliette nicht nur überaus schön, sondern auch sehr überzeugt von der Wichtigkeit ihrer Person war. Sie wirkte äußerst angetan über ihren Aufenthalt auf Northcliffe Hall – bis zu dem Augenblick, als sie Melissande erblickte. Während sie den unerwarteten Gast anstarrte, erklärte die alte Gräfin: »Nun, meine liebe Juliette, unser Douglas hat sich vermählt. Es war ja so eine Überraschung, aber Sie werden verstehen, daß...«

Lady Juliette sah die alte Gräfin mit großen Augen entgeistert an. Sie fühlte sich blamiert. Der elende Graf hatte einfach geheiratet, ohne vorher sie, Juliette, die schönste junge Dame dreier Grafschaften, gesehen zu haben! In einem Anflug von Ehrlichkeit mußte sich Juliette jedoch innerlich eingestehen, daß diese Melissande, die frischvermählte Frau des Grafen, wahrscheinlich die schönste junge Dame von beinahe ganz England war. Diese Ehrlichkeit wandelte sich umgehend in Feindseligkeit und Haß. Er hatte diese junge Dame schöner gefunden als sie und sie zu seiner Frau gemacht. Das war untragbar. Dieser Schuft. Er verdiente es, von der Schwertspitze ihres Vaters durchbohrt zu werden.

»Wo ist Douglas Ihnen begegnet?« erkundigte sie sich und blickte Melissande direkt in die Augen.

»Er ist mir vor drei Jahren begegnet, als er wegen einer Kriegsverletzung bei irgendeiner Schlacht wieder in England war. Den Namen der Schlacht habe ich vergessen.«

»Oh, Sie haben also aufgrund einer Familienvereinbarung geheiratet? Gab es vorher Verwicklungen?«

Melissande neigte ihr liebreizendes Köpfchen. »Aber nein, wir haben geheiratet, weil wir so wunderbar zusammenpassen.«

»Aber das ist doch unmöglich.«

Douglas und Tony traten gleichzeitig einen Schritt nach vorn. Tony erklärte ohne Umschweife: »Ich fürchte, meine liebe Lady Juliette, Sie haben voreilige Schlüsse gezogen. Melissande ist meine Frau. Alexandra, ihre Schwester, ist die Gräfin von Douglas.«

Ein Moment lastender Stille trat ein, auf die ein heilloses Stimmengewirr folgte. Schließlich übertönte Douglas' Stimme alle: »Seid bitte alle mal ruhig! Nun, Lady Juliette, darf ich Ihnen meine Frau vorstellen, Alexandra.«

Bei der Vorstellung musterte Juliette Alexandra und fühlte sich erheblich wohler. Mit einem glockenhellen Lachen bemerkte sie: »Ach ja, äußerst charmant, Mylord. Sie scheinen in nur allzu kurzer Zeit eine Frau gefunden zu haben. Das war wohl das Ergebnis einer alten familiären Vereinbarung. Manchmal ist es ratsam, sich Zeit zu lassen. Aber es ist ganz reizend, zu Gast auf Northcliffe zu sein.«

»Ja«, mischte Sinjun sich so laut ein, daß es auch alle hörten, »es stimmt, was Tony gesagt hat. Juliette ist sehr hübsch, aber was das betrifft, kommt sie tatsächlich erst an zweiter Stelle nach Melissande.«

Douglas hätte seiner Schwester am liebsten eine deftige Ohrfeige verpaßt.

Mit bedrückender Gewißheit wurde es Alexandra klar, daß dieser Gast nicht zur festlichen Stimmung beitragen würde.

Sie lächelte, als sie beim Eintreten ins Schloß überhörte, was Melissande Tony zuraunte: »Ist das nicht höchst merkwürdig? Sie mag mich nicht und kennt mich nicht einmal. Tony, ich weiß sehr wohl, daß ich schön bin, aber, nun, Schönheit ist vielleicht nicht alles ... na ja, und wenn schon, es gibt noch andere Dinge – wie den Charakter eines Menschen –, die man berücksichtigen sollte, findest du nicht?«

Tony küßte seine Frau vor aller Augen. »Du bist wunderbar, und dein Charakter wird in nächster Zukunft wahrscheinlich deiner Schönheit Konkurrenz machen.«

Sinjun flüsterte Alexandra zu: »Gut, daß Douglas das nicht gehört hat. Tony wägt genau ab, wie er Lob und Beifall verteilt. Er verhält sich sehr geschickt.«

»Entgeht dir eigentlich nichts?«

Sinjun machte ein verdutztes Gesicht. »Natürlich. Aber das hier ist wichtig, Alex, sehr wichtig. Man muß Douglas helfen, die Menschen richtig einzuschätzen.« Sie kicherte wie ein junges Mädchen. »Diese Juliette ist offensichtlich eine dumme Gans. Ich frage mich, ob sie ebenso dumm wie eingebildet ist. Douglas würde viel lieber ihr als mir eine Ohrfeige verpassen.«

»Sei dir da nicht so sicher«, erwiderte Alexandra. »Er weiß weibliche Schönheit zu schätzen.«

Sinjun warf ihr einen strengen Blick zu. »Jetzt benimmst du dich aber wie eine dumme Gans. Rede doch keinen Unsinn. Glaubst du, wir könnten Juliette meiner lieben Mutter und Tante Mildred überlassen und zur Branderleigh Farm reiten?«

»Das hoffe ich sehr.«

Es ergab sich keinerlei Möglichkeit zur Flucht. Zwei geschlagene, nie enden wollende Stunden lauschte Alexandra den Geschichten über jede einzelne Eroberung Juliettes während der Saison in London. Endlich wandte sie sich an Melissande, die gerade einen Finger Tonys untersuchte. »Wenn ich recht verstehe, müssen Sie nicht mehr an der Saison teilnehmen, Lady Rathmore. Sie haben das Glück, nach vielen vergeblichen Versuchen einen Ehemann gefunden zu haben.«

»Ja, ganz recht«, bestätigte Tony mit gebrochener Stimme.

»Sehen Sie sie an. So ausgemergelt, alt, mit langen, schwarzen Zähnen. Ich hatte große Mühe, sie vom Regal zu angeln. Sie stand ganz verstaubt oben und ganz weit hinten. Es hat alle meine Entschlußkraft gekostet, diesen wagemutigen Schritt zu unternehmen. Sogar jetzt noch versuche ich, sie davon zu überzeugen, einen Kissenüberzug über dem Kopf zu tragen, um die Welt vor ihrem Anblick zu verschonen. Tja, ich habe sie aus Mitleid zur Frau genommen. Ich vermute, daß jeder andere Mann auf dieser Welt auch Mitleid für sie empfindet, denn er braucht nur aus hundert Meter Entfernung einen Blick auf sie zu werfen, und schon wird er zum hoffnungslosen Narren und geht aller seiner fünf Sinne verlustig.«

Zu Alexandras Überraschung sah sie Melissande in Tonys Finger beißen und dann sanft ihre Wange an seiner Handfläche reiben. Alex' Blick schweifte zu Douglas, der, am Kaminsims mit gekreuzten Armen stehend, das vollkommene Bild eines höflichen Edelmannes abgab. Seine Augen wanderten von Juliette über Melissande zu Alexandra. Sein Gesicht war völlig ausdruckslos. Jedenfalls konnte sie nichts darin lesen. Just in diesem Augenblick verglichen zu werden, war einfach unerträglich. Höchste Zeit, etwas zu unternehmen und nicht wie ein Holzklotz zu verharren.

Lächelnd erhob sie sich und streckte Juliette die Hand hin. »Verzeihen Sie, wenn ich nach dem Abendessen sehen muß. Falls Sie irgend etwas brauchen, zögern Sie nicht zu fragen. Willkommen auf Northcliffe.«

Sie verließ den Raum, wohlwissend, daß das Gesicht ihrer Schwiegermutter ziegelrot vor Ärger angelaufen war. Sie hatte natürlich gelogen; sie hatte nicht im geringsten die Absicht, Mrs. Peachham aufzusuchen. Es war ihr sonnenklar, daß das von der Köchin zubereitete Abendessen sogar einen knochigen Asketen zur Völlerei verleiten würde.

Sie ging zu den Gärten, wo die zahlreichen griechischen Statuen aufgestellt waren. Der Boden war in einem miserablen Zustand. Sie würde mit Douglas darüber sprechen müssen. Seine Genehmigung war vonnöten, um den Gärtnern auf Northcliffe Beine zu machen, diesen faulen Kerlen. Es gab da einen besonders schönen Rosenstrauch, der total von Unkraut überwuchert war. Alexandra zögerte nicht. Ihr Kleid war ohnehin alt und laut Douglas recht unansehnlich. Sie kniete sich hin und begann das Unkraut auszurupfen. Bald trällerte sie vor sich hin, und nach kurzer Zeit fühlte sie sich ruhig und ausgeglichen. Juliette und sogar ihre Schwiegermutter hatte sie vergessen.

Es begann leicht zu nieseln. Die Erde weichte noch mehr auf, und Alexandra jätete und rupfte und klopfte liebevoll die Erde platt. Sie bemerkte nicht mal den Wassertropfen, der ihr von der Nasenspitze fiel.

Schließlich stand der Rosenstrauch vom Unkraut befreit. Er schien jetzt wie von innen heraus zu glühen. Die Blüten hatten nun ein kräftigeres Rot angenommen, sie wirkten größer, die Blätter grüner und üppiger.

Zufrieden setzte sie sich in die Hocke.

»Mein Gott.«

Immer noch lächelnd, wandte sie sich um und sah Douglas, der mit zusammengekniffenen Augen über ihr stand, die Hände in die Hüften gestemmt.

»Hallo. Ist er nicht wunderschön? Jetzt sieht er viel fröhlicher und gesünder aus.«

Douglas warf einen uninteressierten Blick auf den Rosenstrauch. Aber zumindest stimmte es, was seine Frau da sagte. Doch lenkte er seinen Blick auf die erdbeschmutzte Alexandra, deren Haare in langen, tropfenden Grüppchen am Kopf baumelten. Er verschwendete keinen Gedanken mehr an den Rosenstrauch. »Komm schon, es wird Zeit, daß du dich fürs Abendessen umziehst.«

»Wie hast du mich gefunden?« fragte sie und erhob sich. Ihre erdverschmutzten Hände wischte sie an ihrem ohnehin schon ruinierten Kleid ab.

»Melissande. Sie sagte, während sie die Dinge malt, bringst du sie zum Wachsen. Ich verfüge über genügend Gärtner. Es ist daher völlig überflüssig, daß du dich dreckig machst.«

Auf ihren gestrengen Blick hin, den sie ihm zuwarf, mußte er lachen.

»Die Gärtner nutzen dich aus, Mylord. Seit langer Zeit hat man schon nichts mehr in diesen wunderschönen Gärten gemacht. Es ist ein Skandal.«

»Ich werde mit Danvers darüber reden.«

»Ist er der Hauptgärtner?«

»Nein, er ist mein Aufseher. Zur Zeit ist er nicht da. Sein Vater ist krank, und er stattet ihm in Couthmouth einen Krankenbesuch ab.«

»Der Hauptgärtner trägt hier die Verantwortung, Mylord.«

»Nun gut, dann rede mit Strathe, wann immer es dir paßt. Sag ihm, du hast meine Erlaubnis. Komm schon, du mußt dich etwas herrichten.«

»Da gibt es nicht viel zu tun.«

Douglas runzelte die Stirn. »Ich habe mich jedes Mal gefragt, wenn ich deine Schwester sehe, warum sie im Gegensatz zu dir so erlesen angezogen ist.«

»Ich hätte eine neue Garderobe bekommen, wenn ich an der Saison teilgenommen hätte. Statt dessen hat mich Tony an dich verheiratet; keine Saison, keine neuen Kleider. Halte Melissande nicht für verwöhnt und verzogen. Die meisten ihrer Kleider stammen aus ihrer vergangenen Saison.«

»So ist das also zu sehen«, antwortete er, und Alexandra fragte sich, was denn so zu sehen wäre.

Das Abendessen mit den zwei hochkarätigen Diamanten, die beide am selben Tisch aßen, stellte sich als große Prüfung heraus. Juliette erzählte von Lord Melberry, der so hingerissen von ihr wäre, und dabei warf sie Melissande ein triumphierendes Lächeln zu. Melissande zuckte bloß mit den Achseln und erklärte, er langweile sie mit seinem ewigen Geschwätz über seine Nachkommenschaft. Schließlich würde ein Gespräch über die pralle Reife der Trauben auch nach zehn Minuten langweilig werden.

Dann erzählte Juliette, wie sie Lord Downleys Antrag zurückgewiesen und wie sehr sie ihn damit verletzt hätte. Melissande lachte nur und erklärte, Lord Downley würde jeder Frau einen Antrag machen, die von sich sagen konnte, sie brächte mehr als tausend Pfund Mitgift mit in die Ehe. Und so ging es in einem fort.

Endlich konnte Alexandra sich erheben und den Damen bedeuten, mit ihr in den Salon zu gehen. Dabei übersah sie den höchst empörten Blick ihrer Schwiegermutter. Sie eilte auf das Pianoforte zu und setzte sich. Bemüht, nicht auf die Gesprächsfetzen um sie herum zu achten, spielte sie ein paar französische Balladen.

»Meine Eltern empfinden große Zuneigung für mich«, verkündete Juliette. »So haben sie mir einen wunderschönen Namen gegeben. Lord Blaystock hat mir erklärt, sie müssen gewußt haben, daß ich so schön werde.« Sie richtete ihre eisgrauen Augen auf Alexandra, die etwas heftiger die Tasten betätigte. Juliettes Stimme wurde lauter: »Der Wunsch Ihrer Eltern ist anscheinend nicht in Erfüllung gegangen, denn Ihr Name klingt recht männlich, finden Sie nicht auch, Mylady?«

»Welche Lady?« erkundigte sich Sinjun. »Hier sind so viele.«

»Sie sind noch zu jung, um schon bei den Erwachsenen sitzen zu dürfen, finden Sie nicht? Natürlich beziehe ich mich auf Alex. Zweifellos ein männlicher Kosename.«

»Ich habe eine Freundin, deren Pferd den Namen Juliette trägt.«

»Joan! Sei still und entschuldige dich bei Lady Juliette.«

»Ja, Mutter. Verzeiht mir, Lady Juliette. Aber es ist ein sehr nettes Pferd, genauer gesagt, eine Stute. Sie hat die sanftesten Nüstern, die man sich vorstellen kann, und den kugeligsten Bauch der Welt. Ihr Schwanz ist dicht und lang, und zuckt jedes Mal hin und her, wenn die Fliegen im Stall herumschwirren.«

Douglas hörte den letzten Teil des Gesprächs und konnte ein Lachen nicht zurückhalten. Seine Schwester war die beste Waffe in seinem Arsenal. Ihre Fähigkeiten hatte er bisher noch nicht vollständig gekannt. Es freute ihn, daß er ihr heute abend die Erlaubnis gegeben hatte, länger unten zu bleiben.

»Joan! Douglas, bitte rede ein ernstes Wort mit deiner Schwester«

»Hallo, Sinjun. Schenk mir doch bitte noch Tee ein. Alexandra, spiel weiter. Du musizierst gut, es gefällt mir.«

Tony setzte sich neben seine Frau.

Der Abend, so mußte die alte Gräfin erkennen, drohte ein Reinfall zu werden. Also verkündete sie, man werde jetzt zur allgemeinen Unterhaltung Whist spielen. Douglas forderte Alexandra mit einem breiten Grinsen auf, seine Partnerin zu sein.

Ihre Gegenspieler waren Tony und Juliette. Douglas fragte sich, ob seine Frau tatsächlich eine so geschickte Spielerin war, wie sie behauptet hatte. Darüber wurde er nicht lange im Zweifel gelassen. Zählen konnte sie zwar nicht so gut, doch spielte sie mit Schwung und Fantasie und einer ihm nicht unähnlichen Strategie. Das ärgerte ihn einerseits, freute ihn aber auch zugleich.

Er fragte sich – dieser Gedanke schoß ihm nur kurz durch den Kopf –, wie gut wohl Melissande mit einem Sack über dem Kopf spielen würde. Er und Alexandra gewannen die meisten

Spiele. Tony stöhnte nur amüsiert, auch wenn Juliette ein gutes Blatt laut herausposaunte oder über ein schlechtes jammerte.

Douglas mußte sich die Karten vor das Gesicht halten, um sein verräterisches Grinsen zu verbergen, das ihn jedesmal überkam, wenn Alex Juliette besiegte. Die dumme Gans war zu einfältig, den Mund zu halten. Schließlich schleuderte Juliette die Karten hin, sprang auf und stampfte doch tatsächlich mit dem Fuß auf.

»Wie können Sie wissen, daß ich den Pikkönig in der Hand hielt? Das ist doch unmöglich. Warum spielen Sie das As aus, das taugt doch wirklich nichts. Es ist reine Glückssache, alles. Das liegt wohl an dem Sprichwort, Glück im Spiel, Unglück in der Liebe!«

Das ging entschieden zu weit. Douglas erhob sich und bemerkte mit eiskalter Stimme: »Ich denke, Sie sind erschöpft, Lady Juliette. Gewiß äußert ein ausgeruhter Kopf keine solch unbedachten Worte.«

Juliette schnappte nach Luft, hielt aber ihre Zunge im Zaum, ein äußerst seltenes Ereignis. Sie gewährte einem sehr beflissenen und zuvorkommenden Onkel Albert, sie aus dem Salon zu geleiten.

»Sie ist sehr schön«, bemerkte Sinjun ungerührt, »aber auch sehr dumm. Schade.«

»Warum schade, Range?« erkundigte sich Tony und grinste sie an.

»Ein bedauernswerter Gentleman, von ihrer Schönheit hingerissen, wird sie zu seiner Frau machen. Dann kommt das böse Erwachen, wenn er entdeckt, daß er eine dumme Frau ohne Herzensgüte geheiratet hat.«

Melissande stellte sich neben ihren Mann. Ihre Hand ruhte leicht auf seiner Schulter. Er streichelte sie ganz automatisch. »Du tust mir leid, daß du gegen Alexandra spielen mußtest. Sie ist ein Teufelsweib. Papa hat es ihr beigebracht. Reginald wollte ihr das Falschspielen zeigen. Darin war sie aber nie besonders gut. Jedes Mal, wenn sie es versuchte, wurde sie rot.«

»Man muß ihr das Zählen besser beibringen«, sagte Douglas beiläufig.

»Dafür – und für andere Dinge bist du nunmehr verantwortlich, bester Cousin«, erwiderte Tony, erhob sich und verneigte sich vor Alexandra. Dann wünschte er dem Rest der Gesellschaft eine gute Nacht.

Alexandra stieß einen Seufzer aus, als sie und Douglas die Treppen hochstiegen.

»Ein langer Abend. Das gebe ich zu.«

»In der Tat«, sagte sie, und ihre Stimme klang auf einmal etwas dünn. Würde er darauf bestehen, wieder zu ihr zu kommen? Ihre Schritte verlangsamten sich.

Mitten im Korridor hielt Douglas inne, packte sie an den Schultern und sagte sehr deutlich: »Laß mich dir eines in aller Deutlichkeit sagen; es ist völlig sinnlos zu seufzen. Dir bleibt nur eine Wahl: ist es dein Wunsch, in *meinem* Bett zu liegen, oder soll ich in *deines* kommen?«

Doch auch hier nahm er ihr die Wahl ab. Mit einem leichten Schubser stieß er sie in sein Schlafzimmer, schloß die Tür hinter sich und sperrte sie ab. Da stand er nun und betrachtete sie grüblerisch im glimmenden Licht des Kaminfeuers.

»Heute nacht werde ich dich nicht erschrecken. Ich werde ruhig und vorsichtig vorgehen. Ich werde dein Vergnügen so wie meines bewußt lenken. Ich bin ein erfahrener, weltgewandter Mann. Ich werde so unaufdringlich und zurückhaltend sein wie dieses Kaminfeuer. Hast du mich verstanden?«

Sie starrte ins Feuer und dann auf ihn.

»Sag, daß du mich verstanden hast, verdammt.«

»Ich verstehe.« Dann streckte sie die Arme nach ihm aus, eine unwillkürliche Geste. Im nächsten Augenblick hob er sie hoch und trug sie zu seinem Bett. Er warf sich auf sie, seine Hände tasteten wie besessen an ihr, sie zogen und zerrten und rissen fast alles in Fetzen. »Das ist jetzt völlig gleichgültig, verdammt!« Dann fiel kein Wort mehr, denn er küßte sie unaufhörlich. Als er ihre Brüste entblößt hatte, funkelten seine Augen. Er stöhnte, als er sie mit dem Mund liebkoste und an ihnen saugte. Bebend wälzte er sich auf sie, bemüht, sie gleichzeitig mit Mund und Händen zu bedecken, auch noch, als er den Rest ihrer Kleider und seine eigenen ruckartig herunterriß.

Dann lag sie nackt unter ihm. Er erhob sich, um sich die Hosen auszuziehen. Dabei hampelte er ungestüm und stand dann endlich in voller Pracht nackt vor ihr. Sein Körper schimmerte im Glanz des Kaminfeuers. »Du bist schön, Douglas«, bemerkte sie.

»O, nein, nein«, stammelte er, fiel aber dieses Mal nicht über sie her. Er spreizte ihre Beine, legte sich zwischen sie und hob ihr Becken an seinen Mund. »Diesmal lasse ich es nicht zu, daß du dich entziehst. Nein, ich lasse es nicht zu. Gefällt dir das, Alexandra? Lieber Gott, du glühst ja. Ja, du zitterst. Bitte sag mir, was du empfindest.«

Sie stöhnte und krallte ihre Finger in seine Haare. Sie preßte ihn wild an sich. Sein warmer Atem streifte ihren Körper. Ihre Wollust steigerte sich ins Unerträgliche. Schreiend bäumte sie sich auf.

Douglas spürte ihre Fingernägel tief in seinen Schultern, er spürte die wilden Zuckungen ihres Leibes. Ihre Lust nahm ihn gefangen. Er wartete nicht ab, bis sie sich beruhigte. Mit einem tiefen Stoß drang er in sie ein und hob sie mit sich in die Ekstase empor. »Schling deine Beine um meine Mitte«, flüsterte er. Er mußte es wiederholen, denn sie war entrückt vor Lust und Staunen.

Ihre Arme lagen um seinen Hals, ihr Mund fand den seinen, als er in sie stieß. Seine großen, warmen Hände hielten ihre Hinterbacken umklammert. Immer und immer wieder küßte sie ihn, leise stöhnend, und raubte ihm jegliche Besinnung.

Er trug sie zu dem großen Teppich vor dem Kamin. Er wußte, daß er bald verloren sein würde, aber er wußte auch, daß er nicht dagegen ankämpfen würde. Er legte sie behutsam zu Boden und stieß wieder tief in sie hinein.

Bei seinem Höhepunkt empfand Alexandra etwas Noch-nie-Dagewesenes. Er zuckte keuchend in ihren Armen. Streichelnd flüsterte sie aus diesem unendlich schönen Gefühl von Geborgenheit und Wärme heraus: »Ich liebe dich, Douglas. Ich habe dich immer schon geliebt.«

Er stöhnte und fiel dann zur Seite, wobei er sie fest an sich zog. Sie fühlte die Glut des ausgehenden Kaminfeuers auf ihrem Rücken und ihren Beinen. Sie fühlte die Kraft, mit der er ihre Taille umfaßt hielt, und die Wärme seines Atems streifte ihre Schläfen.

Doch im nächsten Augenblick überkam sie eine Kälte, als ihr bewußt wurde, was sie ihm gestanden hatte. Er hatte dazu nur geschwiegen. Sie erkannte, welche Macht sie ihm über sich gegeben hatte. Sie fühlte sein Sperma an ihren Schenkeln und wollte sich ihm entziehen.

»Nicht«, sagte er mit leiser, schlaftrunkener Stimme. »Nicht.« Er hob sie auf in seinen Armen und trug sie in sein Bett. »Nicht«, sagte er erneut, während er sie zwischen die Decken legte. »Ich will meinen Samen in dir lassen.« Er schlüpfte zu ihr ins Bett, bedeckte sich und hielt sie fest an sich gepreßt. Im nächsten Augenblick schlief er, sein Atem ging schwer und regelmäßig.

Es geht doch nichts über einen jungen Esel, dachte sie sich in ihr Schicksal fügend und schmiegte ihr Gesicht an seine Brust. Seine Brusthaare kitzelten ihr in der Nase. Wenigstens hatte er diesmal keine Anstalten gemacht, aus dem Zimmer zu laufen. Sie küßte seine Kehle und ließ ihre Zunge über seine kleinen Brustwarzen gleiten. Aufseufzend drückte er sie enger an sich. Ihre Brüste preßten sich gegen seinen Brustkorb. Nun wußte sie, es gab kein Zurück mehr. Dann fiel auch sie in tiefen Schlummer.

Kapitel 17

»Was tust du da?«

Douglas drehte sich um und entdeckte Alexandra im Türrahmen. »Ich sehe nach, wie schlimm es tatsächlich mit deiner Garderobe steht.«

»Du schaust dir meine ganzen Kleider durch!«

»Wie sonst soll ich herausfinden, was du brauchst? Zum Teufel mit meiner vorwitzigen Schwester. Sie hat doch glatt behauptet, wenn sie an der Soiree teilnehmen soll, bräuchte sie ein neues Kleid. Doch dann hat die Kleine den Kopf geschüttelt und gesagt, nein, das ginge doch nicht. Das alles wurde mit einer tiefbetrübten, sanften Stimme vorgetragen, wie du sie dir nicht tragischer vorstellen kannst. Ja, sie hat es wunderbar gespielt. Sie erklärte, das gehöre sich nicht, nicht, wenn du kein neues Kleid zum Anziehen hättest. Dann hat sie auch noch die Unverschämtheit besessen, mich mit einem Blick zu strafen, als würde ich dich schmählich behandeln. Ausgerechnet ich, der ich dir versichert habe, du könntest alles von mir bekommen!«

»Hör bitte auf, Douglas! Ich brauche und will keine neuen Kleider, es ist einfach lächerlich. Sinjun sollte was hinter die Ohren bekommen.«

»In diesem Fall hat die Kleine aber recht. Komm, Alexandra, sei bitte vernünftig.«

»Also gut, vielleicht bräuchte ich doch ein neues Ballkleid, aber ich habe mein eigenes Geld, Douglas, ich will nicht, daß du...«

»Hör ich recht? Schon wieder diese berüchtigten dreißig Pfund? Mein liebes Mädchen, damit kannst du nicht einmal ein Mieder für ein flachbrüstiges Mädchen kaufen. Gütiger Himmel, die Unmenge von Groschen, die ich benötigen werde, um deine Oberpartie zusammenzuhalten, wird meine Taschen leeren. Nein, nicht schimpfen. Schön ruhig bleiben. Ich bin fest entschlossen. Ich habe schon vereinbart, daß die Schneiderin aus Rye heute am späten Nachmittag kommt. Sie wird deine Maße nehmen, dann werde ich ein passendes Kleid für die Soiree am nächsten Mittwoch aussuchen. So wie deine restlichen Kleider aussehen, werde ich dich nach London zu Madame Jordan bringen müssen.« Douglas schloß die Tür des Kleiderschranks mit einem Schwung. Dann öffnete er sie wieder und begann ihre Schuhe durchzusehen. »Aha, wie ich mir dachte. Du mußt von Kopf bis Fuß neu eingekleidet werden.«

»Douglas«, sagte sie mit verzweifelter Stimme. »Es ist nicht nötig, daß du mir diese Sachen kaufst, bestimmt nicht. Dieses ganze Geschwätz, daß ich dich anbetteln werde, war nur ein dummer Scherz, weiter nichts. Sinjun ist vorwitzig gewesen, wie du schon sagtest. Was das Ballkleid betrifft, magst du recht haben, aber nicht mehr. Ich glaube nicht...«

»Halt den Mund.«

»Nein, ich werde absolut nicht den Mund halten! Ich bin nicht einer deiner Diener, die du herumkommandieren kannst. Hör zu, ich will dir keine Dankbarkeit schulden, ich will nicht...«

»Aha, du willst mich also lieber beschämen, indem du diese verdammten Fetzen trägst. Zum Teufel, Weib! Ich will mir keine Knausrigkeit vorwerfen lassen; ich will nicht, daß die Leute denken, ich halte dich zu kurz. Der Klatsch über uns blüht ohnedies schon, ohne daß noch hinzukommen muß, ich lasse meine Frau wie eine hausbackene Dienstmagd herumlaufen.«

»Aber es kümmert dich doch nicht sonderlich, was die Leute denken«, antwortete sie langsam und sah ihn fest an. »Ich bin nicht hausbacken. Ich sehe nur so aus, wenn ich das Pech habe, neben Melissande zu stehen. Doch zugegeben, meine Kleider sind nicht ganz auf dem neuesten Stand.«

»Nun gut, aber die Wahrscheinlichkeit ist groß, daß du neben ihr stehen wirst, also müssen wir etwas dagegen tun. Außerdem habe ich beschlossen, daß ich deine Brüste gut betonen lassen werde, gleichgültig wieviel es kostet. Vielleicht mit einer kleinen Andeutung auf deine Vorzüge. Vielleicht sogar mit mehr als einer kleinen Andeutung. Das muß ich mir aber noch überlegen. Es gibt zu viele Herren, die dich mit Stielaugen anstarren und dich in Verlegenheit bringen werden. Zudem dulde ich keine Widerrede. Begreifst du denn nicht: wären deine Kleider zu tief ausgeschnitten, könnten dir die Herren bis zu den Zehen hinunterschauen.«

»Das ist doch lächerlich!«

»Nein. Du bist nicht groß. Daraus resultiert, daß die Herren dich immer überragen werden und auf dich hinunterblicken.

Ich werde deine Brüste nicht diesen geifernden Hunden zur Schau stellen, damit sie um dich herumschleichen. Also bitte, widersprich mir nicht dauernd.«

»Aber ich habe dir doch gar nicht widersprochen!«

»Aha, und wie würdest du das nennen? Du kreischst wie ein verdammtes Fischweib.«

»Gut, nimm mich mit nach London, bring mich zu dieser Madame Jordan, verjubel deine ganzen Groschen, um mich standesgemäß zu bedecken!«

»Ha! Du meinst wohl deine Vorderseite?«

»Mein Gott, Douglas, ich bitte dich!«

Er grinste.

»Gottverdammich, du bist ebenso boshaft wie Sinjun. Zur Hölle mit dir!« Alexandra ballte die Fäuste.

»Nicht ganz. Wie ich sehe, hast du dir einen der Lieblingsflüche der Sherbrookes angewöhnt. Ich habe versucht, mich in deiner Nähe zu beherrschen, doch du hast sie dir trotzdem angeeignet. Von wem, will ich gar nicht wissen. Wir werden nach der Soiree nach London fahren, einverstanden? Nein, keine Widerrede. Du hast schon zugestimmt, und ich werde mich daran halten. Außerdem wird dann der verräterische Schurke mit Melissande abgereist sein.«

»Und es besteht für dich kein Grund, hierzubleiben, wenn sie nicht da ist.«

»Du hast keine Ahnung, worüber du sprichst. Also, wenn du mir weiter deine Brüste so entgegenstreckst, werde ich dir dieses Kleid vom Leib reißen, und du kommst zu spät zur Schneiderin.«

Er ließ sie mitten in ihrem Schlafzimmer stehen, die Augen auf nichts besonderes gerichtet und vor sich hinmurmelnd: »Was für ein seltsamer Mann.«

Falls Alexandra geglaubt hatte, Douglas würde sich erbarmen und ihr gewähren, alleine mit Mrs. Plack, der Schneiderin aus Rye, zu sein, stellte sich das bald als großer Irrtum heraus. Sinjun lümmelte auf der Chaiselongue, und Douglas hatte stillvergnügt im Ohrensessel Platz genommen. Die Beine leicht übereinandergeschlagen und die Arme vor die Brust gekreuzt, bat er: »Bitte, fangt an, Mrs. Plack.«

Sie wollte die beiden Zuschauer zu gerne aus ihrem Schlafzimmer schicken, doch wußte sie aus kurzer, doch prägender Erfahrung, daß ein einmal entschlossener Douglas von nichts mehr abzubringen war. Sie stand stocksteif, während Mrs. Plack ihre Maße nahm. Sie hob die Arme und reckte sich hoch; dann versuchte sie nur ein ganz klein wenig vornübergeneigt zu stehen, damit ihre Brüste nicht zu sehr hervorstanden, worauf Douglas mit scharfer Stimme bemerkte: »Nein, halte dich gerade!«

Sie gehorchte. Man genehmigte ihr zu bleiben, während Douglas Modezeichnungen studierte, bis er ein Kleid nach seinem Geschmack fand. »Aber«, bemerkte er und strich sich übers Kinn, »entfernen Sie den Volant am Saum. Das ist zu viel. Ach ja, die fließende Linie und die erhöhte Taille wird sie größer erscheinen lassen. Und noch etwas, machen Sie den Ausschnitt mindestens drei Zentimeter höher.«

»Aber, Mylord, Ihre Ladyschaft wirkt dann provinziell! Das ist die neueste Mode aus Paris!«

»Drei Zentimeter«, wiederholte Seine Lordschaft. »Erhöhen Sie ihn drei Zentimeter.«

»Darf ich mal sehen?« flötete Alexandra.

»Selbstverständlich«, erwiderte Douglas und zog sie an ihrem Arm zu sich heran. »Stimmst du mit mir überein, daß es dir ausnehmend gut stehen wird?«

Sie starrte auf das Kleid und schluckte heftig. Es war hinreißend. »An welche Farbe hast du gedacht?«

»An ein sanftes Hellgrün mit einem dunkelgrünen Überrock.«

»Ich möchte auf keinen Fall provinziell aussehen.«

Mrs. Plack stieß einen Seufzer der Erleichterung aus.

»Gut. Ich werde den Ausschnitt so lassen, wie er ist.«

»Nein«, erklärte Douglas. »Sie soll bewundert, aber nicht angestarrt werden.«

Alexandra lächelte ihn wortlos an. Ihr Blick fiel auf seinen

Mund, und ihre Augen verdunkelten sich. Sie liebte seinen Mund, wenn er ihren berührte; da bemerkte sie, wie sich seine Hände zusammenballten. Sie liebte den kräftigen Zugriff seiner Hände, die Leidenschaftlichkeit seines Mundes und seiner Hände, wenn er sie in den Armen hielt, wenn er sich in etwas Wildes, Ungebändigtes, Unzivilisiertes verwandelte und sie ihm das wichtigste Geschöpf auf der Welt war.

»Laß das«, zischte er.

»Haaa«, gähnte Sinjun ausgiebig. »Ich finde, du hast gut gewählt, Bruder. Aber denkst du nicht, wir könnten jetzt Alexandra die Stute kaufen?«

»Du bleibst hier und läßt dir deine Maße für dein Kleid nehmen, Sinjun. Ich habe es ausgesucht, und Mutter hat es gebilligt. Nein, versuch nicht, dich bei mir zu bedanken.«

»Eben wollte ich dich zur Rede stellen, warum du so anmaßend bist! Ich hätte gern selbst mein Kleid ausgesucht.«

»Nein, dafür bist du zu jung und zu grün hinter den Ohren. Leg dich nicht mit mir an. Alexandra und ich werden dich später sehen. Vielen Dank, Mrs. Plack. Nicht vergessen, drei Zentimeter.«

»Du warst in der Tat anmaßend«, erklärte Alexandra ihrem Mann, als sie auf die Ställe zugingen.

Er verscheuchte eine Fliege von seinem wildlederverhüllten Schenkel. »Du und meine naseweise Schwester brauchen es so.« Während er weiterlief, fuhr er leise fort: »Wenn wir zum Schloß zurückkehren, führe ich dich wieder zu dem hübschen kleinen Fluß. Ich bin zu dem Schluß gekommen, daß dieses Schlafzimmer mit dem Riesenbett mir jegliche Vernunft und jegliches Augenmaß rauben. Jawohl, der Ort ist dafür verantwortlich, daß ich mich zu einem Mann ohne alle Finesse und Lebensart wandle. Wir werden zum kleinen Fluß gehen. Ich werde ganz ich selbst sein. Ich werde dir die Kleider ausziehen, dich auf den Rücken legen, deine Brüste küssen und dich zwischen den Beinen liebkosen. Während ich dies tue, werde ich dich anlächeln und mich mit dir unterhalten. Vielleicht werden wir uns dabei über die Situation in Neapel auseinandersetzen, einmal über Napoleons Standpunkt und einmal über den der Royalisten. Und ich werde brillant sein, denn nicht deinem Körper, sondern meinen Worten wird alle Aufmerksamkeit gelten. Meine Beherrschung wird beeindruckend sein, meine Erfahrung meinem Verstand gehorchen. Wenn ich dann beschließe, weiterzumachen, nun, dann werde ich es tun. Ich werde all die Dinge tun, zu denen ich mir bei dir bis jetzt noch keine Zeit genommen habe. Jedenfalls nicht genügend Zeit. Du wirst schreien und jammern, bis du heiser bist. Und es wird dir außerordentlich gefallen, daß ich ein Gentleman bin und dies vorausgeplant habe.«

Er drehte sich zu ihr um. Mit verlegenen roten Flecken im Gesicht sah sie ihn verwirrt und ungläubig an. »Du wirst nach Lust und Laune losschreien können. Niemand, außer ein paar Enten und Vögeln, wird anwesend sein. Doch es wird mir ein Genuß sein, dich mitten am Tag stöhnen zu hören, während die Sonne dir ins Gesicht scheint und ich dich auf die warme Erde drücke.«

Sie knuffte ihn in den Magen, worauf er nur noch mehr lachte. Eigentlich wollte sie ihm sagen, er könnte so wild sein, wie er nur wollte, doch zögerte sie. Er sagte: »Du wirst noch mehr Genuß an mir finden, wenn du entdeckst, was für ein wunderbarer Liebhaber ich bin.« Sie fragte sich, ob das je stattfinden würde.

Auf der Branderleigh Farm fiel ihre Wahl auf eine dreijährige Stute mit Berberabstammung, deren Vater Pander von Foxhal Stud war. Sie war lebhaft, hatte weiche Nüstern, einen langen Rücken, war mitternachtsschwarz mit einer durchgehenden Blesse. Sie versuchte Alexandra in die Schulter zu beißen, die jedoch rechtzeitig zurückwich. Dann schnaubte sie ihr zärtlich ins Gesicht. Es war Liebe auf den ersten Blick.

»Ich weiß schon einen Namen für dich«, erklärte Alexandra und klatschte entzückt neben Douglas in die Hände, nachdem er den Kauf mit Mr. Crimpton abgeschlossen hatte. Die neue Stute wurde hinten am Zweiradwagen angebunden.

»Midnight? Blackie?«

»Aber nein, das wäre zu gewöhnlich, und du weißt doch, wie dringlich wir diesen Vorwurf vermeiden müssen!«

Er half ihr auf das Gig, dann ging er um den Wagen herum, um auf seinen Sitz zu klettern. Schnalzend trieb er das Pferd voran. »Und?« erkundigte er sich ein paar Augenblicke später.

»Ihr Name ist Colleen.«

»Sie hat kein irisches Blut.«

»Ich weiß. Sie ist reinrassig.«

Er grinste. Und fühlte sich herrlich. Mit Schnalzlauten trieb er das Pferd an. Er wollte so schnell wie möglich an den Fluß gelangen, um zu beweisen, was für ein beherrschter Liebhaber er war. Während er fuhr, legte er sich logische Argumente für Napoleons Invasion von Neapel zurecht. Kaum daß er bemerkte, wie sie neben ihm saß. Es war wunderbar. Er war wieder der alte.

Er half ihr herunter vom Gig, aber allein diese Berührung – nur das Umklammern ihrer Taille beim Aussteigen – ließ seine Hände über ihre Brüste gleiten und seinen Mund auf ihren drücken. Er hatte sie kaum berührt und war schon verloren. Er zerriß ihr Leibchen. Er kam schnell und heftig. Als er sich schließlich von Alexandra löste, noch mit wild pochendem Herzen, daß er meinte, es hören zu können, sagte er völlig benommen: »Ich ertrage es nicht, wahrhaftig, ich kann es nicht. Gottverdammich, das ist zuviel für einen Mann. Sogar den Sherbrooke-Fluch hast du mir entlockt, dabei habe ich mir die größte Mühe gegeben, kein anstößiges Wort vor dir auszustoßen. Ich habe versagt. Jesus, ich bin nichts als ein brünstiges Wiesel, ein Dummkopf ohne Sinn und noch weniger Verstand.«

Was Alexandra betraf, sie bezweifelte, ob sie sich überhaupt rühren konnte. Er hatte sie schnell genommen, wie immer. Er war tief in sie eingedrungen, nachdem er sie zum Höhepunkt gebracht hatte. Sie hatte lustvoll aufgeschrien und sich aufgebäumt. Die Sonnenstrahlen waren durch die Äste des Eichenbaums auf sie gefallen. Ihre neue Stute hatte mitfühlend gewiehert. Douglas hatte ihr schwer atmend Dinge gesagt, von denen sie annahm, daß es sich um sehr erotische Dinge handelte, doch sie verstand ihren Sinn nicht. Gerne hätte sie ihn gebeten, sie darüber aufzuklären, damit sie alles verstand und ihm auch diese Dinge zuflüstern konnte.

»Wahrhaftig«, stellte er fest, »es ist zu stark, als daß ich mich beherrschen könnte.« Er beugte sich über sie, um sie zu küssen. Sie öffnete die Lippen. Es begann erneut. »Himmeldonnerwetter!« murmelte er bei ihrem süßen Duft, dann küßte er sie wieder. Er war in sie eingedrungen und stieß immer tiefer. Dann entzog er sich und erkundete sie mit seinen Fingern und seinem Mund. Es schien niemals aufzuhören. Sie war wie im Taumel, doch gleichzeitig ganz nach innen gekehrt, bei ihm, um von den Wogen seiner Leidenschaft davongetragen zu werden. Er sollte kein Gentleman sein, er sollte nichts anderes sein, als er war. Sie wollte ihn als rücksichtslosen Kerl.

Zwischen Küssen auf seine Wangen, seine Schultern, seinen Hals, gestand sie ihm immer wieder, wie sehr sie ihn liebte, während ihre Hände fieberhaft seine Brust hinab bis zum Bauch wanderten. Ihre Finger berührten sein Glied. Er erbebte.

»Nein, nicht schon wieder.« Sanft schob er sie auf den Rücken. Er starrte mit harten Augen auf sie herab. »Nein, du liebst mich nicht«, sagte er. »Hör mir gut zu, Alexandra. Eine Frau sagt einem Mann, daß sie ihn liebt, weil sie ihre Leidenschaft für ihn vor sich selbst rechtfertigen muß. Wenn sie entrückt ist und große Lust empfindet, nun, dann muß es eben Liebe sein und nicht Lust. Besonders für dich, die du jung und romantisch bist, ist es wichtig, dein körperliches Vergnügen in ein hehres Gefühl zu verpacken. So funktioniert das weibliche Gehirn, vollgestopft mit all diesen Schundromanen, für die du sicherlich geschwärmt hast. Aber auch das wirst du überwinden und vernünftig werden.«

»Du lächerlicher Einfaltspinsel!« Alexandra versetzte ihm einen schwungvollen Kinnhaken. Er hatte sich auf dem Ellbogen aufgestützt, und der überraschende Schlag brachte ihn aus dem Gleichgewicht.

»Du blöder Grobian. Du hirnloses, brünstiges Karnickel!«

»Nun, letzteres stimmt, das habe ich schon für mich gepachtet!«

»Geh zum Teufel!«

Sie war schon auf den Füßen und zupfte ihre Kleider zurecht, völlig atemlos und zitternd vor Wut.

»Alexandra, sei doch vernünftig. Hör auf damit.«

Sie tat es nicht. Wenn überhaupt möglich, zerrte sie noch heftiger an den Kleidungsstücken, so daß ein Knopf in hohem Bogen absprang.

Er lag nackt und schwitzend in voller Länge aufgestützt auf seinen Ellbogen und fühlte sich pudelwohl. Er sah sie grinsend an. »Alexandra, warum verstört dich die einfache, simple Wahrheit? Liebe ist das alberne Spielzeug der Poeten, und wenn sie dabei ein dummes Wort finden, das sich mit einem anderen reimt, um so besser. Es ist so unwirklich wie ein Traum, flüchtig wie der Regen, der dir durch die Finger tropft. Verwende es nicht als Krücke oder als Entschuldigung, wenn du Lust an mir und an dir empfindest. Das ist unter deiner Würde. Du und ich passen gut zusammen im Bett. Du reagierst auf mich, auch wenn du bei mir anscheinend diese Karnickelkrankheit auslöst. Glaub' ja nicht, du müßtest das mit romantischem Unfug verbrämen.«

Sie war jetzt vollkommen bekleidet, außer ihren Strümpfen und ihren Reitstiefeln, die noch auf dem Boden lagen. Die Hände in die Hüften gestemmt, sagte sie langsam und bedächtig: »Mir war klar, daß ich es dir hätte nicht sagen sollen. Ich weiß, du empfindest überhaupt nichts ähnliches für mich. Und ich befürchtete, es würde dir Macht über mich verleihen! Ich habe mich gründlich geirrt. Du empfindest so wenig Zuneigung für mich, daß Macht überhaupt keine Rolle spielt. Ich wußte wirklich nicht, daß du über meine Worte spotten und meine Gefühle ins Lächerliche ziehen würdest. Dein Zynismus ist armselig, Douglas. Wenn du dich dadurch besser fühlst, wenn dadurch deine Überzeugungen bestätigt werden, nun denn, im Augenblick liebe ich dich nicht. Ich würde dir gerne einen Fußtritt in dein Hinterteil geben. Doch statt dessen werde ich dich halt anders bestrafen.« Sie sammelte schnell seine Reitstiefel und Hosen und rannte zum Fluß. Dort schleuderte sie die Sachen mit aller Kraft so weit weg, wie sie nur konnte.

Douglas reagierte zu spät. »Zum Teufel!« Er sprang in den Fluß, um seine Stiefel und Hosen zu retten. Alexandra band das Pferd los, sprang auf das Gig und stürmte in der nächsten Sekunde davon. Sein Hemd und sein Überrock lagen auf dem Rücksitz.

Sie vernahm sein Gebrüll hinter sich und trieb das Pferd heftiger an. Barfuß wie er war, könnte er sie niemals einholen. Nach den Pferden konnte er pfeifen, soviel er wollte, sie würden ihm keine Beachtung schenken. Alexandra lächelte. Dieser zynische Schuft. Rache schmeckte sehr süß.

Dreißig Minuten später kam Douglas an einem Eibenbaum vorbei, an dem sein Hemd gleich einer weißen Friedensfahne flatterte. Der Teufel sollte sie holen! Ihm war heiß, er schwitzte, und er wünschte sich, er könnte ihren Hals zwischen die Finger bekommen, nur einen Augenblick lang, nur lang genug, um zuzudrücken, bis sie blau anlief.

Dumme Gans. Nichts als Begierde, reine, brennende Begierde verband sie. Aber wie alle weiblichen Wesen auf dieser Welt mußte sie etwas Großartigeres daraus machen, etwas Höheres. Ermunterte er sie dazu, würde sie zweifellos sehr wortgewandt über eine geistige Vereinigung, ja, über die Paarung zweier Seelen daherplappern. Es war nicht auszuhalten.

Das Hemd klebte an seinem schweißnassen Rücken. Die Nachmittagssonne war heiß und drückend. Nach einer weiteren Viertelstunde entdeckte er seinen Rock an einem niedrighängenden Ahornzweig baumeln.

Als er schließlich die breiten Eingangstreppen von Northcliffe Hall hochstampfte, war er bereit, einen Mord zu begehen.

Hollis begrüßte ihn mit einer Unschuldsmiene, die durchsichtig und klar wie Rinderbrühe war. »Ah, Eure Lordschaft sind von Ihrem Spaziergang durch die Natur zurückgekehrt. Ihre Ladyschaft haben uns berichtet, wie sehr Sie den Tulpenbaum gepriesen haben, der anmutig über dem Fluß ragt; sie sagte, Sie hätten sich fast ein Rückenleiden zugezogen, um die Baumkrone der Pappeln an beiden Seiten der Ufer zu erspähen. Sie erzählte, Sie hätten gemeinsam mit den Drosseln tiriliert und am Flieder geschnuppert. Sie wollten in der Gesellschaft der Fische sein, sagte sie noch, also sind Sie in den Fluß gesprungen. Und sie erwähnte, wie überaus gütig Sie waren, sie vorausfahren zu lassen, da heftiges Kopfweh sie plagte. Sie sehen etwas erhitzt aus, Mylord. Wünschen Sie vielleicht eine Limonade zu sich zu nehmen?«

Douglas wußte, daß Hollis log, und er wußte, daß Hollis es wußte. Warum bestand jedermann darauf, sie in Schutz zu nehmen? Was war mit ihm? Er war derjenige gewesen, der in den Fluß springen mußte, um Hose und Stiefel aus dem Schlamm zu holen. Er war es gewesen, der fünf Kilometer mühsam zu Fuß zurück nach Northcliffe Hall marschiert war. Limonade?

»Wo befindet sich Ihre Ladyschaft?«

»Nun, sie hält Zwiesprache mit der Natur hier auf Northcliffe, Mylord. Sie promeniert in den Gärten.«

»Ich dachte, sie hätte so schlimmes Kopfweh.«

»Ich nehme an, sie hat es auskuriert.«

»In der Tat«, erwiderte Douglas. Der Gedanke, sie kühl und trocken bequem ruhend auf der Chaiselongue vorzufinden, hätte ihn noch mehr in Rage gebracht. Douglas riß sich zusammen. Er schüttelte über sich selbst den Kopf. Das alles war lächerlich.

Vor einem Monat war er noch ein freier Mann gewesen.

Vor zwei Wochen wähnte er sich mit der schönsten Frau Englands verheiratet.

Und nun war er an ein dummes Mädchen gefesselt, die er nie zuvor gesehen hatte und die ihn quälte. Außerdem machte sie einen Barbaren aus ihm. Und sie quälte ihn sehr gekonnt.

Im Ost-Garten lehnte Tony lässig am schlanken Stamm eines Lärchenbaums, die Augen auf seine Schwägerin gerichtet. Sie war verschmutzt, Schweiß stand ihr auf der Stirn und ihre Hände waren schwarz vor Erde. Eben machte sie einem dichten Unkraut resolut den Garaus, mit ruckartigen Bewegungen und vor sich hin murmelnd.

»Ich finde, es läuft alles ausgezeichnet«, sagte er.

Alexandra hielt inne und blickte zu Tony auf. »Nichts läuft ausgezeichnet. Er mag mich nicht, wirklich nicht.«

»Hierin irrst du, meine Liebe. Er hat dich als seine Frau akzeptiert. Außerdem habe ich ihn beobachtet, wie er dich ansieht. Ich habe ihn rasend vor Begierde und Lust gesehen.«

»Das gerade haßt er. Bis heute schiebt er mir die Schuld in die Schuhe, daß er, jedes Mal, wenn er mich berührt, die Beherrschung verliert. Vor eben zwei Stunden hat er das Schlafzimmer und das breite Bett dafür verantwortlich gemacht. Er hatte vor, über Philosophie oder über den Krieg oder sonstwas zu diskutieren, während er mich liebte.« Sie seufzte. »Wenn das fehlgehen sollte, würde er ... na ja, nun ist er gewiß darauf erpicht, mich zu finden, um mir den Hals umzudrehen.«

»Was du mit ihm gemacht hast, war großartig, Alex. Er hat es verdient. Ich wünschte mir, ich hätte ihn sehen können, wie er nackt in den Fluß hinter seinen Hosen und Stiefeln hergehechtet ist. Wenn ich mich recht erinnere, liegen einige Felsen am Grund, an denen man sich wundervoll die Füße aufscheuern kann.«

»Ich weiß, es ist nicht recht, so zu reden, Tony, aber ich habe niemanden sonst. Ich habe ihm gesagt, daß ich ihn liebe. Ich konnte mich nicht zurückhalten, es ist einfach so aus meinem Mund herausgesprudelt. Er erklärte mir, was ich tatsächlich fühlen würde und er auch – nämlich einfach nur körperliche Lust. Er meinte, die Sache mit der Liebe sei Unsinn und die Vorstellung einer geistigen Vereinigung würde ihm körperliche Übelkeit bereiten!«

»Hat er das wirklich gesagt?«

»Nicht genau so. Ich nehme nur die Worte, die seine Gefühle genauer treffen. Was er in Wirklichkeit gesagt hat, war bedeutend schlimmer – es war viel kränkender und zynischer.«

»Doch nun ist er dein Ehemann. Eines schwöre ich dir, Alex, wenn ein Mann sein Vergnügen findet, folgen meist weitere

Freuden, vorausgesetzt beide haben auch nur den geringsten Funken Vernunft in sich. Du liebst Douglas. Damit ist die halbe Schlacht schon gewonnen. Mehr noch als die halbe, denn jedesmal, wenn er dich berührt, raubt es ihm den Verstand. Du wirst schon sehen. Morgen abend findet die Soiree statt. Melissande und ich reisen am nächsten Tag ab. Du wirst dir keine Gedanken mehr über meine liebliche Hexe machen müssen. Übrigens habe ich den Eindruck, daß Douglas sich langsam zu fragen beginnt, wie er überhaupt mit Melissande zurechtgekommen wäre.«

»Ich kann mir nicht vorstellen, daß du sie Mellie nennen darfst.«

»Mir mißfällt der Name geradezu ungeheuerlich. Mellie, bah! Es klingt nach einem übergewichtigen Mädchen mit Pikkeln im Gesicht. Doch es ist wichtig, daß sie sich mir ganz unterwirft. Wenn ich sie Mops zu nennen wünsche, nun, dann muß sie es eben akzeptieren, weil es von mir, ihrem Ehemann und Meister kommt.«

Alexandra konnte ihn nur entgeistert anstarren. »Du bist erschreckend, Tony.«

Er grinste zu ihr herunter. »Nein, bin ich eigentlich nicht. So sehr ich deine Schwester liebe, ich werde es nicht zulassen, daß sie die Oberhand bekommt. Ah, ich denke, da kommt dein verirrter Mann. Gewöhnlich hält ein Mann inne – nur für einen Augenblick –, um sich die antiken griechischen Statuen anzusehen, nicht so Douglas. Er sieht aus, als möchte er jemanden umbringen. Das könnte interessant werden. Wünschst du, daß ich ihn aufhalte?«

»Nein, sonst würde er dich zu einem Duell herausfordern und dich an Ort und Stelle überwältigen.« Sie schüttelte den Kopf.

»Richtig. Ah, wir sind gerettet. Da taucht Melissande auf mit ihren Wasserfarben. Jetzt macht sie Halt, um sich die Statuen zu betrachten, aber keineswegs mit der Absicht, sie zu malen, das könnte ich beschwören. Sie und Douglas haben sich jetzt gesehen, sie unterhalten sich miteinander. Jetzt muß er seine Wut herunterschlucken. Er muß höflich sein, auch wenn er dich umbringen will. Ja, er scheint mit dem Zähneknirschen aufgehört zu haben. Alex, ich habe eine Idee, eine sehr verwerfliche Idee.«

Sie sah ihn an und begriff sofort. »Ach, nein, Tony, es würde nicht klappen, es würde... Douglas und Melissande schritten gerade um einen dichten Eibenstrauch, da erblickten sie Tony auf den Knien vor Alexandra, die Arme um sie geschlungen und einen Kuß auf ihren Scheitel drückend.

Douglas erstarrte zur Salzsäule.

Melissande prallte zurück, als hätte sie einen Schlag versetzt bekommen. Sie schleuderte ihre Wasserfarben aufheulend wie ein Klageweib zu Boden, stürzte auf das Paar zu, packte Alex an den Haaren und beutelte sie mit aller Kraft hin und her. Tony war auf den Rücken gefallen und grinste sie an, doch Melissande schaute nicht hin. Aber ihre Schwester sah es.

»Du erbärmliche Männerdiebin!« schrie Melissande, warf sich erneut auf Alexandra und stieß sie zu Boden. »Wie kannst du es nur wagen, Alex! Du hast einen Mann, und trotzdem besitzt du die Stirn, mir meinen abspenstig zu machen!« Sie zog Alexandra wieder bei den Haaren.

»Hör auf! Um Gottes willen!«

Douglas packte Melissande und schubste sie zu Tony hin, der sie auffing und dabei ihre beiden Arme festhielt. »Ich reiße ihr sämtliche Haare aus, ich mache sie um einen halben Meter kleiner!«

»Beruhige dich, Melli, beruhige dich.«

Melissande wandte sich an ihren Mann, keine Handbreit von seiner Nase entfernt. »Nenn mich nicht mit diesem scheußlichen Namen! Warum hast du ihre Haare geküßt? Ich habe wunderschönes Haar. Wenn du schon Haare küssen willst, dann küsse gefälligst meine! Du untreuer Poussierstengel, ich werde ihr sämtliche Haare ausreißen, und dann wirst du – versuch ja nicht, mich jetzt zu küssen, du erbärmlicher Esel!«

Douglas hörte das Kreischen hinter sich, doch er drehte sich nicht um. Er ging vor seiner am Boden liegenden Frau in die Hocke. Sie bewegte ihren Kopf vorsichtig hin und her, um zu prüfen, ob er noch auf ihren Schultern saß. Sie war verschmutzt, ihr Gesicht mit Erde verschmiert, ihre Augen tränten.

»Fehlt dir etwas?«

»Nein, nur meine Kopfhaut brennt wie Feuer. Ich wußte nicht, daß Melissande so stark ist.«

»Es geschieht dir ganz recht.«

»Ja, wahrscheinlich.«

»Ich nehme an, Tony hat nicht im Traum daran gedacht, daß sie dich angreifen würde. Offensichtlich war sein Plan nicht wohldurchdacht.«

Sie sah zu ihm empor. Er hatte alles durchschaut. »Nein, ich denke, er war überrascht. Und geschmeichelt zugleich.«

»Ja. Komm jetzt mit, du bist in einem sehr ramponierten Zustand, mehr noch als ich. Doch ich werde nicht mit dir zusammen baden, sonst bleiben wir so schmutzig, wie wir sind.«

Sie erhoben sich und entdeckten, wie Tony seine Frau leidenschaftlich küßte.

Douglas bemerkte milde: »Ja, Tony hat etwas beweisen können, nicht wahr? Etwas, mit dem er nicht gerechnet hat. Jetzt ist er höchst zufrieden mit sich.«

Nachdem Alex und Douglas im Haus verschwunden waren, liebten Tony und Melissande sich neben einer griechischen Statue. Sie taten es so heftig und drängend, als ob es kein Morgen gäbe. Melissande verschwendete keinen einzigen Gedanken an ihr kostbares Kleid oder an die Grasflecken oder möglichen Spähern, die zufällig des Wegs kamen. Sie war sich ihrer selbst nicht mehr mächtig. Es war ein köstliches Gefühl. Als sie ihm sagte, sie würde ihn lieben und jede Frau umbringen, die auch nur versuchte, ihn ihr wegzuschnappen, da setzte er das Grinsen eines seligen Narren auf und erklärte mit höchst zufriedener Stimme: »Ich denke, ich liebe dich auch. Dein Hitzkopf gefällt mir, ebenso deine Eifersucht. Ja, du gefällst mir gut, sehr gut sogar.«

Was Douglas betraf: Der saß grübelnd in seiner Kupferbadewanne. Und sein Kammerdiener stand händeringend neben ihm und beklagte die ruinierten Stiefel und die kaputte Hose.

Kapitel 18

Tysen Sherbrooke erklärte mit stolzgeschwellter Brust und aus ehrerbietigen Augen, die auf Alexandra gerichtet waren: »Ich möchte dir Melinda Beatrice Hardesty vorstellen. Meine Schwägerin, Lady Alexandra.«

Das war also die flachbrüstige, zimperliche, gottesfürchtige junge Dame, von der Sinjun gar nichts hielt. »Sehr erfreut, Miß Hardesty. Tysen hat uns ja schon so viel von Ihnen erzählt. Ich hoffe, Sie werden sich heute abend amüsieren.«

Melinda Beatrice, durchaus sich ihres Wertes bewußt, fühlte sich gegenüber der Gräfin doch ein wenig schüchtern, auch wenn diese keinen Monat älter war als sie. Sie machte einen anmutigen Knicks und sagte geziert: »Vielen Dank, Ma'am.«

»Ich hoffe, Tysen und Sie werden sich beim Tanzen vergnügen.

»Tysen Sherbrooke hat bei Mama um Erlaubnis gebeten, mit mir tanzen zu dürfen. Selbstverständlich hat sie abgelehnt, ich bin nämlich noch nicht volljährig.«

»Schade«, erwiderte Alexandra. »Vielleicht können Sie statt dessen Karten spielen.«

»O nein, Ma'am. Das würde sich nicht schicken, und Mama würde sehr aufgebracht darüber sein. Mama sagt, nur liederliche Menschen spielen Karten.«

»Nun«, meinte Alexandra daraufhin und schoß dem liebeskranken Tysen einen verzweifelten Blick zu, »vielleicht könnten Sie und Mister Sherbrooke sich in den Gärten ergehen. Es ist ein warmer Abend, also dürfte Ihre Frau Mama sicherlich nichts dagegen einzuwenden haben. Außerdem befinden sich in nächster Nähe überall Erwachsene, um Ihren Ruf zu schützen.«

»Ja, das würde mir gefallen«, erwiderte Miß Hardesty. »Wenn Mama nichts dagegen hat.«

»Ein dummes Gänschen«, bemerkte Douglas, während sein Bruder Miß Hardesty fortgeleitete. »Ich hoffe sehr, er hat es bald überwunden. Gott sei Dank kehrt er bald nach Oxford zurück.« Er sah sich nach seiner Frau um, deren Miederausschnitt nur um zwei Zentimeter erhöht worden war. Er machte ein verärgertes Gesicht. Sinjun hatte sich darüber amüsiert. Aber er hatte nicht gegen den Ausschnitt protestiert, als Alexandra vor ein paar Stunden in das Gesellschaftszimmer mit dem Gesichtsausdruck eines verspielten jungen Hundes eingetreten war. Er war viel zu sehr von dem Gedanken gefangengenommen gewesen, wie hübsch sie doch aussah, um irgend etwas einzuwenden. Die grüne Farbe ließ ihre Haut sanft und weiß schimmern; ihre Haare, dicht und sündhaft rot, waren kunstvoll hochgetürmt, nur einige glänzende Strähnchen ringelten sich über ihre Schultern. Er blickte über die verlockenden weißen Wölbungen und fühlte, wie ihn ein Zittern überkam. »Laß uns tanzen, sonst bin ich geneigt, meine Hand in deinen Ausschnitt zu stecken.«

»Sehr wohl.«

»Sehr wohl was?«

Sie schenkte ihm ein Sirenenlächeln. »Du hast die Wahl, Douglas.

Er zauderte. Und Alexandra mühte sich, ein Lachen zu unterdrücken. Während er noch mit sich kämpfte, ließ sie ihren Blick mit nicht geringem Stolz über den Ballsaal streifen, der mit blauem, weißem und goldenem Kreppapier festlich geschmückt war. Topfpflanzen und üppige Buketts verzierten jede Ecke und jeden Tisch und verströmten ihren Wohlgeruch in den lauen Abend. Mindestens fünfzehn Paare tanzten gerade, und weitere dreißig standen oder saßen um den Tanzboden herum. Jede Einladung war angenommen worden, außer von Sir James Evertson. Der hatte den Fauxpas begangen, just an diesem Morgen das Zeitliche zu segnen. Sie hatte bei den Vorbereitungen zum Fest mitgeholfen, und alles lief wie am Schnürchen. Es gab reichlich zu essen, und den Champagner-Punch hatte Tante Mildred selbst für die zimperlichste Matrone für geeignet erklärt. Zum ersten Mal fühlte sich Alexandra wirklich als Herrin von Northcliffe Hall. Es war ein erhebendes Gefühl, und es tat ihr sehr gut. Bei manchen ihrer

Anweisungen hatte ihre Schwiegermutter etwas mit der Nase gerümpft, aber ihr nicht widersprochen, wenigstens nicht vor ihr. Ja, sie hatte bewiesen, daß sie mit ihrer Schwiegermutter zurechtkam, zumindest in dieser Sache.

Sie suchte nach Melissande, die gleich einer Prinzessin mit einem jungen Mann tanzte, der den Eindruck erweckte, jeden Augenblick ohnmächtig zu werden und nach Atem ringend ihr zu Füßen zu sinken.

Douglas, der seine Fassung wiedergewonnen hatte, sagte in leicht empörtem Ton: »Willst du mich reizen, Alexandra?«

Sie lächelte zu ihrem Mann auf. »Von was haben wir denn gerade geredet? Du hast mit deiner Antwort so lange gebraucht. Ach ja, du solltest wählen. Du bist derjenige, der darauf besteht, ich würde ausschließlich Lust empfinden. Nun denn, du bist älter und sehr viel erfahrener als ich, also nehme ich an, du hast recht. Du starrst auf meinen Busen, und es ist nur Lust, die du dabei empfindest. Nun starre ich auf deinen Mund. Da sollte es dir eigentlich völlig klar sein, daß ich dich küssen, daß ich dich mit den Händen abtasten will, von Kopf bis Fuß, besonders aber oberhalb deines Bauches und darunter, ja, da möchte ich dich berühren, dort bist du so feurig, wild und samtweich. Das ist alles nur Lust. Schließlich hast du mich aufgefordert, vernünftig zu sein. Da du nun einmal ein Mann von großer Erfahrung bist, ja, es ist Lust.« Sie warf ihm ein verruchtes Lächeln zu und streckte ihm ihre Hand entgegen. »Tanzen, Mylord?«

Am liebsten hätte er ihr ins Gesicht geschlagen.

Er atmete schwer. Er sah vor seinem geistigen Auge ihre weißen Hände über seine Brust gleiten, sie fächerten über seinen Bauch, ihre Finger schlossen sich langsam um sein Glied. Seine Muskeln zuckten heftig. »Ich gehe ins Spielzimmer«, erklärte er barsch und verschwand mit einem knappen Kopfnicken.

Alexandra lächelte. Sollte er doch in seinem eigenen Saft schmoren. Sollte er doch glauben, daß sie nichts für ihn empfand, außer seiner so geschätzten Lust.

Alexandra sah, daß Lady Juliette sich bestens amüsierte. Ihren Hofstaat hatte sie weit entfernt von Melissande etabliert. Sie lachte ein wenig zu oft und zu laut, aber was kümmerte es Alexandra. Die dumme Pute würde morgen in der Früh ohnehin abreisen.

Sie war verblüfft darüber, wie schnell die Zeit vergangen war, als Hollis ihr ins Ohr flüsterte, daß das Abendbuffet eröffnet sei. Tony geleitete sie zu Tisch und Douglas Melissande. Juliette hing am Arm eines schmachtenden Landjunkers, der sich vorher in allen Einzelheiten über seine Gicht ausgelassen hatte – bis er Juliette entdeckt hatte.

»Douglas ist immer noch eingeschnappt«, bemerkte Alexandra zu Tony, während sie ein schmackhaftes Stück Lachspastete gabelte. »Und alles nur, weil ich schließlich seinen Gefühlen zugestimmt habe, statt sie abzustreiten.«

»Nur Lust, hm?«

»Ja. Er hat sich wie ein hochmütiger Kardinal aufgebläht und sich vorhin ins Spielzimmer verzogen. Seiner Mutter gefällt das gar nicht. Sie gibt mir die Schuld an seinem schlechten Betragen. Ich bin versucht, ihr klipp und klar zu erklären, weshalb er sich so schlecht beträgt. Ich schwöre, sie würde Douglas in einem anderen Licht sehen.«

»Und dich auch, du Biest.«

Alexandra lachte. »Schon wahr, aber ihr Gesichtsausdruck wäre die Sache wert.«

»Bist du schwanger?«

Sie ließ die Gabel sinken. »Meine Güte, ich habe keine Ahnung. Herrje, Tony, darüber habe ich mir noch keine Gedanken gemacht. *Schwanger!* Weshalb um alles in der Welt fragst du mich danach?«

»Ich habe die alte Gräfin darüber mit Tante Mildred reden hören. Sie hofft, du erfüllst vor Jahresende deine Pflicht, da dies der einzige Grund war, weshalb Douglas überhaupt dieser Heirat zugestimmt hat.«

Sie warf ihm einen erstaunten Blick zu. »Ich nehme an, falls ich nicht den heißersehnten Nachfolger innerhalb eines Jahres zur Welt bringe, versetzt mir Douglas einen Fußtritt und versucht ihn mit einem anderen weiblichen Wesen zu zeugen.«

»Bei dir klingt es so, als handelte es sich um die Viehzucht auf einer Farm. Nein, ich denke, Douglas wird es mannhaft weiter versuchen, zweifellos.« Tony spielte mit einer Brotscheibe und sagte schließlich: »Ich weiß, es fällt dir schwer, das zu glauben, aber es entspricht der Wahrheit. Ich habe noch nie erlebt, daß Douglas seine Beherrschung verliert. In einer Schlacht verhielt er sich immer verdammt kaltblütig. Nie schwankte er, er behielt stets das Ziel vor Augen und vergaß nie die geringste Kleinigkeit, die einen möglichen Einfluß auf den Ausgang der Schlacht haben könnte. Er war brillant, Alex, einfach brillant; nie verlor er den Kopf. Die Männer verehrten ihn, denn sie wußten, sie konnten ihm vertrauen. Nie hätte er sie im Stich gelassen.

Ich habe ihn in solch rasendem Zorn gesehen, daß andere in die Luft gegangen wären, nicht aber Douglas. Natürlich habe ich ihn nicht im Bett mit einer Frau beobachtet, aber Männer sind nun einmal Männer, wir reden über diese Dinge. Früher war es immer ein Spiel für ihn. Er liebte es, wenn Frauen sich an seinen Liebkosungen berauschten; er liebte es, die Zügel in der Hand zu halten, das Tempo und den Ablauf zu bestimmen. Du hast ihn bis in seine Sherbrooke-Zehen erschüttert. Er verliert den Boden unter den Füßen. Ich finde es sehr amüsant. Außerdem fand ich deinen heutigen Schritt genial. Ich wünschte mir, ich könnte so lange bleiben, bis ich seine Niederlage erlebe.«

»Niederlage. Das Wort gefällt mir nicht.«

»Na, dann seinen Aufstieg. Wenn er erkennt, daß er für seine Frau im und außerhalb des Bettes große Zuneigung empfindet. Und daß es gar keine so schlechte Sache ist, wenn man ganz verrückt nach ihr ist.«

»Weißt du, würde jemand unser Gespräch belauschen, deportierte man uns gewiß zu dieser schrecklichen Botany Bay. Nicht einmal im Traum habe ich an solche Dinge gedacht, über die wir uns jetzt ganz offen unterhalten.« Sie giggelte. »Was

Douglas betrifft, er kennt keinerlei Zurückhaltung oder Scham...«

Tony nahm ihre Hand und küßte sie lachend. Er sah zu seinem Cousin hinüber, der ihn mit dunklen Augen mordlüstern anfunkelte. Was Melissande betraf, stand nicht nur die blanke Mordlust in ihren wunderschönen Augen, es drohte zudem auch noch Verstümmelung, falls Tony richtig darin las. Er war überaus zufrieden. Niemals in seinem Leben würde er vergessen, wie sie sich im Garten geliebt hatten. Er hoffte, daß Melissande schwanger war. Verdient hatte sie es jedenfalls.

»Ach, es ist doch zu dumm, etwas von dem Drama zu versäumen.«

Alexandra lachte auf. »Wenn du so weitermachst, wirst du das restliche Drama nicht mehr erleben.«

Die Abendgesellschaft war um zwei Uhr morgens zu Ende. Alexandra war noch zu aufgekratzt, um ins Bett zu gehen, doch die lavendelfarbene Feder am Turban ihrer Schwiegermutter signalisierte streng in Richtung Hafen; Tante Mildred hatte aufgehört, mit den Füßen den Musik-Takt zu tappen; Onkel Albert schnarchte friedlich gegen eine Topfpflanze gelehnt. Douglas tauchte aus dem Spielzimmer auf, um fünfhundert Pfund reicher, um seinen Platz beim Verabschieden der Gäste neben seiner Frau einzunehmen.

»Du warst ein Erfolg«, sagte er, »doch immer noch mißfällt es mir, wie sich deine Brüste hervorwölben.«

»Ich finde, du warst auch ein Erfolg, Douglas, besonders in diesen schwarzen Kniehosen, unter denen sich deine Schenkel und, na ja, alles mögliche abzeichnet. Ich vermute, die Damen haben über deine männlichen Vorzüge getuschelt.«

Gleich darauf wandte sie sich an Sir Thomas Hardesty und seine Frau und machte ihnen Komplimente über ihre liebliche Tochter, Melinda Beatrice. Dabei zwinkerte sie Tysen zu, der beschützend neben dem jungen Mädchen stand. Zu ihrer Überraschung hielt Sir Thomas ihre Hand ungebührlich lange in seiner, sein Mund umspielte ein eindeutig lüsterner Zug. Douglas stand so stocksteif daneben, als hätte er einen Besen verschluckt, bis sie gegangen waren. »Dieser alte Lustgreis. Wie kann er es wagen, dir schöne Augen zu machen!«

»Er hat ihr eigentlich keine schönen Augen gemacht«, beschwichtigte Tysen. »Er ist kurzsichtig, das ist alles.«

»Du wirst von Tag zu Tag ein immer größerer Esel, das ist äußerst irritierend. Ich hätte dich mit Ryder fortschicken müssen. Er hätte dir deine Naivität schon ausgetrieben.«

»Na ja«, bemerkte Lady Alexandra, nachdem Tysen einen unsicheren Blick auf seinen Bruder geworfen und sich dann zurückgezogen hatte, »Lady Harvesty hat dir, denke ich, auch schöne Augen gemacht.«

»Deine unpassende Bemerkung wird dich reuen, Alexandra.«

Sie lächelte ihn strahlend an. »Warum nennst du mich nicht Alex?«

Melissande und Tony kamen auf sie zu. Douglas betrachtete beide Schwestern, wie sie nebeneinander standen. Die eine so liebreizend schön, daß einem Mann die Zunge am Gaumen kleben blieb bei ihrem bloßen Anblick; und die andere... Großer Gott, allein ihr Lachen zu hören, brachte ihn schon in Wallung und trieb ihm den Schweiß auf die Stirn; er mußte an sie denken, wie sie nackt unter ihm lag. Sie sah keineswegs hausbakken an der Seite von Melissande aus. Am liebsten hätte er ihre glänzende Nasenspitze geküßt.

Douglas konnte es kaum erwarten, seine Hände in ihr Mieder zu tauchen und es von ihren Brüsten zu reißen. Er folgte ihr ins Schlafzimmer, verabschiedete die Zofe und ging zur Tat über. Als seine Hände ihre Brüste umfaßt hielten, seufzte er befriedigt und schloß die Augen. Auf einmal spürte er ihre Hände an seinen Beinen hinauf bis zu seinen Hüften entlangfahren. Er erstarrte. Dann kneteten ihre Hände seine Lendengegend. Am liebsten hätte er vor wollüstigem Vergnügen laut herausgeschrien.

»Ah«, hauchte sie in seinen Mund, während er sie küßte, »ich bin verrückt nach der fleischlichen Lust, du nicht auch, Douglas?«

»Gottverdammich«, stieß er hervor und riß ihr in Windeseile

die Kleider vom Leib. Sie verschwendete keinen Gedanken an ihr wunderschönes Ballkleid, das ihn mindestens hundert Pfund gekostet hatte. Sie war viel zu sehr damit beschäftigt, ihn auszuziehen, ihn zu streicheln und zu liebkosen und ihm dabei fest in die Augen zu sehen.

Wieder ließ er sich keine Zeit, es kam keine Ouvertüre, kein Präludium. Er lag ächzend auf ihr, sein kräftiger, großer Körper bebte. Da preßte sie sich fest an ihn, und er drang in sie ein. Sie war bereit für ihn, sie war immer bereit, und sein Ungestüm ließ sie aufstöhnen. Sie drängte sich noch enger an ihn und packte seinen Haarschopf, um seinen Mund an den ihren zu drücken. Sie küßte ihn, biß ihn in die Unterlippe, während ihre Hände wild seine Schultern bearbeiteten. Gierig drückte sie sich gegen ihn, damit er tiefer in sie hineinfuhr.

Einen kurzen Augenblick kam Douglas zur Besinnung. In diesem Moment hatte sie ihren Höhepunkt. Er sah, wie ihr Blick verschwamm und sie einen sanften Ausdruck annahm. Er küßte sie auf den Mund und sog ihre atemlosen Schreie in sich hinein. Doch das war nur ein Moment gewesen, ein kleiner Moment. Dann ergriff ihn wieder blindwütiges Verlangen, er wurde zügellos, war nicht mehr er selbst. Es schien nie aufzuhören. Dann fühlte er ihre Hände auf seinen Hinterbacken, und er fiel in einen Taumel. »Alexandra«, stöhnte er und brach im nächsten Augenblick über ihr zusammen.

Sein Gewicht lastete auf ihr, aber es kümmerte sie nicht. Sie fragte sich, ob es immer so sein würde – diese heißblütige, brünstige Liebe, immer so schnell, heftig und tief. Was machte es schon? Ihre Gefühle, ebenso feurig und wild, stimmten stets mit den seinen überein. Douglas würde sich auch mit nichts anderem zufriedengeben. Als sie endlich wieder Atem schöpfen konnte, fragte sie: »Glaubst du, ich bin schwanger?«

»Ja«, antwortete er prompt. »Gleich beim ersten Mal habe ich dich geschwängert.«

»Nun, wenn du recht hast, werde ich wohl für geeignet befunden werden. Das wollten doch alle, oder? Einen Nachfolger für die Sherbrookes?«

»Ja. Und wenn ich mich recht erinnere, hast du dich freiwillig bereit erklärt, einen auf die Welt zu bringen.«

»Das ist wahr«, pflichtete sie ihm bei. »Ich werde dir ein halbes Dutzend Erben schenken, wenn du es willst. Ich hätte gerne einen kleinen Jungen, der dir ähnlich sieht, Douglas.«

Die Gefühle, die ihre Worte bei ihm auslösten, behagten ihm ganz und gar nicht. Er brummte und erklärte: »Ich bin müde. Du hast mich vollkommen ausgelaugt. Schlaf jetzt.«

»Könntest du deine Begehrlichkeit besser beherrschen, hättest du jetzt die Kraft, dich mit mir zu unterhalten.«

»Schlaf jetzt, verflucht noch mal.«

Das tat sie auch, mit einem Lächeln auf den Lippen.

Als Alexandra am nächsten Morgen erwachte, lag sie in ihrem eigenen Bett ohne Douglas. Sie setzte sich auf, er fehlte ihr. Es war ihm zur Angewohnheit geworden, sie mit Küssen zu wecken, seine Hände zwischen ihre Schenkel zu schieben, sie zu liebkosen und sie für die Liebe mit ihm bereit zu machen, ehe sie noch ganz erwacht war. Jetzt war sie allein. Das gefiel ihr ganz und gar nicht.

Ich habe dich beim ersten Mal geschwängert.

Nein, nein, woher konnte er das wissen? Seit sie Douglas kannte, war ihr Monatsfluß ausgeblieben, das stimmte, doch ihre Blutungen kamen stets unregelmäßig. Sie konnte daher keine Gewißheit haben.

Sie stand auf, nahm ein Bad und zog sich geschwind an. Tony und Melissande sowie Onkel Albert und Tante Mildred fuhren heute ab. Und Gott sei Dank auch Lady Juliette.

Es war kurz vor zwei Uhr nachmittags, als ihr erster Gast, Lady Juliette, abfuhr. Sogar während des Verabschiedens von ihrer Gastgeberin und ihrem Gastgeber schalt sie ihre Zofe aus.

Die alte Gräfin sah mißbilligend drein. »Das Mädchen war eine große Enttäuschung, Mildred. Ich hätte es nicht gerne gesehen, wenn Douglas sie geheiratet hätte.«

»Ein zänkisches Mädchen«, nickte auch Tante Mildred.

»Trotzdem ist sie hinreißend«, schwärmte Onkel Albert. »Sie ist jung und heiter, das ist alles.«

»Sie ist eine verwöhnte Meckerziege und wird im Alter noch schlimmer werden«, bemerkte seine liebende Frau.

Tony aber hatte Alexandra umarmt und ihr dabei ins Ohr geflüstert: »Ich bin stolz auf dich. Bleib wie du bist. Mach weiter so. Es wird alles gut.«

Melissande hingegen warf Alexandra einen langen Blick zu und sagte: »Es macht mir nichts, daß ich eine Countess und du eine Viscountess bist. Es stört mich nur, daß du vielleicht Tony für dich haben willst. Niemals wirst du ihn bekommen, Alex, also vergiß es.«

Alexandra betrachtete ihre überirdisch schöne Schwester und hätte am liebsten losgekichert, so lächerlich war das. »Ich verspreche, ich werde es nie mehr versuchen, ihn dir wegzuschnappen.«

»Sieh zu, daß du das auch einhältst! Du wolltest Douglas Sherbrooke, und du hast ihn bekommen. Wenn du jetzt zu dem Schluß gekommen bist, daß du ihn nicht mehr willst, dann tut es mir leid. Du mußt eben zusehen, wie du mit ihm auskommst. Aber Tony gehört mir.«

»Ich werde es versuchen«, sagte Alexandra mit demütiger Stimme.

Douglas, der das meiste dieser Unterhaltung mitbekommen hatte, konnte nur mit Mühe seine Belustigung kaschieren. Es gelang ihm, sich mit höflicher Stimme zu erkundigen: »Wird man sich in London sehen?«

»Vielleicht. Wenn ja, könntest du dann bitte alle auf meine Frau vorbereiten, Douglas. Man könnte dadurch Duelle verhindern. Ich würde dir das hoch anrechnen.«

»Sie hat schon an einer Saison teilgenommen. Man ist auf sie vorbereitet.«

»Aber nein, jetzt ist es etwas anders. Sie ist jetzt... einfühlsamer, sensibler und somit auch verletzbarer. Bereite sie vor, Douglas. Jetzt ist sie eine vermenschlichte Göttin. Man hat sie schon nachdenklich mit der Stirn runzeln sehen.«

»Nun gut, ich werde allen erzählen, du hättest sie ausgebildet.«

»Vergiß nicht die Selbstdisziplin, mein lieber Freund.« Lachend boxte Douglas den Arm seines Cousins. Zwischen ihm und seinem Cousin herrschte jetzt wieder heitere Stimmung und nicht mehr die empörte Verbitterung der vergangenen Wochen. Alexandra sah einen Hoffnungsschimmer. Obendrein war sie froh, daß Melissande das Gespräch nicht gehört hatte. Sonst hätte sie Tony die Augen ausgekratzt.

Sie standen auf den breiten Treppen von Northcliffe Hall, bis der letzte Wagen den Weg fortgerollt war.

»Nun«, meinte die alte Countess of Northcliffe, »jetzt sind wir wieder alleine und werden bestimmt Trübsal blasen.«

»Ich nicht«, meinte Douglas und sah zu seiner Frau herunter.

»O je«, bemerkte Sinjun, »hör auf, sie so anzuschmachten, Douglas. Ich hatte gehofft, du würdest ausreiten.«

»Ich nicht«, sagte er. »Zumindest nicht im Moment.«

»Ist das denn die Möglichkeit!« empörte sich Douglas' liebevolle Mutter, als sie sah, wie der die Hand seiner Frau packte und mit ihr ins Schloß eilte.

Douglas hörte noch, wie Tante Mildred sagte: »Laß gut sein, Lydia, wir alle wünschen uns sehnlichst einen Nachfolger. Douglas erfüllt nur seine Pflicht. Er ist ein guter Junge.«

Er zerrte sie hinauf in sein Schlafzimmer. Zwei Mal nahm er sie, schnell und heftig, und verschwendete kein einziges Mal einen Gedanken an einen Nachfolger. Danach starrte er sie mit keuchendem Atem und klopfendem Herzen an, sagte aber keinen einzigen Ton. Kopfschüttelnd zog er sich an und verließ sie auf der Stelle, um auszureiten.

Alexandra richtete den Blick auf die Zimmerdecke und rührte sich fünfzehn Minuten lang nicht, bis sie sich endlich zusammenriß und vom Bett erhob. Während sie sich wusch und anzog, dachte sie an seinen verdatterten Gesichtsausdruck, als sie im Augenblick seines Höhepunktes ihm nahe an seinem Mund zugeraunt hatte: »Ach, Douglas, ich begehre dich ja so!«

Er hatte sie angeknurrt.

In dieser Nacht kam Douglas nicht zu ihr. Alexandra vermutete, daß er über Lust oder ähnlichem in seiner Bibliothek grübelte. Wenigstens hoffte sie das. Sie schlief in ihrem eigenen Schlafzimmer ein. Mitten in der Nacht, in tiefster Dunkelheit, wurde sie plötzlich hellwach. Sie rührte sich nicht. Sie wußte nicht, was vor sich ging. Sie wußte nur eines: sie war nicht allein.

Dann erblickte sie die Gestalt: es war die junge Frau, die sie schon einmal gesehen hatte, ganz in Weiß gekleidet. Sie schien schwerelos über den Boden zu gleiten, die schimmernden Haare waren hell, beinahe weiß, sie umrahmten ihr liebliches Gesicht und flossen ihr den Rücken hinab.

»Wer sind Sie?«

Großer Gott, sollte das ihre eigene Stimme sein, so dünn und atemlos vor Angst?

Die Gestalt rührte sich nicht, sie stand keinen Meter von ihrem Bett entfernt. Ihr Körper schillerte, ihre Füße berührten nicht den Boden, sie schwebte über ihm. Die Arme hatte sie Alexandra entgegengestreckt.

»Was wollen Sie? Warum sind Sie hier?«

Wieder verharrte die Gestalt wortlos in ihrer Stellung.

»Ich weiß, man nennt Sie die jungfräuliche Braut, weil Ihr frischvermählter Ehemann getötet wurde, noch ehe Sie seine Frau werden konnte. Doch ich bin keine Jungfrau. Mein Mann ist nicht gestorben. Warum also sind Sie hier aufgetaucht?«

Darauf stieß die Gestalt einen leisen, tiefen Ton von sich. Alexandra wäre beinahe vor Schreck aus ihrem Bett gefallen.

Mit einem Mal war ihr alles klar, so als hätte die Gestalt etwas gesagt. Alexandra wußte, warum sie hier war. »Sie wollen mich warnen, nicht wahr?«

Die Gestalt regte sich ein klein wenig und brachte Licht und Schatten in Bewegung.

»Sie machen sich Sorgen, mir könnte etwas passieren?«

Ein mattes Schimmern umgab die Gestalt. Plötzlich war sich Alexandra nicht mehr sicher, ob sie es war, oder nein, sie war es nicht... oder vielleicht war sie's doch? Ihr Verstand hatte ausgesetzt; sie versuchte tatsächlich die Absichten eines Geistes zu erraten. Das war Wahnsinn.

»Was zum Teufel geht hier vor? Alexandra, mit wem sprichst du?«

Die Gestalt erbebte, ein fahles Licht ging von ihr aus; sie verschwand spurlos hinter der Wandtäfelung.

Douglas trat durch die Verbindungstür. Er war vollkommen unbekleidet.

»Schon gut. Ich unterhielt mich eben nur mit meinem Liebhaber. Doch du hast ihn verscheucht.«

Sie merkte nicht, wie ihre Stimme zitterte und sie so klang, als stünde sie kurz davor, in einen Abgrund hinuntergestoßen zu werden. Douglas merkte es. Er durchquerte das Zimmer, blickte sie kurz an und schlüpfte zu ihr ins Bett. Er zog sie fest an sich, fühlte ihren bebenden Leib und hielt sie einfach in den Armen.

»Ist schon gut, es war nur ein Alptraum, weiter nichts, nur ein Alptraum.«

»O Gott«, sagte sie schließlich und hielt ihr Gesicht an seiner Schulter vergraben. »Es war weder ein Traum noch ein Alptraum. Das schwöre ich dir. Du liebe Güte, Douglas, ich habe sie nicht nur gesehen, sondern auch mit ihr gesprochen. Ich bildete mir ein, ich könnte sie verstehen.«

»Es war ein Traum«, gab er mit fester Stimme zurück. »Diese verdammte Geistergestalt ist wie ein kollektiver Wahn. Du hast sie nur geträumt, weil ich nicht hier war und dich bis zur Erschöpfung geliebt habe.«

»Du hast sie auch schon gesehen, nicht wahr?«

»Natürlich nicht. Ich bin doch kein dummes Gänschen.«

»Du hast sie gesehen, lüg mich nicht an, Douglas! Wann? Wie ging das vor sich?«

Er küßte ihre Schläfen und drückte sie fester an sich. Als sie wieder sprach, streifte ihr warmer Atem seine Schulter. »Ich habe ihr gesagt, daß ich keine Jungfrau mehr bin und daß du nicht tot bist; ich habe sie gefragt, warum sie gekommen sei. Sie wollte mich warnen, aber ich bin mir nicht sicher, ob ich diejenige bin, die in Gefahr schwebt... vielleicht nicht, aber dann bist du hereingekommen, und sie ist verschwunden.«

»Ja, ja, ich kann es mir genau vorstellen. Sie ist davongeschwebt, ihr Leichenhemd flatterte dabei romantisch um sie herum.«

»Ich will wissen, wann du sie gesehen hast.«

Wieder küßte Douglas ihre Schläfen, doch seine Gedanken wanderten zu jener Nacht, als Alexandra ihm davongelaufen war und er sie in diesem Zimmer weinen gehört hatte. Er war hereingekommen und hatte sie gesehen... nicht Alexandra, aber dieses verdammte Gespenst. Er schüttelte den Kopf. »Nein«, sagte er. »Nein.«

Sein Rücken versteifte sich. »Mein Gott, ist dir eigentlich klar, daß ich gar nicht über dich hergefallen bin? Daß wir uns tatsächlich mindestens drei Minuten miteinander unterhalten haben, obwohl wir beide fast nackt sind und...« Sie drehte ihr Gesicht zu ihm hin. Er fühlte ihren warmen Atem an seinem Mund und küßte sie.

»Gottverdammich«, fluchte er und fuhr mit den Händen ihren Rücken hinab, bis er ihre Hinterbacken hielt. Er wandte sich ihr zu, sein schwellendes Glied lag fest gegen ihren Bauch gepreßt. Sie hatte ihre Arme um ihn geschlungen und bedeckte ihn mit leidenschaftlichen Küssen. Mit einigem Umstand gelang es ihm, ihr das Nachthemd auszuziehen.

Sein Atem ging kurz und stockend. Er merkte, daß er nicht mehr lange Zeit hatte, da hob er ihr rechtes Bein an und stieß mit aller Macht in sie. Sie keuchte nach Luft vor Erstaunen und Wollust. Doch das Keuchen verwandelte sich in heftiges Stöhnen, als er mit seinen Händen und Fingern begann, ihre Scham zu liebkosen und sein glühender Mund sich auf ihre Brüste drückte.

»Douglas«, hauchte sie. Mit einem erstickten Schrei erreichte sie ihren Höhepunkt.

Er legte sie auf den Rücken, um weiter in sie einzudringen. Sie streckte ihm ihre Hüften entgegen, damit er tiefer in sie hineinkam. Da schrie er auf, ein Krampf schüttelte ihn, ehe er in zügellosen Stößen seinen Samen in ihr ergoß.

»Ach, Douglas«, flüsterte sie nach einer Weile schweratmend an seiner Halsbeuge. »Sie schwebte irgendwie.«

»Zum Donnerwetter. Sie war nicht hier, es war bloß ein törichter Traum. Du warst für so etwas empfänglich, weil du mich nicht hattest – als Stärkungsmittel –, ehe du einschliefst. Heute nacht wirst du das verdammte Gespenst nicht mehr sehen. Halt jetzt den Mund.« Er zog sie über sich, bis sie auf ihm lag, dann deckte er sie zu. »Du hast nur noch an mich zu denken. Hast du verstanden?«

»Ich habe verstanden«, antwortete sie und küßte ihn an Hals, Ohr und Schulter. »Nur an dich und an die köstliche Wollust, die du mir schenkst. Ist es nicht wunderbar, daß wir morgen in der Früh nach London fahren? Vielleicht wollte sie mir das sagen. Dort gäbe es noch viele Männer, an denen ich meine Lust haben könnte.«

»Du bist so witzig wie ein Furunkel auf dem Rücken.«

Lachend küßte sie den kleinen Fleck hinter seinem Ohr.

Douglas starrte mit grimmigem Gesicht in die Dunkelheit, während er ihren Rücken streichelte und ihre Hüften mit seinen Händen nachmodellierte. Endlich schlummerte er ein.

Die herrschaftliche Residenz der Sherbrookes war drei Stockwerke hoch und stand Ecke Putnam Place. Es war vor sechzig Jahren nach den hochfliegenden Plänen eines Earl of Northcliffe, der über mehr Geld als Geschmack verfügte, erbaut worden. Immerhin fanden einige Leute die griechischen Säulen beeindruckend – Leute, die zu tief ins Glas geschaut hatten, pflegte Douglas verächtlich schnaubend zu sagen. Innen standen nun in den meisten Nischen, die für die Statuen vorgesehen waren, Blumen oder Bücher. Die Figuren selber hatte man auf den Dachboden verstaut. Es handelte sich um eben jenen Grafen, der die Gärten von Northcliffe so üppig mit griechischen Plastiken bestücken hatte lassen. »Das habe ich mir anfertigen lassen«, erklärte Douglas und zeigte auf den kostbaren weinroten Brokatvorhang, der im großen Wohnzimmer zugezogen war. »Möglich, daß meine Nachkommen das als Geschmacksverirrung halten und etwas anderes hinhängen.«

Er runzelte die Stirn und sagte: »Vielleicht möchtest du einige Veränderungen durchführen. Die Zimmer der Gräfin habe ich so belassen.«

»In Ordnung«, hatte Alexandra ihm geantwortet. Sie war so vollkommen benommen von der Tatsache, in London zu sein – einer Stadt voller Kultur und Überfluß, Elend, Vergnügen und einer Vielfalt von Gerüchen –, daß sie allem, was er sagte, zugestimmt hätte. Er hatte sie auf alles aufmerksam gemacht, und sie hatte mit großen Augen aus dem Kutschenfenster gestarrt. Douglas grinste sie an. »Ziemlich überwältigend, nicht wahr?«

Sie nickte und tippte dabei leicht mit dem Finger auf einen kostbaren spanischen Tisch.

»Du wirst dich bald daran gewöhnen. Was das Haus betrifft, wird dir Mrs. Goodham alles zeigen. Burgess, unser stämmiger Butler in London, ist ebenso tüchtig wie Hollis. Du kannst ihm vertrauen. Wir werden uns zwei Wochen in London aufhalten, genügend Zeit, um dich mit Kleidern, Hüten und sonstigem einzukleiden und dich der Gesellschaft vorzustellen. Wünscht du etwas zu ruhen, oder können wir Madame Jordan einen Besuch abstatten?«

Madame Jordan war eine waschechte Französin, geboren und aufgewachsen in Rennes. Sie hatte sechs Ladengehilfinnen, ein beeindruckendes Geschäft mitten im Herzen von Piccadilly und eine Schwäche für den Earl of Northcliffe. Alexandra stand tatenlos da, ein unbedeutendes Mitglied seiner Entourage, und lauschte den Ausführungen von Madame und ihrem Mann, was mit ihr angestellt werden sollte. Man nahm ihre Maße, man beäugte sie. Kurz bevor sie Douglas anschreien konnte, sie sei nicht unsichtbar und hätte durchaus einen guten Geschmack, spreizte Madame auf einmal ihre Hand über Alexandras Busen und ratterte los in einem Salvenfeuer von schnellem, aufgeregtem Französisch. Aha, dachte Alexandra und lächelte amüsiert zu Douglas hinüber, dessen Gesicht hart und verschlossen war. Sie will also meinen Busen modisch hervorheben. »Ich stimme mit Madame überein«, erklärte sie laut. Douglas wandte sich ihr, der idealen Zielscheibe für seinen

Zorn, zu. »Sei still, Alexandra, oder du wartest draußen in der Kutsche! Das hat nichts mit dir zu tun!«

»Ha! Du willst, daß ich wie eine Nonne einhergehe, aber Madame stimmt dem nicht zu. Ich ebensowenig. Gib endlich nach, Douglas, und sei nicht so komisch. Ich bin eine Frau, wie jede andere auf der Welt. Alle Frauen sind so wie ich gebaut. Niemanden kümmert es, einfach niemanden. Wenn du darauf bestehst, daß ich bis zum Kinn bedeckt bleibe, nun, da wird sich doch jeder fragen, ob ich nicht irgendwo schrecklich deformiert bin!«

»Ich stimme mit der Gräfin überein«, verkündete Madame in perfektem Englisch. »Mylord, Sie sind einfach zu besitzergreifend mit Ihrer Braut. Es gehört sich nicht, so offen und ehrlich zu sein.«

»Bin ich doch gar nicht«, brüllte Douglas und knallte seine Faust auf das Hochglanzbild einer Frau, mindestens einsachtzig groß und in ein hauchdünnes Kleid drapiert, so zart und durchsichtig wie das der Geisterfrau. »Ihre Unschuld ist einfach zu groß und sie weiß nicht, was Männer...« Er hielt jäh inne, voll hilfloser Wut. Man hatte ihn überrumpelt und überfahren, das war klar. Beide Frauen blickten ihn mit mildem Beileid an. Die Vernunft war auf seiner Seite, ganz gewiß, nur klang er einfach lächerlich. »Gottverdammich! Tut, was ihr wollt!« Und damit stampfte er davon und brüllte noch über seine Schulter hinweg: »Ich warte auf dich in der Kutsche. Mach die verdammten Ausschnitte so tief bis zur Taille, was kümmert es mich?«

»Ach, ich liebe leidenschaftliche Männer, Sie nicht?« fragte Madame Jordan und lächelte dem Grafen zärtlich nach.

»Aber ja«, stimmte Alexandra zu. »Ihr Englisch ist übrigens superb, Madame.«

Madame nickte nur, kein bißchen von dem peinlichen Zwischenfall berührt. »Ich spreche auch Deutsch, Italienisch und ein wenig Russisch. Ein russischer Graf ist mein Liebhaber, wußten Sie das? Er ist möglicherweise ein so wilder und besitzergreifender Liebhaber wie Ihr Mann, ein heißblütiger Mensch, der mein Gefühl in Wallung bringt.«

In Alexandras Ohren klang das wunderbar. Ehe der Nachmittag zu Ende gegangen war, konnte sie sich vor Müdigkeit kaum auf den Beinen halten. Zudem war sie die stolze Besitzerin sechs neuer Kleider, zweier Reitkostüme, etlicher Nachthemden und Unterkleider. Großer Gott, die Liste hörte überhaupt nicht mehr auf. Nachdem sie Madame Jordan verlassen hatten, fand Douglas wieder seine gute Laune. Er kaufte ihr später noch Hüte und Schuhe, Taschentücher, Strümpfe und Damentaschen, sogar einen Regenschirm.

Er war immer noch voller Energie, als er ihr schließlich in die Kutsche half. Er verstaute einen Stapel Schachteln auf dem Rücksitz. Alexandra war so erschöpft, daß es ihr gleichgültig gewesen wäre, ob sie sich in London oder auf den Hebriden befand. Ihr Kopf fiel auf seine Schulter. Er drückte sie an sich und gab ihr einen Kuß auf den Kopf.

»Es war ein langer Tag. Du hast dich gut gehalten. Ich war stolz auf dich. Zumindest die meiste Zeit. Dein Ausschnitt behagt mir immer noch nicht.«

Alexandra war nicht gewillt, auf dieses Thema noch einmal einzugehen. Aber auf ein anderes. Sie kaute auf ihrer Unterlippe und platzte dann heraus: »Du kennst dich in modischen Dingen aus. Du und Madame Jordan seid offensichtlich gut bekannt. Hast du schon vielen Frauen Kleider gekauft?«

Kapitel 19

Douglas betrachtete sie nachdenklich und zuckte dann mit den Achseln. »Eigentlich geht es eine Ehefrau nichts an, was ihr Ehemann so treibt. Doch finde ich nichts dabei, dich aufzuklären. Ja, als vielversprechender Jüngling von neunzehn Jahren erkannte ich, daß ein Mann sich in modischen Dingen auskennen sollte. Also kümmerte ich mich darum. Will ein Mann Erfolg bei Frauen, muß er sich rechtzeitig an ihre kapriziösen Eigenarten gewöhnen.«

»Klingt mir ziemlich kaltblütig.«

»Bist du mir denn heute kein bißchen dankbar für meine Großzügigkeit? Sechs neue Kleider... zwei neue Reitkostüme. Außerdem habe ich dir und Madame Jordan euren Willen gelassen. Willst du mich nicht entsprechend belohnen?«

Seltsam, dachte sie, seltsam und so vorhersehbar, daß Männer die Dinge einfach in einem anderen Licht sahen. Sie seufzte. »Ich bin sehr wohl dazu bereit, doch gibst du mir keine Gelegenheit dazu, Douglas. Du fällst schon über mich her, ehe ich die Chance bekomme, irgend etwas zu tun. Die Belohnung erhalte nur ich, nie kann ich dir etwas kaufen.«

»Ein interessanter Gesichtspunkt. Die meisten Männer und Frauen würden dich für ziemlich ungewöhnlich oder zumindest für eine besonders gerissene Frau halten.« Er sah sie durchdringend an, als wäre er sich über irgend etwas nicht ganz sicher. Dann fügte er hinzu: »Besitzt du immer noch die dreißig Pfund?«

»Aber ja doch. Willst du damit sagen, wenn ich Erfolg bei Männern haben will, sollte ich mich an deren besondere Eigenschaften gewöhnen?«

»So laufen die Dinge nicht. Männer verfügen immer über Erfolg bei Frauen. Männer sind sehr leicht zu fesseln. Sie sind weder affektiert noch provozieren sie oder kommen mit Ausreden daher.«

»Komm schon, Douglas, ich mag zwar wenig Erfahrung haben, doch eines weiß ich. Was dem einen recht ist, ist dem anderen billig. Mit den dreißig Pfund komme ich nicht sehr weit. Es würde nicht einmal ausreichen, die märchenhaften Männer vor den Kopf zu stoßen, gleichgültig wie interessiert sie wären. Vielleicht sollte ich aber versuchen, ein Dutzend Exemplare der gleichen Ware zu kaufen und sie nach und nach zu verschenken. Was denkst du?«

»Ich denke, du willst mich mit dem Rücken zur Wand drängen. Kein kluger Schritt. Ich denke, du verdienst eine Tracht Prügel. Und ich denke, man müßte dir Schweigen und Nachdenken verordnen. Du bist sehr vorwitzig, das dulde ich nicht. Halt schön den Mund, Alexandra.«

»Ich sollte nach Uhrenanhängern Ausschau halten«, sagte sie mit matter Stimme immer noch an seine Schulter gelehnt. »Ich könnte auf jeden meine Initialen neben denen der Männer eingravieren lassen. Persönliches Geschenk, du verstehst?«

Ruhig gab er mit eisig beherrschter Stimme zurück: »Wenn du mir bald einen Nachfolger schenkst, wird sich alles Geld, was ich für dich ausgegeben habe, gelohnt haben.«

O je, dachte sie. Sie war zu weit gegangen. Er hatte es ihr prompt und ziemlich schmerzhaft heimgezahlt.

»Wenn du mir sagst, daß du es nicht so gemeint hast, dann bin ich still, erwähne keine Uhrenanhänger mehr und unterlasse meine Witze.«

»Nichts dergleichen werde ich dir sagen. Lassen wir das; London ist, was das Gesellschaftliche betrifft, um diese Jahreszeit nicht viel bevölkert. Doch es gibt noch genügend passende Unterhaltungsmöglichkeiten. Heute abend findet der Ranleaghs Ball statt. Der wäre angemessen für dein Debüt in die Gesellschaft. Du wirst das gleiche Ballkleid tragen wie in Northcliffe Hall. Ich habe Mrs. Goodham gebeten, dir behilflich zu sein.«

An diesem Abend, kurz nach elf Uhr, im prachtvollen Wohnsitz der Ranleaghs auf der Carlisle Street, stand Alexandra einer Frau gegenüber, die Douglas offensichtlich sehr gut kannte und die scheinbar immer noch Interesse an ihm hatte.

Alexandra belauschte ihr Gespräch und hatte dabei nur ein Quentchen schlechtes Gewissen. Tatsache war, ihr Zorn war weitaus größer als ihr Schuldgefühl. Beide sprachen Französisch miteinander. Sie verstand kein einziges Wort.

Die Frau war viel zu hübsch. Sie wirkte zierlich und sehr weiblich mit ihren großen Augen. Sie hatte ihre weiße Hand auf Douglas' Ärmel gelegt und stand sehr nah mit leicht vornübergebeugtem Körper bei ihm. Gewiß streifte ihr warmer Atem seine Wangen, so wie bei ihr, wenn sie sein Gesicht küßte. Ihre Stimme klang leise und guttural. Douglas tätschelte ihre Hand und sprach sanft in fließendem Französisch auf sie ein.

Warum hatte ihr Vater auf Italienisch-Unterricht bestanden? Es war völlig sinnlos gewesen. Mein Gott, wie ernst, eindringlich und interessiert die Frau Douglas ansah! Wer war sie? Hatte Douglas ihr auch Kleider gekauft? Hatte sie ihn dafür belohnt?

In diesem Augenblick drehte sich Douglas um, und Alexandra verbarg sich blitzschnell hinter dem Vorhang eines Alkoven. Ein Pärchen stand dort und küßte sich gerade leidenschaftlich. Alexandra stotterte: »Oh, Verzeihung!« und floh in den angrenzenden Wintergarten.

Sie war fünfzig Leuten vorgestellt worden und erinnerte sich an keinen einzigen Namen. Sie war ganz allein. Zwar erblickte sie Lady Ranleagh, aber die gute Lady war gerade in ein Gespräch mit einem Gentleman mit Perücke vertieft, der sehr bedeutend aussah und einen etwas angetrunkenen Eindruck machte.

Da sie keine andere Wahl hatte, stellte sie sich an den Rand der Tanzfläche und sah den Paaren bei einem anmutigen Menuett zu. Ihre Darbietung war perfekt; alle waren schön und reich und äußerst exquisit. Sie fühlte sich als Eindringling, als Landpomeranze, deren Ausschnitt einen Zentimeter zu hoch geschnitten war. Jeden Moment würden alle mit spitzen Fingern auf sie zeigen und schreien: »Sie gehört nicht hierher! Fort mit ihr!«

»Gehe ich richtig in der Annahme, daß Sie ein verirrtes Schäfchen auf der Suche nach einem freundlichen Hirten sind?«

Eine interessante Einleitung, dachte Alexandra und sah sich nach dem Gentleman um, der sie angesprochen hatte. Er war großgewachsen, gut gebaut, mit sehr blonden Haaren und makellos gekleidet. Wahrscheinlich nicht älter als fünfundzwanzig, doch seine tiefblauen Augen waren so voller Weltschmerz, daß er den Eindruck erweckte, älter zu sein. Er sah gut aus, mußte sie sich eingestehen, und machte in seiner Abendgarderobe eine glänzende Figur. Die allzu welterfahrenen Augen waren jedoch beunruhigend. Und ausgerechnet er bot sich als freundlicher Hirte an?

»Ich habe mich keineswegs verirrt, Sir, sehr freundlich von Ihnen, sich zu erkundigen.«

»Sie sind doch Melissandes kleine Schwester, nicht wahr? Eine der Damen hat mich auf Sie aufmerksam gemacht.«

»Das stimmt. Kennen Sie meine Schwester?«

»Aber ja. Sie ist ein charmantes, hinreißendes Wesen. Hat sie tatsächlich Tony Parish, Lord Rathmore, geheiratet?«

Alexandra nickte. »Es war Liebe auf den ersten Blick. Sie werden bald nach London kommen.«

»Da nehme ich an, daß Teresa Carleton davon nicht allzu begeistert sein wird. Sie wollte ihn sich nämlich angeln. Ach, Sie wissen nichts darüber? Tony war mit ihr verlobt, und plötzlich war das Verlöbnis aufgelöst. Wortlos hatte er London verlassen. Teresa verbreitete, daß sie ihn überhaupt nicht als Ehemann haben wollte, da er völlig altmodischen und spießigen Vorstellungen nachhing. Ach, meine Liebe, verzeihen Sie. Mein Name ist Heatherington.«

»Es ist mir ein Vergnügen, Sie kennenzulernen, Sir. Zu dem, was die Lady über Tony geäußert hat – wenn Sie ihn kennen, dann müssen Sie wissen, daß das alles Unfug und dummes Zeug ist. Tony ein Spießer? Einfach lächerlich. Kennen Sie meinen Mann, Douglas Sherbrooke?«

»Dann stimmt es also doch. Jeder kennt Sherbrooke, oder North, wie ihn viele Kameraden vom Militär nennen. Ein Mann, den man nicht leicht übergehen kann. Ich hätte ihn nicht gerne als Feind. Und Teresa hat wohl niemand so recht geglaubt. Nein, Tony ist kein Spießer.«

»Er ist ein sehr amüsanter Mann. Er und meine Schwester kommen gut miteinander zurecht. Sie sind sehr verliebt.«

Er zuckte mit den Achseln und sah sie dabei fest an. »Sie, meine Liebe, sind das Rätsel. Sie sind mit Douglas Sherbrooke verheiratet. Sie machen einen warmherzigen und recht fröhlichen Eindruck, in der Tat, während Ihr Mann kalt sowie hart und streng wirkt, um der Wahrheit die Ehre zu geben.«

»Mein Mann kalt? Sprechen wir von demselben Mann? Kalt? Das ist einfach zu komisch«, bemerkte Alexandra lachend.

»Beecham! Überrascht, dich zu sehen.« Douglas drängelte sich geschickt zwischen den Mann und Alexandra. Stirnrunzelnd sagte sie zu ihrem Mann: »Ich dachte, er hieße Heatherington.«

Douglas war äußerst irritiert von diesem jungen Mann, bei dem es sich schließlich um einen mondänen Lebemann handelte. Der Hund hatte den Nerv, mit seiner Frau zu flirten! Er sagte: »Das ist Lord Beecham.«

»Heatherington ist mein Familienname« sagte dieser mit einem bedeutungsvollen Blick auf sie. »Gratuliere, Northcliffe. Ihre Frau ist charmant. Ganz anders als ihre Schwester. Originell, würde ich sagen. Wie ich sehe, bereitet man sich gerade zur Quadrille vor. Ich habe diesen Tanz Miß Danvers versprochen, die sich für den Inbegriff von Anmut und Diskretion hält. Ich denke nicht, daß sie deine Zeit wert ist, Northcliffe.«

»Nein, ist sie nicht«, entgegnete Douglas.

Heatherington brachte den Hauch eines Lächelns zustande. »Ich bezweifle im übrigen, ob sie meine Zeit wert ist.«

»Halt dir diesen Mann vom Leibe«, wandte er sich an Alexandra, während er Lord Beecham nachblickte, der sich Miß Danvers näherte. »Man sagt, er zieht die Röcke über den Kopf einer Frau, noch ehe er ihren Nachnamen kennt.«

»Aber er ist doch noch so jung.«

»Er ist nur zwei Jahre jünger als ich. Doch du hast recht, er ist ein eigenartiger Bursche. Finger weg von ihm!«

»Er muß sehr viel von Mode verstehen und über einen prallen Geldbeutel verfügen, um in so zarten Jahren so erfolgreich zu sein.«

»Eigenartig, Alexandra. Es gefällt mir nicht, wie er dich angesehen hat. Laß die Finger von ihm.«

»Also gut, das mache ich, wenn du dich nicht in die Nähe dieses französischen Biestes begibst, das die Hand so vertraulich auf deinen Ärmel gelegt und beim Sprechen fast deine Lippen berührt hat.«

»Welches französische…« Er warf ihr einen zornentbrannten Blick zu. »Gestikuliere nicht so wild herum. Ich kann jeden weißen Zentimeter von dir bis hinunter zur Taille sehen. Ich werde das Dekolleté dieses verdammten Mieders höher machen lassen, ehe du es wieder anziehst.«

»Du kannst mich nicht ablenken, Douglas! Wer war dieses abscheuliche Geschöpf?«

Er starrte sie an. Überraschung und zugleich Befriedigung lagen in seinen Augen, die sich, falls möglich, noch dunkler verfärbten. »Großer Gott, du bist ja eifersüchtig.«

In der Tat. Es war demütigend, daß er sie dabei erwischt hatte. »Wenn ich jemand hier kennen würde, würde ich dich einfach stehenlassen und eine gepflegte Konversation mit ihm führen. Doch wenn ich jetzt gehe, bin ich allein, und das schickt sich nicht.«

»Ihr Name hat dich nicht zu kümmern. Sie ist einfach jemand, den ich kenne, das ist alles.«

»Was hat sie dir erzählt?«

Er präsentierte ihr eine glatte Lüge. »Daß ihre Großmutter krank sei.«

»O weh«, rief Alexandra gespielt mitfühlend.

»Nun gut. Sie war der Grund, weshalb ich nach Frankreich fuhr. Sie war diejenige, die ich befreite – während ich Tony nach Claybourn Hall schickte. Das Ergebnis entsprach nicht ganz unseren Erwartungen.«

»Aha, das ist also diese Janine, von der du mir erzählt hast. Sie ist dieses verflixte Weib, das sich an dich rangeworfen hat.«

»Dein Erinnerungsvermögen ist erschreckend. Ich sage dazu kein einziges Wort mehr. Vergiß, was ich an jenem Tag gesagt habe. Es ist jetzt unerheblich. Kümmere dich um deine eigenen Dinge, Alexandra.«

»Komm schon, tanz mit mir. Ich möchte dich nicht zu weiteren Vertraulichkeiten zwingen, auch wenn die, die du mir verraten hast, recht dürftig ausgefallen sind.«

Er führte sie zum Tanzen, begleitete sie zum Dinner, stellte sie jungen verheirateten Frauen vor, von denen er annahm, daß sie Gefallen an ihnen finden würde. Und er behielt sein wachsames Auge auf Georges Cadoudal. Gottverdammich, diesen

Verrückten, Georges, wollte er am allerwenigsten auf dieser Welt als Feind haben.

Warum, zum Teufel, hielt sich der Mann nicht in Frankreich auf, wo er eigentlich hätte sein sollen? Vielleicht hielt er sich ja auch dort auf, vielleicht war Janine Daudet einfach nur hysterisch. »Ich würde gerne Teresa Carleton vorgestellt werden.«

»Beecham hat dir also von ihr erzählt? Er liebt es, Unheil zu stiften. Es würde mich nicht überraschen, wenn er mit der bewußten Dame geschlafen hat.«

»Hat sie das Verlöbnis mit Tony gelöst?«

»Nein, das hat sie nicht. Tony hatte herausgefunden, daß sie ein Verhältnis mit einem seiner Freunde hatte. Er ist fast vor Entsetzen und Wut zusammengebrochen. Er kam nach Northcliffe, um sein seelisches Gleichgewicht wieder zu finden. Ich wiederum habe ihn als meinen Retter angesehen. Er erfüllte zwar meinen Auftrag, nach Claybourn Hall zu gehen, aber heiratete *meine* Frau.«

»Glaubst du, Douglas, daß du dies in etwas andere Worte fassen könntest?«

»Warum? Es ist die Wahrheit. Nur, weil du wie ein Geist aus der Flasche aufgetaucht bist, ändert das nichts an den Tatsachen.«

Sie seufzte. »Du hast natürlich recht. Könntest du jedoch deine Worte ein klein wenig ändern, würde ich dich dafür belohnen, wenn wir nach Hause kommen. Es sei denn, du belohnst mich zuerst, was du ja immer tust. Du gibst mir keine Chance, Douglas.«

»Vielleicht in fünfzig Jahren.«

Das klang Alexandra nach einer vernünftigen Vereinbarung. Sie lächelte ihn strahlend an. Douglas hingegen überdachte seine Worte und hätte sich am liebsten selber einen Fußtritt versetzt. Er fluchte, trank vor lauter Ärger zu viel Brandy und wurde sehr heiter. Viel Alkohol würde ihn in seiner Gier nach Alexandra etwas bremsen. In der Kutsche überkam ihn ein Schwindelgefühl, und als er die Treppen hochstieg, pfiff er vor sich hin. Ja, der Brandy würde seine Wirkung tun.

Das tat er nicht, doch es war den Versuch wert gewesen. Als er sich schließlich aus ihr herauszog und auf den Rücken rollte, kreuzte er die Arme unter dem Hinterkopf und versuchte, seinen Atem zu beruhigen. »Du bringst mich noch um«, sagte er schließlich. »Kein Mann kann so weitermachen. Das ist unnatürlich. Es ist nicht gesund.«

»Und was ist mit mir?«

Er löste seinen Arm und legte ihn über ihre Brüste. Ihr Herz schlug übermäßig schnell. Er mußte grinsen. »Wir werden Seite an Seite auf dem Familienfriedhof zu Northcliffe begraben werden.«

»Klingt nicht sehr verlockend.«

»Zuerst mußt du mir einen Nachfolger schenken.«

»Ich dachte, Frauen wird es bei einer Schwangerschaft übel.«

»Den meisten, habe ich gehört.«

»Ich fühle mich prächtig.«

»Wann war dein letzter Monatsfluß?«

Es war dunkel. Sie hatten sich gerade umarmt und lagen nun nebeneinander in dem großen Bett, nackt und befriedigt. Trotzdem war die Frage peinlich.

Als ihr Schweigen seine Geduld überforderte, fragte er sie: »Du hast also seit unserer Heirat keine Blutung mehr gehabt, nicht wahr?«

Sie schüttelte leicht den Kopf, und er erahnte ihre Bewegung. Sanft legte er seine Hand auf ihren Bauch. »Er ist ganz flach.« Dann fuhr er mit den Fingern über ihre Hüften. »Du bist schmal, doch nicht zu sehr, hoffe ich, um mein Kind auszutragen. Es ist wahr, ich bin ein großer Mann, Alexandra. Noch heute beklagt sich meine Mutter bitterlich, daß ich sie mit meiner Größe bei der Geburt beinahe das Leben gekostet hätte. Nein, ich denke, du bist nicht breit genug. Ich werde einen Arzt kommen lassen, um dich zu untersuchen.«

»Das wirst du nicht tun!«

»Sieh an, sie kann sogar reden«, rief Douglas.

»Hör mich an, Douglas.« Sie stützte sich auf ihren Ellbogen, ihre Haare bedeckten sanft seine Brust. »Ich bin eine Frau, und es sind Frauen, die Kinder bekommen. Ich werde keinen anderen Mann außer dir erlauben, daß er mich berührt. Hast du mich verstanden?«

»Wer wird unser Kind auf die Welt bringen?«

»Eine Hebamme. Meine Mutter wurde von einer Hebamme entbunden. Auch sie mochte keine Männer.«

Darüber mußte er lachen. Dann fächerte er mit seiner Handfläche ihren Bauch hinunter und hielt sie fest. Wieder drückte er sie auf den Rücken. Seine großen Hände fühlten sich sehr warm an. Seine Finger begannen sie zu liebkosen. Sie holte tief Luft. »Du magst mich also nicht, Alexandra? Ich bin ein Mann.«

»Ich weiß, daß du ein Mann bist, Douglas. Und ich verstehe nicht, warum alle glauben, du seist kalt. Sieh dich doch an, was du gerade tust und wie warm deine Stimme klingt. Kalt! Bah!«

»Wer hat dir das gesagt?«

»Der junge Mann, den du für verdorben hältst. Heatherington.«

»Aha. Vielleicht dachte er, du seist unglücklich mit mir, daher seine Bemerkung.«

»Was kümmert es ihn, ob ich unglücklich bin oder nicht? Ach, Douglas, das fühlt sich wunderbar an.«

Er hörte mit seinem Fingerspiel auf, doch die Wärme seiner Berührung verweilte noch auf ihrer Haut. Sie rührte sich ein wenig. »Du läßt mich vergessen, was ich eben gesagt habe, Douglas, wenn du so weitermachst.«

»Gewöhne dich daran, denn ich werde dich berühren, wann immer es mir gefällt. Jetzt hör mir gut zu, Alexandra.

Ich bin ein kalter Mann, wie du eben sagtest. Damit meine ich, ich bin kein Mann, der sich von List und Tücke narren läßt. Ich bin ein Mann, der nach Verstand und Logik lebt, und nicht…« Er brach ab, seine Finger glitten wieder über sie. Noch während er sie küßte, fluchte er vor sich hin. Er wälzte sich auf sie und drang in sie ein. Es war wie immer; schnell, heftig und tief. Sie schrie vor Wollust und klammerte sich an ihn. Ihr Verlangen nach ihm war stärker, als sie es sich je hätte vorstellen können. Das Empfinden war so tief, daß sie sich nicht mehr daran erinnern konnte, wie es einmal ohne ihn gewesen war. Doch sie flüsterte ihm keine Liebesworte zu. Stöhnend erreichte sie ihren Orgasmus. Vom Gefühl überwältigt, biß sie ihm in die Schulter. Und Douglas genoß einfach ihre Lust und ließ sie an seiner teilhaben. Nach seinem Höhepunkt hielt er sie fest in den Armen, bis beide den Schlaf fanden.

Alexandra trat ins Wohnzimmer und erblickte einen schmächtigen, mittelalterlichen Gentleman mit schütteren Haaren. Er stand auf den Fersen wippend vor einem der Erkerfenster und starrte auf seine Uhr, ohne den wunderschönen Ausblick auf den gegenüberliegenden Park eines Blickes zu würdigen. Kaum hatte er sie erblickt, stopfte er hastig seine Uhr in die Westentasche und machte eine leichte Verbeugung vor ihr. Den Kopf leicht zur Seite geneigt, erkundigte sie sich: »Unser Butler sagte mir, ein Gentleman wünscht mich zu sprechen. Was mich wundert, denn ich habe die Bekanntschaft von noch nicht allzuvielen Gentlemen in London gemacht. Für einen Augenblick dachte ich, es sei Beecham. Doch nein, ich denke nicht, daß er so indiskret wäre. Das entspräche nicht seinem Stil. Wer sind Sie, Sir?«

»Ich?« Er blickte sie unverwandt an. »Ich? Sicherlich hat Sie Seine Lordschaft von meinem Kommen unterrichtet. Es müßte Ihnen bekannt sein, wer ich bin.«

Sein Erstaunen und ihr Unwissen waren nicht gespielt. Sie lächelte. »Nein, Burgess hat nur erwähnt, ein Gentleman sei hier. Sind Sie etwa ein Stückeschreiber oder ein Schauspieler auf der Suche nach einem Mäzen? Ein Vikar, der eine Unterstützung sucht? Wenn dem so ist, bedaure ich, sagen zu müssen ...«

»Aber nein, ich bin Dr. John Mortimer! Ich bin Arzt. Ich gehöre zu einem der renommiertesten Ärztekreise Londons. Eure Lordschaft hat mich gebeten, Sie zu konsultieren. Wie Sie wohl wissen, macht er sich Sorgen, Sie könnten für die Niederkunft seines Nachfolgers zu schmal sein. Ich sollte auf sein Geheiß hin feststellen, ob dem so ist.«

Sie starrte ihn ungläubig an. Zum Teufel mit Douglas und seinen schwarzen Augen und schwarzen Haaren. In aller Frühe hatte man schon nach ihm verlangt, und er war noch nicht zurückgekehrt. Also hatte er nur in die Wege geleitet, daß dieser Mann herkommen sollte. Nun, er war wenigstens noch nicht zurück, das hieß, sie mußte sich nicht vor ihm mit diesem Dr. Mortimer auseinandersetzen.

»Dr. Mortimer«, antwortete sie immer noch lächelnd, wenn auch etwas gequält. »Ich fürchte, Sie sind umsonst gekommen. Mein Mann macht sich übertriebene Sorgen. Abgesehen davon, sollte ich bereits ein Kind erwarten, kann nichts mehr dagegen unternommen werden, wenn ich zu schmal bin, nicht wahr?«

Dr. Mortimer, in nicht unerheblichem Maße seiner Bedeutung bewußt und zudem ungewohnt gegenüber solch Unverblümtheit aus dem Munde einer Dame, raffte sich zusammen und lächelte sie gütig an. Sie war verwirrt, das war alles. Das war die einzige Erklärung für ihr eigenartiges Verhalten, obwohl sie gar keinen eigenartigen Eindruck machte. Vorsichtshalber setzte er seine onkelhafte Stimme ein, die auf neurasthenische Damen unfehlbar ihre Wirkung tat, gluckste anerkennend über ihren Versuch, Witz zu versprühen, und sagte: »Meine liebe Lady Northcliffe, die Damen, gleichgültig was sie denken oder zu denken meinen – zweifellos in guter Absicht von ihren älteren weiblichen Verwandten dazu animiert –, verfügen nicht über die Fähigkeit, zu entscheiden, was ihnen guttut und was nicht. Deshalb haben sie Ehemänner. Ich bin hier, Sie zu untersuchen, Mylady, wie mich Ihr Gemahl gebeten hat. Danach werde ich Ihrem Gemahl Bescheid geben, was das beste für Sie wäre, wenn Sie seinen Nachfolger zur Welt bringen. Seine Besorgnis um Ihre Beschaffenheit ist höchst löblich. Als Arzt werde ich alle Möglichkeiten in Erwägung ziehen und Ihnen die entsprechenden Anleitungen geben, welche Schritte Sie unternehmen sollten, bis das Kind auf die Welt kommt. Nun, Mylady?«

Alexandra konnte es nicht so recht glauben, daß dieser eingebildete, überaus lästige Mann, Arzt oder nicht, einfach in ihr Wohnzimmer getreten war und sie wie eine Halbirre behandelte. Doch Douglas war es, auf den sie am liebsten eingeprügelt hätte.

Sie lächelte zuckersüß: »Wünschen Sie etwas Tee, Sir?«

Er erwiderte ihr Lächeln mit entblößten Zähnen. »Nein, vielen Dank, Mylady.« Er winkte mit den Händen in gespielter Bescheidenheit ab. »Ich kann nicht immer über meine Zeit verfügen, müssen Sie wissen. Du meine Güte, in einer Stunde muß ich Lady Abercrombie konsultieren. Sie ist eine Cousine der Königin, müssen Sie wissen, und ich bin ihr Leibarzt. Es war recht schwierig für mich, Ihnen so schnell einen Besuch abzustatten. Doch kenne ich Ihren Mann recht gut, also beschloß ich, mich entgegenkommend zu zeigen. Nun, Mylady, es ist an der Zeit für uns, in Ihr Schlafzimmer zu gehen. Falls Sie die Anwesenheit Ihrer Zofe wünschen, läßt sich das sehr wohl einrichten.«

»Sir, wir werden nirgendwo zusammen hingehen. Es tut mir leid, daß Sie die Reise hierher umsonst unternommen haben. Wie ich schon sagte, mein Mann macht sich übertriebene Sorgen.« Kaum hatte sie dies ausgesprochen, marschierte sie auf die Glockenschnur zu und gab ihr einen kräftigen Ruck. Ihr Herz pochte wild. Sie spürte, wie ihr Gesicht rot anlief. Seltsamerweise war sie nicht einmal sonderlich böse auf diesen arroganten kleinen Mann, er war nun einmal so. Doch was Douglas betraf, da lagen die Dinge ganz anders.

»Mylady, ich muß schon sagen ...«

Sie hob die Hand, um ihn zum Schweigen zu bringen. »Nein, Sir, bitte entschuldigen Sie sich nicht. Machen Sie sich auf den Weg zu Lady Abercrombie, der Cousine der Königin, die sicherlich Ihrem Kommen entgegenfiebert und dabei so starkes Herzklopfen bekommen hat, daß es ihrer Gesundheit abträglich ist.«

»Ich hatte nicht vor, eine Entschuldigung vorzubringen! Ihr Gemahl hat mich um mein Kommen angefleht!«

»Verzeihen Sie, Sir, doch mein Mann würde nicht einmal den

König selbst anflehen. Offensichtlich sind Sie nicht sehr gut mit ihm bekannt. Ach, Burgess, bitte begleitet den guten Doktor zur Tür. Er ist in großer Eile. Er muß zur Königin, müssen Sie wissen.«

»Nein, nein, es handelt sich um Lady Abercrombie, die Cousine der Königin. Es ist doch nicht wirklich Ihr Wunsch, daß ich gehe!«

»Ich bin sicher, auch die Königin würde bei ihrer Anwesenheit vor Freude ohnmächtig werden, Dr. Mortimer. Nun, Sir, wenn Sie mich jetzt bitte entschuldigen wollen …«

Der wenig beneidenswerte Burgess befand sich in einer verzwickten Lage. Der Graf hatte ihn über den bevorstehenden Besuch des Arztes informiert. Doch wußte er auch, daß man der Gräfin, zu seinem Leidwesen, nicht Bescheid gesagt hatte. Obwohl er sie nur kurz kannte, war ihm klar, daß sie das Handeln des Grafen wenig gutheißen würde. Und nun warf Ihre Ladyschaft den guten Doktor kurzerhand hinaus. Burgess kannte seine Pflicht. Er wußte auch, wie er Ärger zu vermeiden hatte. Er nahm sich zusammen und richtete seine gesamte Länge von einmeterneunundfünfzig kerzengerade hoch, wobei er gelassen verkündete: »Dr. Mortimer, bitte hier entlang.«

»Auf Wiedersehen, Sir. Danke für Ihren freundlichen Besuch.«

Dr. Mortimer war über den Vorfall völlig perplex. Er begriff ganz einfach nicht, wie es der jungen Dame, Gräfin oder nicht, gelungen war, ihn hinauszujagen. So ließ er es einfach mit sich geschehen, daß ein Butler, der eher einem Gastwirt glich – glatzköpfig, mit einem runden Bauch, nur die Schürze hätte noch gefehlt –, ihn zur Tür hinauskomplimentiert hatte. Zudem war der Butler recht kurz geraten. Er entsprach so ganz und gar nicht dem, was Dr. Mortimer in einem gräflichen Haushalt für angemessen gehalten hätte. Für Augenblicke stand er perplex auf der Eingangstreppe und starrte über seine Schulter hinweg auf die geschlossene Haustür der gräflichen Stadtresidenz.

Douglas hatte sich sehr beeilt, um bei der Ankunft des Arztes anwesend zu sein. Er vermutete, daß Alexandra nicht allzu begeistert wäre, den Mann zu sehen. Doch machte er sich wirklich Sorgen um sie. Er wollte, daß der Arzt sie sofort untersuchte. Er wollte es aus seinem Munde erfahren, daß alles bei ihr gut laufen würde. Die Tatsache, daß er nicht wußte, ob sie überhaupt schwanger war, schien ihm unerheblich. Wenn sie es jetzt nicht war, dann wurde sie es früher oder später. Nein, er war besorgt, und seine Sorgen sollten von einem Mann beschwichtigt werden, der sich in diesen Dingen genau auskannte. Mortimer war ihm von seinem eigenen Arzt empfohlen worden, der vor drei Jahren seine Armverletzung behandelt hatte.

Als er nun den Arzt vor seiner Haustür mit einem verwirrten Blick auf die geschlossene Tür stehen sah, erstarben ihm die Begrüßungsworte im Mund. Seine Miene verfinsterte sich. O Gott, etwas stimmte nicht. Sie war zu schmal; er hatte es gewußt; sie erwartete ein Kind, und sie würde sterben. Alles wäre seine Schuld. Mit heiserer und aufgeregter Stimme fragte er: »Dr. Mortimer, ist meine Frau wohlauf?«

»Oh, Mylord! Ihre Gemahlin? Sie hat mir Tee angeboten. Ihrer Gemahlin geht es gut. Sie entspricht so gar nicht dem, was ich erwartet habe. Sie ist keine Arztbesuche gewohnt. Sie ist jung, daran wird es liegen. Sehr eigenartig. Ich muß mich beeilen, Mylord. Ach, Ihre Gemahlin, ja, ja, Mylord, Ihre Gemahlin. Ich wünsche Ihnen alles Gute, Mylord. Viel Glück. Sie werden es bestimmt brauchen.«

Hastig eilte Dr. Mortimer die Treppen hinunter und verschwand in seiner Kutsche, die auf ihn wartete.

Douglas hielt den Türgriff in der Hand und starrte dem Doktor nach. Er hatte einen geistig abwesenden Eindruck gemacht; er schien sinnlos vor sich hinzuplappern; er vermittelte nicht die Souveränität, die er heute in der Früh ausgestrahlt hatte, als Douglas bei ihm gewesen war. Doch würde er sicher etwas gesagt haben, wenn mit Alexandra etwas nicht gestimmt hätte. Oder?

Er fand sie vor einem der Erkerfenster. Sie hielt die schweren

Vorhänge beiseite und blickte starr in den gegenüberliegenden Park.

Als sie ihn hörte, blickte sie wortlos über die Schulter. Dann widmete sie ihre Aufmerksamkeit wieder dem gegenüberliegenden Park.

»Ich bin Dr. Mortimer auf der Eingangstreppe begegnet.«

Sie antwortete nicht.

»Er machte einen etwas seltsamen Eindruck. Er meinte, du seist wohlauf, glaube ich zumindest, daß er das sagte. Er muß sehr früh gekommen sein.«

Sie blieb stumm. Ihr Rücken war steif wie ein Besenstiel.

»Hör mich an, Alexandra, ich wollte mich vergewissern, daß bei dir alles gutgehen würde. Du kannst mir doch daraus keinen Vorwurf machen, weil ich mir um dich Sorgen mache. Ich weiß, er ist ein Mann. Aber nur Männer sind Ärzte. Es gab daher keine Wahl. Ich habe versucht, mich zu beeilen, um bei seiner Ankunft zurückzusein, doch ich war verhindert. Ich wollte bei dir sein. Komm schon, so schrecklich kann es doch nicht gewesen sein.«

»Aber nein, es war überhaupt nicht schrecklich.«

»Warum stehst du dann da und ignorierst mich? Behandelst mich, als wäre ich Luft? So etwas bin ich von meiner Frau nicht gewöhnt. Weißt du nicht mehr? Du liebst mich doch.«

»Oh, aber gewiß nicht, Douglas. Es ist nur Lust, nichts weiter. Du hast mich neulich schon davon überzeugt. Was deinen verehrten Herrn Doktor betrifft, nun, ich hoffe, dieser aufgeblasene Dummkopf kommt mir nie mehr in die Quere.«

Douglas fuhr sich mit den Fingern durchs Haar. »Es tut mir leid, wenn er dich nicht so behandelt hat, wie ich es getan hätte. Nein, nein, das nehme ich sofort zurück. Was für eine schreckliche Vorstellung. Hat er dir nicht zugesagt? Ist er nicht sanft genug mit dir umgegangen? Hat er dich unnötig in Verlegenheit gebracht?«

Sie wandte ihm das Gesicht mit abwesendem Ausdruck zu.

»Gestern nacht habe ich dir erklärt, daß ich mich von keinem Mann untersuchen ließe.«

»Außer von mir.« Sein scherzhaft gemeinter erster Schritt zur Versöhnung ging daneben.

»Ganz recht. Dein Erinnerungsvermögen leistet dir gute Dienste, wenn es deinen Zwecken dient. Ich habe ihn höflich behandelt, Douglas, doch haben wir dieses Wohnzimmer nicht verlassen.«

»Du hast ihn dich hier untersuchen lassen? Wo? Auf dem Sofa? Nein? Dann auf dem großen Ohrensessel da drüben? Großer Gott, Alexandra, das war nicht recht gehandelt von dir. Es war weder feinfühlig noch klug. Meine Güte, Mrs. Goodham hätte hereinplatzen können. Burgess hätte mit einem Teetablett hereinkommen können. Das Dienstmädchen hätte zum Staubwischen kommen können, du lieber Gott. Ich hätte von dir erwartet, daß du darauf bestehst, den Anstand zu wahren und zumindest drei weibliche Wesen anwesend sein würden, um genauestens aufzupassen. Nein, das war wirklich nicht...«

»Er hat mich nicht berührt. Ich sagte dir schon gestern nacht, ich würde es nicht dulden. Hast du mir nicht geglaubt?«

»Du bist meine verdammte Frau! Zu Anfang warst du es nicht. Doch dann habe ich beschlossen, daß du es bist, also wäre es sehr entgegenkommend von dir gewesen, mir einen Gefallen zu tun – ach was, lächerlich. Es wäre deine verdammte Pflicht gewesen! Ich will, daß du untersucht wirst. Ich möchte nicht, daß dich ein anderer Mann berührt, aber er ist nicht eigentlich das, was man einen Mann nennt. Er ist Arzt, eine Art Eunuch, und er wird dafür bezahlt, daß er dich berührt und weiß, was er berührt. Verflixt, Alexandra, was hast du mit ihm angestellt?«

»Dein hervorragender Dr. Mortimer ist aber doch ein Mann, Douglas! Er hat all den köstlichen männlichen Unsinn ausgespuckt, den ich gewöhnt bin. Er hat mich wie ein Kind behandelt, wie ein einfältiges Kind. Abgesehen davon, wie kann er überhaupt wissen, was er da tut? Er ist keine Frau; er ist nicht wie eine Frau gebaut. Woher will er wissen, wie eine Frau richtig oder falsch funktioniert?«

»Ich will mich mit dir nicht darüber streiten, Alexandra. Ich werde ihn bitten, zurückzukommen. Wenn du es wünschst, werde ich zugegen sein und ein Auge auf ihn halten, falls du dir Gedanken darüber machst. Das wollte ich heute schon tun. Aber genug davon. Möchtest du nach Richmond reiten? Wir könnten ein Picknick machen. Ich könnte dann nicht über dich herfallen – das heißt, dich belohnen –, denn es gäbe zu viele Menschen dort. Was meinst du?«

Sie konnte ihn nur entgeistert anstarren. »Douglas, siehst du denn nicht, was du getan hast?«

»Reiz mich nicht, Alexandra.«

»Du hast entgegen meinem Wunsch gehandelt. Du hast mich nicht einmal gefragt. Ich dulde so etwas nicht, Douglas.«

Er lief rot an und begann sie anzubrüllen. »Verdammt, du bist
t du denn nicht: Wenn ich dich schwänge-
tuell sterben. Ich will dich nicht umbrin-

hre Stimme klang butterweich. Douglas
en Ton heraus und hätte sich am liebsten
n.

it deiner Tücke, Madam. Zieh deine Reit-
infzehn Minuten Zeit. Verspätest du dich,
byrinth von Richmond verlieren.«

ein Anfang, dachte Alexandra, als sie die Treppen hochstieg. Ein vielversprechender Anfang.

Doch keine halbe Stunde später hätte sie ihn am liebsten kräftig gewürgt. Der vielversprechende Anfang schien auch ein solcher zu bleiben.

Kapitel 20

»Douglas, wer hat dich heute so früh am Morgen rufen lassen?« Sie hatte die Frage aufs Geratewohl gestellt. Doch Douglas erstarrte auf seinem Sattel. Dem Hengst – ein riesiger, rotbrauner Wallach –, den er sich in London hielt und der auf den Namen Prince hörte, gefiel dieses Erstarren ganz und gar nicht und tänzelte zur Seite. Alexandras Stute, eine reizbare Braune, beschloß, daß ihre Reiterin die Schuld an der Verstimmung des Reitpferdes trug, riß den Kopf nach hinten und biß Alexandra in den Stiefel. Überrascht stieß sie einen schrillen Schrei aus.

Douglas fuhr sie mit scharfer Stimme an: »Ich sagte dir doch, sie ist nicht mit deiner Stute zu Hause zu vergleichen. Paß auf, Alexandra.«

Sie zog eine Grimasse hinter seinem Rücken, während sie gerade im leichten Galopp die Rotten Row passierten. Douglas hatte beschlossen, daß ihnen nicht mehr genügend Zeit für die Irrgärten in Richmond blieb. Alexandra war froh, daß es noch viel zu früh am Tag für die Anwesenheit der feinen Gesellschaft war. Der frühe Nachmittag war höchst angenehm; eine leichte Brise ließ ein paar vorwitzige Löckchen in ihr Gesicht tanzen.

Sie wiederholte ihre Frage, doch diesmal etwas eindringlicher: »Wer wollte dich heute morgen unter allen Umständen sehen? Ist jemand in deiner Familie erkrankt? Fehlt irgend jemandem etwas?«

»Meine Familie ist jetzt auch deine Familie. Versuch dich daran zu erinnern. Außerdem geht es dich gar nichts an, wohin ich gehe oder was ich tue. Eine Ehefrau sollte ihre Nase nicht in die Angelegenheiten ihres Mannes stecken. Paß lieber auf dein Pferd auf und ...«

»Douglas«, unterbrach sie ihn in sehr vernünftigem Ton, zumindest was sie dafür hielt, »du bist übelgelaunt, weil ich diesen dummen Wicht von einem Arzt nicht in mein Schlafzimmer geführt habe. Und ich werde auch in Zukunft nirgendwo mit ihm hingehen. Es sei denn, du möchtest eine schreckliche Szene zwischen uns heraufbeschwören. Sprich, warum diese Dringlichkeit? Ich bin deine Frau. Bitte, sag mir, was hier vorgeht.«

Er blieb verstockt und schwieg. Ihre Fantasie nahm eine dramatische Richtung. »Es hat doch nichts mit einer Invasion zu tun, oder? O mein Gott, das Ministerium will dich doch nicht etwa wieder in der Armee haben? Du gehst doch nicht hin, nicht wahr? Bitte, überlege es dir genau, Douglas. Es sind so viele Dinge in Northcliffe, die deiner ständigen Aufmerksamkeit benötigen. Ich denke nicht, daß ...«

»Halt den Mund! Es hat nichts damit zu tun, verdammt noch mal! Es hat etwas mit einem hochbegabten Irren zu tun namens Georges Cadoudal.«

»Wer ist er?«

Wie es ihr wohl gelungen war, daß er den Namen ausgesprochen hatte, fragte er sich und starrte zwischen die Ohren seines Pferdes. »Das hat dich nicht zu kümmern. Halt jetzt den Mund. Laß mich in Ruhe. Ich erzähle dir nichts mehr.«

»Dann eben nicht«, gab sie zurück. Georges Cadoudal. Er war Franzose, und Douglas sprach Französisch, als hätte er es mit der Muttermilch eingesogen. Sie erinnerte sich an die aufdringliche Art der Französin – dieses Biest, das er aus Frankreich gerettet hatte – gestern abend auf dem Ball der Ranleaghs und fragte ihn: »Hat er etwas mit der Schlampe zu tun, die dich gestern verführen wollte?«

Douglas sah sie entgeistert an. Woher konnte sie das wissen? Sie hatte es nur geraten. Er war ein Esel; sie zu beunruhigen und zu verängstigen, war das letzte, was er erreichen wollte. Noch weniger wollte er, daß sie sich in diese lächerliche Angelegenheit einmischte. Er stieß seine Absätze in die Flanken von Prince und preschte vorwärts.

Alexandra wünschte sich, sie hätte einen Stein in der Hand, um ihn Douglas nachzuschleudern. Doch sie empfand eigentlich mehr Sorge als Wut. Wie konnte sie herausfinden, wer dieser Georges Cadoudal war und was er mit Douglas zu tun hatte? Nun erinnerte sie sich an den Brief, den sein Kammerdiener Finkle, der sie beide nach London begleitet hatte – seinem Herrn überreicht hatte. Vielleicht lag der Brief noch irgendwo. Sie beschloß, ihn zu suchen. Hatte er nicht gesagt, daß seine Familie jetzt auch ihre Familie war? Nun gut. Sie war seine Frau; es war höchste Zeit für ihn zu erkennen, daß eine Ehefrau auch das Ende von eigenen geheimen Plänen bedeutete.

Sie fand den Brief. Finkle hatte ihn zusammen mit anderen Sendschreiben Seiner Lordschaft sorgsam auf seinem wuchtigen Schreibtisch deponiert. Alexandra las ihn stirnrunzelnd. Es war ein Brief von Lord Avery. Das große schwarze Gekritzel enthielt lediglich die Nachricht für Douglas, daß dieser Georges Cadoudal sich anscheinend nicht in Paris, wo er eigentlich hätte sein sollen, sondern in England aufhielt. Lord Avery machte sich Sorgen; er bat umgehend um eine Unterredung mit Douglas.

Alexandra faltete den Brief wieder vorsichtig zusammen und legte ihn zurück auf den Stapel, so daß er wieder so lag, als wäre er niemals entfernt worden. Kaum hatte sie ihn hingelegt, trat Douglas unerwartet ins Zimmer. Sie wurde rot bis zu den Haarwurzeln und entfernte sich hastig vom Schreibtisch.

»Guten Tag, Mylord«, trällerte sie und winkte ihm leicht zu.

Sein Gesicht war verärgert; er stellte sich ihr in den Weg. »Was tust du hier, Alexandra?«

Sie reckte das Kinn. »Ist das nicht auch mein Haus? Gibt es hier Räume, die ich nicht betreten soll? Wenn dem so ist, dann wäre es nur recht und billig, wenn du mir Bescheid sagen würdest, welches ich betreten darf und welches nicht.«

Douglas warf einen Blick auf seinen Schreibtisch, wobei ihm immer noch der Ärger im Gesicht stand. »Deine Bemühungen, mich abzulenken, sind noch nie erfolgreich gewesen. Zudem hast du meine Anweisung nicht befolgt. Also, was gibt es auf meinem Schreibtisch so Interessantes für dich?«

Er trat einen Schritt vor, und sie versuchte, an ihm vorbeizuschlüpfen. Da packte er sie am Handgelenk. Sie fühlte seinen Daumen zärtlich über ihre weiche Haut fahren. Wenn er so weitermachte, würde sie binnen kurzem auf den Boden oder aufs Sofa sinken und sich ausgiebig dem Sinnengenuß hingeben.

Douglas' Gedanken bewegten sich anscheinend in gleichen Bahnen. Jäh ließ er ihr Handgelenk fallen. »Rühr dich nicht vom Fleck«, sagte er, »sonst sehe ich zu, daß dich deine Neugier, die meine Angelegenheiten betreffen, teuer zu stehen kommt.« Ob er schon eine Strafe für sie parat hatte, wenn sie aus dem Zimmer hinauslaufen würde? Nachdem sie beschlossen hatte, daß er nur eine leere Drohung ausgestoßen hatte, verschwand sie blitzschnell aus dem Zimmer.

Douglas ließ sie gehen. Er würde sie schon früh genug erwischen; dann trat er an seinen Schreibtisch und ging die Papiere durch. Als ihm Lord Averys Schreiben in die Hand fiel, begann er zu fluchen. Zur Hölle mit Finkle, warum mußte er auch so pedantisch sein? Ihm war sofort klar, daß Alexandra diesen Brief gefunden und gelesen hatte. Na gut, sie wußte jetzt nicht sehr viel mehr als vorher. Trotzdem war er beunruhigt. Dieser Georges Cadoudal war unberechenbar. Aus eigener Erfahrung wußte Douglas: wenn Georges sich einmal etwas in den Kopf gesetzt hatte, konnten ihn keine zehn Pferde mehr davon abbringen. Das war sowohl ein Vorzug als auch ein großer Nachteil. Wie er am jetzigen Beispiel wieder einmal sehen konnte.

Douglas stieß einen Fluch aus. Was sollte er tun?

Sein Handlungsplan war noch am selben Abend beschlossen. Er führte Alexandra auf eine kleine Abendgesellschaft im Hause von Lord und Lady Marchpane, einem reizenden älteren Ehepaar. Sie hatten Douglas ins Herz geschlossen, weil er sich in der Armee um ihren Enkel gekümmert hatte. Sie begrüßten ihn und Alexandra sehr herzlich.

Alexandra war auf der Hut, obwohl Douglas kein Sterbenswörtchen mehr über Vergeltung oder Strafe sagte. Er schien mit seinen Gedanken ganz woanders zu sein, auch als sie sich in ihrem neuen Kleid präsentierte, dessen Ausschnitt nicht gerade dezent war. Er hatte nur kurz genickt, das war alles gewesen. Sie beobachtete ihn aus den Augenwinkeln. Eigentlich hätte sie es vorgezogen, in der Stadtvilla zu bleiben, mit ihm allein. Vielleicht sollte sie sich wegen ihrer Neugier entschuldigen. Sie zupfte leicht an seinem Ärmel. Er blickte mit ausdruckslosem Gesicht zu ihr hinunter.

»Es tut mir leid, Douglas.«

»Was denn?«

»Daß ich spioniert habe. Aber es hat mich so wütend gemacht, daß du mir nicht erzählen wolltest, was hier vorgeht;

Schließlich bin ich deine Frau. Ich könnte dir eine Hilfe sein, wenn du es nur zulassen würdest.«

Seine Augen blickten, wenn überhaupt möglich, noch ausdrucksloser. »Ich nehme deine Entschuldigung an, obwohl sie karg wie die Steppe ist. Was das andere betrifft, komme ich wohl nicht um die Erkenntnis umhin, daß du meine Frau bist. Du bist jede verdammte Minute bei mir. Ich bezweifle, daß ich mein Wasser abschlagen könnte, ohne daß du wissen wolltest, wohin das geht und was ich damit tue. Ah, da ist ja Teddy Summerton. Ein guter Tänzer. Ich werde dich ihm überlassen. Nein, keine Widerrede. Tu, was ich von dir verlange. Hast du mich verstanden?«

»Ich habe verstanden«, antwortete sie brav.

Und so tanzte sie den folgenden ländlichen Tanz mit Teddy Summerton, einem sehr sympathischen jungen Gentleman, mit bleichem Teint und Segelohren, der offenbar ihren Mann vergötterte. Als der Tanz vorüber war, war Douglas nirgends zu erblicken.

Ob er wieder mit dieser französischen Schlampe beisammen war? Sie schlenderte quer durch den ganzen Ballsaal; einige Gäste erkannten sie und nickten ihr zu. Sie nickte lächelnd zurück. Wo steckte bloß Douglas?

Es war ein warmer Abend. Die drückende Luft versprach einen Regenguß. Alexandra trat auf den Balkon hinaus und lehnte sich über die steinerne Balustrade, um in den Garten hinunterzuspähen. Laternen waren in einigem Abstand voneinander aufgehängt worden, aber immer noch herrschte viel Schatten, viele Stellen lagen völlig im Dunkeln. Eine plötzliche Angst bemächtigte sich ihrer.

Leise rief sie: »Douglas?«

Es kam keine Antwort. Sie meinte ein Rascheln im Gebüsch zu ihrer linken Seite zu hören, sie war sich aber dessen nicht sicher. Wieder rief sie seinen Namen, dann lief sie eilig die hohen Steinstufen in den Garten hinunter. Sie hastete über einen der schmalen Steinpfade und horchte angestrengt. Nichts. Dann vernahm sie auf einmal eine Männerstimme, die wie leises Zischen klang, doch verstand sie kein Wort. Gottverdammich, er sprach Französisch. Sie war drauf und dran, einen Angstschrei auszustoßen, als sie Douglas' Stimme antworten hörte. Er klang sehr kalt und höchst empört.

Auf einmal drangen die unverwechselbaren Geräusche eines Handgemenges zu ihr herüber. Sie wartete erst gar nicht ab, sondern stürzte sich in die Richtung, wo der Kampf stattfand. Sie lief durchs Gebüsch und sah, wie zwei Männer Douglas überfielen. Verblüfft sah sie, wie Douglas sich auf den Fersen umdrehte und einem der Männer einen harten Faustschlag in die Magengrube versetzte, sich dann blitzschnell umdrehte und den anderen Mann mit seinem Ellbogen in die Kehle stieß. Es geschah alles so schnell, daß sie einfach stehenblieb, schrekkensstarr wie ein Kaninchen. Einer der Männer rieb sich die Kehle und brüllte etwas auf Französisch zu Douglas; im nächsten Augenblick waren er und sein Spießgeselle blitzschnell in der Dunkelheit verschwunden.

Douglas rieb sich die Knöchel seiner linken Hand und starrte durch die schwarze Nacht hinter ihnen her. Sie lief ihm entgegen. Ihre Hände berührten seine Arme, hielten seine Schultern und legten sich schließlich um sein Gesicht. »Fehlt dir etwas? Du warst großartig, Douglas. Und so schnell. Ich konnte es gar nicht fassen. Du hast meine Hilfe nicht benötigt. Geht es dir gut? Kannst du nicht sprechen? Bitte, Douglas, bitte sprich zu mir.« Während sie das sagte, streichelte sie ihn weiter mit ihren Händen. Noch immer stand er regungslos da, sein Atem ging schwer, aber regelmäßig.

Doch dann hob er die Arme, packte sie an den Händen und brachte sein Gesicht ganz nahe an ihres. »Was zum Teufel hast du hier draußen zu suchen?«

Sie schreckte nicht vor ihm zurück. »Ich habe mir Sorgen um dich gemacht, denn ich konnte dich nicht finden. Ich dachte, vielleicht benötigst du meine Hilfe.«

»Deine Hilfe? Großer Gott, Madam, verschon mich mit deiner Hilfe! Komm, wir gehen.«

»Aber wer waren diese Männer? Warum haben sie dich überfallen? Ich habe euren Streit gehört, aber ich konnte nichts verstehen. Es war leider in Französisch.«

Er schüttelte stumm den Kopf und zog sie an der Hand den Pfad entlang zur Villa. Er hatte Todesangst um sie gelitten, denn Georges Cadoudal hatte noch als letztes eine Drohung gegen sie ausgestoßen. So wie er Janines Leben zerstört hatte, so würde er Douglas' frischvermählte Frau zugrunderichten.

Auch in der Kutsche sagte er nichts, bis sie ihn endlich fragte: »Ich habe noch nie jemanden so zuschlagen sehen. Gegen Tony hast du nicht in der Art gekämpft.«

»Tony wollte ich verprügeln, nicht umbringen.«

»Wo hast du gelernt, so zu kämpfen?«

Er wandte sich ihr im trüben Licht der Kutsche zu. Ein leises Lächeln huschte über sein Gesicht bei der Erinnerung. »Ich war damals in Portugal und lernte einige Mitglieder einer Bande in Oporto kennen, die die gemeinsten, niederträchtigsten und dreckigsten Kämpfer waren, die mir je untergekommen sind. Sie haben es mir beigebracht, und ich habe ihren Unterricht überlebt.«

»Oh. Und wer waren diese Kerle, die dir etwas antun wollten?«

Er nahm ihre linke Hand und hielt sie fest. »Hör mir gut zu, Alexandra. Du darfst nirgendwo ohne mich hingehen, hast du mich verstanden? Sieh mich nicht so an, vertrau mir einfach. Sag mir, daß du verstanden hast.«

»Ja, ich habe verstanden.«

»Natürlich hast du das nicht, aber das tut nichts zur Sache. Übermorgen kehren wir nach Northcliffe zurück.«

»Warum?«

»Tu, was ich dir sage, und stelle keine Fragen mehr.«

Sie beschloß, die Sache auf sich beruhen zu lassen. Sie kannte ihn gut genug, um zu wissen, wenn er einmal nicht mehr reden wollte, konnte ihn nichts mehr dazu bewegen, den Mund wieder aufzumachen. Er war der halsstarrigste Mensch, den sie kannte. Sie lehnte sich gegen die weiche Rückenlehne aus Leder, schloß die Augen und begann leise zu schnarchen.

Sie meinte ihn leise lachen zu hören, doch war sie sich dessen nicht sicher. Sie hatte einen Plan gefaßt; keinen großartigen, aber es war zumindest ein Anfang.

Am nächsten Tag, kurz nach elf Uhr morgens, kehrte Douglas in die Stadtvilla zurück. Sein Treffen mit Lord Avery war kurz und knapp verlaufen. Ja, Georges Cadoudal befand sich nicht in Paris, sondern hier in London, wahrscheinlich mit dem Geld der englischen Regierung, und er wollte Blut sehen, sein Blut.

Douglas seufzte, übergab Burgess seinen Spazierstock und fragte ihn: »Wo befindet sich Ihre Ladyschaft?«

Burgess sah etwa gequält, aber tapfer drein. »Sie befindet sich in Gesellschaft einer Person, Mylord.«

»Einer Person, sagst du? Handelt es sich um eine männliche Person?«

»Jawohl, Mylord. Es handelt sich um eine männliche Person französischer Herkunft.«

Sofort kam ihm Georges Cadoudal in den Sinn. Doch nein, Georges würde nicht hierherkommen. Zum Teufel mit ihr. Wollte sie ihm nachspionieren, indem sie sich einen Franzosen von der Straße holte, um ihn beschatten zu lassen? »Ich verstehe. Und wo hält sie sich mit dieser männlichen Person französischer Herkunft auf?«

»Im Morgenzimmer, Mylord.«

»Warum hast du nicht diese männliche Person französischer Herkunft nach ihrem Auftrag gefragt?«

»Ihre Ladyschaft meinte, es ging mich nichts an. Ihr Tonfall und ihre Worte ähnelten sehr den Ihren, Mylord.«

»Das hat dich schon früher nicht davon abgehalten, den Mund aufzumachen!«

»Ihre Ladyschaft hat sich nach meinem Neffen erkundigt, der einen eitrigen Hals hat, Mylord. Sie haben niemals soviel Besorgnis gezeigt. Deshalb habe ich ihr versprochen, zu schweigen.«

»Zum Teufel mit dir. Ich wußte gar nicht, daß du einen Neffen hast!«

»Weiß ich, Mylord.«

Douglas, äußerst verwirrt, eilte den Korridor entlang zur Rückseite der Villa. Das Morgenzimmer öffnete sich auf einen geschlossenen Garten. Er war hell und luftig, ein bezaubernder Raum. Er hatte sich nicht oft hier aufgehalten. Sinjun hatte ihm erklärt, er sei ein Raum für die Damen, und er solle gefälligst fernbleiben. Ohne anzuklopfen, trat er leise ein. Er erblickte einen langgesichtigen jungen Gentleman, dessen Kleidung eine verschossene schwarze Farbe hatte. Er saß Alexandra gegenüber und schwieg. Eben sagte sie leise: »*Je vais à Paris demain. Je vais prendre mon mari avec moi.*«

Der junge Mann platzte schier vor Begeisterung. »*Excellent,* Madame! Et maintenant…« Douglas warf vom Türrahmen aus unvermittelt ein: »Ich fahre morgen nicht mit dir nach Paris, Alexandra. Und was soll außerdem an diesem Vorschlag so exzellent sein?«

Unter seinem scharfen Blick errötete sie bis zu den Haarwurzeln, dann sagte sie zu der männlichen Person französischer Herkunft: »*Je crois, que celui-ci c'est mon mari.*«

»Du *denkst* nur, ich sei dein Mann?« Douglas nickte dem Franzosen zu, der aufgesprungen war, ihn nervös anblickte und an seinem Uhrenanhänger nestelte. Einem Uhrenanhänger!

»Was hat er hier zu suchen, Alexandra?«

Auch sie war aufgesprungen, lief anmutig auf ihn zu und lächelte ihn lieblich an. »Ach, er ist nur ein sehr netter junger Gentleman, den ich kennengelernt habe… ach ja, den ich bei Gunthers kennengelernt habe. Ich bat ihn, auf einen Besuch vorbeizukommen, damit wir, äh, damit wir uns über einige Dinge unterhalten könnten.«

»Französische Dinge?«

»So könnte man es auch nennen.«

»Zahlst du ihn dafür?«

»Äh, ja!«

»Spioniert er für dich? Willst du, daß er mich verfolgt und meine Gespräche belauscht, um dir alles zu berichten?«

Sie starrte ihn an: »Denkst du wirklich, ich würde so etwas tun, Douglas?«

»Nein«, antwortete er knapp. »Nein, das tue ich nicht, wenigstens nicht im herkömmlichen Sinn. Doch ich glaube, daß du alles Erdenkliche anstellen würdest, um mir zu helfen, auch wenn ich es nicht brauchen kann oder nicht will und dich sogar verprügeln würde, wenn du es wagen würdest.«

Sie neigte ihren Kopf zur Seite. »Du sprichst da einiges aus, Douglas, und ich bin mir nicht sicher, ob...«

»Zum Teufel, Frauenzimmer, wer ist der Bursche, und was hat er hier zu suchen?«

Sie reckte das Kinn in die Luft. »Nun gut. Sein Name ist Monsieur Lessage, und er gibt mir Unterricht in Französisch.«

»Was?«

»Du hast mich gehört. Wenn du bitte jetzt gehen würdest, Douglas, wir sind noch nicht fertig.«

Douglas fluchte so fließend auf Französisch, daß der junge Franzose ihn anerkennend breit angrinste. Er sagte etwas sehr Schnelles zu Douglas, und Douglas antwortete ihm mit etwas noch Schnellerem. Dann fuhren die beiden Männer fort, in der verfluchten Sprache weiterzureden. Sie war nun ausgeschlossen und kam sich wie eine Außenseiterin vor.

»Douglas«, sagte sie mit erhobener Stimme, »Monsieur Lessage ist mein Lehrer. Du hast uns unterbrochen. S'il vous plait, bitte, geh jetzt.«

Douglas sagte etwas zu Monsieur, worauf dieser erneut grinste.

»Ich bitte um Verzeihung, Alexandra, aber Monsieur hat sich soeben daran erinnert, daß er in Kürze eine weitere Unterrichtsstunde am anderen Ende von London geben muß.« Douglas schüttelte die Hand des Mannes. Geld ging von der Hand ihres Mannes in die des Franzosen.

Alexandra hatte große Lust, ihn zu schlagen. Sie wünschte, sie könnte ihn in ebenso fließendem Französisch beschimpfen. Nein, sie wollte nur einen französischen Fluch können, nur einen einzigen. Sie hielt die Hände geballt an der Seite. Sie wartete ab, bis die Tür geschlossen war, dann stürzte sie sich auf ihn. »Wie konntest du es nur wagen! Er war mein Lehrer! Er war nicht jemand, der nach deinen Wünschen gesprungen kommt! Ah, ich würde dir ja so gerne auf Französisch sagen, wie wütend ich auf dich bin!«

»Willst du mir einen Fluch an den Kopf werfen?«

»Ja. Oui!«

»*Merde!*«

»Was?«

»Du kannst *merde* sagen. Es bedeutet … was immer, es ist ein Fluch und besänftigt deinen Koller. Glaub mir.«

»*Merde!*«

Er zuckte etwas zusammen, dann grinste er sie an. »Fühlst du dich jetzt besser?« Sie antwortete ihm nicht. Er fuhr fort: »Warum wolltest du Französisch lernen?«

»Um herauszufinden, was diese Schlampe zu dir gesagt hat, und warum dieser Mann, Georges Soundso, dich gestern nacht umbringen wollte!«

»Aha, hatte ich also doch recht. Du siehst dich als die weibliche Ausgabe des heiligen Georg.« Er schritt auf die hohen Glastüren zu, die sich zum Garten hin öffneten, und machte sie auf. Tief atmete er die frische Morgenluft ein. »Alexandra, hattest du wieder vor, mich zu retten? Diesmal mit Hilfe von Schulfranzösisch?«

»Wenn du mir nicht verrätst, was hier vor sich geht, nun denn, dann muß ich etwas unternehmen! Ich bin nun einmal so, ich kann nichts dafür. Ich wünschte mir, du würdest es nicht als Einmischung sehen.«

»Schade«, antwortete er, den Rücken ihr zugewandt. »Ja, wirklich schade, daß du nicht mehr deiner Schwester gleichst, einer Lady, so nehme ich an, die anstandslos bereit ist, abzuwarten, was ihr Mann von ihr verlangt, und die sich nicht wie ein ungezogenes Mädchen in eine Schwierigkeit nach der anderen stürzt. Schwierigkeiten, so möchte ich hinzufügen, die dich nichts angehen.«

»Ich wünschte mir, Douglas, du wärest in deinen Äußerungen noch etwas deutlicher, wenn du mich schon verurteilst.«

»Inwiefern bin ich nicht deutlich?«

»Liebst du Melissande immer noch?«

Er wandte sich zu ihr, seiner Frau, und sah den schmerzlichen Ausdruck in ihren Augen. Das verwirrte ihn. Letzte Nacht hatte er sie nicht geliebt. Es hatte ihn danach verlangt, bei Gott, das war ja nichts Neues, es verlangte ihn stets nach ihr. Doch er mußte ihr klarmachen, daß sie ihn nicht haben konnte, wann immer es ihr beliebte. Daß er es zu bestimmen hatte, wo und wann. Zudem mußte er ihr sein Mißfallen deutlich zeigen. Nun, das hatte er getan. Und jetzt war er wild wie der Teufel vor Begierde nach ihr.

Seufzend drehte er ihr wieder den Rücken zu, denn allein der Gedanke an ihre verdammten Brüste erregte ihn. Das behagte ihm ganz und gar nicht.

Zu seiner eigenen Überraschung sagte er: »Nein, ich liebe Melissande nicht. Ich habe sie nie geliebt, doch ich wollte sie haben. Ich nehme an, sie war so etwas wie ein Traum für mich, keine wirkliche Frau aus Fleisch und Blut, nur diese edle Erscheinung, die mir meine Nächte weniger einsam gemacht hat. Nein, ich liebe sie nicht. Ich fürchte, Tony hat darin recht gehabt, der verdammte Hund.«

»Tony liebte sie.«

»Ja, das tut er.«

Sie wollte ihn so gerne fragen, ob er sich vielleicht dazu bringen könnte, sie zu lieben, nur ein klein wenig. Doch sie blieb stumm. Sie sagte nur: »Ich bin, wie ich bin, Douglas. Ich ertrage den Gedanken nicht, daß du in Gefahr schwebst. Ich kann mir nicht vorstellen, daß du mich lieber beim Teetrinken sähest, während dir ein Schurke ein Messer in den Rücken stößt.«

»Sollte das eintreffen, würdest du aus vollem Halse nach der Hilfe eines Mannes schreien.«

»Und wenn sich keiner deiner köstlichen Spezies in der Nähe aufhielte?«

»Unterlasse deine Scherze mit mir, Alexandra. Ich will nicht, daß du Dinge unternimmst, denen ich nicht zugestimmt habe. Ich will wissen, wo du bist und was du tust. Ich will und brauche deine Einmischung in meine Angelegenheiten nicht.« Er sah sie lange nachdenklich an. »Ich möchte, daß du hier, in diesem Haus bleibst. Geh nicht auf die Straße. Beaufsichtige morgen früh die Vorbereitungen für unsere Abreise. Genügt dir das als Beschäftigung?«

Sie erhob sich, die geballten Fäuste seitlich an ihren Körper gedrückt. Er gab einfach nicht nach. Sie fragte sich in diesem Augenblick, ob er je nachgeben würde. Sie lächelte, doch es schmerzte, den Mund derart zu verziehen, trotzdem tat sie es. Dann nickte sie ihm zu und verließ den Raum.

Sie stieg die breiten Treppen hinauf, ohne sich umzusehen, als Mrs. Goodham nach ihr rief. Sie trat in ihr Schlafzimmer und schloß die Türe hinter sich. Lange stand sie mitten im Zimmer, dann ließ sie sich auf die Knie fallen. Sie schlang die Arme um sich und begann zu schluchzen.

Sie war so sehr in ihrer Verzweiflung versunken, daß sie es überhörte, wie die angrenzende Tür lautlos geöffnet wurde. Douglas, der gerade einen Befehl äußern wollte, verschlug es bei ihrem Anblick die Sprache. Er starrte sie an und bekam ein unangenehmes Gefühl in der Magengrube. Er hatte sie doch nicht ernsthaft ausgeschimpft, nichts, was diesen Ausbruch von Verzweiflung rechtfertigte! Das war zu viel. Leise ging er auf sie zu, hob sie auf und trug sie auf ihr Bett. Er legte sich auf sie, seinen Mund an ihren gedrückt, und küßte ihre Tränen weg. Er wollte sie den Schmerz vergessen machen. Alles sollte sie vergessen, nur nicht die Sinnenlust, die er ihr bereiten würde. Er riß ihr das Kleid hoch, zerriß ihre Strümpfe und schleuderte ihre zierlichen Hausschuhe weg.

»Mir scheint, ich muß dich jeden Tag lieben, unserer Gesundheit zuliebe, verstehst du. Sonst werden wir frühzeitig alt, böse und gereizt. Verstehst du? Sag, daß du verstanden hast.«

»Ich habe verstanden«, antwortete sie und zog sein Gesicht an ihres heran. Sie war hungrig nach ihm. Immer verspürte sie diesen Hunger. Sie küßte ihn, ihre Zunge drängte sich in seinen Mund. Sie übernahm die Führung. Es überraschte ihn und machte ihn rasend vor Begierde.

»Ah, bitte nicht«, raunte er, doch es war zu spät.

Als sie fertig waren und er wieder halbwegs zu Atem gekommen war, stützte sich Douglas auf einen Ellbogen und sah ihr ins verwirrte Gesicht. »Nicht wieder losweinen. Das mag ich nicht. Es besteht kein Anlaß, zu weinen. Ich bin doch zu dir gekommen, nicht wahr? Habe ich dir keinen Genuß bereitet?«

»Doch«, sagte sie. »Doch, das hast du.«

»Schluß mit dem Weinen«, erklärte er, stieg aus dem Bett und stand in voller Länge neben ihr. Er zog sich die Hosen hoch.

»Warum kannst du mir nicht vertrauen, Douglas?«

»Du redest Unfug.«

»Habe ich nicht versucht, dich vor Tony zu retten?«

»Das hat überhaupt nichts damit zu tun.«

Sie setzte sich im Bett auf und strich ihr Kleid glatt. Dann blickte sie auf ihre bloßen Füße, die über das Bett ragten und den Boden nicht berührten. »Nun gut, Douglas, ich werde tun, was du verlangst. Ich werde mich in nichts einmischen. Wenn du in Schwierigkeiten gerätst, wird es mir leid tun, doch ich werde nichts unternehmen. Das entspricht doch deinem Wunsch, nicht wahr?«

Er machte ein finsteres Gesicht. Nein, entsprach es nicht, aber so hatte er es gesagt.

»Ich wünsche, daß du dich zurechtmachst. Ich habe Hunger. Es ist Zeit zum Mittagessen.« Dann verließ er sie, schloß die Tür hinter sich und verschwand in seinem eigenen Schlafzimmer. Sie saß auf der Bettkante und starrte ihm hinterher. »*Merde*«, sagte sie schließlich.

Kapitel 21

Douglas schreckte plötzlich aus dem Schlaf hoch. Er wußte nicht, was ihn aufgeweckt hatte, aber eine Sekunde davor war er im Traum in einem Scharmützel nahe von Pena gewesen; die Franzosen näherten sich seinem Flügel; im nächsten Augenblick starrte er mit keuchendem Atem in die Dunkelheit. Er schüttelte den Kopf und tastete automatisch nach Alexandra.

Seine Hand landete auf glattgestrichenen Laken. Verwirrt fuhr er über ihr Kissen und ihre Decken, die am Fußende zu einem Bündel zusammengerollt lagen. Sie war nirgends. Sie war fort. Ein panisches Gefühl wallte schmerzhaft in ihm hoch. Großer Gott, Georges Cadoudal hatte sie geraubt.

Nein, das war lächerlich. Wie hätte Georges ins Haus eindringen, ins Schlafzimmer gelangen und sie entführen können, ohne daß er es gemerkt hätte. Nein, das war unmöglich.

Douglas band noch den Gürtel um seinen dunkelblauen Morgenmantel, als er bereits die Treppen hinuntereilte und mit seinen nackten Füßen geräuschlos über den dicken Teppich ging.

Lautlos sah er in den beiden Salons, dem Frühstückszimmer und den beiden riesigen offiziellen Speisezimmern nach. Besorgt blieb er einen Augenblick in der geräumigen Eingangshalle stehen. Dann hastete er zurück in die Bibliothek. Er verharrte, als er durch den Türspalt einen Lichtstrahl erblickte.

Sehr vorsichtig drehte er den Türknauf um und sah hinein.

Alexandra saß an seinem Schreibtisch, neben ihrem linken Ellenbogen stand eine Kerze, ein aufgeschlagenes Buch lag vor ihr. Sie starrte mit gerunzelter Stirn äußerst konzentriert darauf.

Er war drauf und dran hereinzustürzen, um sie zu fragen, was zum Teufel sie hier zu suchen hatte, als er sie deutlich sagen hörte: »Das also bedeutet *merde*. So, so, es ist in der Tat anstößig. Douglas hatte recht. Es besänftigte den Koller schnell und wirksam.« Sie wiederholte das Wort mehrere Male, dann fügte sie laut hinzu: »Natürlich nützt es wenig auf die Dauer. Komm schon, Mädchen, fang an.«

Er hatte große Mühe, ein Lachen zu unterdrücken, aber es gelang ihm gerade noch. Nun begann sie in schlechtem, doch verständlichem Französisch laut zu memorieren: »Ich werde nicht gehen. *Je ne vais pas*. Er wird nicht gehen. *Il ne vas pas.*«

Er machte große Augen. Was zum Teufel hatte das zu bedeuten?

Sie versuchte, sich selbst Französisch beizubringen. Nur weil sie ihm eine mögliche Hilfe sein wollte.

Douglas blickte wie erstarrt auf seine Frau. Ein unendlich tiefes und süßes Gefühl stieg in ihm hoch, ein Gefühl, das er nie zuvor in seinem Leben empfunden hatte. Es war neu, wunderbar und großartig. Es war etwas völlig Unerwartetes, ein Gefühl, von dem er nie gewußt hatte, daß es existierte, und er hatte nicht gewußt... einfach nicht gewußt, daß es ihm je abgegangen war.

Immer noch blickte er auf sie. Sie saß da in ihrem weißen hochgeschlossenen Nachthemd, die dunkelroten Haare waren zu einem Zopf geflochten, der ihr über die rechte Schulter fiel. Sie gestikulierte beim Aufsagen der französischen Wörter. Das flackernde Kerzenlicht fiel auf ihr Gesicht, es ließ ihre Augen aufleuchten und malte Schatten auf ihren Wangen und auf ihren Haaren. Sie wiederholte in endloser Folge immer wieder die gleichen Wendungen.

Er konnte ihr Französisch verstehen. Wenn er sich Mühe gab.

»Ich helfe ihm. *Je l'aide.* Ah, und was heißt das?« Sie verstummte und sagte dann sehr zärtlich: »Ich liebe ihn. *Je l'aime.* Ich liebe Douglas. J'aime Douglas. Ich liebe meinen Mann. *J'aime mon mari.*«

Er stand im Türrahmen und ließ sich von dem neuen Gefühl überfluten. Dann begann er zu lächeln, es war ein sanftes Lächeln, das ihn innerlich erwärmte und unglaublich glücklich machte. Es bedeutete, daß er sie vollkommen akzeptierte, er bejahte, was sie ihm bedeutete und was er für immer – das spürte er – für sein Frau empfinden würde.

Sachte schloß er die Tür und stieg nachdenklich die Treppen wieder hinauf. Er lag wach und ergötzte sich an dem ungewohnten Gefühl. Er wartete auf sie.

Als sie eine Stunde später neben ihn ins Bett schlüpfte, stellte er sich schlafend. Zehn Minuten lang. Dann drehte er sich zu ihr und nahm sie in die Arme. Er küßte sie.

Alexandra zuckte überrascht zusammen, dann erwiderte sie seine Küsse mit wachsender Begeisterung, wie immer. Diesmal fehlte die lodernde Begierde, die Erregung. Voll Zartgefühl, sanft und langsam drang er diesmal in sie ein, was ihm nie zuvor bei ihr gelungen war. Er küßte sie immer weiter, liebkoste sie mit der Zunge, knabberte an ihrer Unterlippe, streichelte sie und gab sich ihr ganz hin. Es war gut, und sie stöhnte leise auf vor süßem Genuß, als es für beide zum Höhepunkt kam. Jetzt war sie untrennbar mit ihm verbunden. Sie würde für immer mit ihm untrennbar verbunden bleiben.

Nachdem er sich vergewissert hatte, daß sie eingeschlafen war, küßte er ihre Schläfe und murmelte an ihrer Wange: »*Je t'aime aussi.*«

Sieben Stunden später am Frühstückstisch ließ Douglas die Faust krachend auf den Tisch niedersausen, daß sein Teller zu tanzen begann und eine Speckscheibe auf die Tischdecke hüpfte.

»Und ich sage nein, Alexandra. Wenn Sinjun dich gebeten hat, ihr ein Buch bei Hookams zu besorgen, dann ist es ihr Pech. Ich habe nicht die Zeit, dich zu begleiten. Du gehst nirgendwo hin ohne mich. Hast du mich verstanden?«

Sie schwieg.

»Ob du mich verstanden hast?«

»Ich habe verstanden.«

»Gut. Nun geh, und sieh, wie das Packen vorangeht. Tut mir leid, daß wir nicht schon jetzt fahren können, aber ich habe etwas zu erledigen. Ich komme heute später zurück.« Als er gerade an der Tür stand, erstarrte er, als sie ausrief: »*Merde!*«

Douglas kehrte zum Mittagessen nicht zurück. Alexandra war aus lauter Angst und Sorge um ihn kurz vor einem Schreikrampf. Sie versuchte mit ihrem Französisch weiterzukommen, doch sie war so wütend, daß sie die meiste Zeit nach weiteren Schimpfwörtern suchte, die sie ihm an den Kopf werfen könnte.

»Ihr seid nervös, Mylady«, stellte schließlich Mrs. Goodham leicht irritiert fest. »Warum machen Sie keine Spazierfahrt mit der Kutsche. Hier gibt es nichts, wo Sie gebraucht werden, das kann ich Ihnen versichern.«

Douglas hatte den Angestellten also nicht befohlen, sie wie eine Gefangene zu behandeln. Alex preßte die Lippen zusammen. Sie würde sehr wohl den Roman für Sinjun besorgen, zur Hölle mit Douglas. Doch um ganz sicher zu gehen, holte sie eine kleine Pistole aus Douglas' Schreibtisch in der Bibliothek hervor, die sie in jener Nacht, als sie Französisch gelernt hatte, entdeckt hatte. Sie steckte sie in ihr Damentäschchen. Dann bat sie einen der Lakaien, sie zu begleiten. Er saß nun neben Kutscher John. Was könnte Douglas noch verlangen? Sie war mit zwei Leibwächtern und einer Pistole ausgerüstet.

Burgess war zwar darüber informiert, daß Ihre Ladyschaft Zuhause bleiben sollte, doch als Alexandra aus der Tür huschte, James, den Lakaien, im Schlepptau, befand er sich gerade nicht auf seinem Posten.

Die Kutsche rumpelte den Piccadilly hinauf, am Hyde Park Corner vorbei bis zur St. Edward's Street. Kutscher John blieb auf seinem Kutschbock sitzen. James begleitete Alexandra zu Hookams. Es war ein zugiger Laden, vom Boden bis zur Decke mit Büchern vollgestellt. Überall lag Staub, die Gänge zwischen den Regalen waren schmal und eng. Doch war der Laden von der tonangebenden Gesellschaft als Treffpunkt erklärt worden, und deshalb drängelten sich unzählige plaudernde Damen und Herren zwischen den Gängen. In der Nähe des Ladeneingangs warteten die Dienstmädchen und Lakaien, um ihren Herrschaften die Päckchen abzunehmen. Alexandra überließ James dem Vergnügen, einem hübschen Mädchen nachzugaffen, und bat einen beflissenen Verkäufer, sie dorthin zu führen, wo Sinjuns Roman stand. Ah ja, da drüben, auf dem dritten Regal. Sie suchte nach dem Buch *The Mysterious Count*. Plötzlich erstarrte sie, als eine Männerstimme ihr ins rechte Ohr zischte.

»Aha, das Täubchen fliegt aus dem Nest, eh?«

Das war nicht Heatherington. Nein, er war derjenige mit dem Schäfchen und dem Hirten. Seufzend sagte sie, ohne sich umzusehen: »Ihre Annäherung gefällt mir nicht, Sir. Es fehlt ihr an Originalität. Es fehlt ihr an Anmut und Charme. Es fehlt ihr an Witz. Allerdings gefällt mir die Nachahmung eines französischen Akzents, paßt aber nicht zu Ihrem fehlerfreien Englisch.«

»Zum Teufel mit Ihnen, ich hatte nicht vor, Ihnen zu gefallen! Ich spreche drei Sprachen fließend!«

»Nun, was ist dann Ihre Absicht?« Sie drehte sich um und blickte an einem hageren, sehr großgewachsenen Mann hoch, dessen schwarze Haare noch schwärzer als die von Douglas waren. Er trug die Vormittagsgarderobe eines Gentleman. Mit einem Schlag wußte sie, dies war Georges Cadoudal. Herrje, der Akzent dieses Mannes war nicht gespielt.

»Meine Absicht? Nun, das will ich Ihnen sagen. Ich halte eine sehr kleine und sehr tödliche Pistole in meiner rechten Hand, die auf Ihre Brust gerichtet ist. Ich schlage vor, Madam, kommen Sie mit und bewahren Sie dabei dieses reizende Lächeln auf Ihrem Gesicht. Nehmen Sie einfach an, ich sei Ihr Liebhaber, und wir werden famos miteinander auskommen, in Ordnung? Gehen wir.«

Alexandra sah die kalte, unbeugsame Entschlossenheit in seinen Augen. *»Je ne vais pas!«* schrie sie aus vollem Halse. Sie schleuderte ihm *The Mysterious Count* ins Gesicht, in der Hoffnung, ihm dabei wenigstens die lange Nase zu brechen. Als er die Arme hob, um sie zu schlagen, schrie sie: *»Merde! Merde! Je vais à Paris demain avec mon mari! Aidez moi!«*

Er schlug sie, fürchterliche Flüche ausstoßend, seitlich am Kopf, während die gesamte Kundschaft bei Hookams zu Eis erstarrte.

»James, Hilfe! *Aidez moi!*«

»Zur Hölle mit Ihnen!« fauchte ihr Georges Cadoudal ins Gesicht und war im nächsten Augenblick verschwunden. James war an ihre Seite geeilt, er zitterte aufgeregt von Kopf bis Fuß. Er hatte seine Herrin im Stich gelassen, aber der Überfall des unbekannten Schurken war wie aus heiterem Himmel gekommen.

»Fehlt Ihnen was, Mylady? Mein Gott, bitte sagen Sie mir, daß alles in Ordnung ist.«

Alexandra bewegte vorsichtig ihren Kopf hin und her, um ihn wieder klar zu bekommen. Von dem Schlag war ihr schwarz vor den Augen geworden. »Ja, alles in Ordnung.« Sie betrachtete den Roman in ihrer Hand und begann die zerknitterten Seiten zu glätten. »Ich habe ihm eins auf die Nase gegeben, James. Haben Sie mein Französisch gehört?«

»*Merde,* Mylady?«

Diese Mal war es tatsächlich Heatherington, der Mann, von dem Douglas ihr erzählt hatte, daß er die Röcke einer Frau hob, noch ehe er ihren Namen wußte. Er lächelte sie an, doch jetzt war es nicht das blasierte Lächeln des mondänen Lebemannes, sondern es war echt. »O ja, ich habe Ihr ausgezeichnetes Französisch vernommen. Wer war die arme Seele, die es gewagt hat, Ihren Ärger zu erregen?«

»Er ist fort«, antwortete Alexandra. Sie sah stolz wie ein Grenadier drein. »Mein Französisch hat ihn verjagt.«

Heatherington sah sie lange an, dann lachte er los. Es klang etwas rostig, denn so richtig von Herzen hatte er schon lange nicht mehr gelacht. Es paßte nicht zu seinem Gebaren, das er kultiviert hatte. Er lachte noch lauter und warf dabei den Kopf in den Nacken. *»Merde«,* wiederholte er. Und noch einmal: *»Merde«*. Dann wandte er sich lachend um und ging aus dem Buchladen hinaus.

Alexandra starrte verständnislos hinter ihm her, dann bezahlte sie den Roman, wobei sie den tuschelnden Ladys und den entsetzt dreinblickenden Gentlemen keinerlei Beachtung schenkte. James lief dicht an ihrer Seite und half ihr in die Kutsche hinauf. Er wollte sich gerade wieder umdrehen, um sich auf die Rückbank der Kutsche zu schwingen, da hielt sie ihn am Ärmel fest und sagte eindringlich: »Bitte, James, ich wünsche nicht, daß Seine Lordschaft etwas von diesem, äh, kleinen Vorfall erfährt, ja? Es war völlig belanglos, völlig unwichtig. Der Mann hatte sich offensichtlich in meiner Person geirrt, das war alles.«

James war sich nicht ganz sicher, ob dem wirklich so war. Er war beunruhigt, und zu Recht, denn die erste Person, die er in der Eingangshalle erblickte, war Seine Lordschaft. Mordlust stand auf seinem Gesicht geschrieben.

James hatte noch nie zuvor einen Mann so brüllen hören wie

in diesem Augenblick. Seine Lordschaft reckte sich in voller Höhe auf und schrie seine Frau, die ihm nur bis zu den Schultern reichte, in voller Lautstärke an. »Wo, zum Teufel, warst du? Wie kannst du es wagen, mir den Gehorsam zu verweigern! Großer Gott, Alexandra, diesmal hast du mich bis zum äußersten gereizt! Himmeldonnerwetter, das geht zu weit, viel zu weit!«

James zog sich zurück und lief zu Burgess, der zu dem Gefecht stieß, ohne die geringste Erschütterung auf seinem Gesicht zu zeigen.

»Mylady, willkommen daheim. Ah, wie ich sehe, ist James stets in Ihrer Nähe geblieben, wie auch Kutscher John. Seine Lordschaft hat sich natürlich Sorgen gemacht, obwohl…«

»Verdammt noch mal, Burgess? Halt den Mund! Glaub mir, sie hat weder deinen Schutz noch deine Einmischung nötig.« Douglas packte sie beim Arm und zerrte sie in den Salon. Er stieß die Tür mit seinem Stiefelabsatz zu.

»Ich habe Sinjuns Roman gekauft«, bemerkte sie, als er sich für einen kurzen Augenblick beruhigt zu haben schien.

»Zum Teufel mit Sinjuns verdammtem Roman!«

»Douglas, dein Vokabular läßt zu wünschen übrig. Bitte, beruhige dich. Es ist nichts passiert, bestimmt…«

Wieder rüttelte er sie hin und her. »Und nun verschlimmerst du deinen Ungehorsam durch eine Lüge. Wie kannst du es nur wagen, Alexandra? Wie kannst du es nur wagen, mich anzulügen?«

Nein, unmöglich, daß er irgend etwas über den Vorfall im Buchladen wußte.

»Ich bin Heatherington begegnet«, sagte er. Ihm war klar, daß sie ihn weiter belügen würde.

»Ach«, erwiderte sie und lächelte ihn zögernd an. Heatherington wußte nichts von der Sache, fast gar nichts. »Es gab da nur einen Mann, der anscheinend nicht recht wußte, was sich gehört.«

»Georges Cadoudal. Er hätte dich entführen können.«

»Woher willst du das wissen?«

»Möge der gütige Herr im Himmel mich vor einfältigen Frauen bewahren. Alexandra, du hast dermaßen laut auf Französisch losgekreischt, daß dich ganz London hören konnte. Ich bin noch einem weiteren dir unbekannten Gentleman begegnet, der mir erzählt hat, wie du dein *merde* hinausgebrüllt hast. Nun wissen es alle. Ohne Zweifel werden gewiß Dutzende von Leuten mir einen Besuch abstatten, um mir über das äußerst befremdende Verhalten meiner Frau zu berichten.«

»Ich habe auch noch andere Dinge gesagt, Douglas.«

»Ja, ja, ich weiß. Du würdest morgen mit deinem Mann nach Paris fahren.«

»Und ich habe auch auf Französisch um Hilfe geschrien.«

»Und noch etwas«, fuhr er fort, das Thema brachte ihn zunehmend in Rage, doch hielt er jäh inne, als sie eine kleine Pistole aus ihrem Damentäschchen zog.

»Das habe ich auch mitgenommen. Ich bin doch nicht dumm, Douglas. Dieser Mann hätte mir kein Härchen krümmen können. Ich habe das Haus nicht einfach gedankenlos und unvorbereitet verlassen. Es war mir langweilig, Douglas, bitte versteh doch. Es war mir langweilig, und ich wollte etwas unternehmen. Es ging alles gut aus. Er hat es versucht, aber es ist ihm nicht gelungen. Zudem habe ich ihm Sinjuns Roman auf die Nase geschlagen. Er hatte gar keine Chance.«

Douglas konnte sie nur noch verblüfft anstarren. Sie schien sehr stolz auf sich zu sein, das dumme Kind. Sie war fest überzeugt davon, daß sie im Recht war. Sie war naiv und völlig arglos. Gegen einen Mann wie Georges Cadoudal besaß sie die Überlebensmöglichkeit eines Hühnchens. Er nahm ihr die Pistole aus der Hand und schritt hoch aufgerichtet wortlos aus dem Zimmer.

Alexandra heftete ihren Blick auf die geschlossene Tür. »Er gibt sich wirklich große Mühe, sich zu beherrschen«, murmelte sie anerkennend.

Zum Abendessen war er nicht da. In dieser Nacht kam er auch nicht zu ihr.

Um acht Uhr dreißig in der Früh verließen sie London. Douglas saß wortlos neben seiner Frau. Die, zur Hölle mit ihrem Gleichmut, schmökerte in Sinjuns Roman *The Mysterious Count.* So ein verdammter Quatsch. »Warum liest du diesen Unsinn«, fragte er sie schließlich höchst irritiert.

Alexandra blickte lächelnd zu ihm auf. »Du willst dich nicht vernünftig mit mir unterhalten, die Landschaft bietet nichts Besonderes, und ich hab keine Lust, ein Nickerchen zu machen. Hast du einen besseren Vorschlag als zu lesen? Vielleicht hast du zu meiner Erbauung einen Band mit Moralpredigten?«

Statt zu antworten, verharrte Douglas beinahe eine Stunde lang in brütendem Schweigen. Dann rief er aus dem Fenster Kutscher John zu, er möge anhalten. Sie waren mitten auf dem platten Land. Keine Menschenseele ringsum, keine Behausungen, keine Kühe, nur ein paar Bäume, Brombeerbüsche und Hecken.

Alexandra blickte mit erschrockenen Augen von ihrem Buch auf.

»Keine Angst, ich dachte nur, du möchtest dir vielleicht ein wenig die Füße vertreten, oder dich drüben in dem Wäldchen erleichtern.«

Er half ihr aus der Kutsche hinunter, seine Hände hielten ihre Taille umfaßt, er zog sie an sich und umarmte sie für einen kurzen Augenblick, ehe er sie auf den Boden stellte. »Geh hinüber zum Ahornwäldchen. Mach schnell, und rufe mich, wenn du mich brauchst. Es muß nicht auf Französisch sein, aber ganz wie du willst, ich werde jedenfalls hier sein, um dich zu hören.«

Alexandra lächelte ihn wortlos an und winkte ihm leicht zu, ehe sie im Ahornwäldchen verschwand. Im Wald war es totenstill, das Blätterwerk, dicht und schwer, hielt die Sonne fern. Sie hatte es schnell hinter sich gebracht und wollte eben zu Douglas zurückkehren, als eine Hand sich in Sekundenschnelle auf ihren Mund preßte und sie gewaltsam gegen den Körper eines Mannes gerissen wurde.

»Diesmal habe ich Sie erwischt«, knurrte der Mann. Sie erkannte Georges Cadoudals Stimme. »Diesmal lasse ich Sie nicht entkommen.« Sie hatte weder Douglas' Pistole bei der Hand noch James, den Lakaien, als Begleitung. Doch Douglas war da, wenn sie sich nur für einen Augenblick, einen ganz kurzen Moment befreien könnte.

Sie biß ihn in die Hand, und sein Griff lockerte sich für einen Augenblick. Sie war drauf und dran loszuschreien, als sie es durch die Luft zischen hörte und etwas sehr Hartes ihre rechte Schläfe traf. Sie fiel wie ein Stein zu Boden.

Douglas tigerte auf und ab. Gute zehn Minuten waren nun vergangen, als sie ins Ahornwäldchen gegangen war. War ihr schlecht geworden? Er machte sich Sorgen. Fluchend eilte er auf den Wald zu und rief: »Alexandra! Komm schon, Alexandra!«

Schweigen.

Er schrie: *»Aidez-moi! Je veux aller à Paris demain avec ma femme!«*

Wieder tiefes Schweigen.

Er rannte in den Wald hinein. Sie war fort. Er sah sich genau um. Schließlich entdeckte er die Stelle, wo zwei Menschen gestanden haben mußten. Es hatte keinen Kampf gegeben, kein einziger Laut war zu hören gewesen. Georges hatte sie geraubt; entweder hatte er sie getötet oder bewußtlos geschlagen. Nein, wenn er sie getötet hätte, dann hätte er ihre Leiche hier zurückgelassen. Douglas suchte fieberhaft weiter. Bald fand er auch die Stelle, wo ein Reitpferd an einem Eibenbaum gebunden gestanden hatte. Er sah, daß die Pferdespuren aus dem Wald führten und daß die Hufe tiefer in die Erde eingesunken waren, weil das Tier nun zwei Menschen auf seinem Rücken trug.

Er hatte kein Pferd zur Verfügung. Da war nur die Kutsche und eine Verfolgung nicht möglich. Nach einer Stunde erst rollte die Kutsche in Terkton-on-Bryne ein, wo er sich ein kräftiges, schnelles Pferd besorgen konnte.

Er war wütend. Er hatte Angst. Innerhalb von einer halben Stunde war er zu dem Ahornwäldchen zurückgeritten und verfolgte zehn Minuten später die Pferdespur.

Er flehte inständig, es möge nicht regnen, doch die zunehmenden grauen Wolken am Himmel sahen bedrohlich aus.

Cadoudal bewegte sich in Richtung Süden, nach Eastbourne, direkt an die Küste. Hatte er vor, sie nach Frankreich mitzunehmen? Douglas' Blut erstarrte schier in seinen Adern.

Zwei Stunden später goß es in Strömen. Douglas stieß Flüche aus, doch es half nichts – bald waren die Spuren verwischt. Er hatte aber das tröstliche Gefühl, daß Georges, der brillante Stratege, es nicht leicht haben würde mit Alexandra.

Ehe er die Stadt erreichte, war er bis auf die Haut durchnäßt und zitterte vor Kälte. Ihm war klar, daß es so gut wie unmöglich war, Cadoudal im Alleingang zu erwischen. Glück alleine würde ihm nicht ausreichen; er benötigte unbedingt Hilfe. Er benötigte viele Männer, um die Gasthäuser und den Hafen abzusuchen sowie die Passagierlisten zu überprüfen.

Er war erschöpft und wußte, daß er rein gar nichts mehr unternehmen konnte. Trotzdem ritt er noch nach Eastbourne und hielt an drei Gasthäusern. Niemand erkannte seine Personenbeschreibung, oder sie waren von Georges bestochen worden, ihm eine Lüge aufzutischen. Er gab sich geschlagen, setzte sich auf sein Pferd und ritt die zwanzig Kilometer nach Northcliffe Hall, so schnell das Pferd ihn tragen konnte.

Hollis warf einen Blick auf Seine Lordschaft und rief sofort nach dem Kammerdiener. Douglas wurde in sein Schlafzimmer gebracht und in einen warmen Morgenmantel gehüllt. Danach hielt es Hollis für angemessen, ihn über seine Aktivitäten zu informieren.

Er berichtete: »Kutscher John hat uns alles über den Vorfall erzählt. Ich habe Anweisungen gegeben, und nun stehen Ihnen dreißig Männer zur Verfügung. Sie müssen mir nur weitere Befehle geben.«

Douglas sah seinen Butler entgeistert an und wäre ihm am liebsten um den Hals gefallen. Statt dessen murmelte er mit erschöpfter Stimme: »Georges Cadoudal hat sie entführt, und ich fürchte, daß er sie schon nach Frankreich verschleppt hat. Ich habe seine Spur beinahe bis nach Eastbourne verfolgen können, doch dann begann es zu regnen. Bei den örtlichen Gasthäusern hatte ich kein Glück.«

Hollis klopfte ihm auf die Schulter, als wäre er noch ein zehnjähriger Knabe. »Seien Sie unbesorgt, Mylord. Sie geben mir die Beschreibung dieses Cadoudal, und ich werde sie an die Männer weitergeben. Sie können sich in einer Stunde auf den Weg machen. Was Sie betrifft, Sie werden erst einmal ruhen, ehe Sie dieses Zimmer verlassen. Ich bringe Ihnen etwas zu essen und einen guten Tropfen Brandy. Das wird Sie bald wieder auf die Beine bringen.«

Innerhalb von dreißig Minuten waren zweiundzwanzig Männer nach Eastbourne ausgeschwärmt. Hollis agierte wie ein echter General.

Dann erklärte er Douglas: »Ich habe auch Lord Rathmore benachrichtigt. Ich erwarte ihn in Kürze. Seine Lordschaft hat Sie noch nie im Stich gelassen.«

Douglas brummte und nippte an dem wärmenden Brandy. Er hatte sich sattgegessen, und das Kaminfeuer war warm und behaglich. Er lehnte sich in seinem Sessel zurück, schloß die Augen und schlief eine Stunde fest. Danach erwachte er frisch und ausgeruht.

Kaum hatte er die Augen geöffnet, erblickte er Sinjun, die neben seinem Sessel stand. Einen Augenblick lang vergaß er alles und sagte: »Hallo, Range. Wo steckt Alexandra?«

Doch dann traf ihn die Wirklichkeit wie ein Schlag. Sinjun sah ihn erbleichen.

»Es tut mir ja so leid, Douglas. Auch wenn Mama dagegen ist, ich werde dir bei deiner Suche Gesellschaft leisten. Soll ich Tysen Bescheid geben?«

»Nein, laß ihn in Oxford.« Douglas stand auf und streckte sich. »Ich kann es einfach nicht glauben«, sagte er.

»Es ist spät, Douglas. Zu spät, um deine Suche fortzusetzen. Es ist beinahe Mitternacht.«

»Zweiundzwanzig Männer suchen da draußen, Sinjun. Ich muß zu ihnen.« Er hielt inne und nahm ihr Gesicht sanft in seine Hände. »Ich danke dir, daß du mich begleiten wolltest, doch muß ich dich bitten, hierzubleiben und nach dem Rechten sehen. Du kennst doch Mama ... nun, ich möchte die Gewißheit haben, daß alles bereitsteht, wenn Alexandra zurückkehrt.«

Douglas ritt von Northcliffe Hall nach Eastbourne. Es hatte zu regnen aufgehört, und ein Halbmond leuchtete ihm den Weg. Er begegnete McCallum, seinem obersten Stallburschen, im Drowning Duck Inn bei den Docks von Eastbourne.

»Ah, Eure Lordschaft hat sicher einen Schoppen dringend nötig. Setzen Sie sich. Ich werde Ihnen berichten, was wir herausbekommen haben. Ich habe dieses Gasthaus zum Hauptquartier erklärt; alle halbe Stunde wird mir Bericht erstattet. So ist's recht, trinken Sie Ihr Ale, und machen Sie es sich bequem. Nun hören Sie zu, Mylord.«

Um zwei Uhr morgens kamen fünf Männer in die Schankstube mit der Nachricht, daß sich Cadoudal und Ihre Ladyschaft auf einem schnellen Paketboot eingeschifft hatten. Leider konnten sie ihnen aufgrund der ungünstigen Strömung nicht folgen, außerdem blies der Sturm gerade landeinwärts. Da war nichts zu machen, bis der Sturm sich verzogen hatte.

Douglas wies McCallum an, die Männer nach Hause zu schicken. Um vier Uhr morgens war er wieder auf Northcliffe Hall.

Er trat in Alexandras Schlafzimmer und legt sich auf ihr Bett. Er starrte an die Decke, erschöpft, aber hellwach. Er erinnerte sich an jedes einzelne grobe Wort, das er gegen sie gerichtet hatte. Er erinnerte sich an ihren verletzten Blick, als er über Melissande sagte, sie hätte sich wie eine Lady benommen und ihrem Mann gehorcht.

Ein tiefer, brennender Schmerz durchfuhr ihn. Es überkam ihn eine große Leere. Es war etwas Ungewohntes, doch nicht Unerwartetes; jetzt nicht mehr, da er endlich erkannt hatte, daß er ohne seine Frau nicht leben konnte.

Am nächsten Tag hatte sich der Sturm in einen Orkan verwandelt. Niemand ging außer Haus. Der Regen peitschte gegen die Fensterläden, Donnerschläge erschütterten die Erde. Die Äste der Pappeln wurden vom tobenden Wind beinahe zu Boden gedrückt. Douglas betete, daß Georges Alexandra sicher nach Frankreich gebracht hatte. Selbst während seines Gebetes lachte er bitter.

Seine Mutter, Lady Lydia, spürte, daß diese arrogante Frau, die vorher ihrem Sohn völlig fremd gewesen war, nun von ihm mit anderen Augen betrachtet wurde. Sie war nicht dumm; sie behielt ihre Gedanken wie – ›Laß doch das dumme Ding, wo es ist‹ – lieber für sich. Sinjun hingegen versuchte ihren Bruder abzulenken.

Umsonst. Draußen tobte der Sturm. Sogar Hollis hatte einen besorgten Zug um den Mund. Im gesamten Haushalt herrschte angespannte Stimmung. Niemand sagte ein Wort.

In dieser Nacht schlief Douglas in Alexandras Zimmer. Sein Schlaf war tief und fest. Allerdings einzig und allein aus dem Grund, weil Hollis etwas Laudanum in seinen Wein getan hatte. Er träumte von Alexandra; sie stand lachend bei den Ställen und tätschelte die Nüstern ihrer Stute, während sie ihm erklärte, wie sie ihn aus tiefstem Herzen liebte…

Dann erwachte er. Alexandra stand neben seinem Bett und sprach zu ihm.

Kapitel 22

Entgeistert starrte er sie an, zwinkerte mit den Augen. Doch, nein, sie war's, sie stand an seinem Bett. Er sah sie ganz deutlich vor sich. Sie lächelte sanft zu ihm herab und sagte: »Es geht ihr gut.« Hatte sie tatsächlich etwas gesagt? Er hatte die Worte ganz deutlich gehört.

Es war nicht Alexandra. Er streckte seine Hand aus. Sie trat schnell einen Schritt zurück, schien sich dabei kaum zu bewegen, aber er hatte sie am Ärmel berührt und nichts gespürt, nur Luft.

Die Angst schnürte ihm die Kehle zu, die Angst vor dem Unbekannten, vor Gespenstern, vor Kobolden und vor bösen Geistern, die in Schubladen hausten und nachts herauskrochen, um kleine Knaben zu erschrecken.

»Nein«, rief Douglas. »Nein, es gibt dich nicht wirklich. Ich bin krank vor Sorge, du bist ein Gehirngespinst, das mich quälen will, weiter nichts, nichts, zum Teufel mit dir!«

Die langen glatten Haare waren hell, beinahe weiß, und ihr Gewand floß in leichten Wellen um ihre Gestalt, trotz der stikkigen, reglosen Luft. Natürlich hatte er sie schon einmal gesehen, besser, er hatte sie sich schon einmal in seiner überspannten Fantasie heraufbeschworen. Sie war ihm in der längst vergangenen Nacht erschienen, als Alexandra von ihm davonlaufen wollte.

Unvermittelt sah Douglas Alexandra vor seinem geistigen Auge. Sie lag in einer engen Kammer auf einem schmalen Bett. Ihr Kleid war zerknittert und zerrissen. Die Haare fielen ihr wirr ins Gesicht. Obwohl sie blaß war, entdeckte er keinerlei Spuren von Angst auf ihrem Gesicht. Hand- und Fußgelenke waren gefesselt. Sie lag wach, er sah sie direkt vor sich, wie sie krampfhaft einen Fluchtplan überlegte, so daß er lächeln mußte. Sie hatte wirklich Mut. Ebenso deutlich sah er dann das Bauernhaus in dem Dorf vor sich, wo sie sich befand. Es war in Etaples. Dann verschwand sie.

Georges Cadoudal hatte Sinn für Ironie.

Douglas ließ es nicht darauf beruhen. Mit einem Satz sprang er aus dem Bett und stürzte sich in die Richtung, wohin sie verschwunden war. Nichts.

»Du abscheuliches Nichts, komm sofort zurück! Feigling! Du lächerliches Hirngespinst!«

Außer dem Regen, der beständig gegen die Fenster trommelte, und hie und da einem Ast, der gegen eine Fensterscheibe peitschte und kratzte, war nichts zu vernehmen.

So stand er eine ganze Weile ratlos da, nackt und vor Kälte zitternd. Er hatte Kopfweh.

Bei Morgengrauen nieselte es nur noch. Um sieben Uhr früh hatten sich die Wolken verflüchtigt, und die Sonne ging auf.

Douglas lief die Treppen hinunter und ging ins Frühstückszimmer. Tony Parrish saß am Tisch, trank Kaffee und verspeiste Eier mit Speck und geräucherten Hering.

Er sah hoch und begrüßte seinen Cousin. »Setz dich und iß. Danach machen wir uns auf die Suche. Wir werden sie finden, Douglas, keine Sorge.«

»Ich weiß«, erwiderte Douglas und leistete ihm Gesellschaft.

Tony wartete ab, bis Douglas etwas gegessen hatte. »Was soll das heißen, du weißt?«

Douglas lächelte nur und sagte: »Georges Cadoudal hat sie nach Etaples entführt. Wir werden ihn im Nu erwischen. Wir nützen die Gezeiten aus und erreichen Frankreich mit etwas Glück in acht Stunden. Dort werden wir uns Pferde mieten und in aller Frühe in Etaples sein.«

»Woher weißt du, wo sie steckt, Douglas? Hat Cadoudal eine Forderung nach Lösegeld hinterlassen?«

»Hat er«, erwiderte Douglas und biß in ein Stück Brot. »Ja, ich hätte mich schon früher aufgemacht, doch der Sturm hat mich aufgehalten. Ist Melissande bei dir?«

»Ja, sie schläft noch.«

»Aha.«

»Erzähle mir doch etwas über diesen Burschen Cadoudal und den Grund, weshalb er Alexandra entführt hat.«

Douglas erzählte ihm die Wahrheit. Warum sollte er auch nicht? Allerdings erzählte er ihm weder von Cadoudals Plan noch von den eine Million Guineen, die die englische Regierung für den Sturz Napoleons, für einen Aufstand in Paris und für die Inthronisierung Louis' XVI. Bruder, dem Comte von Artois, zur Verfügung gestellt hatte. Doch berichtete er ihm von Janine Daudet. Diese Frau hatte vor ihrem Geliebten Georges Cadoudat behauptet, daß er, Douglas, der Vater ihres Kindes sei. Sie war zu sehr verängstigt gewesen, um ihm zu gestehen, daß General Belesain oder einer seiner Männer, denen er sie überlassen hatte, sie geschwängert haben könnte. Einmal ausgesprochen, gab es kein Zurück für sie. Sie hatte nicht geahnt, daß Georges nach Rache sinnen würde.

»Die Frau ist verrückt!« warf Tony ein. »Warum sollte sie dir diese Gemeinheit antun, Douglas? Du meine Güte, schließlich hast du sie gerettet!«

Douglas rückte den Stuhl zurück und erhob sich. »Das erzähle ich dir auf dem Weg nach Eastbourne.«

Die Luft war frisch und kühl, und eine leichte Brise wehte ihnen ins Gesicht. Garth war voller Energie und ausgelassen, und Douglas hatte alle Hände voll zu tun, um ihn im Zaum zu halten. Beide Männer waren mit Pistolen und Messern bewaffnet. Sie trugen hohe Schaftstiefel, Wildlederhosen und Capes.

Schließlich sagte Douglas zu Tony: »Sie meinte, ich wäre nicht mit ihr ins Bett gegangen, da General Belesain sie zur Hure degradiert hatte. Natürlich stimmte das nicht. Was den General betrifft, gut möglich, daß er sie als seine Hure angesehen hat, die er seinen Freunden, seinen Gästen, wem immer, zur Verfügung stellen konnte. Er hat sie mir angeboten, damit ich mich mit ihr vergnüge. Warum also nicht auch anderen Männern, ehe ich kam? Jedenfalls war sie außer sich und gekränkt, und sie hat jeden hinters Licht geführt, als sie wußte, daß sie schwanger war.«

Tony schüttelte den Kopf. Er fluchte. Dann dachte er laut mit finsterem Blick nach: »Warum hat dir Cadoudal einen Brief geschickt? Wenn er nach Rache sinnt, wäre es nicht einfacher gewesen, Alexandra einfach wortlos zu entführen? Verlangt er Geld?«

»Nein. Er verlangt etwas anderes.«

Tony wollte schon weiterfragen, doch der Anblick von Douglas' finsterer Miene hielt ihn zurück.

Sie erreichten Eastbourne pünktlich. Douglas mietete eine verwitterte, doch tüchtige Schaluppe. Der Kapitän fluchte zwar, was das Zeug hielt, doch die Mannschaft schien das wenig zu bekümmern und ging seelenruhig ihrer Arbeit nach.

Siebeneinhalb Stunden später erreichten sie Calais.

Sie schlug wild um sich, als er sie auf dem Pferd an sich gepreßt hielt. Er hatte ihr mit der Pistole auf den Kopf geschlagen, um sie zur Ruhe zu bringen. Der Schlag war sehr fest gewesen. Als sie wieder zu sich kam, hatte sie dröhnendes Kopfweh, und es war ihr übel. Sie saß gegen einen Eichenbaum gelehnt. Da ihre

Hände gefesselt waren, beschloß sie, sich nicht zu übergeben. Sie wollte stark sein; sie wollte ihren Körper im Griff haben. Kaum daß sie die Zeit hatte, ihre Gedanken zu sammeln, stand er schon vor ihr und zwang sie, eine Flüssigkeit zu schlucken. Ehe sie das Bewußtsein verlor, roch sie Meeresluft.

Wieder bei einigermaßen klarem Verstand, wurde ihr klar, daß er sie betäubt hatte. Aber für wie lange? Sie hatte keine Ahnung, wo sie sich befand, irgendwo in einem kleinen Haus, auf einem Bett, gefesselt, schmutzig, hungrig und sehr durstig. Aber wo?

Sie war mutterseelenallein. Welche Wachtposten er auch immer aufgestellt haben mochte, sie befanden sich wohl alle vor der einzigen Tür des Raumes. Ihre Gedanken waren noch etwas verschwommen. Sie schloß die Augen, um sich zu sammeln.

»Sie sind also wieder wach. Ich hoffte, Sie nicht getötet zu haben. Ich kann aber das rechte Quantum an Laudanum nie richtig einschätzen. Natürlich«, fügte er dann schnell hinzu, »zeichne ich mich perfekt in allen anderen Dingen aus.«

Sie öffnete die Augen. Er stand vor ihrem Bett und sah zu ihr hinab. Wie war er nur so lautlos in ihr Zimmer gekommen? Er sah erschöpft aus, seine Züge waren angespannt, die Augenlider verquollen. Seine langen, schwarzen Haare hatten dringend Wasser und Seife nötig. Er trug die Kleidung eines englischen Gentleman, sie war von guter Qualität, doch zerknittert und schmuddelig. Sein gefährlicher Gesichtsausdruck ging ihr durch Mark und Bein. Trotzdem empfand sie seltsamerweise keine Furcht vor ihm, zumindest nicht in diesem Augenblick, denn Douglas befand sich ja in Sicherheit.

»Ich bin froh, daß Sie mich nicht auch noch vor Schreck umgebracht haben. Ich habe Sie überhaupt nicht gehört. Sie müssen auf Katzenpfoten herangeschlichen sein.«

Er zuckte kurz zusammen, dann hob er die Schultern. »Jawohl, ich verfüge über vielfache Talente, doch Rache ist ein Talent, das ich in eine spezielle Kunst verwandelt habe. Ich überlasse nichts dem Zufall, nichts, was Ihren verdammten Mann auf meine Spur bringen könnte. Ihr Gemahl wird Sie niemals finden, also lassen Sie von vornherein jegliche lächerliche Hoffnungen fahren, daß er es könnte.«

Immer noch fürchtete sie sich nicht, obwohl sie flach auf dem Rücken gefesselt auf einem Bett lag. »Ich sage Ihnen ganz ehrlich, Monsieur Cadoudal, ich wünsche mir nur, daß mein Mann in Sicherheit ist. Er ist das Wichtigste für mich.«

Georges lachte böse, was seinen schwarzen Augen einen satanischen Ausdruck verlieh. »Wie rührend. Was sind Sie doch für ein romantisches Kind. Nun, ich vermute, Ihre kindliche Ergebenheit stellt im Moment für Lord Northcliffe eine große Befriedigung dar. Zudem stelle ich mir vor, daß Sie sein Wohlgefallen erregt und jung genug sind, um ihm zeitweiliges Vergnügen zu schenken. Männer seines Kalibers finden jedoch niemals Befriedigung, auch nicht bei einer kleinen Jungfrau, die zu ihm wie zu einem Helden aufschaut. Vor Ende des Sommers hätte er Sie hintergangen.«

Alexandra sah ihn böse an. Nur weil sie ihren Mann liebte, meinte er, sie betrieb Heldenverehrung? Sie hätte ihm gerne beigebracht, daß sie nicht so ein dummes Ding war, statt dessen sagte sie: »Sie denken an Janine.«

Wieder zuckte Georges Cadoudal zusammen. »Woher wissen Sie über Janine Bescheid? Hat er tatsächlich die Stirn besessen, Ihnen zu erzählen, was er ihr angetan hat? Hat er damit geprahlt? Vor Ihnen? Seiner Frau?«

»Er hat mir erzählt, er hätte sie aus Frankreich gerettet und nach England gebracht.«

»Ha! Douglas Sherbrooke kann man ebenso viel vertrauen wie jedem anderen skrupellosen Engländer. Er hat mich hintergangen. Er hat sie geschändet. Die Bestie, die sie gefangenhielt, hat sie ihm offeriert, weil er beim Kartenspiel verloren hatte. Er hat sie mehrmals vergewaltigt. Dann hat er ihre Mitarbeit gefordert, denn meine Janine ist stark und nicht leicht unterzukriegen. Das war sein Preis, um sie heil nach England zu bringen.«

»O nein, Douglas würde so etwas niemals tun. Er ist ein Gentleman und ein Ehrenmann. Sie irren sich. Diese Janine hat Sie angelogen. Ich würde nur zu gerne wissen, warum sie das getan hat, aber leider kann ich kein Französisch, also konnte ich nicht verstehen, was sie zu Douglas sagte. Zwar habe ich mich bei ihm danach erkundigt, doch er meinte, das sei nicht meine Angelegenheit.«

Georges Cadoudal hatte vorgehabt, dieses kleine Hühnchen zu vergewaltigen und sie dann geschwängert zu Douglas zurückzuschicken. Keinen Moment zweifelte er dabei an seiner Männlichkeit. Es würde nicht lange brauchen. Es wäre eine ›Aug'-um-Aug'‹-Sache gewesen. Danach würde er seinen Plan, Napoleon zu entführen, weiterverfolgen. Aber warum brach sie nicht in Tränen aus? Warum bettelte sie nicht um ihr Leben, flehte um Verschonung?

»Was heißt das genau, Sie haben sie mit Douglas reden hören?«

»Es war beim Ball der Ranleaghs. Ich sah sie, wie sie sich an Douglas' Ärmel klammerte. Ich habe versucht zu hören, zu lauschen, wenn Sie so wollen. Aber, wie ich schon sagte, ich spreche nicht Französisch. Es war mir gegenüber äußerst provozierend. Ich drängte Douglas, mir alles zu erzählen, aber er tat es nicht. Ich habe großen Durst. Kann ich etwas Wasser haben?«

Er erfüllte ihr diesen Wunsch einzig und allein deshalb, weil sie ihn völlig aus dem Konzept gebracht hatte. Nachdem er ihre Handfesseln gelöst hatte und zusah, wie sie die Knöchel rieb, um das taube Gefühl zu vertreiben, überreichte er ihr einen Becher mit Wasser. Dann erst wurde ihm bewußt, daß er sie viel mehr hätte quälen wollen – doch es war zu spät, um ihr den Becher aus der Hand zu schlagen. Sie trank ihn gierig mit Riesenschlucken aus. Sie hatte so großen Durst, daß ihr das Wasser am Kinn hinuntertröpfelte. Mit dem Handrücken wischte sie es ab, dann schloß sie zufrieden die Augen.

Er starrte sie an und hörte sich sagen: »Wollen Sie noch mehr?«

»Ja, bitte. Sie sind sehr gütig.«

»Zum Teufel mit Ihnen, ich bin nicht gütig!« Er stampfte aus dem Zimmer und schlug die Tür hinter sich zu. Sie hörte, wie der Schlüssel sich knarzend im Schloß herumdrehte.

In dem Augenblick, als sie wieder allein war, packte die nackte Angst sie wie mit einem Würgegriff. O Gott, was hatte sie bloß angestellt? Sie hatte so offen und ehrlich wie mit einem Pfarrer zu ihm gesprochen. Sie war ein Närrin gewesen.

Alexandra lehnte sich mit geschlossenen Augen zurück. Sie wünschte sich, Douglas hätte in aller Offenheit mit ihr gesprochen. So wäre sie jetzt in der Lage, die Wahrheit gegen Georges Cadoudal einzusetzen. Erst nach einer Minute wurde sie gewahr, daß ihre Hände nicht gefesselt waren. Sie konnte es kaum glauben. Sie hob die Hände und sah sie sich an.

Neue Energien wallten in ihr auf. Alexandra löste die Fesseln von ihren Füßen, erhob sich und fiel geschwächt wieder aufs Bett. Einige Zeit verbrachte sie damit, ihre Fesseln zu reiben und immer wieder zu versuchen, aufzustehen.

Als sie schließlich imstande war zu gehen, lief sie auf Zehenspitzen zur Tür. Zwar wußte sie, daß sie zugesperrt war, doch sie versuchte es trotzdem. Erfolglos. Sie wandte sich dem einzigen Fenster im Raum zu: es war schmal, vielleicht zu schmal, um ihre Schultern und Hüften durchzuzwängen. Doch sie mußte es einfach versuchen.

Douglas und Tony ritten von Calais in Richtung Etaples. Es war ein warmer Tag, die Sonne schien hell am Himmel. Es war Markt, die Straßen waren überfüllt mit Wagen und Karren, auf der Straße ruhenden Eseln sowie Bauern, die ihre Waren schleppten, in Säcken über die Schulter geworfen. In Etaples würde auch Markt sein. Markttage bedeuteten immer ein heilloses Durcheinander. Zudem waren da die französischen Soldaten, die französischen Tischler und sonstige Handwerker, Arbeiter und Schiffsbauer. Cadoudal mußte verrückt gewesen sein, sie hierherzubringen. Es war tollkühn. Es war, als ob man dem Teufel ins Gesicht lachte, es war, als ob man ihm in seinen gegabelten Schwanz kniff.

Tony, der dicht an seiner Seite ritt, sagte: »Hat dir dieser Bursche Cadoudal genaue Instruktionen gegeben, Douglas? Du scheinst den Weg genau zu kennen.«

»Ja«, antwortete Douglas und blickte unverwandt zwischen die Ohren seines Reitpferdes. »Ich kenne den Weg genau.«

»Das verstehe ich nicht. Was will er von dir?«

Douglas schüttelte nur den Kopf. Er konnte diesen verdammten Gespenstertraum nicht aus seinem Kopf vertreiben. Dabei war es nichts als ein Traum gewesen. Er wußte mit einem Mal, daß er so intensiv darüber nachgedacht hatte, wohin Cadoudal Alex verschleppt haben konnte, daß er auf die mögliche Lösung gekommen war.

Ja, es paßte alles genau. Alles, seitdem er wußte, daß Cadoudal sie nach Frankreich entführt hatte. Alles, mit Ausnahme des lächerlichen Gespenstes, der törichten jungfräulichen Braut.

Sogar das Haus, wo er sie gefangenhielt, stimmte. Es war das Bauernhaus von Janines Großmutter. Douglas kannte den Ort. Er diente Cadoudals Zwecken auf ideale Weise. Jawohl, es paßte alles genau.

Es dauerte eine Stunde bis Etaples und dann noch zehn Minuten bis zum Bauernhaus.

Alexandra gelang es, sich aus dem verschmutzten, offenen Fenster zu winden. Mit den Hüften hatte sie etwas mehr Schwierigkeiten, doch schließlich gelang es ihr, durchzuschlüpfen. Sie landete auf allen Vieren mit dem Gesicht im Schlamm. Schwer atmend, lag sie für einen Augenblick da, dann hob sie den Kopf, um sich zu orientieren.

Sie befand sich in einem winzigen Garten hinter dem Bauernhof, mit viel Unkraut und nur noch wenig Gemüse. Daneben stand ein verfallener Stall mit sehr alten, schiefliegenden Dachschindeln. Sie hörte Hühner gackern. Eine Ziege, keine drei Meter von ihr entfernt, knabberte an einem alten Stiefel. Sie kaute gemächlich vor sich hin, ohne Alex zu beachten.

Alexandra vernahm keine Stimmen. Nirgendwo ein Lebenszeichen.

Jetzt oder nie! Sie erhob sich und rannte los.

Die Sonne schien sengend auf sie herab. Bald flimmerte es Alexandra vor den Augen. Die Hitze und der Hunger machten ihr schwer zu schaffen. Ihr Atem ging rasselnd und wurde immer mühsamer. Sie war so müde wie noch nie im Leben, doch zwang sie sich, weiterzulaufen, schnell zu gehen, bis schmerzhaftes Seitenstechen sie zwang, wie eine alte Frau zu humpeln.

Als sie das Hufgetrappel hinter sich hörte und die Erde schier erbebte, hätte sie am liebsten vor Wut laut aufgeschrien, doch sie rannte weiter.

Da ertönte jedoch schon seine laute böse Stimme an ihrem Ohr: »Sie verräterisches Frauenzimmer!«

Im nächsten Augenblick packte er sie um die Taille und schleuderte sie aufs Pferd.

Alexandra drehte sich um und schlug ihm ins Gesicht. Sie traf genau sein Kinn. Beim zweiten Schlag wich er aus, und sie streifte nur seine Wange. Er schüttelte sie wie ein Lumpenbündel und warf sie, Gesicht nach unten, quer über den Sattel. »Halten Sie still, verdammt noch mal!«

Alexandra fühlte, wie ihr schlecht wurde. Sie würde sich übergeben müssen. Verzweifelt versuchte sie, sich zu beherrschen, doch es gelang ihr nicht. Sie erbrach sich über dem Sattel, auf seine Wildlederhose, über das Pferd.

Der Hengst wurde von ihren Krämpfen und dem schrecklichen Würgen kopfscheu. Wild bäumte er sich auf und riß die Zügel aus Cadoudals Händen, so daß sie beide zu Boden fielen. Alexandra schlang die Arme um ihren Leib, wobei sie weiter würgte und sich vor Krämpfen schüttelte. Endlich ließen die zuckenden Krämpfe nach, und sie blieb reglos sitzen. Sie hielt den Kopf gesenkt und versuchte wieder ruhig zu atmen.

Dann blickte sie zu Cadoudal hoch, der seitlich auf dem Boden lag und zu ihr hinüberblickte.

Sie sagte: »Es tut mir leid. Ich habe versucht, es zu verhindern, doch es ging nicht. Ist das Pferd in Ordnung?«

Er pendelte mit dem Kopf, als wollte er sichergehen, daß sein Gehirn sich noch im Schädel befand. Einige Meter entfernt graste friedlich sein Pferd, völlig ungerührt von dem ganzen Durcheinander.

»Dem Pferd scheint es gut zu gehen, was ganz sicher nicht Ihnen zu verdanken ist.«

Ihr Magen krampfte sich erneut zusammen, und sie stöhnte, bis wieder dieses schreckliche Würgen kam.

Georges Cadoudal erhob sich und klopfte den Staub von seinen Kleidern. Dann packte er sie unter den Armen und zog sie empor. Mit zornigem Gesicht sagte er: »Ihr Anblick ist abstoßend. Sie sehen verboten aus. Ich kann es nicht ausstehen, wenn eine Frau so heruntergekommen aussieht.«

Alexandras Augen schmälerten sich. »Und Sie sehen wie ein Mann aus, der seine Nase zwei Nächte lang nicht aus der Brandyflasche gezogen hat! Ha! Mir zu sagen, ich sehe schrecklich aus!«

Georges Cadoudal lachte.

»Kommen Sie. Ich bringe Sie zurück ins Bauernhaus.«

Wenig später half er ihr vor der Tür vom Pferd. »Gehen Sie hinein. Trinken Sie etwas Wasser. Setzen Sie sich. Wenn Sie auch nur Ihre Nase an der Tür oder an einem der Fenster blicken lassen, dann wird Ihnen das leid tun.«

Hätte Douglas diese Drohung ausgestoßen, dann hätte ihr Alexandra keinerlei Beachtung geschenkt, doch Georges Cadoudal kannte sie nicht. Er war grausam und rücksichtslos und hatte seine Entschlossenheit sehr wohl demonstriert. Möglicherweise hatte er vor, sie umzubringen. Andererseits hatte er ihr Wasser angeboten. Das paßte nicht so recht zusammen.

Sie trat in die Stube des Bauernhofes, trank etwas Wasser und setzte sich dann auf einen der wackligen Stühle.

Als Cadoudal die Tür öffnete und sie hinter sich mit einem Fußtritt schloß, sah sie seelenruhig zu ihm auf. Er hatte seine Wildlederhose gesäubert und trat nun mit einem gefährlichen Grinsen auf sie zu.

Gleichgültig fragte sie: »Werden Sie mich später umbringen?«

»Nein.«

»Was haben Sie dann mit mir vor?«

Er blickte sie fest an. »Wollen Sie Lösegeld für mich verlangen? Oh, nein!« Ihr blasses Gesicht wurde noch weißer. Er wußte, was ihr durch den Kopf ging. Er würde Lord Northcliffe einen Brief schicken, der würde daraufhin kommen, und Georges würde ihn töten.

Nie zuvor in seinem Leben hatte Cadoudal so tief empfundenen Schmerz gesehen. Aber er würde nicht zulassen, daß ihm so etwas unter die Haut ging. Er war in seinem Leben dem Tod schon so oft begegnet, daß ihm diese Situation wie ein friedlicher Kirchenbesuch vorkommen mußte.

Hastig fügte sie hinzu: »Nein, Douglas wird nicht nach mir suchen, das schwöre ich Ihnen. Er ist in meine Schwester Melissande verliebt. Er mußte mich heiraten, sein Cousin hatte mich stellvertretend für ihn geheiratet. Es war alles ein schrecklicher Irrtum. Douglas will mich loswerden, Hand aufs Herz. Bitte, Monsieur. Bitte, es kümmert ihn nicht.«

»Ich nehme nicht an, daß Sie kochen können? Ich wette, Sie sind eine dieser völlig unnützen englischen Ladys, die sich noch nie in ihrem Leben die Hände schmutzig gemacht haben.«

»Ich bin nicht unnütz! Ich kenne mich im Garten gut aus.« Sie hielt inne und fuhr dann langsam fort: »Eigentlich kann ich wirklich nichts kochen, was irgendwie einladend aussieht. Es tut mir leid, aber ich habe auch gar keinen Hunger.«

Er brummte und ging auf die kleine Küche zu, die sich in der hintersten Ecke des Raumes befand. Über die Schulter hinweg kurrte er: »Bewegen Sie sich nicht.«

Sie gehorchte, saß stumm da und beobachtete ihn, wie er mit irgend etwas in der Ecke hantierte.

Einige Minuten später kam er mit zwei Tellern in der Hand zurück. Auf dem einen lag eine dicke Brotscheibe, der andere war mit einem nach Knoblauch duftenden Eintopf gefüllt. Alexandra hätte sich beinahe wieder übergeben.

Ungerührt sagte er: »Essen Sie die Brotscheibe. Das wird vielleicht Ihren Magen beruhigen.«

Sie nagte an dem Brot herum und vermied es, ihn anzusehen, wie er den abstoßenden Eintopf verschlang.

Einige Bissen konnte sie behalten. Sie warf einen Blick auf das kleine Stück Butter, doch wagte sie es nicht, es aufs Brot zu streichen. Georges Cadoudal fuhr fort, gierig den Eintopf zu löffeln.

Als sie das Schweigen nicht mehr aushielt, rief sie: »Was haben Sie mit mir vor?«

Er hob den Kopf und sagte: »Ich werde Sie aller Ihrer Kleider entledigen und waschen. Dann werde ich Sie vergewaltigen, wie es Ihr Gemahl mit meiner Janine getan hat. Ich werde Sie so lange behalten, bis Sie schwanger sind. Dann schicke ich Sie zu Douglas zurück.«

Sie starrte ihn an. »Aber«, warf sie ein und neigte ihren Kopf zur Seite, »das macht doch keinen Sinn, nicht wahr?«

Er schleuderte den Löffel an die Wand, sprang von seinem Stuhl auf und hieb mit den flachen Händen auf den rauhen Holztisch. »Schluß mit Ihrem unnützen Geplapper! Ich mag es nicht. Es geht mir auf die Nerven. Haben Sie mich verstanden?«

»Nein, habe ich nicht. Es scheint mir unendlich dumm und schlicht unehrenhaft und nicht eines Gentlemans würdig, so etwas überhaupt in Erwägung zu ziehen. Wollen Sie mich zwingen? Wollen Sie mich als Gefangene behalten und mich auf diese Weise erniedrigen? Nein, das ist unvernünftig. Außerdem hat mir Douglas erklärt, es braucht seine Zeit, um ein Kind zu zeugen. Wollen Sie mich für die nächsten fünf Jahre behalten?«

Er knurrte in hilfloser Wut. »Zur Hölle mit Ihnen. Fordern Sie mich nicht heraus, es zu tun!«

Sie sah ihn groß an.

»Ach, halten Sie den Mund!«

Sie sagte immer noch nichts.

Schließlich entschloß er: »Ich werde Ihnen etwas Badewasser holen. Ich möchte, daß Sie gut duften, wenn ich Sie nehme.«

Die Hauptstraße von Etaples war vollgestopft mit Marktbuden; die Leute boten alles an – von Kartoffeln bis Brombeeren.

Tony und Douglas stiegen von ihren Pferden und bahnten sich einen Weg durch die Menschenmenge.

Douglas fluchte. Sie hätten doch einen Bogen um Etaples machen sollen. Aber er hatte es für besser gehalten, sich gut umzusehen, falls es nötig wäre, sich irgendwo zu verstecken. Wie hatte er nur das Durcheinander und das turbulente Getriebe, das an einem Markttag herrschte, vergessen können?

Sie brauchten zwanzig Minuten, bis sie sich durchgekämpft hatten. Zum Schluß kaute Tony an einem Apfel, und Douglas nagte an einer Karotte.

»Na ja, irgend etwas müssen wir essen.«

Douglas ärgerte sich noch immer.

»Es dauert ja nicht mehr lange, Douglas. Bist du dir aber wirklich sicher, daß sie sich in diesem Bauernhaus aufhält?«

»Sie wird dort sein.«

Douglas kaufte einem Bauern noch mehrere Äpfel ab, und einen warf er Tony hinüber. »Iß dich satt, Cousin.«

Sie machten sich auf den Weg.

Der Wasserzuber stand mit dem heißen Wasser, das Cadoudal eigenhändig mit Holz erhitzt hatte, hinter ihr. Sie hatte diese Zeit genutzt, einen Fluchtplan auszuhecken.

»Ihr Gesicht ist verschmutzt.«

»Ich bin auf meiner Nase gelandet, als ich mich aus dem Fenster zwängte.«

»Ziehen Sie Ihre verdammten Kleider schon endlich aus.«

Sie verharrte stumm und schüttelte bloß den Kopf.

Er stieß einen Seufzer aus und machte ein unglückliches Gesicht. Dann packte er sie. Sie wehrte sich wie eine Wildkatze, sie griff ihn an, stieß ihn gegen das Schienbein, daß er vor Schmerzen aufstöhnte. Doch innerhalb von wenigen Minuten stand sie völlig unbekleidet und zitternd vor ihm. Ihre Kleider lagen überall verstreut am Boden.

»So.« Er hob sie an den Achseln hoch und setzte sie ohne Schwierigkeiten in den Badezuber. Dann reichte er ihr einen

Waschlappen und ein Stückchen Seife. »Waschen Sie sich. Und zwar gründlich.«

Sie schien ihm völlig gleichgültig zu sein. Das erleichterte und überraschte sie dermaßen, daß sie kein Wort von sich gab und ihn nur mit großen Augen anblickte.

»Waschen Sie sich die Haare. Sie sind schmutzverkrustet. Übrigens mag ich keine roten Haare bei einer Frau.«

Sehr gut, dachte sie und antwortete laut: »Das werde ich.«

Er warf ihr noch einen grübelnden Blick zu und ließ sie dann, Flüche vor sich hin murmelnd, allein.

Alexandra wusch sich mit Wohlbehagen.

Unglücklicherweise war sie so erschöpft, daß sie dabei einschlief. Sie wachte mit einem Ruck auf, als Georges Cadoudal vor ihr stand. »Verdammt noch mal, das Wasser ist ja beinahe kalt. Sie sind eingeschlafen? Sie sollten zumindest einen Fluchtplan schmieden, Sie sollten Todesangst vor mir haben, Sie sollten Schreie ausstoßen, gellende Hilfeschreie. Sind Sie fertig mit dem Baden?«

Sie verneinte und tauchte noch tiefer ins Badewasser hinein.

Er sah sie so streng an wie ein ungezogenes Kind. Dann schnappte er den nassen Waschlappen, seifte ihn gründlich ein, klatschte ihn ihr ins Gesicht und begann heftig zu schrubben.

Sie versuchte zu schreien, doch die Seife in ihrem Mund hinderte sie an ihrem Vorhaben. Dann spürte sie seine Hände auf ihren Brüsten, und jede Faser ihres Körpers erstarrte.

Kapitel 23

»Donnerwetter!« rief Georges und starrte auf ihre Brüste. Sie versuchte, sich seinen Händen zu entziehen. Er schüttelte den Kopf und setzte eine abweisende Miene auf, als müßte er sich zwingen, sie anzusehen. »Die Natur hat es gut gemeint mit Ihnen. Erstaunlich. Solche Brüste, wie Sie sie besitzen, hätten mir früher auffallen müssen. Es beunruhigt mich, daß sie mir nicht aufgefallen sind, aber ich bin zu erschöpft, zu sehr mit meinen Zukunftsplänen beschäftigt, und Sie sind nichts anderes als eine lästige Bürde gewesen, aber ...« Fassungslos und unzufrieden mit sich selbst schüttelte er den Kopf.

Gleich darauf hatte er sich wieder im Griff. Er stand auf und warf ihr den Waschlappen zu.

»Beenden Sie Ihr Bad, und schlafen Sie nicht wieder ein, das macht es nur noch schlimmer für Sie.«

Sie gehorchte prompt. Ihr kam es vor, als ob er sie beobachten würde, während sie aus der Wanne stieg, obwohl er sich schon im anderen Raum befand und ihr nur das zerschlissene Handtuch zuwarf. Schnell wickelte sie sich darin ein.

»Für Ihr Haar«, bemerkte er beiläufig und warf ihr dabei ein zweites Handtuch herüber. »Habe ich Ihnen schon gesagt, daß ich rote Haare bei Frauen nicht leiden kann?«

»Ja, Sie waren mehr als deutlich. Würden Sie jetzt bitte den Raum verlassen, Monsieur?«

»Nein, ich muß mich erst noch sattsehen. Es würde mich erregen, oder sollte es zumindest, und mich befähigen, die Vergewaltigung schnell hinter mich zu bringen.«

»Es wäre mir lieber, Sie täten es nicht.«

Er zuckte auf typisch gallische Art mit den Schultern, das alles und nichts bedeuten konnte. Doch sie wußte genau, was in diesem Fall damit gemeint war.

Sie wickelte das Handtuch fest um ihren Körper. Dann nahm sie das andere Handtuch, das man eher einen Fetzen nennen konnte, für ihre Haare.

Er forderte sie auf: »Kommen Sie in das andere Zimmer. Ich habe ein Feuer gemacht. Es ist kalt, trotz des Sommers. Ich dachte, das Feuer könnte mein Blut in Wallung bringen und außerdem das Zimmer erwärmen. Ich muß es versuchen; ich habe es mir vorgenommen.«

Sie folgte ihm ins Vorderzimmer, während sie die Tür im Auge behielt.

»Selbst wenn es Ihnen gelänge, zu fliehen«, gab er mit unbeteiligter Miene zu verstehen, »kann ich mir nicht vorstellen, daß Sie barfuß und nur mit einem Handtuch bekleidet auf die Straße gehen würden.«

»Sie haben recht«, gab sie zu und stellte sich vor das Kaminfeuer. Es war warm und behaglich. Sie stand davor und rubbelte ihre Haare so lange, bis es schon weh tat, in der Hoffnung, sein Interesse würde abkühlen ...

»Schluß damit«, sagte er schließlich, doch erweckte er nicht den Eindruck eines Mannes, der sich an ihr vergehen wollte. Er wirkte eher erschöpft, verärgert und innerlich aufgewühlt.

Sie drehte sich langsam um und sah ihn mit großen Augen an. Er erwiderte ihren Blick, ohne sich zu rühren. Er wollte etwas sagen und sagte dann doch nichts. Dann brummelte er irgend etwas auf Französisch und fuhr sich mit den Fingern durch das Haar. »Na gut«, sagte er schließlich auf Englisch, »zur Hölle mit Ihnen. Warum ausgerechnet Sie? Douglas sollte büßen, der verfluchte Hund, aber ich kann mich nicht dazu bringen, ich ...«

Sie wollte ihren Mann in Schutz nehmen, aber es entfuhr ihr nur ein schriller Schmerzensschrei. Sie preßte ihre Hände gegen ihren Leib. Der Krampf wurde heftiger und schüttelte sie, daß sie gegen einen Stuhl stieß. Sie schöpfte tief Luft, als der Krampf etwas nachließ, nur um bei dem folgenden Krampf erneut aufzuschreien.

»Was, zum Teufel, ist los mit Ihnen? Sie können unmöglich krank sein. Das paßt mir ganz und gar nicht ins Konzept.«

Ihr Gesicht war aschfahl, ihr Mund schmerzverzerrt.

»Woher sollten Sie denn Krämpfe bekommen? Das ist doch lächerlich! Weder wurden Sie vom Pferd geschüttelt, noch haben Sie viel gegessen. Schluß damit, hören Sie? Wie ich schon sagte, es paßt mir nicht.«

Der Krampf ließ nach, und sie spürte eine heiße, klebrige Flüssigkeit zwischen ihren Beinen. Sie blickte nach unten und sah Blut in Rinnsalen an ihren Beinen hinunterlaufen. Sie hob den Kopf und starrte ihn an.

»Was ist mit mir los? Was geschieht mir?« Sie schrie auf und taumelte gegen den Tisch. Tränen brannten ihr auf dem Gesicht; Blut floß ihr heiß die Beine hinunter. Der Schmerz wuchs ins Unerträgliche.

Sie fiel auf den Boden, zog die Beine an, umfaßte ihren Leib, schrie und versuchte den Schmerz zu besiegen, doch er wurde durchdringender und stärker. Sie konnte nichts weiter tun, als wimmernd auf dem Rücken zu liegen.

Georges war sofort bei ihr. Er schlug das Handtuch auf und sah das Blut an ihren Schenkeln und die tiefroten Streifen auf dem Handtuch. Er schluckte. Er war völlig hilflos.

Da flog die Tür zum Bauernhaus auf. Douglas stürmte mit einer Pistole in der Hand herein. »Finger weg von ihr, verdammter Bastard! Ich bringe Sie um, Sie Schweinehund!«

Tony stand direkt hinter Douglas. Er sah Alexandras weißen Körper, erblickte Cadoudal über sie gebeugt und spürte blanke Wut in sich aufsteigen. Hatte sie der Bastard bereits vergewaltigt? O Gott, wie sie blutete, so viel Blut, Blut wohin man sah! Hatte er ihr Gewalt angetan?

Georges Cadoudal wirbelte blitzschnell herum, erblickte Douglas, und ein Gefühl der Erleichterung und Hoffnung ergriff ihn. Doch blieb ihm keine Zeit, eine Erklärung abzugeben, denn Douglas stürzte sich mit einem Hechtsprung quer durchs Zimmer und versetzte ihm einen Fausthieb mitten ins Gesicht. Georges schrie auf. Wieder schlug Douglas zu, diesmal bearbeitete er die Rippen. Georges verteidigte sich nicht, er wollte nur sich selbst schützen.

»Douglas, halt ein!«

Douglas schlug erneut, ehe er Tonys Stimme vernahm.

»Douglas, hör jetzt endlich auf! Alexandra, sie ist verletzt!«

Douglas richtete sich auf, seine rechte Faust schwebte immer noch bedrohlich über Georges' Nase. Er saß immer noch rittlings auf ihm, doch sein Blick ging zu seiner Frau. Sie lag ausgestreckt auf dem Rücken und keuchte vor Schmerz; überall floß Blut, so viel Blut.

Douglas' Faust senkte sich, und Georges ergriff die Gelegenheit, um schnell zu sagen: »Nein, nein, schlagen Sie mich nicht noch einmal. Ich kann nicht noch länger in der Verteidigung bleiben. Ich bin ein Mann und kann mir das nicht weiter bieten lassen. Aber, Gott sei Dank, daß Sie es sind. Schnell! Sie hat eben eine Fehlgeburt erlitten. Verdammt! Ich will nicht, daß sie stirbt. Ah, *mon Dieu!!* So helfen Sie ihr doch!«

»Sie hat *was?*« Douglas befand sich keine zwei Zentimeter von Georges' Gesicht entfernt.

Alexandra stöhnte und versuchte aufzustehen.

»Sehen Sie sie an, Douglas. Ich habe sie nicht vergewaltigt. Ich schwöre, ich würde sie in keinem Fall vergewaltigt haben. Sehen Sie doch, verdammt noch mal! Sie verliert ein Kind!«

In diesem Augenblick erkannte Douglas den Ernst der Lage. Er sprang mit einem Ruck von Georges hoch und kniete in der nächsten Sekunde neben seiner Frau. »Georges, bringen Sie heißes Wasser und saubere Wäsche, auf der Stelle! Tony, geh ins andere Zimmer und hole die Matratze vom Bett. Wir lassen sie hier vor dem Kaminfeuer liegen.«

Die beiden Männer parierten sofort. Allerdings schwankte Georges noch etwas. Aber beide waren froh, etwas zu tun.

Douglas kümmerte sich um seine Frau. Sie stöhnte und warf den Kopf von einer Seite zur anderen, während die Krämpfe sie schüttelten. Als sie etwas nachließen, lag sie mit geschlossenen Augen da und rang nach Luft.

»Alexandra«, rief er und nahm ihr Gesicht in seine Hände. »Alexandra.«

Sie öffnete die Augen und sah ihn groß an. Zu seinem Erstaunen lächelte sie. »Ich wußte, du würdest kommen. Bitte, hilf mir, Douglas. Es tut so furchtbar weh. Bitte mach irgend etwas, damit es aufhört.«

»Ich helf dir schon, Liebling.« Er hob sie auf und legte sie behutsam auf die Matratze, die Tony dicht vor den Kamin gelegt hatte.

»Nun hör mir gut zu. Du verlierst ein Kind. Es ist noch sehr klein, und das Ganze wird daher schnell vorüber sein, das verspreche ich dir. Halt durch, mein Liebling. Jetzt werde ich die Tücher an die Stelle pressen, um die Blutung zu stillen. Kämpf nicht gegen den Schmerz an. So ist's gut, halt meine Hand fest, so fest du willst. Ja, genau so.«

Ein scharfer Schmerz durchfuhr ihn, so fest drückte sie zu.

Er betete, es möge alles schnell vorbei sein. Er wußte so gut wie nichts über Fehlgeburten. Es war einfach kein Thema, worüber man unter Männern sprach.

Ihr Körper wurde plötzlich steif, sie bäumte sich auf und schrie gellend. Er fühlte, wie ein schwerer Blutschwall aus ihrem Körper trat. Er sickerte durch die Tücher und floß über seine Hand.

Sie blickte zu ihm hoch, mit stumpfen Augen. Sie war ohnmächtig geworden.

»Hier ist heißes Wasser«, meldete sich Georges Cadoudal. »*Mon Dieu,* wie geht es ihr, Douglas?«

»Sie wird wieder gesund. Ich drehe ihr den Hals um, wenn sie es nicht wird.«

Georges sah ihn befremdet an. »Sie hat mir erzählt, Sie würden ihr nicht folgen. Sie war auch der festen Überzeugung, Sie würden ihre Schwester lieben. Sie bildete sich auch ein, daß es Ihnen gleichgültig sei, was ich ihr antun würde.«

»Sie hat manchmal verquere Ansichten«, erwiderte Douglas, ohne Georges eines Blickes zu würdigen, denn er hatte nur Augen für seine Frau.

»Ja, den Eindruck habe ich auch. Sie ist ungewöhnlich.« Georges fuhr sich mit den Händen durchs Haar und seufzte. »Ich hätte es nicht über mich gebracht, sie zu vergewaltigen. Das ist die Wahrheit. Zum Teufel, ausgerechnet ich, der ich in der Lage bin, hundert Männer zu töten, aber so etwas ... Es tut mir leid, daß ich sie entführt habe, Douglas. Das war nicht recht von mir. Sie haben doch nicht etwa Janine vergewaltigt, oder?«

»Nein.«

»Die Kleine hier war sich sicher, daß Sie es nicht getan haben. Sie sind doch ein Ehrenmann.«

Douglas lächelte nur und säuberte Alexandra.

Tony brachte eine Decke und hüllte Alex darin ein. Er legte seine Hand auf ihre Stirn. Sie fühlte sich kalt an.

Georges Cadoudal wandte sich ab. Zu Douglas' Erstaunen wirkte er so, als quälte ihn etwas. Dann sprach er wie bei einer Beichte: »Ich habe das alles verursacht.«

Douglas musterte ihn mit unbewegter Miene. »Erzählen Sie mir, was passiert ist.«

»Sie ist mir entwischt. Ich gab ihr Wasser zu trinken und vergaß danach, ihre Hände wieder zu fesseln. Mir ist nicht klar, wie sie es geschafft hat, aber es ist ihr gelungen, sich durch das enge Fenster im Schlafzimmer zu zwängen. Dann landete sie mit dem Gesicht voraus im Schlamm. Sie lief um ihr Leben, aber ich habe sie wieder eingefangen. Ich warf sie quer über den Rücken meines Pferdes. Dann übergab sie sich.«

»Ich habe gehört, eine Fehlgeburt ist eine ziemlich natürliche Sache«, erklärte Tony. »Wenn dem männlichen Samen nicht bestimmt ist, im weiblichen Schoß zu verweilen, stößt ihn der Körper wieder ab. Das geschieht hin und wieder.«

»Nein, wenn ich sie nicht entführt hätte, wäre es nicht passiert.«

»Ganz recht«, pflichtete ihm Douglas bei, ohne sich vom blassen Gesicht seiner Frau abzuwenden. »Ich habe vor, Sie dafür totzuprügeln.«

»Um Gottes willen, Douglas«, mischte sich Tony ein, »niemand wird je erfahren, ob ihn eine Schuld trifft oder nicht. Verprügelt hast du ihn ja bereits. Was geschehen ist, kann nicht mehr rückgängig gemacht werden. Sie wird gesund werden, und du wirst deinen Nachfolger bekommen. Abgesehen davon, wenn Cadoudal wirklich eine Schuld treffen sollte, wird er zur Hölle fahren, und der Teufel wird ihn bis in alle Ewigkeit bestrafen.«

»Ich bezweifle, daß der Teufel Zeit findet, Cadoudal für diese besondere Missetat zu bestrafen. Er hat zu viele andere Untaten begangen.«

Douglas hielt kurz inne, ehe er hinzufügte: »Und außerdem pfeife ich auf den heißersehnten Erben.« Douglas blickte Georges wortlos an. »Wenn sie stirbt, bringe ich Sie um. Dann kann sich der Teufel mit Ihnen vergnügen.«

»Ich sehe ein, daß Sie es auf einen Versuch ankommen lassen müssen«, räumte Georges achselzuckend ein. Sein linkes Auge war durch Douglas' Faustschlag fast gänzlich geschwollen.

Tony schwieg. Georges trat an eines der blinden Fenster des Bauernhauses. Einige Augenblicke verstrichen in völligem Stillschweigen. Erneut stieß Georges wüste Verwünschungen aus. Tony und Douglas blickten hoch. Georges riß mit einem Ruck die vordere Tür auf.

Janine Daudet stand ohne Begleitung in der offenen Tür, in staubigen, abgerissenen Kleidern, mit einer Pistole in der Hand.

Sie packte Georges, schüttelte ihn und schrie ihn dabei ununterbrochen auf Französisch an: »Sag mir, daß du sie nicht mißbraucht hast, bitte...« Ihre Stimme erstarb, und sie schwieg fassungslos. »Douglas, Sie sind hier?«

»Ja.«

»Wer ist dieser Mann?«

»Das ist mein Cousin, Lord Rathmore.«

»Ah, und diese Frau ist wohl Ihre Gattin. Was fehlt ihr? Dieses viele Blut... O mein Gott, Georges, du hast sie doch nicht umgebracht?«

»Nein«, gab Douglas gefaßt zur Antwort. »Sie hatte eine Fehlgeburt.«

Tony beobachtete die Frau, die nun leise vor sich hinwimmerte, und blickte auf George Cadoudal, der sie in seine Arme schloß und versuchte, sie zu beruhigen. Vorsichtig nahm er ihr die Pistole aus der Hand und ließ sie in seine Tasche gleiten. Die Frau wiederholte fortwährend: »Es ist alles meine Schuld, ganz und gar meine Schuld.«

»Schluß mit dem Gejammer«, zischte Douglas schließlich ungehalten dazwischen. »Halten Sie den Mund, Janine. Es ist sicherlich Ihre Schuld, daß Alexandra jetzt hier ist halbtot vor Angst, meine ich –, weil Georges ihr mit Vergewaltigung gedroht hat, als Rache für das, was ich Ihnen angeblich angetan habe.«

»Ach was«, widersprach Georges, »sie hatte überhaupt keine Angst. Sie ist aus einem ganz besonderen Holz geschnitzt. In meinem ganzen Leben habe ich noch keine Frau angetroffen, die so wortgewandt wie sie ist. Sie hat mir das Gefühl gegeben, ein ungezogener Schuljunge zu sein, dem der Hintern versohlt gehörte.«

Aber im Grunde wußte er, daß er ihr doch Angst eingejagt hatte. Es tat ihm leid.

Er verstand das alles nicht. In der Vergangenheit hatte er ohne Reue getötet, und er würde auch in Zukunft alles in seiner Macht Stehende tun, um die Bourbonen wieder zurück auf den französischen Thron zu bringen. Aber diese Frau war ein Fall für sich.

»Was machst du hier, Janine?«

Auf Douglas' Frage hob sie den Kopf. »Ich mußte einfach kommen, als ich erkannte, was Georges angerichtet hatte. Ich mußte den Lauf der Dinge aufhalten. Mir wurde klar, daß ich ihm die Wahrheit gestehen mußte.«

»Und wie lautet die Wahrheit, chérie?«

Janine riß sich von ihm los, die Augen betreten auf ihre Reitstiefel geheftet. »Er hat mich vergewaltigt, nein, nein, nicht Douglas, sondern der General. Er tat es viele Male, und er zwang mich, bei ihm und bei anderen erniedrigende Dinge auszuführen. Viele Male hat er zugesehen, wenn er mich anderen Männern überließ, und jedes Mal, wirklich jedes Mal, drohte er mir damit, meine Großmutter umzubringen, wenn ich ihm nicht zu Willen wäre. Das Kind, das ich in mir trage, wird niemals erfahren, wer sein Vater ist, weil ich es selbst nicht weiß. Oh, mein Gott.«

Es herrschte völlige Stille. Nur ihr leises Schluchzen war zu vernehmen.

»Warum hast du Lord Northcliffe beschuldigt?« wollte Georges wissen. Tony zuckte bei der strengen Feierlichkeit seiner Stimme und seiner Worte zusammen.

»Er war hochanständig zu mir.«

»Gewiß, ein edler Zug von ihm.«

»Die Sache stand auf der Kippe«, fügte Douglas glatt hinzu.

»Sie hatte Angst, Sie würden sie nicht mehr begehren, wenn Sie erfahren würden, was General Belesain mit ihr angestellt hatte. Ich hätte einen besseren Vater abgegeben, als jeder dieser Bastarde.«

Georges zischte durch die Zähne. »Das gesamte Pack soll verrecken.«

»Ja, ganz meine Meinung«, pflichtete ihm Douglas bei.

Tony gab nach einigen Augenblicken angespannter Stille zu bedenken: »Das ist ja alles sehr interessant, aber ist dann nicht dieser Schurke Belesain für das ganze Leid verantwortlich? Warum verpassen wir unserem Freund nicht eine Lektion, die er nie vergessen wird?«

Georges Cadoudal lächelte selten. War er einmal von seiner Sache überzeugt, verfolgte er sie gnadenlos. Güte konnte er sich nicht erlauben. Alle Freude für das Leben hatte er vor vielen Jahren verloren, als er mit ansehen mußte, wie Robespierre seine Eltern und seine zwei Schwestern umgebracht hatte. Er war ein Mann mit festen Grundsätzen; Männer mit festen Grundsätzen lächelten seiner Ansicht nach nicht.

Doch jetzt überzog ein breites Grinsen sein Gesicht.

»Jesus, ja! Wie könnte ich ihn umbringen? Da gibt es eine Reihe von Methoden. Wirklich sehr zahlreiche. Der Spielraum ist groß und die Auswahl vielfältig.« Er rieb sich die Hände, die Augen glitzerten, Strategien und Pläne schossen ihm durch den Kopf.

Douglas gab zu bedenken: »Sie vergessen, daß er von zahlreichen Soldaten umgeben ist. Er lebt in einer Art Festung. Seine Wachen begleiten ihn überall hin. Zudem kennt er mich, Sie und Janine vom Sehen.«

Schweigend grübelten sie weiter.

Schießlich sagte Tony: »Mich hat er noch nie gesehen.«

»O nein, dieser Kampf ist nicht deine Sache, Tony«, stellte Douglas ganz klar fest.

»Da bin ich mir nicht so sicher, es...«

Alexandra stöhnte leise auf. Sie öffnete ihre Augen und erblickte Douglas, der ihr sanft zulächelte.

»Ich habe unser Kind verloren, ich habe deinen Nachfolger verloren, Douglas, und das war alles, was du von einer Frau erwartet hast. Ich habe versprochen, deine Zuchtstute zu sein, doch ich habe versagt. Ich bin so entsetzlich traurig, doch ...«

»Du bist jetzt still. Es ist geschehen und damit basta. Ich möchte, daß du gesund wirst. Nur du zählst. Hast du mich verstanden? Ich lüge nicht. Es ist die volle Wahrheit.«

Er konnte den Schmerz in ihren Augen nicht ertragen. Er wollte ihr etwas Tröstliches sagen, bemerkte aber, daß sie nicht mehr weinte. Ihre Augen waren jetzt schmale Schlitze. Ihre Wandlungsfähigkeit war bemerkenswert. Sie brachte es fertig, in einem Moment mitleiderregend zu weinen und sich im nächsten Augenblick als Teufelsweib zu entpuppen. »Was hat diese französische Schlampe hier zu suchen? Ist sie wieder hinter dir her, Douglas? Das dulde ich nicht, verstehst du! Sage mir, wie ich ihr das auf Französisch klarmachen kann, bitte.«

»Also paß auf, sag einfach: *Je suis la femme de Douglas et je l'aime. Il es à moi.*«

Sie blickte ihn mißtrauisch an.

»Du willst ihr damit sagen, daß du meine Frau bist und mich liebst, und daß ich zu dir gehöre.«

»Wiederhole es bitte.«

Das tat er denn auch Wort für Wort.

Alexandra öffnete ihren Mund und schrie die Wörter Janine Daudet entgegen.

Es folgte ein verdattertes Schweigen, dann bemerkte Georges nachdenklich: »Ich glaube, es gefällt mir besser, wenn Sie Ihr *merde* zum Besten geben.«

Douglas lächelte, was er gar nicht für möglich gehalten hätte. Alexandra blickte noch immer mit zusammengekniffenem Mund zu Janine Daudet hinüber. »Douglas, sag ihr bitte, wenn sie jemals wieder Lügengeschichten über dich verbreitet, wird sie es sehr bereuen.«

Douglas zögerte keine Sekunde. Er sagte es Janine auf schnellem Französisch. Sie blickte entgeistert von ihm zu Alexandra, dann nickte sie zustimmend.

Georges rieb sich seinen Kieferknochen und wandte sich dabei an Douglas: »Ich bin Ihnen dankbar dafür, daß Sie ihn nicht gebrochen haben.«

»Du hast ein blaues Auge«, stellte Janine fest. »Hat sie dir das zugefügt?«

»Nein, es wäre allerdings gar nicht so abwegig zu denken, daß sie sehr wohl in der Lage wäre, mir beide Augen blau zu färben.«

Es war ein Uhr nachts. Der Mond war verschwunden. Die drei Männer eilten tief gebückt von Baum zu Baum, um unbemerkt vorwärtszukommen.

Im Haus des Majors in Etaples brannten keine Lichter. Vier Wachsoldaten patrouillierten das Gelände. Sie unterhielten sich leise untereinander, um sich Langeweile und Müdigkeit zu vertreiben.

Die drei Männer lauerten in der Hocke knapp fünf Meter von den Wachsoldaten entfernt. Douglas flüsterte: »Tony, du nimmst dir den auf der rechten Seite vor. Georges, Sie erledigen den da drüben.«

»Was aber ist mit den restlichen zwei Männern?« wollte Tony wissen.

»Keine Sorge, die gehören mir«, sagte Douglas händereibend.

Georges gefiel das nicht sonderlich. Er war es gewohnt, immer das Sagen zu haben und bei jedem Gefecht das Kommando zu übernehmen. Doch er war in Douglas' Schuld, zudem respektierte er seine Fähigkeiten, und so hielt er seine Zunge im Zaum.

Sie warteten in vollkommenem Schweigen ab, bis die vier Wachsoldaten den äußersten Rand des Geländes erreicht hatten. Daraufhin verteilten sie sich, kauerten sich nieder und waren nur noch Schatten in der Nacht.

Douglas hatte sich vorgenommen, die zwei übrigen Wachsoldaten in dem Moment zu überwältigen, wenn sie dicht beieinander standen. Er war voller Ungeduld. Douglas beobachtete, wie sich Tony an den einen Wachposten heranpirschte. Er blieb vollkommen gelassen. Als er sah, wie Tony den Mann zu Boden beförderte und ihm mit dem Unterarm die Kehle zudrückte, grunzte er zufrieden. Nur ein leises Röcheln war noch vernehmbar. Derweil schnappte sich Georges seinen Wachposten und verdrehte ihm die Arme nach hinten, bis dieser lautlos einknickte.

Douglas ging in Stellung. Die Wachsoldaten näherten sich.

Sie standen jetzt sehr nahe beieinander. Douglas war unhörbar und schnell. Er stand neben ihnen, ehe sie merkten, was gespielt wurde. Unverschämt grinsend begrüßte er sie in tadellosem Französisch: *»Bon soir, Messieurs!«* Dann sauste sein rechter Ellbogen in die Magengrube des einen Wachsoldaten, zugleich traf seine linke Faust die Kehle des anderen. Er wirbelte herum und trat dem einen noch ans Kinn, und dem anderen verpaßte er noch einen Schlag gegen die Rippen. Beide fielen wie nasse Säcke zu Boden.

»Gut gemacht«, flüsterte Tony. »Erinnere mich daran, dich niemals zu provozieren, Cousin.«

Douglas knurrte. Es dauerte nicht lange, die Männer zu fesseln und zu knebeln. Dann führte Douglas seine Mitstreiter den Weg am Haus entlang zum Salon, wo er vor so langer Zeit mit General Belesain Karten gespielt hatte. Das Fenster war verschlossen. Douglas zerschlug es vorsichtig mit einer verbundenen Faust. Es war nur ein leises Klirren zu hören.

Tony bildete mit seinen Händen eine Leiter und hievte Douglas hoch. Der schlüpfte durch das Fenster und ließ sich behutsam auf den Boden gleiten, auf dem ein Teppich lag. Kurz darauf folgten Tony und Georges.

Schemenhaft schlichen sie die breite Treppe hoch.

Vor dem Schlafzimmer des Generals hielt ein Soldat Wache. Er saß bequem gegen die Wand gelehnt und schlief seelenruhig mit der Pistole im Schoß.

Douglas schlug ihm mit dem Kolben seiner eigenen Waffe auf die rechte Schläfe, worauf der Mann seitlich zu Boden rutschte.

»Jetzt«, sagte Douglas. Langsam drehte er den Knauf der Schlafzimmertür. Die Tür gab kein Geräusch von sich. Langsam, unendlich langsam, drückte er die Tür nach innen auf. Es ging alles vollkommen geräuschlos vor sich. Er trat ins Zimmer.

Dann blickte er in Richtung Bett, ohne den General zu entdecken. Er wagte sich noch einen Schritt vor, dann erstarrte er zur Salzsäule.

»Aha«, hörte er den General zufrieden sagen, keinen Zentimeter von seinem Ohr entfernt. Der Lauf der Pistole des Generals war in Douglas' Rücken gebohrt.

»Wer bist du, he? Ein Dieb, der in dieses Haus eingedrungen ist? Wohl eher ein Wirrkopf. Gleich werde ich es herausfinden. Ich habe dich gehört, weil ich an Schlaflosigkeit leide.«

Douglas rührte sich nicht von der Stelle. Kein Geräusch drang vom Flur herüber, wo Tony und Georges keinen Meter entfernt warteten.

Ein Kerzenlicht flackerte auf. Für einen Augenblick war Douglas geblendet, als Belesain ihm das Licht direkt vor die Nase hielt.

»Sie sind's«, stieß Belesain verwundert aus. »Das kann ich nicht fassen, das begreife ich nicht. Weshalb sind Sie hier?«

Douglas schwieg.

»Ach, das spielt jetzt auch keine Rolle, Sie müssen ohnehin dran glauben. Es gibt nämlich keinen Grund, Sie nicht auf der Stelle zu töten. Aber eines möchte ich noch wissen. Es gibt vier Wachleute. Ich kann mir nicht vorstellen, daß Sie sie alle außer Gefecht gesetzt haben.«

»Hat er auch nicht«, rief Tony und schmetterte die Tür gegen Belesains Arm. Die Pistole flog in hohem Bogen durch den Raum. Douglas machte abrupt auf dem Absatz kehrt und versetzte Belesain einen gewaltigen Hieb in die Magengrube.

Sein weißes Nachthemd gab in dem dunklen Raum ein vortreffliches Ziel ab, nachdem die Kerze auf den Boden gefallen war.

Georges stürzte durch die Tür und packte Douglas am Arm. »Jetzt bin ich an der Reihe«, erklärte er und schlug dem General seine Faust mit voller Wucht ins Gesicht. Der ging schwer zu Boden, landete auf allen Vieren und verharrte in dieser Stellung, keuchend und leise vor sich hinwimmernd.

»Er ist noch fetter geworden, seit ich ihn das letzte Mal gesehen habe«, stellte Douglas angewidert fest.

»Er kann so dünn wie ein Strich sein und bleibt trotzdem noch ein Schwein«, warf Georges ein und spuckte den General an. »Paß gut auf, Alter. Ich bin Georges Cadoudal und bin hier, um Vergeltung zu üben. Sie haben meine Janine mißbraucht. Sie haben sie nicht nur als Gefangene gehalten, Sie haben sie darüber hinaus entehrt und von anderen Männern ebenfalls schänden lassen.«

»Cadoudal«, entfuhr es dem General blöde, und er hob die Augen. »Mein Gott, Sie sind das.«

»Jawohl.«

Tony blickte ungerührt auf den General, dessen Gesicht aus Angst vor Georges noch weißer als sein Nachthemd wurde. »Es ist deine Entscheidung, Georges. Was hast du mit ihm vor?«

Die Erregung, die sich in Georges Gesicht spiegelte, verriet eine Mischung aus tiefem Schmerz und geballter Wut, die nur schwer zu besänftigen war.

Der General versuchte sich zu rechtfertigen: »Ihre Janine, Cadoudal? Ich sage Ihnen, sie war nicht Ihre Frau. Es war gar nicht nötig, sie mit Gewalt zu nehmen. Ich bot ihr meine Gunst, meine Juwelen, mein Geld und noch vieles mehr an. Sie kam aus freien Stücken zu mir, bereitwillig öffnete sie all den Männern die Tür, die bei ihr anklopften. Alle haben ihr etwas dafür gegeben, und sie ...«

Georges trat ihm so heftig gegen die Rippen, daß er zur Seite kippte. »Das war nicht übermäßig klug von Ihnen, General«, bemerkte Douglas. »Ich finde eher, daß es ziemlich dumm war. Bringen wir es hinter uns, Georges.«

Im Kerzenschein konnte Tony erkennen, daß Georges lächelte. Es war ein furchterregendes Lächeln.

»Du weißt doch, was man mit Schweinen anstellt, Douglas?«

Der General rührte sich nicht.

»Nein«, erwiderte Douglas, »doch ich könnte mir gut vorstellen, daß ich da lernfähig bin.«

Wie am Spieß quiekend, wollte der General auf allen Vieren davonkriechen.

»Hiergeblieben, Alter, oder ich jage Ihnen eine Kugel ins Bein.«

Der General gehorchte. Er keuchte schwer; er hatte fürchterliche Angst. Es war dumm von ihm gewesen, Janine zu beleidigen. Er sagte hastig: »Ich weiß, Sie sind ein glühender Royalist. Ich weiß, Sie wollen Napoleon in die Verbannung schicken oder ihn ermorden. Ich kann Ihnen dabei behilflich sein. Ich besitze Informationen, die Ihnen nützlich sein könnten. Ich kann ...«

Georges unterbrach ihn einfach: »Oh nein, nichts können Sie. Sie haben nichts für mich. Ich kenne Sie gut genug. Sie sind ein feister Bürokrat, der zwar über keine Talente, dafür aber unglücklicherweise über eine gewisse Macht verfügt. Sie sind ein bösartiger Schmarotzer. Es stimmt, ich hasse Napoleon, aber erst recht hasse ich Hohlköpfe, wie Sie es sind, die sich daran ergötzen, ihre Mitmenschen zu schröpfen und zu quälen. Doch genug. Meine Freunde und mich hält hier nichts mehr.«

Zu dritt schleiften sie den General über die Treppe bis vor die Tür der schönen Villa.

Um fünf Uhr früh erreichten sie wieder das Bauernhaus, wo sie Alexandra trafen, die aufrecht sitzend, in eine Decke gehüllt, gerade an einer Tasse starken Kaffees nippte. Ihr gegenüber saß Janine auf dem Boden, an Händen und Füßen gefesselt, mit einem zornentbrannten Ausdruck im Gesicht. Sie stieß laute Verwünschungen aus, und als Georges ins Zimmer trat, kreischte sie ihn an. Wie erstarrt blieben die Männer stehen.

»Wie konnten Sie nur so etwas tun?« wandte sich Georges an Alexandra, die schon wieder recht munter aussah, gemessen daran, daß sie noch vor zwei Stunden fast mit dem Tod gekämpft hatte.

»Ich habe sie überlistet«, triumphierte Alexandra und nahm noch ein Schlückchen von ihrem Kaffee. »Ich sagte ihr, ich fühlte mich nicht gut. Na ja, und als sie dann auf mich zukam, um mir zu helfen – etwas widerwillig allerdings, Douglas –, da habe ich ihr einen Schlag versetzt und sie gefesselt. Sie hat es verdient, für das, was sie dir angetan hat. Douglas, sage mir, daß du mich verstanden hast.«

Er mußte unwillkürlich lachen. »Ja, ich habe verstanden.«

Janine kreischte auf Französisch weiter. »Das macht sie schon die ganze Zeit, seitdem ich sie gefesselt habe. Aber weißt du, da ich ja kein Französisch sprechen kann, verstehe ich sie nicht. Ich habe keine Ahnung, was sie da sagt. Douglas, beleidigt sie mich gerade?«

Douglas grinste seine Frau an. »Zuerst hat sie dich wahrscheinlich verflucht. Im Augenblick verflucht sie deine Enkelkinder.«

Georges musterte seine Geliebte und fügte hinzu: »Tatsächlich geht sie jetzt gerade sehr beredt auf Eure Vorfahren und Eure früheren Lieblingstiere los.«

»Ich bin dafür«, schlug Tony vor, »sie jetzt loszubinden. Sie sieht nicht sehr zufrieden aus. Was sagst du dazu, Alexandra? Meinst du, sie genug bestraft zu haben?«

Alexandra nahm noch einen großen Schluck von ihrem Kaffee. »In Ordnung«, lenkte sie schließlich ein. »Ich möchte sie ja nicht umbringen, zugegeben, eigentlich schon, aber ich fühle mich im Augenblick nicht in der Lage dazu. Sie sollte jedoch wissen, daß ich sehr hart sein kann und solch unverschämtes Benehmen meinem Mann gegenüber nicht hinnehmen werde. Sie wird nie wieder versuchen, Douglas zu schaden. Nie wieder.«

Douglas wandte sich Georges zu und sagte ihm irgend etwas ganz schnell auf Französisch. Er und Tony lachten beide daraufhin los.

»Was hast du da gesagt«, erkundigte sich Alexandra mit Argwohn in der Stimme.

»Ich sagte«, lächelte Douglas seine Frau an, »wenn du erst einmal die französische Sprache richtig beherrschst, würde ich dich sogar auf Napoleon loslassen. Auch Georges ist der Meinung, der korsische Emporkömmling hätte keine Chance gegen dich.«

»Da bin ich mir nicht so sicher«, antwortete sie mit düsterer Miene und sorgenvollem Unterton, »ich fühle mich im Augenblick noch nicht so recht auf der Höhe. Wie lange werde ich brauchen, diese verdammte Sprache zu lernen?« Sie hielt inne und sah Douglas mit großen Augen an. »O je«, hauchte sie nur noch.

Sie war ohnmächtig geworden. Der Kaffeebecher fiel zu Boden, und Janine hörte sofort mit ihren Schimpftiraden auf. Tony und Douglas stürzten besorgt zu Alexandra hin.

»In spätestens drei Monaten redet sie wie ein französischer Landsknecht daher«, sagte Tony sanft, während er zwei Finger vorsichtig auf ihre Halsschlagader legte, um ihren Puls zu fühlen. »Hör auf zu schlottern, Douglas, bald hat sie es überstanden. Es ist die Aufregung, mehr nicht.«

Kapitel 24

Die drei Männer und Janine Daudet trafen genau um sechs Uhr früh des folgenden Tages auf dem weiträumigen Schiffsbaugelände ein, das sich zusehends mit Handwerkern, Seeleuten, Köchen, Dirnen und Straßenhändlern bevölkerte, welche die ausgefallensten Waren feilboten. Die drei versteckten sich und warteten.

Sie verharrten noch in ihrem Versteck, als aufgeregtes Geschrei verkündete, daß General Belesains Hauptquartier gestürmt worden sei. Wachsoldaten seien verwundet und gefesselt worden, der General abgesetzt.

Es gab ein großes Palaver, während sich die Menschen durch die weiten Tore Richtung General-Hauptquartier schoben. Die vier Beobachter folgten ihnen unauffällig.

Am Anfang waren es nicht mehr als fünfzig Männer und Frauen; dann aber füllte sich die Straße mit Hunderten von Menschen an, die plötzlich alle schwiegen. Dann erklang kurzes Gekicher und ein lautes Auflachen. Mehr und mehr Menschen versammelten sich. Das Gelächter wuchs ebenso wie die Flüche des Generals, der jedem Anwesenden mit Armabhakken, Beinabschlagen, Zungeausreißen und Häuten drohte. Die Gaffer kümmerte das herzlich wenig. Sie hatten ihr Vergnügen.

Ein Mann rief aus: »Meine Güte, das ist ja ein Schwein, ein dicker, fetter Schweinegeneral!«

Eine Frau kreischte: »Seht euch doch sein kleines Ding an. Nichts als ein kleines Würstchen!«

»Jawohl, und dieser Wanst, vollgestopft mit unserem Essen, das er von seinen Soldaten stehlen ließ, dieses selbstsüchtige Schwein!«

»Ein Schwein! Ein Schwein! Seht euch dieses Schwein an!«

Georges blickte zu Douglas und dann zu Tony. Es war jetzt nicht mehr nötig, aufzupassen und stillzuhalten. Der Lärm war ohrenbetäubend. Sie lachten und klopften sich gegenseitig auf die Schultern. Janine Daudet war so entzückt von dem Schauspiel, daß sie sogar Tony umarmte.

General Belesain stand auf einer einmeterfünfzig hohen Holzkiste. Man hatte ihn sorgfältig an einen Pfosten gefesselt und dabei seine Arme so weit nach hinten gezogen, daß sein Rükken ganz durchgedrückt war und sein dicker, schwabbeliger Bauch sich auf abstoßende Weise vorwölbte. Er war splitternackt. Schweinsohren, die Georges einem Schlachter entwendet hatte, hatte man ihm kunstvoll an seinen Kopf gebunden ebenso wie eine Schweineschnauze, die weit über seine Nase hinausragte. Der Rest von ihm, ohnehin fett und rosig, benötigte keine weiteren Verschönerungen.

Seine Männer versuchten zu ihm vorzudringen, um ihn zu befreien, aber die Menge hielt sie zurück. Sie gierten nach weiterer Belustigung.

Schließlich gab Douglas das Zeichen aufzubrechen, wobei Janine sich verwundert an Georges wandte: »Du lachst ja! Ich kann's gar nicht fassen. Du lachst sonst nie.«

Schlagartig wurde der wieder ernst: »Das wollte ich nicht. Das war nicht richtig.«

Tony erklärte ihm: »Klar ist das richtig! Ein Mann sollte lachen. Es bringt ihm die richtige Orientierung. Es zeigt ihm, wie absurd das Leben sein kann!«

Douglas schwieg. Er wollte nur seine Frau wiedersehen. Sie hatte sich so gewünscht, mitzukommen, aber er hatte es ihr nicht gestattet. Sie war einfach zu schwach. Sie bedrängte ihn, aber er war standhaft geblieben. Jetzt wünschte er, er hätte sie doch mitgebracht; sie hätte bestimmt ihren Spaß gehabt.

Drei Tage später – Douglas trug Alexandra auf den Armen, gefolgt von Tony – hielten sie Einzug auf Northcliffe Hall.

An jenem Morgen herrschte fast der gleiche Tumult, der bei General Belesains Sturz geherrscht hatte. Nur war dies ein fröhlicher Tumult, der sie willkommen hieß. Douglas sah auf und erblickte Melissande, die eben die Treppen herunterschritt, schöner als eine Frau aus Fleisch und Blut eigentlich aussehen durfte, in der Tat atemberaubend schön. Doch er konnte sie jetzt zwar herzlich, aber innerlich unbeteiligt anlächeln. Ihre Augen suchten Tony, und als sie ihn entdeckte, raffte sie ihre Röcke und rannte Hals über Kopf in seine Arme. Sie rief aus vollem Hals: »Du bist wohlbehalten, du Schurke! Ich habe mir ja so große Sorgen gemacht...« Mehr konnte sie nicht sagen, denn Tony küßte sie ausgiebig.

Douglas lächelte immer noch.

Er betrachtete seine Frau und bemerkte Tränen in ihren Augen. Jäh packte ihn die Angst. »Bist du krank? Stimmt etwas nicht? Hast du Schmerzen?«

Sie verneinte und wischte die Tränen mit der Hand weg.

»Alexandra, in knapp fünf Minuten werden wir von fünfzig Dienstboten, Sinjun und meiner Mutter überfallen. So rede doch.«

»Ach, sie ist so wunderschön.«

»Wer? Ach so, Melissande. Ja, das stimmt. Wen kümmert's?«

Sie erstarrte in seinen Armen.

Er begann zu lächeln. »Oh, du bist ja immer noch eifersüchtig.«

»Nein, bin ich nicht, verdammt noch mal!«

»O doch, bist du noch, du dummes Gänschen. Sag mir eins, Alex. Kann Melissande Französisch?«

»Nein, Sprachen liegen ihr überhaupt nicht, ihr Akzent ist noch grauenhafter als meiner, aber dafür kann sie sehr gut malen.«

»Siehst du, deshalb konnte sie auch nicht versuchen, mich zu retten. So wie du.«

»Das hat überhaupt nichts damit zu tun.«

Douglas grinste sie immer noch breit an. »Ich möchte gerne wissen, wie man das auf Französisch sagen würde. Hör gut hin, Alex.«

»Du hast mich ja Alex genannt!«

»Ja, sicher. Wenn du Liebling bevorzugst, kannst du das auch gerne hören. Und halsstarrig, hochgeschätzt, aufmüpfig und wunderbar. Jetzt, hör mich an. Ich finde deine Schwester wunderschön. Das ist nichts Neues. Aber sie ist nicht du. Aber das spielt jetzt alles keine Rolle. Was für Tony zählt, ist, daß sie sich unter seiner sanften Führung überraschend gut entwickelt hat. Tony hat mir gestern gegenüber erwähnt, daß sich ihr Charakter ihrer Schönheit angleichen könnte.«

»Tatsächlich, Douglas?«

»Tatsächlich was?«

»Hochgeschätzt?«

Er küßte sie. Dann vernahm er Gelächter und hob langsam seinen Kopf. Sinjun stand vor ihm und feixte von einem Ohr zum anderen. Seine Mutter stand mit leicht gespitztem Mund dahinter und zeterte:

»Wo hast du gesteckt? Was geht hier eigentlich vor? Ich verlange es sofort zu erfahren. Warum trägst du sie?«

»Bald, Mutter. Was die Kleine hier betrifft, sie ist krank gewesen.«

»Auf mich macht sie einen recht gesunden Eindruck. Warum hat man sie in eine Decke gewickelt?«

»Weil«, antwortete Douglas und trat einen Schritt auf sie zu. »Weil sie darunter völlig nackt ist.«

»Douglas! Du weißt genau, daß das nicht stimmt.« In der Tat trug sie eins von Janine Daudets Kleidern, ein ziemlich häßliches allerdings. Zweifellos Janines Rache für die Prügel, die ihr Alexandra verpaßt hatte. Die Füße, die jedoch aus der Decke lugten, waren tatsächlich nackt. Douglas hatte sich nicht mit Schuheinkäufen aufhalten wollen. Sie hatte nichts dagegen einzuwenden gehabt. Es war angenehm, von ihrem Mann getragen zu werden.

»Nun, wenn sie glaubt, du seist nackt, entkomme ich meiner Mutter mit dir um so schneller.«

»Was ist passiert?« fragte Sinjun.

»Wir werden das alles später berichten.« Douglas drehte sich um und verkündete mit lauter Stimme: »Wir sind alle gesund und munter und froh, wieder zu Hause zu sein. Dank an alle, die sich um uns Sorgen gemacht haben.«

Die Dienerschaft jubelte ihm zu. Hollis verschränkte zufrieden seine Arme über der Brust. Alexandra spürte ein Gefühl der Erleichterung in sich aufsteigen. Vielleicht würde sich alles zum Guten wenden. Vielleicht würde sogar ihre Schwiegermutter netter werden. Vielleicht verehrte Douglas sie, Alexandra, wirklich. Vielleicht.

Douglas trug sie in sein Schlafzimmer. Er küßte sie, dann setzte er sie behutsam auf die Bettkante und wickelte sie aus der Decke. »Zweifellos hält dich Mutter für ein lockeres Frauenzimmer, das seine Kleider verbrannt hat, um mich zu kompromittieren. Ich werde ihr eröffnen, daß ich bereits gründlich kompromittiert bin, daß du mich ohne Unterlaß verführt hast und ich mich so daran gewöhnt habe, daß ich nicht mehr ohne deine körperlichen Reize und deine Gesellschaft auskommen kann.«

Sie starrte ihn regungslos an; sie saß nur da in Janines Kleid, das ihr zu weit und zu lang war, und ließ die Füße über die Bettkante baumeln.

Sie befeuchtete ihre Lippen.

»Schätzt du mich, Douglas? Vielleicht nur ein wenig?«

»Vielleicht«, antwortete er.

Er ging lächelnd in ihr angrenzendes Schlafzimmer, um gleich darauf mit einem Nachthemd zurückzukehren. »Komm, laß dir das anziehen. Du brauchst jetzt Ruhe.«

Er zog ihr das Kleid über den Kopf, wobei er einen Blick auf ihre Brüste riskierte. Dabei schluckte er heftig und zog ihr schnell das feine Leinennachthemd an. »So, das wär's.« Er legte sie unter die Bettdecke, setzte sich neben sie, ordnete ihre Haare auf dem Kissen und bemerkte nachdenklich: »Bis jetzt ist unsere Ehe nicht gerade reibungslos verlaufen. Könntest du vielleicht deinen Tatendrang etwas zügeln? Vielleicht überlegst du vorher, ehe du wieder blindlings losrennst, um irgend etwas Haarsträubendes zu veranstalten, ja? Also weder vor mir weglaufen noch dich entführen und in ein fremdes Land verschleppen zu lassen, ja? Oder der Versuch, mich zu retten, wenn in Wahrheit du diejenige bist, die in Gefahr schwebt. Kapiert?«

Sie starrte ihn an, ganz still, während er weiterhin ihr Haar kunstvoll auf das Kissen drapierte.

»Ich weiß nicht, ob ich das durchhalte«, sagte sie schließlich, »du bist mir sehr wichtig, Douglas.«

Das war Musik in seinen Ohren. Er beugte sich zu ihr hinunter und küßte ihre Nasenspitze. »Ich habe beschlossen, dich, sagen wir mal, drei Stunden am Tag – die Nächte natürlich nicht mitgezählt – ins Bett zu schicken, damit du dich entweder ganz auf mich konzentrieren kannst oder du so sehr damit beschäftigt bist, dich von der Liebe zu erholen, daß mir keine grauen Haare mehr wegen dir wachsen.«

»Wirst auch du zu sehr damit beschäftigt sein, dich von unseren Schäferstündchen zu erholen?«

»Nie so sehr, daß ich aufhören würde, über das nächste Mal nachzudenken, wie ich dich ins Bett locken und mich mit dir vergnügen könnte. Du nimmst schon einen sehr großen Platz in meinem geplagten Hirn ein.«

Als sie nichts erwiderte, runzelte er die Stirn. »Ich werde dich nicht nur ins Bett locken, um dich zu lieben. Ich male mir aus, wie ich dich in den Stall oder das Stockwerk hinauf in die Bibliothek auf den weichen Teppich vor den Kamin lege. Vielleicht auch in das Frühstückszimmer, wenn die Morgensonne auf uns hereinscheint – und dann auf den großen Eßtisch. Du könntest dich an dem Tafelaufsatz festklammern, während ich dich zum Höhepunkt bringe.«

Sie lachte und stupste ihn auf den Arm.

»Sag mir, daß du mich liebst, Alexandra.«

»Ich liebe dich, Douglas.«

»Kannst du dir vorstellen, daß ein Mann begierig ist, das jeden Tag zu hören, ein Leben lang?«

»Das kann ich mir sehr gut vorstellen.«

»Gut. Und nun will ich, daß du etwas ruhst. Ich werde mich inzwischen zur Familie gesellen und unsere Geschichte ein wenig entschärfen, vorausgesetzt, daß Sinjun nicht schon Tony alle Einzelheiten entlockt hat. Ich werde mir die neuesten Klatschgeschichten merken und dir später alles erzählen.«

Er küßte sie auf den Mund. Eigentlich hatte er nur ein Küßchen geplant, sie aber schlang ihre Arme um seine Schulter, drückte ihn leidenschaftlich an sich und öffnete ihre Lippen.

»Du hast nach mir gesucht«, sagte sie an seinem Mund. »Du hast dir Sorgen um mich gemacht.«

»Natürlich«, sagte er, wobei er sie auf Nase, Lippen und Kinn küßte und sein warmer Atem dabei ihre Haut streifte. »Du bist meine Frau, ich liebe dich. Ich würde sogar so weit gehen und behaupten, daß Wertschätzung eine ganze Menge damit zu tun hat. Bist du nun zufrieden?«

»Weißt du, daß eine Frau sich sehnlichst wünscht, das jeden Tag zu hören, ihr ganzes Leben lang?«

»Das überrascht mich gar nicht. Nein, überhaupt nicht.« Er küßte sie erneut, zog ihr die Decke über die Schultern und ließ sie zur wohlverdienten Ruhe allein.

Zwei Wochen danach, an einem späten Nachmittag, betrat Douglas das gemeinsame Schlafgemach. Alexandra sah von ihrer Näharbeit hoch und lächelte unwillkürlich. Gütiger Himmel, wie sie ihn doch über alle Maßen liebte!

»Was hast du da«, erkundigte sie sich und versuchte ihre Verliebtheit einigermaßen zu verbergen.

Er blickte nachdenklich drein. »Ich muß mir Klarheit verschaffen«, sagte er mehr zu sich selbst als zu ihr. »Ich mußte mir einfach Klarheit verschaffen. Deshalb habe ich mich in Sinjuns Schlafzimmer umgesehen.« Er breitete auf ihrem Schoß die Gegenstände aus, die er ganz hinten verstaut in Sinjuns Kleiderschrank gefunden hatte.

Alexandra schnappte nach Luft. »Eine Perücke! O Gott, sie gleicht dem Haar der jungfräulichen Braut! Und das hauchzarte Gewand! Douglas, das kann doch nicht dein Ernst sein! Nein, sicher nicht. Ich ...«

»... kann nicht glauben, daß Sinjun unsere Geisterfrau war? Offensichtlich doch. Ja, gewiß war sie es. Hier sind die Beweisstücke.«

Alexandra versuchte, sich zu erinnern, wann sie den Geist zum ersten Mal gesehen hatte. Es fiel ihr prompt wieder ein: Sinjun war doch in London gewesen! Darin täuschte sie sich nicht. Sie wollte Douglas das gerade erzählen, als sie merkte, wie er angestrengt das Ostfenster musterte. Er war etwas blaß um den Mund. Sein Gesicht war angespannt, sein Rücken und seine Schultern verkrampft. Sie schwieg.

Schließlich wandte er sich zu ihr und sagte sehr bestimmt: »Sinjun ist es die ganze Zeit gewesen. Es war nur meine kleine Schwester, die die Geisterrolle gespielt hat, einfach weil sie Staub aufwirbeln und auf unsere Kosten ihren Spaß haben wollte.«

Alexandra schüttelte erstaunt den Kopf. Sie wollte etwas sagen, aber Douglas bedeutete ihr, zu schweigen.

»Ja, es war nur Sinjun, nichts Außergewöhnliches, nichts Geisterhaftes. Ein Mensch aus Fleisch und Blut, kein körperloses Phantom, kein Wesen, das spricht und doch wieder nicht spricht, und dessen Worte man nur in der Vorstellung zu hören glaubt. Nein, nichts von alledem. Das ist die Wahrheit. Und es ist sehr wichtig, daß das die Wahrheit ist. Und es wird immer die Wahrheit bleiben. Sag mir, daß du verstanden hast.«

»Ja, ich habe verstanden.«

Er küßte sie, streckte sich und erklärte, während er auf die Perücke und das Kleid starrte: »Ich habe beschlossen, über die ganze Sache nicht mit Sinjun zu reden. Ich habe keine Lust, mir ihre Ausflüchte und Beteuerungen anzuhören. Ich will alles auf sich beruhen lassen. Nein, widersprich mir nicht. Mein Entschluß steht fest. Hast du mich verstanden?«

»Ja, ich habe verstanden.«

»Im Gegensatz zu meinen vielgerühmten Vorfahren werde ich nie eine Zeile über die jungfräuliche Braut schreiben. Ungeachtet der Tatsache, daß sie von großer Hilfe war. Nur in meiner Einbildung natürlich, nirgendwo sonst. Da ich Sinjuns Requisiten verbrennen werde, wird es keine Auftritte dieser geisterhaften jungen Dame mehr geben. Nie wieder. In Zukunft wird kein Mensch je ein Wort in albernen Tagebüchern darüber verlieren. So und nicht anders muß es gemacht werden. Hast du verstanden, Alexandra?«

»Ja, ich habe verstanden.«

»Gut«, sagte er, küßte sie noch einmal und ging aus dem Zimmer. Sie blickte ihm nach. Sie lächelte, wiegte ihren Kopf und machte sich wieder an ihre Näharbeit.